抗疫英雄谱

谨以此书向在此次抗疫斗争中英勇奉献的英雄们致敬

李朝全　主编

长江出版传媒　崇文书局

图书在版编目（CIP）数据

抗疫英雄谱 / 李朝全主编 . -- 武汉 : 崇文书局 , 2020.9（2020.10 重印）

ISBN 978-7-5403-6087-0

Ⅰ . ①抗…

Ⅱ . ①李…

Ⅲ . ①报告文学—中国—当代

Ⅳ . ① I25

中国版本图书馆 CIP 数据核字 (2020) 第 154654 号

抗疫英雄谱

责任编辑 刘　丹　程可嘉
书籍设计 刘嘉鹏
出版发行 长江出版传媒 | 崇文书局
业务电话 027-87293001
印　　刷 湖北新华印务有限公司
版　　次 2020年9月第1版
印　　次 2020年10月第2次印刷
开　　本 720×1000　1/16
印　　张 27
定　　价 88.00元

本书如有印装质量问题，可向承印厂调换

出版说明

庚子新春，新型冠状病毒肺炎疫情突如其来，蔓延肆虐，且传播速度快、范围广、危害大。这一重大突发公共卫生事件，对中国是一次危机，也是一次大考。面对疫情，习近平总书记高度重视，亲自指挥、亲自部署，全面加强对疫情防控的集中统一领导。在党中央的坚强领导下，全国人民自觉投身疫情防控斗争，全力以赴集中抗疫，取得了举世瞩目的成效。我们身处抗疫斗争主战场和决胜之地的湖北武汉，深刻感受到中华民族在面对困难时所展现的家国情怀和磅礴伟力。在这场艰苦卓绝的斗争中，涌现了无数可歌可泣的英雄人物，他们是社会各界各行各业的普通人，包括医生、护士、科研人员、人民子弟兵、警察、社区工作者、快递小哥、司机、工人……他们不畏艰险、英勇顽强，勇于牺牲，甘于奉献，为打赢疫情防控阻击战做出了贡献。

作为出版工作者，我们想以报告文学的形式记录这场史诗般的伟大斗争，通过对各条战线典型人物感人故事的描写，勾画出这场抗疫大战中真实立体的英雄群像，展现中国人民万众一心、众志成城的精神风貌。全国各大媒体大量的一线报道为我们实施出版计划提供了可能。我们普查并梳理了这些材料，联系了相关版权单位，组编了这部书稿，并请报告文学作家李朝全撰写综述文字，统筹全书。

众所周知，此次疫情大考持续时长、波及面广、涉及人多，限于篇幅，本书入选人物远非堪称英雄的全部。“人民是历史的创造者，人民是真正的英雄。”谨以此书向在此次抗疫斗争中英勇奉献的英雄们致敬！

崇文书局

2020 年 5 月

目　录

临危受命的逆行者——医护人员

科学战“疫”的领航者——科研人员

生活保障的大管家——社区工作者

挺身而出的平凡人——志愿者

战“疫”后方的军需官——生产建设者和物资保障者

武汉保卫战

李朝全

2019 年冬至 2020 年春，中国和世界暴发了一场极其严峻的新型冠状病毒肺炎疫情。新冠肺炎，人人易感，传播力强，没有特效药，没有疫苗，重症比例高。危险悄然逼近，这是一场看不见硝烟的惨烈的战争。

从 2020 年 1 月开始，中国全国动员，全面打响了抗击新冠肺炎疫情的人民战争、总体战、阻击战。

“烽烟”：风起于青萍之末

谁也没有料到，2019 年 12 月，一个寻常的发热肺炎患者，背后竟然蕴藏着一场巨大疫情的风暴，就像蝴蝶在扇动翅膀时，大洋彼岸会刮起一场飓风。世界上从来就没有先知先觉者，有的只是勇于担责的人。

2019 年 12 月 27 日，湖北省中西医结合医院呼吸与重症医学科主任张继先发现一家三口都罹患了不明原因病毒性肺炎。张继先将此情况上报给医务部、医院院长办和业务院长夏文广，医院立即将相关信息上报给武汉市江汉区疾控中心。当天，武汉市疾控中心即安排进行流行病学调查和检测。同日，华中科技大学同济医院收到基因检测公司在病例样本中检测出冠状病毒的报告，请求将患者转运到武汉市金银潭医院。

12 月 29 日，湖北省中西医结合医院又发现了 4 例不明原因肺炎病例。下午 1 时，在医院各科室专家的讨论会诊中，医生们发现，除了症状类似，这些患者中的大多数都有武汉华南海鲜市场的接触史，院方决定跨级向省、市卫生健康委疾控处报告。是日，武汉市金银潭医院开始收治第1例不明原因肺炎患者。

接到湖北省中西医结合医院的报告后，武汉市卫生健康委组织专家团队进行调查，并于12月30日向辖区医疗机构发布《关于做好不明原因肺炎救治工作的紧急通知》。为做好应对工作，请各医疗机构立即清查统计近一周接诊过的具有类似特点的不明原因肺炎病人并立即上报。

12月31日凌晨，国家卫生健康委员会（下简称“国家卫生健康委”）获悉武汉市发生聚集性不明原因的病毒性肺炎，第一时间决定派出国家工作组和专家组，实施国家和省市联动，指导支持武汉市全力做好疫情的防治工作。一是全力救治患者；二是认真组织疫情研判；三是国家、省市专家立即研究制订相关的防治方案，组织实施流行病学调查、标本采集送检、病原溯源等工作；四是将掌握的情况于12月31日向社会公布。

12月31日，武汉市卫生健康委公开通报称，部分医疗机构发现接诊多例与武汉华南海鲜市场有关联的肺炎病例，经专家会诊系病毒性肺炎。已发现27例病例，其中7例病情严重，其余病例病情稳定可控，有2例病情好转，拟于近期出院。当日晚，第一批国家级专家组向国家卫生健康委派驻武汉市工作组汇报临床观察意见，针对这种新发疾病制订一个诊疗方案。

2020年1月1日，新年元旦。当天一早，武汉市江汉区市场监督管理局和卫生健康局联合发出公告表示：“根据国务院《突发公共卫生事件应急条例》等法规条例的规定及武汉市卫生健康委关于当前我市肺炎疫情的情况通报，经研究，决定对武汉华南海鲜市场实行休市，进行环境卫生整治。”

国家卫生健康委派出的国家工作组和专家组赶赴武汉，按照属地管理原则，与湖北省、武汉市共同研究落实疫情防控措施。2020年1月1日，国家卫生健康委成立疫情应对处置领导小组，会商分析疫情发展变化，研究部署防控策略措施，及时指导、支持湖北省和武汉市开展病例救治、疫情防控和应急处置等工作。

1月2日，国家卫生健康委制定《不明原因的病毒性肺炎防控“三早”方案》。

1月3日，武汉市发布《武汉不明原因的病毒性肺炎诊疗方案（试行）》。当日起，中国有关方面定期向世界卫生组织、有关国家和地区组织以及中国港澳台地区及时主动通报疫情信息。

1月5日，武汉市共报告符合不明原因的病毒性肺炎诊断患者59例，其中重症7例。初步调查表明，已排除流感、禽流感、腺病毒、传染性非典型性肺炎（SARS）和中东呼吸综合征（MERS）等呼吸道病原。病原鉴定和病因溯源工作仍在进一步进行中。

1月7日，习近平总书记在主持召开中共中央政治局常务委员会会议时，对做好不明原因肺炎疫情防控工作提出了要求。

1月7日，中国疾控中心成功分离新型冠状病毒毒株。

国家卫生健康委组织中国疾控中心、中国医学科学院、中国科学院、军事科学院军事医学研究院等单位对病例样本进行实验室平行检测。1月8日，初步确认了新型冠状病毒为此次疫情的病原。

1月9日，国家卫生健康委专家评估组对外发布武汉市不明原因的病毒性肺炎病原信息，病原体初步判断为新型冠状病毒。中国向世界卫生组织通报疫情信息，将病原学鉴定取得的初步进展分享给世界卫生组织。世界卫生组织网站发布关于中国武汉聚集性肺炎病例的声明，表示在短时间内初步鉴定出新型冠状病毒是一项显著成就。

1月11日，武汉市报告：在“不明原因的病毒性肺炎”病原体初步判定为新型冠状病毒之后，国家、省市专家组立即对不明原因的病毒性肺炎诊疗、监测等方案进行修订完善。武汉市卫生健康委组织对现有患者标本进行了病原核酸检测及研制，报告称，疫情发生以来，防治工作有序进行：一是全力救治患者。制订诊疗工作方案，切实做到早发现、早诊断、早隔离、早治疗，集中专家和资源全力救治。二是深入开展流行病学调查。对全市公共场所，特别是农贸市场进一步加强防病指导和环境卫生管理。三是广泛宣传防病知识，增强公众自我防护意识。四是配合国家和省进行病原学研究。五是配合国家卫生健康委及时向世界卫生组织等通报疫情信息。同时提醒公众，要保持室内空气流通，尽量避免到封闭、空气不流通的公众场合和人群集中地方，必要时可佩戴口罩。如有发热、呼吸道感染症状，特别是持续发热不退，要及时到医疗机构就诊。

中国医药集团有限公司所属中国生物上海捷诺生物科技有限公司迅速投入研发，经过设计、优化和试验，首家成功研制出新型冠状病毒核酸检测试剂盒，并于第一时间送至中国疾控中心验证。接到国家疾控中心的有关指令后，该公司全力开启了生产模式，并在首批合格产品下线后，专供国家疾控中心、湖北省疾控中心和各省市疾控中心用于一线检测，以应对疾病的防控。

1月11日，国家卫生健康委网站发布消息《中国将与世界卫生组织分享新型冠状病毒基因序列信息》。中国在检测清楚这种新发肺炎病毒基因序列的第一时间即向世卫组织报告，在第一时间即向世界公开，同各国分享新型冠状病毒基因序列信息。1月11日起，中国每日向世界卫生组织等通报疫情信息。

1月12日，这种疾病被命名为“新型冠状病毒感染的肺炎”。

中国疾控中心、中国医学科学院、中国科学院武汉病毒研究所作为国家卫生健康委指定机构，向世界卫生组织提交新型冠状病毒基因组序列信息，在全球流感共享数据库（GISAID）发布，全球共享。国家卫生健康委与世界卫生组织分享新冠病毒基因组序列信息。

1月13日，国务院总理李克强在主持召开国务院全体会议时，对做好疫情防控提出要求。

1月13日，国家卫生健康委召开会议，部署指导湖北省、武汉市进一步强化管控措施，加强口岸、车站等人员体温监测，减少人群聚集。世界卫生组织官方网站发表关于在泰国发现新冠病毒病例的声明指出，中国共享了基因组测序结果，使更多国家能够快速诊断患者。香港、澳门、台湾考察团赴武汉市考察疫情防控工作。

1月14日，国家卫生健康委召开全国新型冠状病毒感染肺炎疫情防控工作电视电话会议，通报了疫情应对处置工作进展情况，以及疾病的流行特点、病例临床特征，部署全国防控工作。

1月14日，江苏硕世生物科技股份有限公司宣布，在拿到病毒序列后第一时间就进行了新型冠状病毒核酸检测试剂盒（双重荧光PCR法）的研发。同时，还新开发出冠状病毒通用型核酸检测试剂盒，实现对OC43、NL63、HKU1、229E、SARS、MERS、新型冠状病毒（2019）等多种冠状病毒的同时检测。华大基因下属子公司深圳华大因源医药科技有限公司也成功研发了新型冠状病毒核酸检测试剂盒，能够有效提供给各级疾控部门和医疗机构检测使用。

1月17日，武汉市报告新增病例17例，而且在对前期发布的新型冠状病毒感染的肺炎病例的流行病学资料分析后发现，部分病例没有武汉华南海鲜市场接触史。而在此前的报告中，一直强调患者有武汉华南海鲜市场接触或暴露史。

1月18日，武汉市报告新增病例59例。

1月18日晚，国家卫生健康委组织了由钟南山院士挂帅的第三批高级别专家组紧急赶赴武汉。

很显然，情况正在起变化，疫情形势开始变得复杂而严峻！

“战局”：硝烟逐渐弥漫

1月20日，国家卫生健康委召开记者会，国家卫生健康委高级别专家组成员钟南山、李兰娟、高福、曾光、袁国勇就新型冠状病毒感染的肺炎疫情答记者问。

钟南山院士提出：证实了有人传人的情况，也证实了有医务人员感染。就流行病学的理论，现在是起始阶段。病例的增加有多种原因：第一，对疾病的认知有个过程，现在能够比较快地检测出来。第二，大家在研判的过程中，如果现在要定它的话，以前是通过国家的 CDC（疾病预防控制中心），或者国家部门严格地鉴定以后才可以。现在的考虑不太一样，因为两次的检测为阳性就可以定。首先武汉减少输出是非常重要的一方面，除非极为重要的事情，一般不要去武汉。其次是输入，就是防止外面的感染。武汉应该有一个比较严格的口岸检查，应该采取火车站、机场筛查检测这样的措施。监测防控的标准，首先还是体温，要是有发烧、发热症状，特别是有体温不正常的，我们建议这些人应该被强制性地控制在本市。目前，预防和控制最有效的办法是早发现、早诊断，还有及时接受治疗、隔离，这是最有效、最原始的办法。从公共卫生安全的角度来说，对这些已经诊断或者将要确诊的病人进行有效的隔离，也是极为重要的。

曾光教授强调："对武汉市来讲，这个传播进入了一种社区传播的早期。别看 100 多例，相对于武汉市 1 000 多万人只是一个很小的数字，但我们需要高度警惕。现在采取措施，完全是可以逆转的。疫情现在处于早期，必须加强防控措施，让每个老百姓都知道。我们知道春节人口流动是很重要的一个因素，我们希望人群现在能不到武汉去就不去，武汉人能不出来就不出来。这不是官方的号召，是我们专家组的一些建议。我们应对得当，肯定经过一段时间会得到控制。这个重要的环节是什么？对武汉市来讲，是全民行动起来，联防联控，各个部门要走到前台，把各方的力量调动起来。这个疫情研判我非常赞同钟院士说的，可能春运之后会伴随着升高，不但是可能，而且难以避免，再努力工作也会升高，而且升高到一定高度，大家也不要奇怪。"

高福院士说："我们这次在很短的时间内把全基因组序列测出来了，知道它的祖宗是谁，基因是哪来的，又分离了病毒，看到了病毒，大概是这么一个过程。根据它的特点，根据它的相似性，我们推测会有野生动物在里面起了很关键的作用，所以我们做了动物溯源调查。"

袁国勇院士指出："疫情的风险已经提醒了，人口的迁移可能会增加风险。如果你发烧、喉痛、咽痛，请你戴口罩。如果你刚刚从武汉回来，不舒服一定要告诉医生你是刚刚从武汉回来的。让医生有针对性地检查和治疗，对家人、对社会都是非常重要的。我们一定要戴口罩，这是非常重要的。我们的眼睛、鼻子、口，也一定要注意卫生。"

李兰娟院士要求："各级政府要承担责任，把联防联控的机制启动起来。在武汉要把疫情、病毒感染者控制住，尽快防止向其他地方扩散。对于其他各省市，病人要切实地发现，只要是有不舒服、有症状、有接触者，就要到相关的门诊去检测。检测以后及时地发现，然后及时地隔离，包括在其他地区发现，不但他隔离，跟他接触相关的病人也要按照要求隔离。这样把有限的传染源控制了，就不会引起大规模的扩散。政府要在这方面负起责任，各个部门共同来负责。这个机制是我们中国的优势，也是国家的制度能够控制传染病非常好的一套体制或者机制。"

专家们作出的科学判断，句句铮铮，犹如一声声惊雷霹雳。党中央立即给予了高度的重视。

习近平总书记作出重要指示，要求各级党委和政府及有关部门把人民群众的生命安全和身体健康放在第一位，制订周密方案，组织各方力量开展防控，采取切实有效措施，坚决遏制疫情蔓延势头。要全力救治患者，尽快查明病毒感染和传播原因，加强病例监测，规范处置流程。李克强总理要求各相关部门和地方全力以赴做好防控工作，落实早发现、早报告、早隔离、早治疗和集中救治措施。

1月20日下午，国务院联防联控机制新型冠状病毒感染的肺炎疫情防控工作电视电话会议在北京召开。中共中央政治局委员、国务院副总理孙春兰出席会议并讲话。会议提出：要看到这是一种新发传染病，随着诊断方法的建立、诊断试剂的优化、监测范围的扩大，报告病例数增加，加上春运人员的大范围流动，防控形势出现新变化。要加大防控力度，防止疫情扩散蔓延。各地要落实政府责任、强化属地管理，依法落实疫情监测、隔离救治、检验检疫等各项防控措施。武汉要采取更严格的举措，内防扩散、外防输出。加强防控技术科研攻关，坚持中西医结合，尽快明确诊疗程序、有效治疗药物、重症病人抢救措施。要严格零报告制度，公开透明发布信息，普及防控知识，做好与国际社会沟通合作。

国家卫生健康委则发布了2020年第1号公告：经国务院批准，将新型冠状病毒感染的肺炎纳入《中华人民共和国传染病防治法》规定的乙类传染病，并采取甲类传染病管理措施；将新型冠状病毒感染的肺炎纳入《中华人民共和国国境卫生检疫法》规定的检疫传染病管理。

武汉市公布了61家设置发热门诊的医疗机构名单，将武汉市金银潭医院、武汉市肺科医院、武汉市汉口医院辟为中心城区新冠肺炎定点医疗机构。这3家定点医院共设置800张床位。

然而，星星之火一旦开始燃烧，火势很难控制，借助寒冷潮湿的气候，新冠肺炎疫情开始迅速蔓延。

1月20日，国内3省（区、市）报告新增新型冠状病毒感染的肺炎确诊病例77例，其中湖北72例、上海2例、北京3例。收到日本通报确诊病例1例，泰国通报确诊病例2例，韩国通报确诊病例1例。

1月21日，国内13省（区、市）报告新增新型确诊病例149例，其中北京5例、天津2例、上海7例、浙江5例、江西2例、山东1例、河南1例、湖北105例、湖南1例、广东12例、重庆5例、四川2例、云南1例。收到日本通报确诊病例 1 例，泰国通报确诊病例 3 例，韩国通报确诊病例 1 例。这一天，国家卫生健康委要求，强化疫情的监测应对，落实“五早”措施：早发现、早报告、早隔离、早诊断、早治疗。

1 月 22 日，24 省（区、市）报告新增确诊病例 131 例，新增死亡病例 8 例。13 省（区、市）报告新增疑似病例 257 例。境外通报确诊病例：中国香港 1 例，中国澳门 1 例，中国台湾 1 例；美国 1 例，日本 1 例，泰国 3 例，韩国 1 例。

1 月 22 日凌晨，湖北省人民政府发布《关于加强新型冠状病毒感染的肺炎防控工作的通告》，决定启动突发公共卫生事件 Ⅱ 级应急响应，亦即重大级别突发公共卫生事件应急响应，由省人民政府统一领导和指挥。武汉市决定征用 7 家医院作为发热患者定点诊疗医院，其门诊部全部作为发热门诊，集中接诊全市发热患者，并安排 3 000 余张病床收治新冠肺炎的疑似和确诊病例。

李兰娟院士在杭州接受媒体采访时表示，新型冠状病毒感染后的潜伏期预计为 14 天，要非常重视新型冠状病毒在潜伏期的传染性，“潜伏期现在看来也可能有传染性”。

奇谋：非常之举

形势危急，武汉危急！武汉市内防扩散、外防输出的形势极其严峻，已到了必须下大决心“壮士断腕”的时候！

1 月 23 日凌晨 2 时许，武汉市疫情防控指挥部发布 1 号通告，自 1 月 23 日 10 时起，全市城市公交、地铁、轮渡、长途客运暂停运营；无特殊原因，市民不要离开武汉，机场、火车站离汉通道暂时关闭。交通运输部发出紧急通知，全国暂停进入武汉市，以全力做好新型冠状病毒感染的肺炎疫情防控工作，有效切断病毒传播途径，坚决遏制疫情蔓延势头，确保人民群众生命安全和身体健康。离汉通道关闭后，湖北省仅对三类车辆实行高速公路放行政策：一是运送医疗救援物资车辆（免通行费）；二是运送群众生活物资车辆；三是运送保障城市运行的水、电、气等相关物资车辆。同时与公安交管部门联合开辟“绿色通道”，确保运送防控物资的车辆畅通无阻。

1月23日20时，湖北省卫生健康委员会（下简称“湖北省卫生健康委”）发布信息，为解决发热门诊就诊排长队和留观床位紧张的情况，整体征用武汉市汉口医院、市红十字会医院、市普爱医院西院、市七医院、市九医院、市武昌医院、市五医院等7家医院作为发热患者的定点诊疗医院，其门诊部全部作为发热门诊集中接诊全市发热患者，并安排3 000余张病床收治新冠肺炎的疑似和确诊病例。在全市选取综合实力强的部、省、市属医院华中科技大学同济医院、武汉协和医院、武汉大学人民医院、武汉大学中南医院、市一医院、市中心医院、市三医院对口支援7家发热患者定点诊疗医院。由支援医院分管院长临时担任对口定点诊疗医院院长。同时，市二级以上综合医院仍须设置发热门诊，开展预检分诊和一般发热患者的诊疗，积极引导发热伴呼吸道症状的患者到全市发热患者定点诊疗医院。

1月23日，武汉市新型肺炎防控指挥部决定参照2003年抗击“非典”期间北京小汤山医院模式，在蔡甸区建设火神山医院，集中收治新型冠状病毒肺炎患者。火神山医院建筑面积为2.5万平方米，可容纳1 000张床位，由中建三局牵头，武汉建工、武汉市政、汉阳市政等3家企业共同参与建设。计划于2月1日建成，2月3日交付投用。

经过一天一夜施工，截至24日20时，火神山医院项目进场挖掘机95台、推土机33台、压路机5台、自卸车160台，160名管理人员和240名工人集结完毕，累计平整场地5万平方米，相当于7个足球场大小，内转土方15万立方米，足以填满57个游泳池，一座小土山已被铲平，碎石回填完成。25日即大年初一开始主体施工。整个施工期间，项目部按照两班倒的方式日夜不停地施工，高峰期有4 000余名建设者和近千台（套）施工机械设备同时作战。

同日，人力资源和社会保障部、财政部、国家卫生健康委联合发文明确，在新型冠状病毒肺炎疫情防控和救治工作中，医护及相关工作人员因履行工作职责感染新型冠状病毒肺炎的，应认定为工伤，依法享受工伤保险待遇。

1月24日，大年三十，29个省（区、市）报告新增确诊病例444例，新增死亡病例16例。广东、浙江、湖南、湖北、天津、安徽、北京、上海、重庆、云南等10个省市启动重大突发公共卫生事件Ⅰ级响应机制。武汉市召开落实分级分类筛查工作视频调度会，会议部署在全市落实分级分类就医制度，由各社区负责，全面排查所在辖区发热病人，并送至社区医疗卫生服务中心对病情进行筛选、分类，避免患者无序流动，减少医院内交叉感染。各区要全面落实属地负责制，主要领导担任第一责任人，立即确定隔离观察地点和运送病人专用车辆，落实各社区医疗卫生服务中心及医疗力量，发现疑似病人，及时转送发热门诊就诊，确诊后立即送至指定医疗点治疗，不得延误；要加强各区间医疗资源共享互通，确保能够无条件收治所有疑似患者。各街道、各社区要全面动员力量，坚持联防联控、群防群控、群防群治，对辖区内的发热病人进行全覆盖排查登记，全程跟踪；及时取消社区聚集活动，劝导群众不搞家庭聚会、减少出门。市卫生健康委要尽快选派医生到各区驻地指导，为社区提供必要支持。

这一天，发布了由中国疾病预防控制中心病毒病预防控制所成功分离的我国第一株病毒毒种信息及其电镜照片、新型冠状病毒核酸检测引物和探针序列等与其相关重要权威信息，并提供共享服务。

大年三十除夕夜，上海、广东及解放军等派出的援鄂医疗队集结出发，奔赴武汉救援。无数的武汉人在电视里看到这一幕，都感动得流下了热泪。

1月25日，农历庚子年正月初一，中共中央总书记习近平主持召开中央政治局常委会会议，专题研究疫情防控工作。会议决定，成立中央应对疫情工作领导小组，党中央向湖北等疫情严重地区派出指导组，推动有关地方全面加强防控一线工作。各级党委和政府必须按照党中央决策部署，全面动员，全面部署，全面加强工作，把人民群众生命安全和身体健康放在第一位，把疫情防控工作作为当前最重要的工作来抓。只要坚定信心、同舟共济、科学防治、精准施策，我们就一定能打赢疫情防控阻击战。湖北省和武汉市疫情防控事关全局。湖北省要把疫情防控工作作为当前头等大事，采取更严格的措施，内防扩散、外防输出，对所有患者进行集中隔离救治，对所有密切接触人员采取居家医学管理，对进出武汉人员实行严格管控，坚决防止疫情扩散。要切实保障湖北省和武汉市各种物资供应，确保人民群众正常基本生活。其他所有省份要加强对流动人员的疫情监测和防控，严格隔离确诊患者，对疑似病例和密切接触者要按医学要求进行隔离和检查。会议强调，要全力以赴救治感染患者。要按照“集中患者、集中专家、集中资源、集中救治”的原则，将重症病例集中到综合力量强的定点医疗机构进行救治，及时收治所有确诊病人。要尽快充实医疗救治队伍力量，把地方和军队医疗资源统筹起来，合理使用，形成合力。要不断完善诊疗方案，坚持中西医结合，尽快明确诊疗程序、有效治疗药物、重症病人的抢救措施。要加强患者医疗救治费用保障，确保患者得到及时救治，决不能因费用问题耽误患者救治。要关心和保护好广大医疗卫生人员，做好防护设备配置、防护措施落实。

1月25日，29个省（区、市）报告新增确诊病例688例，新增重症病例87例，新增死亡病例15例。

为遏制疫情蔓延，武汉市宣布将进一步阻断武昌、汉口、汉阳“武汉三镇”之间的公共交通，自1月26日0时始，除经许可的保供运输车、免费交通车、公务用车外，中心城区区域实行机动车禁行管理。为解决市民居家出行不便等问题，全市紧急征集6 000台出租车，分配给中心城区，每个社区3～5台，由社区居委会统一调度使用，自1月25日中午始，为辖区居民出行提供免费服务。车辆将主要为医护人员提供通勤服务、生活服务，接送发热病人到医院就诊，同时为生活不便的居民免费提供送餐、送菜、送药等居家服务。

到25日晚上，从军队到地方，已有2 360多名医务人员抵达武汉，投入救援。

武汉市防疫指挥部举行调度会，决定在武汉再建一所“小汤山医院”——武汉雷神山医院。

战场：建造患者的生命之舟

1 月 26 日，30 个省（区、市）报告新增确诊病例 769 例，新增重症病例 137 例，新增死亡病例 24 例均来自湖北省。这一天，武汉市又征用了第三批 14 家医院作为治疗新冠肺炎的定点医院，新开放了 2 400 张床位。

1 月 27 日，30 个省（区、市）报告新增确诊病例 1 771 例，新增重症病例 515 例，新增死亡病例 26 例。受中共中央总书记习近平委托，中共中央政治局常委、国务院总理、中央应对疫情工作领导小组组长李克强赴武汉市考察指导疫情防控工作，代表中共中央、国务院慰问疫情防控一线的医护人员。同日，中央指导组进驻武汉市，全面加强对一线疫情防控的指导督导。中央指挥组深入研究疫情，作出科学研判，围绕提高收治率、治愈率，降低感染率、病亡率的目标，不断作出疫情防控和救治工作的重大部署和决策。国家卫生健康委在“健康中国”微信公众号上发布了“新型冠状病毒感染的肺炎医疗救治定点医院和发热门诊导航地图”，方便群众根据所在地区，第一时间准确地查询到定点医院和发热门诊。到这一天，已有 30 支医疗队 4 130 人到达湖北开展工作。国务院发布通知，延长春节假期至 2 月 2 日（农历正月初九，星期日），2 月 3 日（星期一）起正常上班；各地大专院校、中小学、幼儿园推迟开学，具体时间由教育部门另行通知。

1 月 28 日，中共中央印发了《关于加强党的领导、为打赢疫情防控阻击战提供坚强政治保证的通知》，要求广泛组织基层党组织和党员落实联防联控措施，建立健全区县、街镇、城乡社区等防护网络，做好疫情监测、排查、预警、防控等工作，加强联防联控，严防死守、不留死角，构筑群防群治抵御疫情的严密防线。

截至1月28日24时，湖北累计报告新型冠状病毒感染的肺炎确诊病例3 554例，其中重症671例，危重症228例，死亡125例，治愈出院80例。湖北省在549家二级医疗机构设置发热门诊接收发热病人。二级以上医疗机构严格规范设置发热门诊，实行24小时接诊，乡镇卫生院和社区卫生服务中心设置专门对接发热病人的诊所，实行24小时值班，严格实行预检分检，对发热病人分类隔离留观治疗。全省确定了131家定点医院，收治新型冠状病毒感染的肺炎疑似和确诊病例，其中武汉确定30家，其他市州确定101家。全省已开设隔离病床1.1万张，其中，武汉开设的隔离床位是5 000张，其他市州6 000张。131个定点医院有8万余名医务人员投入新冠肺炎的医治工作。初步估计，全省各类医疗机构投入到发热病人、疑似和确诊病例救治的一线医务人员超过17万人。共有国家卫生健康委、国家中医药管理局、中国中医科学院和29个省（区、市）以及部队的共52支医疗队6 097名医疗队员在湖北省协助开展医疗救助工作。

1月29日，31个省（区、市）和新疆生产建设兵团报告新增确诊病例1 737例，新增疑似病例4 148例。

1月30日，31个省（区、市）和新疆生产建设兵团报告新增确诊病例1 982例，新增疑似病例4 812例。《武汉市新型冠状病毒感染的肺炎疫情防控暂行办法》发布并实施。国家卫生健康委通过官方渠道告知美方，欢迎美国加入世界卫生组织联合专家组。美方当天即回复表示感谢。

1月31日，31个省（区、市）和新疆生产建设兵团报告新增确诊病例2 102例，新增疑似病例5 019例。北京时间1月31日凌晨，世界卫生组织总干事谭德塞宣布，新型冠状病毒感染的肺炎疫情构成“国际关注的突发公共卫生事件”。

2月1日，各省（区、市）和新疆生产建设兵团报告新增确诊病例2 590例，其中湖北省1 921例；各省（区、市）新增疑似病例4 562例，其中湖北省

2 606 例。按照中央指导组要求，武汉市新冠肺炎防控指挥部提出，在 2 月 2 日 12 时前，对全市确诊患者、疑似患者、无法排除感染可能的发热患者、确诊患者的密切接触者“四类人员”应收尽收，确诊患者须集中收治。

2 月 2 日，31 个省（区、市）和新疆生产建设兵团报告新增确诊病例 2 829 例（湖北省 2 103 例），新增疑似病例 5 173 例（湖北省 3 260 例）。武汉市新冠肺炎防控指挥部发布通告，根据《中华人民共和国传染病防治法》《突发公共卫生事件应急条例》和《武汉市新型冠状病毒感染的肺炎疫情防控暂行办法》相关规定，要求将全市经发热门诊诊断有肺炎症状的发热病人和新冠肺炎病人的密切接触者，由各区安排车辆分别送至区集中隔离观察点，进行医学观察、治疗或采取其他预防措施。具体隔离观察时间根据医学检查结果确定，患者应当予以配合；拒绝配合的，由公安机关依法协助强制执行。隔离期间，各区免费提供食宿、医学观察和治疗。其他发热病人由社区继续落实居家隔离观察措施。2 月 2 日 12 点前，各区必须完成现有“四类人员”的集中收治和隔离工作，对新增人员要实现“日清日结”；“四类人员”的集中收治和隔离场所必须分开，有效防止交叉感染。

同日，国家卫生健康委负责人致函美国卫生与公众服务部负责人，就双方卫生和疫情防控合作再次交换意见。

武汉市随着全市排查的展开，确诊患者越来越多，医院床位紧张和医护人员严重不足的问题更加凸显。仍旧有一些患者住不进医院，只能在隔离点或者居家观察，得不到及时有效的治疗，这也导致了部分患者因延误治疗由轻症演变成了重症。

为了解决这个尖锐的矛盾，在中央指导组的统一协调下，2 月 2 日，武汉市公布了第四批 17 家、第五批 10 家定点医院名单。至此，武汉市一共公布了 5 批共 55 家定点医院。国家卫生健康委组派的近 1 200 名重症医学专业的医生、护士抵达武汉，全力投入重症患者的救治工作中。火神山新型冠状病毒感染肺炎专科医院在亿万网友的“云监工”下如期竣工，正式交付军队医务工作者。

军队抽组1 400名医护人员，于2月3日起承担武汉火神山医院医疗救治任务。该医院主要救治确诊患者，编设床位1 000张，开设重症监护病区、重症病区、普通病区，设置感染控制、检验、特诊、放射诊断等辅助科室。2月4日开始正式接诊新型冠状病毒感染的肺炎确诊患者。

2月3日，31个省（区、市）和新疆生产建设兵团报告新增确诊病例3 235例（湖北省2 345例），新增疑似病例5 072例（湖北省3 182例）。为了更好地救治不断增加的重症患者，武汉市在原有武汉市金银潭医院、武汉市肺科医院、武汉大学中南医院三家重症集中收治医院的基础上，新开设了华中科技大学同济医学院附属协和医院西院区、同济医院中法新城院区和武汉大学人民医院东院区，计划收治1 000名重症患者。

由于患者数量激增，收治压力陡增，通过常规的改造、新建定点医院已无法及时满足需求。2月1日，中国工程院副院长、中国医学科学院北京协和医学院院长、呼吸病学与危重症医学专家王辰院士随中日友好医院医疗队赶赴武汉，在实地走访后指出，武汉最紧迫的任务是解决病毒的社会传播和扩散问题，迅速把确诊的轻症病人都收治起来，给予医疗照顾，与家庭和社会隔离，避免造成新的传染源，至关重要。结合新冠肺炎患者轻症患者所占比例较大的特点，他提出了一个大胆的设想：征用大型场馆，建立方舱医院，对患者要应收尽收。

“建造方舱医院的目的，就是集中收治大量确诊的轻症患者。”王辰说，“方舱医院并非至善之法，但在严峻的疫情防控形势下，却是控制疫情的现实之策。”

这个建议立即得到中央指导组的采纳，选址工作随即展开。选址要求一是要空间开阔，能满足大量、快速、集中收治患者的需求；二是要通风良好，避开居民区且易于改造。

2月3日晚，武汉市新冠肺炎疫情防控指挥部发布公告，洪山体育馆、武汉国际会展中心、武汉客厅三地将分别改建为武昌方舱医院、江汉方舱医院以及东西湖方舱医院。第一批 3 家方舱医院在 29 小时内建成，开放床位 4 000 多张。后陆续增至 16 家，床位增至 14 300 张。

方舱医院以往主要是在军队中使用，基本上属于一种临时性的战地医院，具有可移动性、功能模块化、能够快速投用于抢救伤员的优势，因此能够满足配合军队作战灵活机动的需求。此前在汶川大地震和玉树地震的救援中，曾经使用过方舱医院。但是这一次要在武汉市建造的方舱医院却是完全不同的。一是要求在固定的场所，空间特别大；二是救治的主要是传染病病人，和军队里救治的以创伤类病人为主不同，因此，这确实是一次创举。刚开始时，对于如何建造和运营方舱医院，所有人心里都没有数。

常规的方舱医院是以医疗方舱为载体，医疗与医技保障功能综合集成的可快速部署的成套野外移动医疗平台。在中央指导组的指导下，创新方舱医院的建设运行模式，由国家紧急医学救援队移动 P3 实验室、急救转运车队等提供医疗支持，配置移动 CT 等大型医疗设备，不在传统意义的方舱内工作，而将患者安置在居住条件更好的经过改造的体育场馆、会展中心等，在提升收治能力的同时，保障了现代医院的基本功能。

为支持方舱医院基本的医疗、检验、影像、药学等服务，调集了 22 支国家紧急医学救援队、3 个移动 P3 实验室提供各专业医务人才力量、医疗设备支持。为解决武汉市急救车辆不足、患者转运效率低的问题，从河南调集 20 余辆救护车组成急救转运车队，协调捐赠负压救护车，支援武汉加快患者的转运收治。针对监狱、看守所等特殊场所发生的聚集性感染，专门建设了两所符合监管条件的方舱医院，解决了特殊群体医疗救治的难题。

建设方舱医院是一项意义重大的创举，在很短时间内迅速扩充了医疗资源，解决了大量患者入院治疗难的难题，避免了疫情以更快的速度扩散。方舱医院的建设，在防与治两个方面都发挥了不可替代的重要作用，也为今后应对突发公共卫生事件、应对重大灾情疫情、迅速组织扩充医疗资源创造了一种新的模式。方舱医院的迅速上马和大规模使用，采用由“国家医疗队 + 武汉医疗队”主导运行的模式，按照传染病医院的管理方式，集中救治确诊轻症患者，成为隔离在家的轻症患者的生命方舟。方舱医院的启用，有效地切断了新冠肺炎的传播途径，成为武汉保卫战的关键一战。

2月14日，中央指导组牵头成立扩增床位专班，下设8个组，突击建设扩增定点医院、方舱医院、隔离治疗点和集中隔离点床位。经过三级联动，日夜奋战，改造建设征用四类床位，及时交接，并按标准配齐医护人员、医疗设备和医用物资，到2月16日开始实现了床等人。2月24日，已配备医护人员的可用床位数达到峰值：定点医院27 838张，方舱医院14 467张，隔离医疗点11 659张。之后，随着收治人数逐步下降，方舱医院陆续休舱，定点医院床位开始调整转型，隔离治疗点和集中隔离点部分转为康复驿站。截至3月8日，累计建成床位135 558张，尚余定点医院床位8 614张，方舱13 068张，隔离观察点26 015张，康复驿站20 142张。

“武器”和“弹药”

发热是新冠肺炎病例的典型症状之一，也是识别新冠肺炎疑似病例的重要临床症状和线索，因此发热门诊可谓是新冠肺炎疫情的“前哨”。1月初，国家卫生健康委指导武汉市建立了发热门诊日报告制度。

在疫情早期，发热门诊病人数量激增，而核酸试剂盒数量不足，检测能力跟不上，导致患者分流慢。针对这一问题，中央指导组指导武汉市及时增开了发热门诊和留观病房，发热门诊迅速增加到60多家。为了提高核酸检测能力，同时进行了安全性可行性论证，印发《关于医疗机构开展新型冠状病毒核酸检测有关要求的通知》，开放三级医院、第三方检验机构P2+实验室开展核酸检测，从而使检测能力由1月24日的300人份/天逐步提升到2月10日的1万人份/天，2月26日提升到2万人份/天，3月3日提升到3万人份/天以上。

与此同时，加快科研攻关，推动改进检测试剂，优化检测流程，提高检测效率，将采样到反馈结果时间由两天左右缩短到 4～6 小时，从而使发热门诊的患者得到了快速有效分流，留观人数减少，逐步实现了应检尽检、即送即检，为应收尽收、分类收治奠定了技术基础。

随着检测能力的提升，新冠肺炎确诊患者数量亦呈现出井喷式增长，患者数量多而床位资源严重紧张的问题成为最突出的矛盾。中央指导组指导武汉市征用了一批市、区级医院改造成定点医院，协调军队支持火神山医院的建设运行，加快雷神山医院建设及床位开放进度，动员同济医院、协和医院、省人民医院等一批大医院腾空独立院区，改造成重症定点医院，定点医院的床位迅速扩增至 2 万张以上。

1 月底至 2 月初，短时间内由于患者数量激增，湖北和武汉市的医疗资源受到严重冲击。本地医务人员，特别是重症和呼吸等医学科高水平专科医务人员严重不足。

按照党中央统一部署，根据武汉和湖北医疗救治的工作需要，从 1 月 24 日起，迅速安排各地组建医疗队，分批次调派医务人员驰援湖北省和武汉市。29 个省（区、市）和新疆生产建设兵团组建了 340 余支医疗队 38 600 余名医务人员，其中有 280 支医疗队 31 200 余名医务人员支援武汉市。军队则先后派出三批次 4 000 多名医护人员增援武汉市。

与此同时，国家组织了 19 个省（区、市），以“省包市”的方式对口支援湖北省除武汉市外的各市州，有 60 余支医疗队 7 400 余名医务人员在湖北孝感、黄冈等 16 个市州开展支援。全国抽调重症专业医护人员占湖北省以外医护人员的 13.09%，呼吸专业占 8.26%，其中 10 个省（区、市）重症专业抽调人员本省占比超过 20%，12 个（区、市）份呼吸专业抽调人员本省占比超过 10%，真正做到了“一方有难，八方支援”。

在派人的同时，医用物资亦迅速向湖北省和武汉市集中。湖北省和武汉市面临抢救设备供需矛盾突出的问题。各支援医疗队均随队携带医疗设备、防护装备和生活物资等。据不完全统计，医疗队自带捐赠呼吸机、人工膜肺

（ECMO）、超声机、生化分析仪、心电监护仪、除颤仪、制氧机等医疗设备4 600余台，捐赠防护服、口罩、护目镜、手套等医用防护用品超过1.4亿件，核酸检测试剂盒近3万人份，还有阿比多尔、奥司他韦、胸腺肽、干扰素及中成药、中药材等各类中西药品。

生命重于泰山，挽救每一条鲜活的生命是武汉保卫战压倒一切的任务。中央指导组加强医疗救治组织管理和技术指导，要求尽最大努力提高治愈率，降低病亡率。

首先，将救治病患的关口前移，加强轻症治疗。相继制定了《新冠肺炎轻型、普通型管理规范》《方舱医院输液标准》《方舱医院管理手册》等，为轻症患者提供同质化、规范化医疗服务，降低轻症向重症的转化率。方舱医院累计收治患者1.2万余人，累计治愈出院8 000余人，转院3 500余人。

印发《关于加强隔离治疗点医疗管理工作的意见》，指导武汉市安排医疗机构托管集中隔离点，派驻医务人员，配备医疗设施，将隔离点升级为隔离治疗点，对疑似病例尽早开展生命体征监测、吸氧、中医药治疗等，进一步前移救治关口。

在治疗上，坚持科学精准施治和精细化管理。总结临床救治经验，开展病毒学、病理解剖学、药理学等基础医学研究和医药科技研发。遴选有效的治疗方法和药物及时纳入诊疗方案推广使用。先后修订印发了7版诊疗方案，专门制订印发了3版《重型、危重型病例诊疗方案》。针对新冠肺炎多器官损害的特点，发挥后方支援优势，开展远程多学科会诊，医疗护理相结合。建立并执行多学科会诊、整体护理、24小时报病危等核心制度，组织插管小分队、护心小分队、护肝小分队、护肾小分队等，实施有创机械通气、多脏器功能保护等关键措施。

重症救治是降低病亡率的重中之重。武汉市坚持“四集中”，优化重症救治资源布局。在新建定点医院的基础上，动员在武汉的各家医院腾空基础设施较好的独立院区，改造开放重症床位9 000多张，配备有创呼吸机、无创呼吸机、心电监护仪、ECMO、床旁血滤等重症救治设备，开展重症患者的评估转运，集中收治。组织院士团队、全国学科带头人开展巡诊指导，为医疗救治工作奠定了坚实基础。

经过不断的摸索，逐步总结出治疗重症患者的主要经验。针对通气功能障碍，渐次进行高流量吸氧、无创机械通气、有创机械通气、俯卧位通气、人工膜肺等纠正缺氧，防止加重多器官损害，对于氧饱和度纠正困难的及早插管。遵循组织灌流导向的血流动力学治疗原则，开展循环检测与支持。针对多器官损害在床旁实施血滤，应用抗病毒药物降低病毒载量。使用恢复期血浆特异性治疗，中药辨证治疗，酌情使用人免疫球蛋白、胸腺肽等增强免疫功能，适度使用糖皮质激素短期治疗抑制过度炎症反应，应用托珠单抗控制细胞因子风暴。

坚持中西医结合、中西药并用，根据救治一线的需要，筛选使用一批有效药物，探索新的治疗手段，尽可能阻止患者由轻症向重症转化。国家中医药管理局选派了张伯礼、黄璐琦、仝小林、刘清泉、张忠德、齐文升、苗青等高级别中医专家，第一时间奔赴武汉，深入隔离病房，从中医角度来认识和把握新冠肺炎。结合望、闻、问、切收集的症状、脉象、舌苔，专家认为新冠肺炎是因为身受“疫戾”之气，湿毒之邪郁于肺而困于脾，随着病情发展，热毒痰瘀湿闭肺。中医专家依据病发当地气候和核心病机，确定了相应的治法方药，认为可以通过宣肺、解毒、健脾、化湿、化瘀等进行对症治疗。专家组边救治，边总结，边研究，不断优化中医治疗方案，将纳入第三版至第七版国家诊疗方案，推动形成了具有中国特色的中西医结合治疗新冠肺炎的方案。

中央指导组指导武汉市防控指挥部采购连花清瘟胶囊、金花清感颗粒、藿香正气胶囊等中成药，对居家医学观察的发热病人和密切接触者只要有需求就主动免费送药上门，预防和减少了感染，延缓病情由“小火”烧成“大火”，迅速打开了中药、中医参与疫情防控的局面。实践证明，中医药具有早期干预及早介入的良好效果，有效地缓解了疫情集中暴发导致医疗资源不足的压力。

坚持关口前移，以轻症患者治疗为重点，把方舱医院、隔离点作为重要的阵地，推动中医药早介入、早治疗，做到方舱医院、隔离点建到哪里，中药就配送到哪里，中医药治疗就跟进到哪里，方舱医院中药服用比例达到 99.9%，基本做到了应发尽发，应服尽服。方舱医院累计发放汤剂 27.1 万袋、中成药 3.5 万盒，隔离点发放汤剂 43.7 万人份（每三天量为一人份）、中成药 14.7 万人份，隔离康复点发放汤剂和颗粒 19.3 万人份。湖北省、武汉市中医药的使用率从开始的 29%、10.8% 提高到了 92.1%、89.8%。

研究筛选出疗效确切的方药和中成药，1 月 27 日起，本着“急用、实用、效用”的原则，开展清肺排毒汤临床应用，发现有效率达 90% 以上，随即向全国推荐使用。这是湖北省使用量最大的方剂。

专家组深入发掘历代瘟疫防治经验总结、前期临床救治经验，对现有的治疗瘟疫的中成药经典验方进行筛选优化，筛选出了治疗轻症新冠肺炎的 1 号方、治疗重症新冠肺炎的化湿败毒方。经过临床治疗效果分析，初步证实清肺排毒汤、化湿败毒方、宣肺败毒方、金花清感颗粒、连花清瘟胶囊、血必净注射液等三种中药方剂和三种中成药对新冠肺炎有明显疗效。盲试结果显示，比较单纯采用西医治疗，运用中药介入中西医结合治疗轻症患者临床症状消失时间缩短 2 天，临床治愈率提高 33%，轻症转重症的比例降低 27%，淋巴细胞提高 70%；治疗重症患者，住院天数、核酸转阴时间平均缩短 3 天以上，淋巴细胞百分数、乳酸脱氢酶值等理化指标明显改善。在尚无特效药和疫苗的情况下，运用中西医结合防控疫情，实践证明是比较有效的。

通过综合应用以上措施，新冠肺炎救治效果逐步显现，治愈率不断提升。

“盾牌”和“粮草”：医用物资的保障

在抗击新冠肺炎的战场上，白衣天使们都是披着战袍的战士。而防护装备则是他们的盾牌。武汉保卫战初期，医疗防护物资严重短缺，白衣战士们面临着自身安全的极大威胁。

李克强总理连续召开中央应对疫情工作领导小组会议，统筹调配全国资源，优先保障湖北省和武汉市。按照党中央、国务院决策部署，湖北省和武汉市通过与各省市一道外筹资源、内优使用、每日调度，全力做好物资保障工作。

到3月14日，医院防护服和隔离衣、N95口罩、医用外科口罩、医院隔离眼罩面罩，当日调度分配量分别为18.5万件、18.3万只、131.5万只和1.2万只。累计调度分配量分别达到1 045.3万件（含湖北省内自产307.8万件），1 244.4万只（含湖北省内自产828万只），7 980万只（含湖北省内自产5 383.1万只）和187万只（含湖北省内自产24.6万只）。医用防护服、N95口罩的日调度分配量分别在2月29日和3月1日达到峰值27万件和56.2万只。武汉95家医院和方舱医院均已具备5天以上库存。其中62家医疗机构反映，由于防护服、N95口罩等库存太多，希望暂停一周送货。湖北其他市州定点医院从3月2日起均已实现动态保证3天以上库存供应。

防护保障范围实现了从集中保重点到应保尽保，由重点保武汉扩大到覆盖湖北省所有市州。从保障对象上，由重点保障医院救护人员扩大到覆盖监狱、公安、殡葬、医废处理、一线新闻报道等特殊危险行业工作人员，以及基层社区工作人员和志愿者。

在与新冠肺炎鏖战过程中，救治药品、医疗设备就是战士们最具战斗力的武器弹药。

针对湖北省各医院自行采购药品方式难以保障救治用药需求，中央指导组通过国务院联防联控机制，从国内制药企业调来阿比多尔360万片约12万人份、磷酸氯喹280万片约7万人份，从国家疾控中心新调来洛匹那韦/利托那韦150万片约3.8万人份，动员国外药企捐赠针对危重病例的罗珠单抗3万支约0.3万人份，交付湖北省卫生健康委紧急配送，实现了定点医院库存充足。武汉市各医院、武汉市以外各市州从3月2日起均已按新版诊疗方案中所列药品，按照标准用量实现动态配备10天库存。

医疗救治设备亦实现了从严重不足到应配尽配。通过对接前方救治需求与后方生产供应，借助国务院联防联控机制，累计供应医疗救治防控设备23万台（套），包括医疗器械6.7万台（套），其中呼吸类疾病救治设备2.3万台（套）、心电监护仪1.5万余套、空气消毒机1.6万余台、负压救护车964辆、方舱医院用制氧机100台。湖北各定点医院均按卫生健康部门标准配齐了医疗救治设备，专门提供了大流量无创呼吸机、有创呼吸机、呼吸湿化治疗仪、心电监护仪、连续血液透析机、正压头盔、移动数字X光机、ECMO共2 191台（套），供统一调配使用。

兵马未动，粮草先行。医护人员、患者和数千万湖北省城镇居民的生活物资也从时段性结构性短缺扭转为总量动态平衡，市场供应充裕。3月15日，湖北省成品粮储备50万吨，食用油储备16万吨，分别比1月底增加92%和75%，可以满足城镇人口42天消费、全部人口24天消费，17个市州成品粮油储备全部达到满足城镇人口30天以上消费的水平。全省猪肉储备1.8万吨，可保障20天销售，蔬菜库存3.2万吨，婴幼儿奶粉库存1 150吨，可分别保障4天、30天消费。与此同时，加强物流配送，改进社区服务，3月份以来，粮油肉禽蛋菜价格普遍下跌。

为了全力保供给，增加生产供应是根本的解决之道，为此，就需要千方百计地促生产增供给。通过国务院联防联控机制，召开电视电话会议，以国务院办公厅的名义印发《关于组织做好疫情防控重点物资生产企业复工复产和调度安排工作的通知》，要求各省（区、市）迅速组织本地区医用防护服、N95口罩、医用隔离眼罩面罩等企业复工复产。同时指导和支持湖北省挖潜自救，湖北省内重点企业及产业链配套企业迅速全面开工，持续扩大生产，防护服和N95口罩日产量分别由1月27日的0.45万件和3.6万只提高到3月7日的11.8万件和29万只。推动企业技改扩能和转产扩能，安排新兴际华下属6家企业新上线生产国标医用防护服。出台高含金量政策措施，加大信贷扶持力度，安排贴息资金，降低企业融资成本。及时增加生活物资供应，安排 2 万吨中央储备猪肉为湖北专用，其中 2 000 吨供应武汉市，协调调运 6 200 吨豆粕，协调山东寿光市向武汉捐赠 8 批蔬菜 1 745 吨，安排了 60.5 万吨的成品粮、5.7 万吨食用油、2.9 万吨蔬菜、3.2 万吨水果、1 260 万包方便面等备用资源，随时可以调往湖北。

物资保障两条腿走路，一面扩产增产，一面千方百计拓宽供应渠道。通过我国驻外使馆，通过中国医药健康公司想方设法在海外采购医用物资，先后运抵武汉 53.85 万件医用防护服、16.51 万只 N95 口罩和 289 吨防护服面料。主动引导地方政府和央企金融机构捐赠，比如南方电网等 13 家央企捐赠防护服和隔离衣 74.6 万件、N95 及其他医用口罩 92 万只、医用隔离眼罩面罩 15.7 万只，工行、建行、国开行等金融机构捐赠防护服和隔离衣 98 万件、N95 口罩 186 万只、一次性医用口罩 1 310 万只、医用手套 900 万只、护目镜 14 万只，以及大功率呼吸机 310 台、ECMO21 台。

在物资保障方面，注意突出重点。始终坚持把武汉市作为重中之重，将 70% 以上的医疗防护物资和 75% 以上的救治设备供应武汉市。始终坚持重点保障一线医护人员，医用防护服、N95 口罩、医用隔离眼罩面罩优先保证定点医院。将医用防护服和 N95 口罩作为重点供应物资，医用防护服日调度量从 1 月 27 日前的日均 2.1 万件快速增加到 2 月 29 日的峰值 27 万件，N95 口罩日调度供应量从 1 月 27 日前的日均 7.2 万只快速增加到 3 月 1 日的峰值 56.2 万只，实现了重点防护物资供应保障充足。

“后方”与“排雷”：三次全市大排查

如果说医院救治是武汉保卫战的战争前线，那么，社区防控、切断传染源则是战争的大后方。疫情防控，关键在治，基础在防。只有关口前移，源头把控，逐步排查，精准“排雷”，把疑似病例、密切接触者都排查出来，实行有效隔离，才能缓解医院人满为患的被动局面，医院才能集中精力收治患者。

1月27日起，中央指导组全面加强对湖北省和武汉市防控工作的指导与督查，紧紧围绕提高收治率和治愈率，降低感染率和病亡率的目标，坚持外防输出、内防扩散的防控策略，按照早发现、早报告、早隔离、早治疗的防控原则，对“四类人员”进行社区全面摸排，采取应收尽收、应治尽治、应检尽检、应隔尽隔的防控措施，最大限度地发现传染源，阻断疫情传播。

实现“四早”和应收尽收、应治尽治是切断传染源的要害之举。在中央指导组的推动下，2月1日武汉市就提出，2日12点前，各区必须完成现有“四类人员”的集中收治和隔离工作，对新增人员要实现“日清日结”。

然而，要对偌大的武汉市近千万人口进行全面摸排和核查又谈何容易！首先遇到的难题便是各社区工作人员人手不足，防护物资缺乏。因此，各区要完成这项繁重的任务困难重重。但是，如果做不到“应收尽收、应治尽治”，就无法彻底切断传染源在市内的传播。

2月5日，湖北省发布命令：全省新型冠状病毒感染肺炎定点医院和各级各类医疗机构对发现的疑似和确诊病例，尽最大努力收治。不能收治的，按照相关规定进行登记，并及时通知所在县（市、区）疫情防控指挥部或辖区转运队，由县（市、区）疫情防控指挥部或辖区转运队安排车辆转运至集中隔离点，确保疑似和确诊病例“应收尽收、应治尽治”，确保一个都不放过。违反者，按照《中华人民共和国传染病防治法》相关规定，严肃追究责任。

2月6日上午，国务院副总理孙春兰出席武汉肺炎疫情全面排查动员会。

孙春兰指出，要全力抓好源头防控， 武汉市要举全市之力入户上门排查“四类人员”，测体温，询问密切接触者，全面落实辖区、行业部门、单位、个人“四方”责任， 强化网格化管理，要不落一户、不漏一人，要第一时间将“四类人员”送往隔离点和定点医疗机构救治，实行首诊负责制、首访负责制。要以战时状态落实落细各项防控措施，各级领导干部要把疫情防控作为当前最重要、最紧迫的任务来抓，坚决履行好属地责任，坚决杜绝形式主义官僚主义，设立24小时值班制度，战时状态决不能当逃兵，否则就会被永远钉在历史的耻辱柱上，大家要心无旁骛、争分夺秒，全力以赴解决措施不精确、落实不到位的问题，全力以赴保障人民群众生命安全和身体健康，坚决打赢疫情防控阻击战。

为从根本上切断传播途径，避免家庭和社区感染，防控专家们提出建议：一是加强网格化管理，由各区组织部牵头组织和督导，抽调区机关干部和街乡干部组成下沉队伍，进驻居委会，与居委会成员对小区包片，进行责任分工，严格控制小区居民外出和非居民禁止进入小区，对老、旧、散居民楼以及街区进行封闭管理；二是加强地毯式排查力度，严格小区封闭管理，每个小区原则上只留一个出入口，由物业和管片小组共同在岗把控，做到出入必测体温，对涉疫居家人员严格管控，禁止其在小区内活动，其他居民尽可能居家；三是超市蔬菜等商品提前包装、称重、标价，在超市入口设置人流管控员，分批放入，并有专人通过录音喇叭提示居民分散等候；四是统筹考虑，由环卫部门在疾控部门的指导下建立规范处置流程，着手处理居家隔离人员的生活垃圾。

2月11日，武汉市发布致全体市民的一封信，指出：当前，疫情防控工作已经进入最关键时期，排查摸清传染源、控制阻断传染源至关重要。全市每日开展的社区疫情“四类人员”全面排查，就是要全面摸清传染源，对“四类人员”进行集中隔离管理治疗。对全市小区进行封闭管理，就是要彻底控制阻断传染源。实行小区封闭管理会给大家带来不便，但换来的是全社会的健康和安全。小区封闭管理后，市、区、街道将采取各种措施，保障好全社会居民正常生活需求。希望全体市民能够理解支持，主动配合所在社区疫情排查，支持配合小区封闭管理，自觉待在家中，无必须不流动。

2月13日，湖北省召开全省领导干部会议，宣布党中央关于任命新的湖北省委书记和武汉市市委书记的决定。当日，湖北省要求，坚决把疫情蔓延势头遏制住，切断疫情传播，必须摸清社区“四类人员”，应收尽收、应隔尽隔、应治尽治。

同日，美国卫生与公众服务部相关负责人致函中国国家卫生健康委负责人，沟通双方卫生和疫情防控合作等有关安排。

2 月 14 日，武汉市新冠肺炎疫情防控指挥部发布通知，要求住宅小区一律实行封闭管理，小区居民出入一律严格管控，并要求切实保障居民基本生活需求，特别是做好特殊群体的关爱服务。

为了解决社区普遍人力不足的问题，武汉市开始发动社区志愿者，分类招收志愿者。同时，武汉市安排了超过 3 万名干部职工下沉社区。中国疾病预防控制中心和全国各地疾控机构选派近千人支援武汉，开展流行病学调查和防控工作。

2 月 14 日之后，武汉全市的居民小区开始逐步落实封闭管理，形成了一手收治、一手防控两条战线包抄疫情的良性局面。

2 月 16 日，湖北省做出部署，要求对所有居民开展拉网式动态滚动筛查，做到“不落一户、不漏一人、不断一天”，确保全覆盖、无盲区。

在中央指导组的推动下，武汉市部署落实五个“百分之百”举措，即“确诊患者百分之百应收尽收、疑似患者百分之百核酸检测、发热病人百分之百进行检测、密切接触者百分之百隔离、小区村庄百分之百实行 24 小时封闭管理”。

2 月 17 日，武汉市启动为期 3 天的集中拉网式大排查，再次明确“不漏一户、不漏一人”，推进筛查甄别、小区（村）封闭管理、公共区域管控等三个全覆盖。在这场阻击战中，54.6 万名党员下沉基层，通过公安、社区、网格一体化推动，切实摸清底数。武汉市要求各区“一把手”亲自上阵，带头冲锋大排查。各地发动党员干部、网格员、群众、志愿者，采取分栋包干、扫楼检查、挨户数灯、查看电表等办法；采取线上线下相结合的方式，线上通过微信群、电话排查，线下开展“敲门行动”。工作人员平均每天步行 3 万步以上。

截至 2 月 21 日 24 时，武汉市 13 个区共排查 3 000 多个社区、7 000 多个居民小区、3 956 806 户，共计 9 995 388 人，排查率达 99.8%，排查出确诊患者 25 645 人、疑似患者 14 492 人、一般发热患者 5 744 人、密切接触者 14 870 人。其中，确诊患者和疑似患者实现 100% 收治率；一般发热患者集中收治率 66%，密切接触者集中隔离率 81%。未集中收治、隔离的发热人员、密切接触者均要求居家医学观察。如此大规模的排查，在武汉市历史上从未有过。

这第三次的大排查取得了明显成效。

中国—世界卫生组织联合专家组认为，中国采取了前所未有的公共卫生应对措施，在减缓疫情扩散蔓延、阻断病毒的人际传播方面取得了明显的效果。

2 月 27 日，湖北省疫情防控指挥部下发通知，要求下沉到社区（村）的党员干部，必须坚决服从社区（村）党组织的统一指挥调度，全岗全责抓好疫情防控工作。通知要求，除直接承担疫情防控工作的单位外，各级机关企事业单位在确保日常运转的前提下，安排不少于三分之二的党员干部下沉到社区（村）参与疫情防控工作。湖北省累计有 58 万多名党员干部下沉社区防控一线。仅在武汉，来自省、市、区机关、企事业单位等下沉党员干部就达 5 万多名。

中央指导组还从全国分 7 批调配近千名疾控专家和专业技术人员集结湖北省和武汉市，开展专业防控工作。疾病预防控制工作者与地方同志组成了流调队、检测队、消杀队、安抚队。截至 3 月 14 日，这支援鄂疾控队伍已累计帮助湖北省和武汉市开展了 12 262 名病例流调，36 195 名密接人员追踪调查，341 172 份标本检测，17 830 名基层人员培训，督导检查医疗机构 1 209 个，对 3 304 个单位的环境卫生与消毒工作进行指导。

扩大救治战场

2 月 4 日，各省（区、市）和新疆生产建设兵团报告新增确诊病例 3 887 例，其中湖北 3 156 例；新增重症病例 431 例，其中湖北 377 例；新增死亡病例 65 例，全部为湖北省病例；新增疑似病例 3 971 例，其中湖北 1 957 例。

2月5日，各省（区、市）和新疆生产建设兵团报告新增确诊病例3 694例，其中湖北2 987例；新增重症病例640例，其中湖北564例；新增死亡病例73例，其中湖北70例；新增疑似病例5 328例，其中湖北3 230例。

2月6日，各省（区、市）和新疆生产建设兵团报告新增确诊病例3 143例，其中湖北2 447例；新增重症病例962例，其中湖北918例；新增死亡病例73例，其中湖北69例；新增疑似病例4 833例，其中湖北2 622例。

2月7日，各省（区、市）和新疆生产建设兵团报告新增确诊病例3 399例，其中湖北2 841例；新增重症病例1 280例，其中湖北1 193例；新增死亡病例86例，其中湖北81例；新增疑似病例4 214例，其中湖北2 073例。

2月8日，各省（区、市）和新疆生产建设兵团报告新增确诊病例2 656例，其中湖北2 147例；新增重症病例87例，其中湖北52例；新增死亡病例89例，其中湖北81例；新增疑似病例3 916例，其中湖北2 067例。

湖北省和武汉市通过排查和检测，每日确诊患者数量都在不断地迅速增加，另一方面，住院病房和床位供不应求的问题愈加尖锐。打仗不能没有好战场，巧妇难为无米之炊，英雄难为无用武之地。

连日来，中央指导组一面指导督导湖北省、武汉市做好社区、村落等的社会防控，不折不扣落实“四类人员”分类集中管理措施；一面加紧开辟战疫战场，真正实现应收尽收、不漏一人。武汉市加快征用宾馆、培训中心以及党校、高校宿舍等作为集中收治隔离场所，增配医疗设备和医务人员，对疑似患者进行隔离治疗，对密切接触者进行医学观察。

2月8日起，武汉雷神山医院由武汉大学中南医院正式接管，首批医疗队员进驻，开始收治患者。该院开设32个病区、1 500张床位，全力救治已确诊的新型冠状病毒肺炎患者。雷神山医院位于武汉市江夏区强军路，全院分为2个重症医学科病区、3个亚重症病区及27个普通病区，除重症病区外，病房均为双人间。设有一间手术室，用于住院期间需要手术治疗的新冠肺炎患者。医院还设置有心电诊断科、超声影像科、放射影像科及医学检验科等医技科室，能够满足新冠肺炎患者的辅助诊断要求。医院配备 CT、床边超声、全自动生化分析仪、ECMO、床边血气分析仪、有创无创呼吸机等必需的设施设备，并实现 CT 和心电的远程诊断传输。

2 月 10 日，习近平总书记到北京市调研指导疫情防控工作，视频连线湖北省和武汉市抗疫前线，听取前方中央指导组、湖北省指挥部工作汇报。他强调，以更坚定的信心、更顽强的意志、更果断的措施，坚决打赢疫情防控的人民战争、总体战、阻击战。

当日，国家卫生健康委决定，举全国之力，集优质资源，以“省包市”的方式建立省际对口支援湖北省除武汉市以外各市州新型冠状病毒肺炎医疗救治工作机制，统筹安排 19 个省（区、市）对口支援湖北省 16 个市州及县级市。

2 月 12 日，武汉市已启用包括武汉客厅方舱、江汉方舱、武昌方舱、江岸塔子湖方舱、黄陂方舱、汉阳国博方舱、硚口体育馆方舱等 7 座方舱医院，方舱医院共有医护人员 4 966 人，总收治病人 4 313 人。武汉全市所有定点医疗机构已超过 40 家，加上火神山、雷神山医院，床位总数增加到 1.2 万张，全部用于收治重症和危重症患者。全市病床由市疫情指挥部统一调度。

这一天，湖北新增确诊病例 14 840 例，其中武汉 13 436 例；现有确诊病例 43 455 例，其中武汉 30 043 例；累计死亡病例 1 310 例，其中武汉 1 036 例；累计确诊病例 48 206 例，其中武汉 32 994 例；现有疑似病例 9 028 例，其中武汉 4 904 例。为做好新型冠状病毒肺炎患者早诊早治，落实好湖北病例应收尽收、应治尽治工作，按照《新型冠状病毒感染的肺炎诊疗方案（试行第五版）》，湖北省增加了“临床诊断病例”分类，对疑似病例具有肺炎影像学特征者，确定为临床诊断病例，以便患者能及早按照确诊病例相关要求接受规范治疗，进一步提高救治成功率。当日，湖北省已报告的 13 332 例临床诊断病例全部纳入确诊病例统计。

2 月 13 日，军队增派 2 600 名医护人员支援武汉抗击新冠肺炎疫情，参照武汉火神山医院运行模式，承担武汉市泰康同济医院、湖北省妇幼保健院光谷院区确诊患者医疗救治任务。

当日，湖北新增确诊病例 4 823 例，其中武汉 3 910 例；湖北新增治愈出院病例 690 例，其中武汉 370 例。

2 月 14 日，湖北新增确诊病例 2 420 例，武汉 1 923 例；湖北新增治愈出院病例 912 例，武汉 486 例。

2 月 15 日，湖北新增确诊病例 1 843 例，武汉 1 548 例；湖北新增治愈出院病例 849 例，武汉 413 例。

2 月 16 日，湖北新增确诊病例 1 933 例，武汉 1 690 例；湖北新增治愈出院病例 1 016 例，武汉 543 例。

2 月 17 日，湖北新增确诊病例 1 807 例，武汉 1 600 例；湖北新增治愈出院病例 1 223 例，武汉 761 例。

2 月 18 日，湖北新增确诊病例 1 693 例，武汉 1 660 例；湖北新增治愈出院病例 1 266 例，武汉 676 例。

2 月 19 日，湖北新增确诊病例 349 例（其中荆门、咸宁等 10 个市州对原“临床诊断病例”核酸检测结果为阴性的病例从确诊病例中核减，共订正核减 279 例），武汉新增 615 例；湖北新增治愈出院病例 1 209 例，武汉 553 例。武汉现有确诊病例 37 994 例。

2 月 19 日，武汉市定点医院增加到 45 家，共有床位 19 161 张；启用 12 家方舱医院。2 月 19 日，湖北新增确诊病例 631 例，其中武汉 319 例；湖北新增治愈出院病例 1 451 例，其中武汉 766 例。从这一天开始，武汉新增治愈病例首次超过新增确诊病例，从此每天新增治愈病例一直都超过新增确诊病例。

战局扭转

2 月 18 日至 20 日，湖北省“四类人员”核酸检测能力达到每天 2 万人次，完成检测 38 821 人次，到 2 月 20 日存量检测全面完成。全国累计派出 255 支医疗队，共 32 572 名医护人员支援武汉市，有力地解决了武汉市自身救治力量严重不足的问题。武汉市 13 家方舱医院可提供救治床位 13 348 张，已使用 9 313 张。前期存在的患者收治难问题已得到有效解决。72 支援汉的医疗队伍入驻方舱医院，极大地提高了方舱医院的救治能力。武汉 7 148 个小区实现全面封闭管理。从这一天起，武汉市真正实现了从“人等床”到“床等人”的根本性转变，武汉保卫战的战疫形势得到了根本扭转。

2 月 21 日，湖北新增确诊病例 366 例，武汉 314 例；湖北新增治愈出院病例 1 767 例，武汉 992 例。

2 月 22 日，湖北新增确诊病例 630 例，武汉 541 例；湖北新增治愈出院病例 1 742 例，武汉 965 例。

2 月 23 日，湖北新增确诊病例 398 例，武汉 348 例；湖北新增治愈出院病例 1 439 例，武汉 772 例。

2 月 24 日，湖北新增确诊病例 499 例，武汉 464 例；湖北新增治愈出院病例 2 116 例，武汉 1 391 例。

这一天，中国—世界卫生组织新冠肺炎联合专家考察组结束了对中国为期 9 天的考察，在北京举行新闻发布会，介绍考察情况以及对中国及全球疫情防控的建议。考察组认为，全球防控工作仍面临严峻挑战。中国采取了前所未有的公共卫生应对措施，在减缓疫情扩散蔓延、阻断病毒的人际传播方面取得明显效果，已经避免或至少推迟了数十万新冠肺炎病例的产生。此外，中国也在保护国际社会方面发挥了至关重要的作用，为各国采取积极的防控措施争取了宝贵的时间，也提供了值得借鉴的经验。考察组建议各国开展积极主动的监测，早发现、早诊断、早隔离、早治疗，严格追踪并隔离密切接触者。对有输入性病例或疫情暴发的国家，考察组建议立即启动国家应急处置方案，确保各级政府采取必要的干预措施，阻断疫情传播，做好相应准备和应对预案，必要时采取更为严格的措施。

联合考察组外方组长、世界卫生组织总干事高级顾问布鲁斯·艾尔沃德动情地说："我们要认识到武汉人民所做出的贡献，世界亏欠你们！我想当这场疫情过去的时候，希望有机会代表世界再一次感谢武汉人民。我觉得此刻，世界应该了解中国所做的事情，当每一天每个国家在犹豫该做什么不该做什么的时候，病毒的蔓延是不会停止的，病例数就可能会扩大。我们需要快速行动起来。"

2月25日，湖北新增确诊病例401例，武汉370例；湖北新增治愈出院病例2 058例，武汉1 456例。

2月26日，湖北新增确诊病例409例，武汉383例；湖北新增治愈出院病例2 288例，武汉1 535例。

2月27日，湖北新增确诊病例318例，武汉313例；湖北新增治愈出院病例3 203例，武汉2 498例。

2月28日，湖北新增确诊病例423例，武汉420例；湖北新增治愈出院病例2 492例，武汉1 726例。

武汉市疫情快速上升的趋势已经得到了明显遏制，表现在每日新增确诊病例数、疑似病例数总体上在逐步下降，重症、危重症病例占确诊病例比例下降，病死率下降，这四个数字不断下降的趋势充分表明武汉疫情正在得到有力的控制。每日新增确诊病例数从高峰时的四位数下降到了三位数；新增治愈出院病例数连续多日超过了新增确诊病例数，现有重症病例占比一直在持续波动下降，病死率也持续下降。每日新增病例80%～90%是由疑似病例转过来的。定点医院收治的重症患者转归为治愈的占比从14%提高到了64%。

武汉市建成16家方舱医院，实际开放床位13 000多张，累计收治患者12 000多名。方舱还有7 600多名患者，空余床位5 600张。

2月29日，湖北新增确诊病例570例，武汉565例；湖北新增治愈出院病例2 292例，武汉1 675例。

3月1日，湖北新增确诊病例196例，武汉193例；湖北新增治愈出院病例

2 570 例，武汉 1 958 例。

这一天，武汉市硚口区武体方舱医院完成了历史使命，宣布休舱。这是武汉市首座休舱的方舱医院。

3 月 6 日，光谷科技会展中心方舱医院宣布休舱；3 月 8 日，收治过 1 700 余名患者的东西湖方舱医院正式休舱，武汉体育中心方舱医院宣布休舱；3 月 9 日，武汉青山方舱医院在最后一批 18 名患者治愈出院后，正式休舱……3 月 10 日，江夏方舱医院、武昌方舱医院正式休舱，这标志着武汉 16 家方舱医院全部完成使命。

3 月 2 日，湖北新增确诊病例 114 例，武汉 111 例；湖北新增治愈出院病例 2 410 例，武汉 1 846 例。截至当日，湖北省共指定定点救治医院 238 个，全省在医院治疗病人 25 050 人，累计治愈出院 36 167 人，治愈率大幅提升。全省各地危重症床位配置已基本能够满足重症病人的救治需求。武汉市 10 家危重症救治定点医院共开放床位 7 286 张，共收治危重症、重症患者 3 728 名。

3 月 3 日，湖北新增确诊病例 115 例，武汉 114 例；湖北新增治愈出院病例 2 389 例，武汉 1 859 例。

3 月 4 日，湖北新增确诊病例 134 例，武汉 131 例；湖北新增治愈出院病例 1 923 例，武汉 1 426 例。

3 月 5 日，湖北新增确诊病例 126 例，武汉 126 例；湖北新增治愈出院病例 1 487 例，武汉 1 038 例。

3 月 6 日，湖北新增确诊病例 74 例，武汉 74 例；湖北新增治愈出院病例 1 502 例，武汉 1 157 例。从这一天开始，湖北省和武汉市新增确诊病例降到了两位数。

3 月 7 日，湖北新增确诊病例 41 例，武汉 41 例；湖北新增治愈出院病例 1 543 例，武汉 1 259 例。

3 月 8 日，湖北新增确诊病例 36 例，武汉 36 例；湖北新增治愈出院病例 1 422 例，武汉 1 163 例。

3 月 9 日，湖北新增确诊病例 17 例，武汉 17 例；湖北新增治愈出院病例 1 152 例，武汉 896 例。

3 月 10 日，湖北新增确诊病例 13 例，武汉 13 例；湖北新增治愈出院病例 1 471 例，武汉 1 212 例。

是日，习近平从北京乘专机飞赴武汉，考察火神山医院，看望慰问患者和医务工作者，并深入武汉社区，看望居民群众和防控一线工作人员。

3 月 11 日，湖北新增确诊病例 8 例，武汉 8 例；湖北新增治愈出院病例 1 242 例，武汉 1 053 例。从这一天起，湖北省和武汉市新增确诊病例降到了个位数。当日，湖北省人民政府发布最新通告：分区分级推进企业复工复产。

3 月 12 日，湖北新增确诊病例 5 例，武汉 5 例；湖北新增治愈出院病例 1 255 例，武汉 1 103 例。

3 月 13 日，湖北新增确诊病例 4 例，武汉 4 例；湖北新增治愈出院病例 1 390 例，武汉 1 254 例。31 个省（区、市）和新疆生产建设兵团累计报告确诊病例 80 824 例，累计治愈出院病例 65 541 例，已有超过 81% 的新冠肺炎确诊患者治愈。

3 月 14 日，湖北新增确诊病例 4 例，武汉 4 例；湖北新增治愈出院病例 1 335 例，武汉 1 181 例。当天湖北省宣布，低风险地区实施外防输入策略，全区域解除城市社区和农村村组封闭管理。

3 月 15 日，湖北新增确诊病例 4 例，武汉 4 例；湖北新增治愈出院病例 816 例，武汉 752 例。31 个省（区、市）和新疆生产建设兵团现有确诊病例 9 898 例，湖北现有确诊病例 9 605 例（武汉 9 150 例），均降至万例以下。

3 月 16 日，湖北新增确诊病例 1 例，武汉 1 例，湖北新增治愈出院病例 893 例，武汉 836 例。由中国人民解放军军事科学院军事医学研究院陈薇院士领衔的科研团队，研制出重组新冠疫苗。重组新冠疫苗获批启动开展临床试验。按照国际规范和国内法规，疫苗已经进行了安全、有效、质量可控、可大规模生产的前期准备工作。

3 月 17 日，湖北新增确诊病例 1 例，武汉 1 例；湖北新增治愈出院病例 896 例，武汉 812 例。根据安排，41 支援鄂国家医疗队 3 675 人踏上返程。

3 月 18 日，湖北新增确诊病例 0 例，武汉 0 例；湖北新增疑似病例 0 例，武汉 0 例；湖北现有疑似病例 0 例，武汉 0 例；湖北新增治愈出院病例 795 例，武汉 733 例。

从这一天起，武汉、湖北新增确诊病例全都归零！新增疑似病例归零！现有疑似病例归零！自 1 月 23 日关闭离汉通道以来，经过 55 天的鏖战，武汉保卫战终于迎来了阶段性的胜利！

从 3 月 25 日起，湖北省除武汉市以外解除离鄂通道管控。湖北襄阳机场、恩施机场、神农架机场正式复航。湖北省境内除武汉市 17 个铁路客站外恢复办理到达和出发业务。武汉市 117 条公交线路恢复运营。

4 月 8 日起，武汉解除持续 76 天的离汉离鄂通道管控措施，有序恢复对外交通，逐步恢复正常生活秩序。

战略、战术和战法

在回顾阶段性胜利时，中央指导组有关负责人说，武汉保卫战是一场从未有过的艰苦卓绝的战斗。习近平总书记亲自领导，亲自部署，亲自指挥，打响了武汉保卫战和湖北保卫战，发出了总进攻的号召：武汉胜则湖北胜，湖北胜则全国胜，提出了“坚定信心、同舟共济、精准施策、科学救治”16 个字的指导思想。党中央成立了中央疫情防控领导小组，建立了国务院联防联控协调机制，并向湖北战疫前线派出中央指导组指导督查湖北抗疫工作。

武汉保卫战，这是一场阻击战，目标是重重围住武汉，集中兵力强攻猛攻。

在作战方法上，主要集中在四个方面：筛选有效药物尤其是“三药三方”的推出，“四集中”的举措，轻症重症分类治疗，防控和大排查。

湖北省 6 万多名患者有 5 万多在武汉，在寻找有效药物方面，专家们通过研读传统古籍，经过临床试验，精选出了金花清感颗粒、连花清瘟胶囊、血必净注射液三种中药和清肺排毒汤、化湿败毒方、宣肺败毒方三种方剂，这 6 种药物通过盲试盲测，临床证明都是有效的。尤其是对于治疗轻症和普通型新冠肺炎“三药三方”效果明显，有效地延缓了轻症转为重症。

“四集中”就是对“四类人员”实行分类管理。将约占 20% 的重症、危重症和约占 80% 的轻症、普通型患者分开管理，轻症和普通型患者全部用上中药。新冠肺炎虽然传染性强，但是只要在患病早期用上有效药，就能立竿见影产生效果。

通过将人群分为“四类人员”区别开来，对疑似病例进行集中隔离，对普通发热病人和密接人群进行居家隔离，设立定点医院、方舱医院分别收治重症和轻症患者。

方法决定成败。抓住科学的方法，运用“四集中”“四早”的方式，将重症和轻症分开，从而有效地解决了病患剧增与医疗设施不足这一尖锐矛盾。

在防控和大排查方面，将社会分成网格化进行管控，以点带线，穿针引线，提纲挈领，将整个武汉市串联起来。全市先后开展了三次大排查，确保了“四类人员”应收尽收、应治尽治、应检尽检、应隔尽隔。

在武汉保卫战过程中，指挥部紧紧抓住三条主线：一是防控以切断传染病的传播途径，二是救治，三是物资保障。

在中国以往遭遇的“非典”疫情、甲流等公共卫生事件时，我们采用了人群隔离、社区防控这种最传统的看似最笨的办法，但结果却被证实是一种效率最高、成本最低的方法。

对患者的救治，强调“早发现，早报告，早隔离，早救治”，尤其是对于确诊的轻症患者，如果轻症患者滞留在家一周不进行医疗救治就很可能演变成重症甚至死亡。要集中患者、集中专家、集中资源、集中救治。在救治上，通过研发和推广试剂盒测试，对发热和有肺部影像学特征的患者及时进行核酸检测与筛查，使确诊患者及时住院治疗，吃上中药。

在中医专家看来，这次疫情属于“湿毒疫”，张仲景的《伤寒杂病论》、孙思邈的《千金方》和吴鞠通的《温病条辨》对此都有辨证施治的良方，其法均重在化湿去毒清热。在这次疫病中，以张伯礼院士为首的中医专家发现中药特别管用，中药发挥了很强的战斗力。同时，专家们对西药也进行了筛选，发现了三种有效药，包括阿比多尔、磷酸氯喹、洛匹那韦/利托那韦。

救治除了要筛选出有效药外，更重要的是要提供救治场所。开始时，武汉市接收新冠肺炎患者的定点医院只有两家传染病医院，后来对一些非传染病医院病房进行了改造，使之具备接纳患者的能力，从而扩大定点医院范围，增加了床位。又在定点医院提供的床位不能满足需要的情形下，及时建设性地创建了方舱医院。这原本是一种野战医院，武汉建设的方舱医院则是安排患者住在方舱内，而在方舱外进行治疗，在舱外配备各种医疗检查设施。多家定点医院、方舱医院及隔离点的设置，大幅度提升了收治率，确保了应收尽收、应治尽治这一目标的实现。

要打好患者救治阻击战，充足的物资保障必不可少。1月27日中央指导组到达武汉时，各种医疗设备和医院物资都极为匮乏，缺防护服、N95口罩，全国防护服的库存只有1.5万件，日生产能力只有3万件，而当时的需求是单武汉一座城市一天就要用掉3万件防护服。于是，中央指导组迅速组织相关企业加紧生产，不惜花高薪将回家过年的工人紧急请回，恢复医用物资的生产，产能从开始时的每天只能生产一两千件防护服到后来提高到了日产20万套。

疫情初期，医生因为缺乏防护服，本该4小时一换的防护服，不得不改成8小时一换。许多医生、护士还穿上了成人尿不湿一直坚持在病房内不上厕所，目的就是为了节省防护服。即便如此，由于防护物资的缺乏，还是出现了院内感染和医护人员感染的情况。

作为前线指挥，中央指导组督查工作，最重要的是紧紧抓住两个重点：一是让武汉的疫情不再进一步扩展到流行和暴发，亦即抓好“内防扩散”；二是坚决杜绝武汉周边再出现第二个武汉，即抓好“外防输出”这个要害。

现在看来，武汉保卫战的战略、战术和战法都取得了显著成效。

武汉保卫战是中国创造性地运用习近平新时代中国特色社会主义思想解决

重大复杂问题的一个成功典范，是应对和处理社会危机的一个优秀案例，是领导干部解决重大问题的一个新版教科书，也是世界处理重大突发公共卫生事件的一个典型案例。

从 2019 年 12 月新冠肺炎疫情发生到 2020 年 4 月 8 日武汉市解除离汉通道管控措施，武汉保卫战持续了将近四个月。武汉市累计报告新冠肺炎确诊病例 50 006 人，湖北省累计报告确诊病例 67 801 人，分别占全国 60.7% 和 82.3%。在武汉保卫战和湖北保卫战中，武汉市和湖北省报告的确诊患者病亡数量分别占全国的 76.6% 和 96.2%。换言之，湖北之外的病亡者数量很少（截至 2020 年 3 月 28 日的数据）。因此，将武汉保卫战和湖北保卫战看作是这场防控新冠肺炎疫情的中国保卫战至关重要的战役，是决定胜败的胜负手，丝毫都不为过。

在这场战役中，全国有 346 支医疗队、4.26 万名医护人员驰援武汉、湖北。全国各地驰援湖北的 4 万多名医护人员，没有感染病例报告。而在抗击疫情过程中，全国还有超过 20 名医务人员倒下，以身殉职，其中大部分是湖北的医务人员。

除了出生入死坚守在战斗一线的医护人员，还有不计其数身先士卒冲锋在前的党员干部、竭忠尽智出谋划策的生命医学科研人员、听从指挥冲锋在前的人民子弟兵、日夜守护万家灯火平安中国的人民警察、奔走于大街小巷冒险接送医护人员和患者的志愿者、免费为医护人员提供餐食的饭馆业主、不怕危险运送物资的快递小哥、为维护秩序而任劳任怨的社区工作者、加班加点生产医护用品的工人、慷慨捐献守望相助的爱心人士……

毫无疑问，在这场人类历史上空前的与新冠肺炎病魔作战的过程中，涌现出了许许多多可歌可泣的人物，不计其数惊天动地催人泪下的故事。千千万万普通人在关键时刻扛得起来、冲得上去，危难关头豁得出来，严防死守，顶住重压，与时间赛跑，与病魔赛跑，救死扶伤，忠诚使命，恪尽职守，圆满地完成了自己应当承担或自愿担负的责任和工作，在抗击疫情重大灾害过程中做出了卓越的贡献，绽放出绚丽的精神之花，迸发出人性的光辉。毋庸讳言，他们都是新时代最可爱的人，是值得人们尊崇敬仰、学习效仿的榜样与楷模。

英雄是一个民族最闪亮的坐标，英雄是一个国家精神的高度。推崇英雄，爱戴英雄，学习英雄，让英雄主义成为全社会共同的价值追求，让人人学英雄、人人争当英雄成为全社会的新风尚。诚如此，中华文明的再度崛起并屹立东方，中华民族伟大复兴的中国梦就一定会实现。

2020 年 3 月于武汉水神客舍

（作者系中国作协创研部副主任、中国报告文学学会副会长。）

抗疫英雄谱

医护人员

临危受命的逆行者

医院是救治新冠肺炎患者的主战场，是疫情防控的主阵地。医护人员是与疫情作战的白衣战士，他们原本都是凡人，都是普通的医者，只不过因为披上了白大褂，就自觉承担起了救死扶伤、扶危济困的使命。他们手持各种医疗设备，手术刀，导管，输液瓶，注射器，各种医疗测量仪，治疗仪，药品，方剂，这些都是他们用来同病毒作战的武器和弹药。他们担负着正面战场的重任，英勇无畏地打了一场艰苦卓绝的阵地战、遭遇战。

因为新冠病毒人人易感，具有很强的传播性和传染力，而医护人员却需要直接面对一个个确诊或者疑似新冠肺炎患者，他们是距离“病毒”这个眼睛看不见的凶险狡诈的敌人最近的战士，可以说是冒着生命的危险，在极度风险之下从事自己的本职工作，因此，这些医护人员是抗击疫情战场上名副其实的英勇战士和无名英雄。

在疫情萌发开始阶段，医护人员最先侦察发现了“敌人”的踪迹，最先发出了警报，提醒社会和公众提防这个险恶的敌人。而当疫情蔓延开来时，医护人员更是奋不顾身，冲锋在前，用自己并不强健的臂膀和血肉之躯，为亿万群众挡住病毒，挡住危险，挡住黑暗，将光明、希望和健康带给他人。他们是英雄，他们的英雄气概表现在责无旁贷义不容辞义无反顾一往无前。当疫情袭来时，他们一个个都毫不迟疑地奔赴战场投入战斗。在布满危险的病房里，在医院的污染区、半污染区，他们日夜不停地坚守岗位。特别是在疫情暴发初期，当发热病人和疑似、确诊病人数量快速增长时，医护人员人手严重不足，防护措施、防护物资严重缺乏，但是他们依旧没有放弃，仍然一如既往地投入最危险的前线；依靠简陋的防护措施，全力救治患者，甚至本该 4 小时一换的防护服，硬是撑到了 8 小时，而为了在 8 小时之内不上厕所，许多人还逼着自己第一次穿上了成人纸尿裤；很多人在岗位上疲惫不堪，甚至靠在墙上、椅背上随时都能入睡……但是他们始终没有停下脚步，没有松劲，没有懈怠，他们依旧顽强地坚持着，坚持着，一直到成千上万的援军从全国各地四面八方源源不断地赶来增援，这才使他们稍微能够从容应对。当防护物资和医疗设备越来越充足，救治措施和方法越来越完善时，我们的医护人员才终于可以稍稍松口气，可以比较镇定地应对强大的敌人。

在这次与新冠肺炎病魔搏斗的战役中，医护人员做出了最大的牺牲和贡献。据截至 3 月 7 日的统计，有超过 20 位的医护人员付出了生命，他们是人民应该永远铭记的烈士，他们是中华民族应该载入史册的英雄。

那些被病魔击中的医护人员，他们就如同战场上受伤的战士一样，其中的许多人经过治疗，康复后又重返战场，继续参与战斗。这是一群打不倒、摧不垮、消灭不尽的战士，有这样一群英勇的战士在，人民的安康、祖国的安宁便有了保障。

对于这些英雄的医护人员，全国各地都给予了很高的礼遇和尊崇敬仰。在各地援鄂医疗队离别时，武汉市和湖北省的人民群众以最高的礼遇送行，当他们回到各自的城市时，也都受到了最高的礼遇。4 月初，湖北省人民政府根据《烈士褒扬条例》和《退役军人事务部 中央军委政治工作部关于妥善做好新冠肺炎疫情防控牺牲人员烈士褒扬工作的通知》精神，评定王兵、冯效林、江学庆、刘智明、李文亮、张抗美、肖俊、吴涌、柳帆、夏思思、黄文军、梅仲明、彭银华、廖建军等 14 名（按姓氏笔画排序）牺牲在新冠肺炎疫情防控一线人员为首批烈士。

人民给了英雄们最高的礼敬，给了英雄们应有的荣光。一个拥有英雄并且尊崇爱戴敬仰英雄的民族，必定是强大的，战无不胜的。

张继先：湖北省疫情上报“第一人”

张继先

张继先的预警，在医疗系统这个主战场内部起到了决定性作用。

作为第一个为湖北乃至全国拉响疫情警报的医生，张继先被湖北省卫生健康委记大功奖励。

迷雾中的哨兵，总是会被人铭记。

这位个头不足一米六的女医生，是湖北省中西医结合医院呼吸与重症医学科主任。在她柔弱的身体里，却蕴含着巨大的能量与勇气。2019 年 12 月，就是她最早发现了这场疫情的苗头，并坚持与院方一起上报。

其实，她成为第一位上报疫情的医生并非偶然。当年参与“‘非典’战疫”的经历，早已让她具备了分辨“什么叫公共事件，什么叫群体事件”的能力。

这是一个常年坚守在一线的医生，更是曾为国“冲锋陷阵”过的“老兵”，而时刻挂在她胸前的工牌上，印着四个鲜红的大字——共产党员。

“这肯定有问题！”

2019年12月26日上午，一对老两口来到张继先所在的医院看病，当时正好是她在值班。

两人当时的症状很像流感——发烧、咳嗽。为了保险起见，张继先让他们去拍了肺部CT片。

结果出来，她眉头一皱。虽然症状看起来像是流感或普通肺炎，但CT片的结果与两者有明显的区别。

张继先曾在2003年“非典”疫情防治中，作为江汉区专家组成员，每天下到各个医院排查疑似者，对传染病疫情有着高度敏感性。当她看到这组CT片时，立刻感觉“这里有问题”。后来证明，这就是新冠肺炎毛玻璃结节典型CT。

在得知老人生病的这几天都是儿子在照顾他们后，张继先叫来了他们的儿子。虽然他当时没有任何症状，但肺部CT结果显示，其肺部已经感染。

“一般来说，一家来看病，只会有一个病人，不会三口同时得一样的病，除非是传染病！”

很快，张继先的判断就得到了证实。同一天，还有一位病人的症状和肺部CT结果显示与那一家三口一样。甲流、乙流、合胞病毒、腺病毒、鼻病毒、衣原体、支原体等与症状相关的检查，她都让病人做了一遍，但结果都不是。

那时候，张继先开始认识到事情的严重性。

事不宜迟，12月27日，她将这四个人的情况向业务院长夏文广、医院院长办和医务部作了汇报，医院立即上报给江汉区疾控中心。

结果上报没两天，张继先所在的医院陆陆续续又收治了更多有类似病症的人，他们的症状和肺部表现一致，只是有轻重的区别。张继先敏锐地意识到情况不对，立即又向医院进行了报告，并建议医院召开多部门会诊。

12 月 29 日下午 1 点，分管院长夏文广叫齐了各科专家，对收治的几个病例逐一讨论，并立即决定：直接向省、市卫生健康委的疾控处报告。

12 月 29 日是星期日，但省、市卫生健康委疾控处接到报告后快速反应，指示武汉市疾控中心、武汉市金银潭医院和江汉区疾控中心派人来到医院，正式开始流行病学调查。

2020 年 2 月 1 日，各方信源均证实是湖北省中西医结合医院最早上报疫情。确实是张继先的预警，在医疗系统这个主战场内部起到了决定性作用。

“先隔离！”

有过迎战“非典”的经验，张继先深知疫情发现越早越有利于控制。

在引起专家组重视之前，她就已经采取了隔离措施，早在 2019 年 12 月 27 日上午便将收治的那 4 个疑似病例单独隔离了起来。她在呼吸科的病房中隔出了一块区域，并将 4 个病例统一安排在了这个相对独立的地方。

与此同时，经验丰富的她还提前预警了科里的医护人员“这个病可能有传染性”，并带领大家主动做好自我防护。

随后，她从网上又团购了 30 件帆布衣服用作防护。至于为什么团购而不是让单位配发，她说：“如果医院配发的话需要定做，而网上买能够很快到货。”

这些厚帆布“防护服”一直用到今年 1 月 20 日才完成它们的使命。这一天，钟南山院士明确新型冠状病毒肺炎能够人传人，医院给张继先和同事们配备了三级防护服。

除了对人做好防护，张继先当时还对医疗物品做出了针对性规定。她要求，隔离区内的所有医疗用品均不可与其他病人的混用。为了避免二次感染，

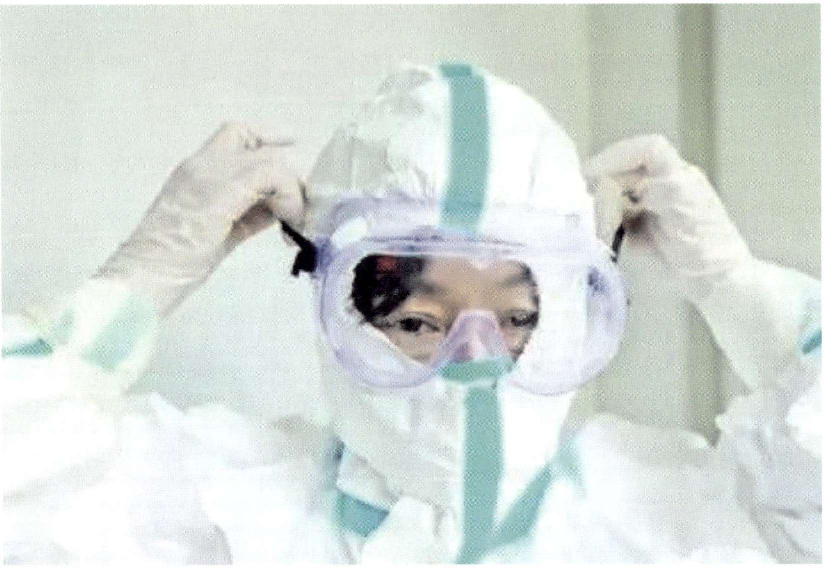

穿防护服的张继先

她还把医疗废弃物全部单独处理。

这些措施在当时看起来有些“过犹不及”，但“非典”的教训过于惨痛，一根弦永远绷在张继先的脑子里，而这也是“非典”时期锻炼出来的思维。

对于团队来说，张继先的这种“过犹不及”最终成了不幸中的万幸。

截至 2 月初，张继先和她的团队奇迹般地无一人感染。面对采访，她说：“我从那个时候（2003 年）就有感觉了，知道什么叫公共事件，什么叫群体事件。”

“我们现在感觉自己做对了！”

冲在一线

在接受央视采访时，张继先说，自疫情发生以来，自己没有休息，也没有了上下班的概念，开始还能住在家里，后来就住到了医院旁边的宾馆，一来方便与家人隔离，二来科室有事可以及时赶到医院。

张继先曾在病房号啕大哭。她说：“病人太多了，我们的医护人员太苦了！”

她像救火队员一样，在离新冠肺炎疫情最近的地方战斗。作为呼吸内科主任，她不仅每天要对160位病人查房了解病情，制订诊疗方案，遇到危重病人，还要带领团队通宵达旦抢救。这一个月来，睡眠严重不足，体力严重透支，她说自己已竭尽了全力。

疫情的发生，不仅对病人健康造成严重危害，更是对医护人员的巨大考验。

根据《中国妇女报》报道，张继先团队每个上午都要经历4个小时高强度工作，衣服会湿透，也不能吃东西、喝水，更不能上厕所。除了做到这些，还要应对很多情绪激动的病人或家属，对他们进行安抚……

不过，辛苦的工作没有压垮他们。“想到我们现在坚持工作，才能让更多患者得到治疗，就没有人抱怨，大家都在全力做好自己的医疗工作。”说起自己的团队，张继先感到非常骄傲。

在疫情面前，张继先已经是个不折不扣的“老兵”。这个身经百战的“老兵”，如今又一次冲在了最前线。

那一刻，她像极了“召必回，回必战”的勇敢战士。

环球人物 ID：globalpeople 2006 作者 隋 唐 编审 苏 睿

疫情“风暴眼”中武汉市金银潭医院院长张定宇

1月27日，在武汉市金银潭医院综合病区楼，张定宇在联系协调工作
（新华社发　柯皓　摄）

生命，有起点，也会有终点。张定宇——武汉抗疫一线一位医护人员，似乎在按倒计时的方式与生命和时间进行着搏斗。

手里接打着一个又一个几乎不间断的电话，脚下步子也不停，还不忘对身边人发出一个又一个清晰的指令……

这，是武汉市金银潭医院院长张定宇给人的第一印象。

金银潭，老武汉人都未必熟悉的一家传染病专科医院。这些天频繁见诸媒体。这里，是最早集中收治不明肺炎患者的医院，是这场全民抗“疫”之战最早打响的地方。

张定宇在这场战事中与病毒赛跑、与死神竞速，也与“渐冻症”进行着顽强斗争。

2019年12月29日，武汉首批7名不明肺炎患者转入位于武汉三环外的武汉市金银潭医院。

“当时不少医疗机构也陆续出现不明原因肺炎病人，绝对不能大意。”多年从事传染病防治，职业敏感让张定宇第一时间判断，这不是普通的传染病。

果断决策，他将这些病人迅速集中到隔离病房，穿上防护服，进隔离区查看症状，分析研判。

隆冬，一股寒意向张定宇袭来，情况比他想象的要糟。

12月30日一早，他再度决策：紧急布置腾退病房，抽调更多医疗力量，新开两个病区，转入80多名病人，完成清洁消毒，设备物资人员调配……

平时少有人知晓的金银潭，拌和着空气中浓浓消毒水味的，还有凝重紧张的气氛。

人类与重大疾病斗争史上，未知和恐惧，从来都如影随形；清醒和果敢，也愈加珍贵地相生相伴。

之后的日子，时钟的钟摆对武汉市金银潭医院、对张定宇、对已知和未知的所有，似乎都踏上了加速度的轨道。

不断有新病人转入，相当于医院要不断“换水”，任何一丝不细致都会弄出乱子。

早上7点半，往往换班的医护人员还没到，张定宇就已经到了。“今天收了多少病人？”“多少出院？”他每次问，都要回答者脱口而出说出精确数字。“收病人、转病人、管病人，按道理有些事他可以不管，但他都会到现场亲自过问。”南三病区主任张丽说。

张丽2003年曾参与过抗击“非典”，对传染病防治是见过大场面的。搁平时，这位资深传染病医生，见了张定宇却多少会躲着走。“脾气粗糙，你和他说话都不许插嘴。”张丽说。

张丽没想到的是，这次不仅是“粗糙”，更是躲不过去的“折磨”。“任务布置急、要求高，事无巨细，骂起人来都不留情面。”

被“折磨”的张丽在这次危机中却感觉到张定宇“粗糙”脾气下的细致：“幸亏靠了他的暴脾气和果断。有困难找他，总会有办法。现在看到他的身影，有种踏实的感觉。”

1 月 8 日，国家卫生健康委公布，初步确认“新型冠状病毒”为此次疫情的病原。

武汉，九省通衢，有约 1 100 万人口。几乎一夜间，成为一场波及全球疫情的“风暴眼”。

疫情袭来，冲击着每一个人。坚毅，能不能战胜恐慌？

武汉，紧张中蕴含着不安和骚动。武汉市金银潭医院病区内，呼叫医务服务的铃声此起彼伏，与病楼外疏落的人影形成强烈的反差。

“风暴眼”中，张定宇走着，说着。

对病人，他是一种语气。

“您家莫急莫急，我马上安排人出来接。”

对下级，他是另一种态度。

“搞快点，搞快点，这个事情一点都等不得，马上就搞。”

他严厉，但是镇定。

张定宇告诉大家：“我们要胆大心细！有什么责任有我担着。”对呼吸道传染病不必过于恐慌，按要求做好防护就没危险。

他身后，从一个病区，到一栋楼，到三栋楼；护士从 2 小时交接班一次，延长到四五个小时一次；医生更是恨不得把一个人掰成两个人来用……

“2019 年 12 月 29 日到现在，他没休过一天，只有两个晚上离开医院稍微早些。”武汉市金银潭医院党委书记王先广说。给他留下深刻印象的还有这位搭档蹒跚的身影。

越来越多的同事发现，一向脚步如风的院长下楼梯脚步越来越慢。面对越来越多人的追问，张定宇终于承认："我得了渐冻症，两年前就犯病了，下楼吃力，更怕摔倒。"

渐冻症是一种罕见病症，慢慢会发展为全身肌肉萎缩和吞咽困难，直至呼吸衰竭。"我特别怕下楼，必须扶着。平时，我下楼都会抓住我爱人。"

"多少次问他，都说膝关节动过手术。"感染科主任文丹宁说。直至这次，她和其他同事才回过神来："为什么他脚步高低不平，上下楼一定要抓紧扶手，慢慢挪。"

北七病区护士长贾春敏却不承认："他明明走得好快！"1月21日晚腾退完病房后，正等待转入新病人，贾春敏就接到张定宇电话："五分钟到北7楼，看新病区还差些什么。"

放下电话，贾春敏赶着拉上装物资的小推车一路小跑。"他从办公室到北7楼比我远，等我到的时候，他已经在那儿了。"贾春敏说，"平时他老跟不上我们，但他拼的时候，我们跟不上他。"

"有他在，医护人员、病人、家属心里都有底。"文丹宁说。

慢和快，在张定宇身上，在疫情发生后，组成奇妙的复合体。

清早6点钟起床、次日凌晨1点左右睡觉，不知不觉成了常态。好几个夜晚，张定宇凌晨2点刚躺下，4点就被手机叫醒。

情和痛，也从不知什么地方会来个突然袭击。

武汉市金银潭医院收治首批病人22天后，张定宇得到消息。在武汉另一家医院工作的妻子，在工作中感染了新型冠状病毒，住进相隔十多公里的另一家医院。

妻子入院三天后，晚上11点多，张定宇赶紧跑去探望，却只待了不到半小时。"没说太多话，都很疲惫，只是离开时叮嘱了下：保重。"采访时，张定宇不愿多回忆那宝贵的30分钟。

"实在是没时间。我很内疚，我也许是个好医生，但不是个好丈夫。"眼前这位五大三粗，和普通人眼中医生形象很不匹配的硬汉，眼圈忽然红了。

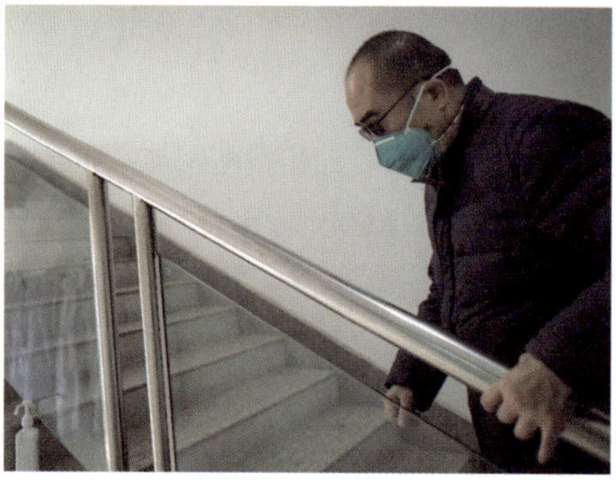

1月29日，由于渐冻症的关系，张定宇爬楼十分不便（新华社记者　肖艺九　摄）

“我们结婚28年了，刚开始两天她状态不好，我就怕她扛不过去。”

不能完全停下来，也不能时时刻刻动。张定宇的渐冻症需要比别人更好地掌握这个度。

几乎没时间去看患病的妻子，却又搁不下、放不了挂念，没法想象张定宇心里怎么过的这道坎。

一个多月，夜以继日，张定宇病了。躺在床上输液时，手里仍拿着各种材料数据了解病人情况、重症人数、救治进展，布置各项工作……刚刚好一点，只要可能，张定宇都会再穿上被称为“猴服”的防护服，从病人通道走到隔离病房，走到重症室查房。

“穿着防护服，走路都能听到呼吸、心跳，出来前胸后背都湿透了。”张定宇的感受，是疫情笼罩下，医护人员最真实的感受。

好在，坎过去了。1月29日下午，妻子痊愈出院。这个消息让已经了解张定宇，知道了这样一位战“疫”勇士事迹的人们，都松了一口气。

急切的记者电话核实这个压抑中难得的好消息时，已经是晚上11点了。开车回家路上的张定宇说了一句话：“对，两次核酸检测呈阴性。”

共产党员、院长、医生，是张定宇的三重身份。

“无论哪个身份，在这非常时期、危急时刻，都没理由退半步，必须坚决顶上去！”张定宇说。

57岁的张定宇，从一名普通医生起步，先后担任武汉市四医院副院长，武汉血液中心主任。

从医33年，他曾随中国医疗队出征，援助阿尔及利亚；2011年除夕，作为

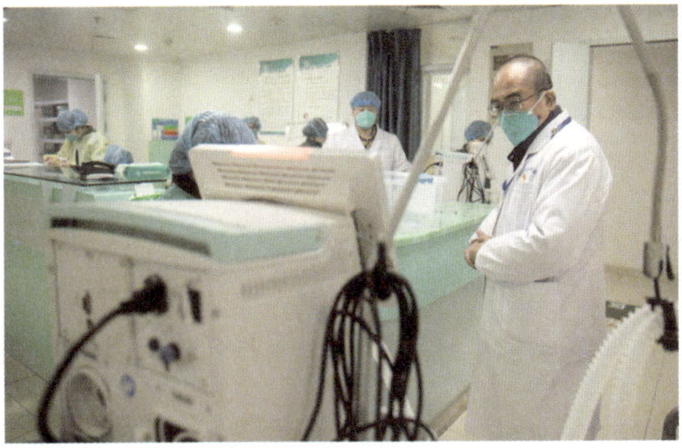

1 月 27 日，在武汉市金银潭医院综合病区楼，张定宇在联系协调工作（新华社发　柯皓　摄）

湖北第一位“无国界医生”，出现在巴基斯坦西北的蒂默加拉医院……

他和同事们的身影，也曾出现在重大灾害发生的现场。2008 年 5 月 14 日，四川汶川地震第三天，他带领湖北省第三医疗队出现在重灾区什邡市……

“像张定宇这样的党员干部，始终冲在最前线，让大家都感觉有主心骨。”张丽说。

55 岁的南六病区主任陈南山顶上去了！在春节期间人手最紧张的时候，临危受命，参与两个 ICU（重症监护室）病区建立，最多的时候 1 人管理 3 个病区近百名病人。

南四病区副主任余亭和同在医院护士岗位的妻子顶上去了！夫妻俩把上小学的孩子丢给父母，坚守一线 30 多天。

一米五出头，看着柔弱的 ICU 病区主任吴文娟顶上去了！从首批不明原因肺炎患者入院，直到自己因疑似感染新型冠状病毒被隔离才下“火线”。

武汉市金银潭医院 240 多名党员顶上去了！没有一个人迟疑、退缩，全部顶在急难险重岗位。有了张定宇和党员们，600 多名职工全部坚守岗位，从未有人主动要下“火线”。

战疫魔，武汉市金银潭医院动起来了，武汉动起来了，全中国动起来了。

“健康所系，性命相托”。对张定宇们，这是践行的誓言！对无数民众，这是力量所在，希望所在。

动如风火的张定宇也有个希望，在自己能动的时候，跑赢这次与新型冠状病毒的赛跑。

“我会慢慢失去知觉，将来会真的跟冻住了一样。”张定宇下意识地摸了摸腿，“慢慢我会缩成小小一团，固定在轮椅上。每个渐冻病人，都是看着自己一点点消逝的……”

“生命留给我的时间不多了，必须跑得更快，才能跑赢时间，把重要的事情做完。”

伴着高低不平的脚步，和电话那头急促的声音，张定宇转身，朝着隔离病区走去……

2020 年 1 月 31 日，难得的冬日暖阳照进了这座非常的江城。

下午 5 点左右，消息传来：20 名新型冠状病毒感染的肺炎患者从武汉市金银潭医院集体出院，患者最大年龄 64 岁，最小年龄 15 岁。这是疫情发生以来同时出院人数最多的一次。

截至 2 月 1 日，武汉市金银潭医院累计出院确诊患者 72 例。

新华社　钱　彤　李鹏翔　侯文坤　黎昌政

用生命完成最后的坚守

——追记武汉市武昌医院院长刘智明

武汉市武昌医院提供的刘智明院长的资料照片（新华社发）

2020 年 2 月 18 日，上午 10 时 54 分，一位始终奋战在抗疫一线的白衣战士走了……

他是武汉市武昌医院院长刘智明。春暖花开前，他生命的刻度永远定格在 51 岁。

过去一个月，跟病毒的战斗，一直持续到他生命的最后一刻。

“在抗击疫情的路上，他已化作那最亮的一道光。”为众人抱薪者，终将被铭记。

生死之间：仍惦记着“千万不要感染别人”

2月20日，刘智明的同事向记者展示怀念刘智明院长的朋友圈（新华社记者　熊琦　摄）

“折腾了一晚上……我以为我要死了，缺氧。今早打了呼吸机，好多了！”2月4日，丈夫刘智明发过来的一条消息让蔡利萍至今难以释怀，没曾想到微信上的几句简短对话竟是两人的永别。

“小肚鸡肠老公”是蔡利萍微信上对刘智明的备注名。在蔡利萍眼里，这位“小肚鸡肠”的院长，对自己“小气”，却把更多的时间和爱给了身边人。

蔡利萍是武汉市第三医院光谷院区重症病区护士长，同在一线的她回忆说，1月份几名发热病人住进武昌医院ICU，刘智明担心病人就医治疗不及时、医生接诊流程不顺利，坚持自己带头查房。

从院长变成病人后，刘智明也没放下身上的担子。病人收进来没有？院内感染防控做到位了吗？……他不停地接打电话，回复微信。

“你现在不是院长，而是病人，你要听我的。”武昌医院ICU主任徐亮多次提醒刘智明必须好好休息！但刘智明总是说：“我是院长啊，我丢不下！”

“他总是这样，忙到没时间关心自己的身体。”武昌医院消化内科主任曾去ICU看望过刘智明。当时刘智明已经用上呼吸机，说话都很困难，却还在叮嘱她，一定要确认有没有同事被感染。“明明自己都病得那么重，他想到的还是我们这些手下的兵。”

2月4日，蔡利萍连续4次给刘智明拨打视频通话，都没有接通，只好留言鼓励，“老公，你要加油。”隔了一小时，刘智明才回复。

在丈夫感染后，蔡利萍曾多次想去照顾，但刘智明每次的回答都是“不要”。

谁也没想到，2月13日，刘智明病情突然加重，接受抢救。在生死一线之间，他还在反复强调：“不要给我插管！”

“我们的ICU病房不是负压病房，医生插管治疗容易形成气溶胶，有传染风险。”武昌医院纪委书记洪毅眼圈红了，“这个时候他还惦记着同事安危。”

疫情袭来：没有半点推脱就上了战场

2020年1月21日下午4点，因受疫情影响，武昌医院被征用为武汉市第一批定点医院，准备接收发热病人。

这是一个繁重的工程：2个小时内将门诊部改成发热门诊和留观病房；3天内完成全院既有499名其他疾病患者的转移工作，其中危重病人30余名，可供调用的救护车仅有4辆；转移病患的同时，对武昌医院西院区进行整体改造，建好300张隔离床位……

收到通知半小时后，刘智明迅速召集职能部门、医技部门商议方案，全院行动。当天下午6点，他们就把门诊部改成发热门诊和留观病房。

“这是国家和人民交给我们医院的光荣使命，我们一定要不辱使命！”

有医护人员也担心，收治医患如何保证医生和病人的安全？“我们会请来权威的院感专家来医院规划，保证‘三区两通道’的科学设置，一定安排好职工的工作和生活，不能让任何一个人在这场战役中受伤牺牲。”刘智明的话掷地有声。

改造任务繁重，1月22日凌晨4点，刘智明给妻子打电话，让她帮忙送些换洗衣物，因为改造成定点医院后他就不能回家了。

“一张床位就是一条命，能多一张就能多救一条命！”刘智明结合专家与医院实际，带领职工腾挪改造、反复设计，硬生生从“巴掌大”的西院区里腾出了 504 张床位，比上级要求的床位量增加了近七成，并且如期投入使用。

改造病区、腾挪病房、运送病人、调配人员、解决物资……一个个任务接踵而至，坐镇医院的刘智明连轴转。

“他经常是吃住在医院，就睡在办公室。抗击疫情以来，他一直坚持到一线去参加指导临床的工作。他的办公室非常小，能摆下的沙发也很窄，你知道他是一个 1 米 8 的大个子……”武昌医院党政办主任李秀荣说。

洪毅说，武昌医院战线长、任务重，在大批外地医疗队支援还未到达的情况下，不仅完成了新冠肺炎患者的收治，还承担了血透、精神疾病患者的收治工作，三大院区收治患者约千人。武昌医院作为三级医院能够挺住，多亏了刘智明的坚守。

战斗未熄：化作“一道光”照耀大家

2 月 18 日 10 时 54 分，同济医院中法新城院区，刘智明病床前的心电监护仪上显示了一条直线。

这位在一线抗击病毒的白衣战士，在春暖花开的季节即将到来时，永远离开了……

直到今天，武昌医院西区门口的宣传栏上依然挂着他的简介展板。

这段时间，每当提到刘智明，很多同事都会哭得无法自持。

“总不时张望电梯口，希望像往常一样，一抬头您从电梯出来，面带微笑地问我：‘病区都还好吗？’”武昌医院消化内科护士长徐瑞杰在微信朋友圈依依惜别。

“他担心医护人员营养跟不上，请营养专家设计食谱，要求食堂伙食多加一些鸡蛋和水果。”食堂负责人郑凤霞说。

“我为好学生刘智明而感动。”湖北医药学院党委书记涂汉军专门为他撰写了悼文《二月缅怀》。他说，刘智明是一个三级医院的院长，本可以不去一线，可以远离病人，感染的机会是很小的，但他依然选择用生命完成自己最后的坚守。

“在新冠肺炎疫情暴发时，刘智明医生感动了也挽救了无数生命。”2月18日，世界卫生组织总干事谭德塞通过社交媒体对武汉市武昌医院院长刘智明因感染新冠肺炎去世表示哀悼。

然而，刘智明的同事们并没有太多的时间痛苦和缅怀——院内432名新冠肺炎患者正在救治。

“在他身上，我感受到了一名院长的责任和担当……战役还没有结束，病毒还很残酷，容不得我们有半点松懈。我们要化悲痛为力量，集中精力去打赢这场没有硝烟的战役。”2月19日，在武昌医院科室主任微信群里，武昌医院党委书记王力霞忍着悲痛，发出了一封公开信。

“在抗击疫情的路上，他已化作那最亮的一道光。”一位同事这样说。

新华社 廖君 侯文坤 冯国栋

烈士李文亮

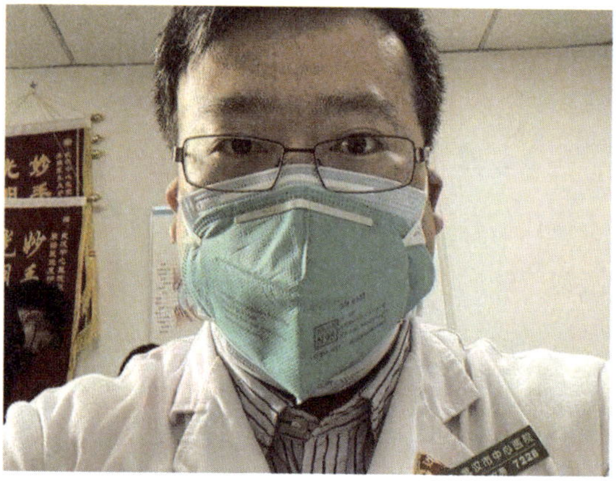

2020 年 1 月底，李文亮的名字才第一次被大众所知，此前他只是武汉市中心医院一名普通的眼科医生。

在此之前，这场疫病还被称为“不明原因肺炎”。身为临床医生，他在群里提醒同学注意防护，但自己不幸感染，并住进了重症监护室。

2 月 1 日，他发出了最后一条微博：“今天核酸检测结果阳性，尘埃落定，终于确诊了。”

谁也没想到，未满 35 岁的李文亮医生，很快走到了生命的终点。

2019 年 12 月 30 日，武汉市中心医院眼科医生李文亮看到一份病人的检测报告，“检出高置信度阳性指标 SARS 冠状病毒阳性”。

当天下午 5 点多，他在大学同学微信群中发了几句话：“武汉华南海鲜市场确诊了 7 例 SARS”“最新消息是，冠状病毒感染确定了，正在进行病毒分型”“大家不要外传，让家人亲人注意防范”，后因此收到中南路派出所的训诫书。

2020年1月8日这天，来了一名82岁的女性患者，急性闭角型青光眼。

彼时，新冠肺炎还是“不明原因的病毒性肺炎”，与平时接触其他患者一样，这次李文亮也没有做特殊防护，这名病人也没有出现发热等症状。

1月9日，李文亮前一天接诊的这名患者发烧。她的CT报告显示症状是“双肺磨玻璃样病变”。

1月10日，李文亮开始出现咳嗽症状。1月11日，发热。1月12日，住院，随后住进重症监护室。

他在住院治疗期间曾回忆：“等她CT做完，我就高度怀疑她是病毒性肺炎。”李文亮分析，这名82岁患者CT显示的症状，是病毒性肺炎的表现，而且已经排除了常见病毒感染的情况。不过，因为医院还没有用于检测确诊病人的试剂盒，当时没有给她确诊。

1月30日，住在武汉市中心医院重症监护病房的李文亮一直在打针，还是无法自主呼吸、无法活动，要进行高流量吸氧。

此前，李文亮做了一次核酸检测，但一直没出结果。经过治疗后又进行一次检测，结果显示为阴性。

他还是一如既往地乐观：“精神状态好了一些，可以断断续续地用手机打字上网。”那时他曾估计自己的病情是“目前没有生命危险，只是肺功能恢复需要比较长的时间”。

家属不能进重症监护室，但医院的同事们帮他买了很多生活用品。病房外的鼓励和支持，让他从病痛中有所慰藉。

此前，他的父母也出现了“肺部磨玻璃样病变”，并住进了医院。他曾表示，二老“暂时没有生命危险”。

“我爱人和孩子目前不在武汉，他们很安全。”那几天，家人不能照顾身在重症监护室的他，但隔着手机屏每天互相加油鼓励。

李文亮一直表现得很乐观。

“请大家放心，我一定积极配合治疗，争取早日出院！”1月31日，他发微博说。

此前的两次核酸检测，李文亮都没有被确诊。

2月1日，在重症监护室住了半个多月后，他的核酸检测结果呈阳性。那天他发了条微博，向大家宣布这个消息：“尘埃落定，终于确诊了。”

在这条微博底下，他喜爱的电视剧《庆余年》主演张若昀给他留言：“加油，祝您早日康复。”

晚上9点多了，躺在重症监护室的他仍然回复了张若昀：“谢谢，期待《庆余年2》”。

“对病情我还是比较乐观的。估计还要在床上躺半个月，才能让肺功能大部分恢复。”

他甚至期待着，身体康复后还要上一线——“疫情还在扩散，不想当逃兵！至于疫情以后的事，还没想太多。”1月30日，他喘不上气，没有太多力气说话，在手机上发出了这句话。

就像他自己所估计的，所有人一边为他揪着心，一边期盼还不满35岁的他早日康复。

2月6日夜里，关于李文亮的坏消息突然传来，像病房里的消毒水味道一样刺痛着人们的神经。

“病危”“全力抢救中”“全力抢救无效”。

2月7日凌晨，武汉市中心医院宣布了李文亮的死讯。

李文亮，1985年10月12日生，辽宁锦州人。2004年考入武汉大学临床医学（七年制）专业就读。2014年在武汉市中心医院工作至今。

这个还没满35岁的年轻医师，在生活中和普通人也没有太多不同。

大学时期的李文亮，喜欢看剧，最近喜欢看《庆余年》，还期待着这部剧推出续集；

喜欢打卡，不论是广州塔、巴厘岛，还是工作单位、城市公园，他都爱拍照留念；

喜欢美食，忙碌之余会心心念念吃一份炸鸡腿；

喜欢转发有关抽奖、智能手机、电脑、车厘子的信息，“终于不再是抽奖绝缘体”的那次，他抽中了一盒湿巾。

2 月 7 日凌晨，李文亮不幸病逝的消息传来后，武汉市中心医院的同事们无不悲痛，“他真的是很好的人”。

“7228 一路走好，×××× 向你致敬！”7228 是李文亮的工号，一名正在武汉市中心医院参加抗疫前线工作的医护人员在朋友圈悼念。

“爱乐维好贵啊。”2019 年 11 月 29 日，他曾经发了这样一条微博，配图是一种妊娠期和哺乳期妇女补充维生素、矿物质和微量元素的复合维生素片。当时 34 岁的他，有一个完满的家庭，大儿子 4 岁，妻子怀着小宝宝，全家人正期待着新生命的降临。

只是他的生命，在这个 2 月戛然而止。

2020 年 3 月 19 日，国家监察委员会调查组发布了《关于群众反映的涉及李文亮医生有关情况调查的通报》，调查组建议湖北省武汉市监察机关对中南路派出所出具训诫书不当、执法程序不规范等问题进行纠正，追究有关人员责任。

同日，武汉市公安局决定撤销训诫书，并就此错误向当事人家属郑重道歉。

随后，湖北省人民政府评定其为牺牲在新冠肺炎疫情防控一线的烈士。

南方都市报　向雪妮

“有事叫我，我来”

——追记武汉市蔡甸区人民医院医生夏思思

2020 年 2 月 23 日清晨，一位在疫情来袭时毅然挺身而出的白衣战士走了，年轻的生命定格在 29 岁。

夏思思，武汉市蔡甸区人民医院（协和江北医院）医生。过去一个多月，她一直与病毒战斗，直至生命之花凋谢。

“有事叫我，我来”

2020 年 1 月的一天，值了夜班的夏思思本可下班回家休息。听说有位 70 多岁的老人病情加重，她又返回医院参与救治，协调专家会诊、检查。随后几天，因为担心老人病情，夏思思主动留在病房。

“当时这位病人已经高度怀疑是新冠肺炎，思思也知道，可她依然选择回来战斗。当时医院、医护人员都进行了准备和防护，她却被感染了。”医院消化内科主任邱海华哽咽着说。

邱海华说，夏思思是科里7位医生中最年轻的一位，工作从不挑三拣四，一切服从安排，还经常主动帮别人代班。医院有下基层义诊或大型医疗保障工作，她总是第一个报名。

“有事叫我，我来。”这句话是夏思思工作中的口头禅。医院、同事有什么急事，一个电话，夏思思总能及时出现。因为认真负责、乐于助人，她成为领导、同事都很喜爱的“小思思”。

1月19日，夏思思突感乏力伴发热，随即住院治疗。“她依然十分乐观，我们去看她，她还经常询问医院的工作情况，想早日重返岗位。”邱海华说。

不幸的事情还是发生了。2月23日凌晨，夏思思病情突然恶化，经多位专家紧急抢救，最终不幸去世。

“我们约好，要白头偕老”

思思的母亲是护士，在家庭的耳濡目染下，她很小对学医产生了浓厚兴趣，报考了医学专业。因为学医，思思还收获了爱情，认识了师哥吴石磊。

“我们约好，要白头偕老，一辈子幸福下去，把双方父母照顾好，把儿子培养好。可是，疫情把一切都改变了。”回忆起与妻子的点点滴滴，丈夫吴石磊泪流满面。

在吴石磊眼中，妻子就是一个平凡的女人，热心、善良，处处为病人着想。

在思思住院治疗的这段时间，吴石磊每天都会找时间跟妻子通话、微信联系。“我给她讲一些开心的事，让她有信心，或者录点孩子的小视频，发给她看。她不让视频，担心孩子看到她在病床上吸氧，受不了。”吴石磊硬咽着说道。

2月7日，夏思思转院，吴石磊曾见过妻子一面，却没曾料想这是永别。

“万一我不幸走了，希望你坚强一点，把两边的父母照顾好，把儿子照顾好。”这是夏思思对丈夫最后的叮嘱。

“我们将用生命接力，战胜疫情”

“请原谅我总想起你。请原谅我不知道1月21日是我见你的最后一面。请原谅我选了这些照片，以这样的方式思念你……”得知夏思思离世的消息，同事陈昌娜伤心地在朋友圈里写道。

“思思非常开朗活泼，工作中我们经常一起讨论病例，下班后我们经常一起逛街，而且她还很有爱心，经常给孤寡老人捐衣物、买早餐，大家都很喜欢她，舍不得她离开。”陈昌娜说。

夏思思虽然走了，但她的工位并没有空。为了寄托哀思，同事们连夜折了很多写满哀思的千纸鹤，一些同事还准备了蜡烛、菊花。

为了抗击疫情，夏思思的很多同事如今依然奋战在一线。“身为医护人员，面对疫情，我们不能退缩，我们将用生命接力，战胜疫情。”邱海华说。

新华社　陆华东　廖　君

以生命赴使命

——追记英雄医生黄文军

点开他的微信朋友圈，有咖啡，有猫，还有冬日暖阳。偶尔一晒的岁月静好，透出了这位白衣战士对生活的热爱，仿佛他并没有离去……

2020 年 2 月 23 日，他走了。医界从此失去了一位优秀的呼吸内科医生，一位妻子痛失挚爱的丈夫，年仅 12 岁的男孩永远失去了亲爱的爸爸。

但历史会记住这个名字：黄文军。

时光倒回一个月前。新冠肺炎疫情悄然来袭，迅猛扩散。

紧邻武汉的孝感市疫情严峻。黄文军所在的孝感市中心医院，呼吸与重症医学科、发热门诊人满为患。作为医院呼吸内科的技术骨干，黄文军勇挑重担，不仅在两个科室接诊，还要参与查房及全市新冠肺炎的会诊。

“苟利国家生死以，岂因祸福避趋之。我申请去隔离病房，听从组织安排！”疫情暴发之后，他向组织写下“请战书”。

一组数据，见证了他的付出：1 月 23 日，呼吸内科门诊量 351 人次，黄文军看诊 109 人；1 月 25 日，呼吸内科门诊量 151 人，黄文军看诊 66 人。

“疫情发生早期，人们对这个新的病毒和疾病认识非常有限，防护物资也严重不足。”孝感市中心医院副院长刘晓安说，战斗在一线的黄文军，一方面像陀螺一样连轴转，一方面因为防护物资缺乏，只有简单防护。

1 月 26 日，黄文军到云梦县等地巡诊，忙到深夜。

27 日零时 30 分，他回到家里，感到身体不适。当天上午，到医院做肺部 CT 检查，显示“双肺感染”。他带着遗憾离开战斗一线，居家隔离治疗。

29日下午，经核酸病毒检测为阳性，他接受住院治疗。

那一天，谢志斌医生和同事一起，把黄文军送进病房。“他表现得很从容，还安慰我们说，他没事，等他好了再跟我们一起战斗！”谢志斌回忆。

随后，医院组织了呼吸、感染、重症、影像、药学等领域的专家多次会诊，不断优化救治方案，并为他制订了个性化的中医救治方案。

意外接踵而至。2月3日下午，黄文军病情突然加重，出现呼吸困难、血压下降，经极力救治，2月4日仍无法缓解。

“他是我们的战友、兄弟和亲人，我们必须竭尽全力，不惜一切代价抢救治疗！”刘晓安说，救治团队与重庆医科大学附属第一医院专家开展多次远程会诊，后来决定对黄文军实行“人工膜肺”（ECMO）治疗。

病危之际，医院拟采取插管抢救。黄文军深知，插管治疗会增加同事们感染的风险。他艰难地撑着虚弱的身体，在一张纸上写下：“不插管，我还好。”

一切努力，终究没能挽回年轻的生命。2月19日，黄文军病情再次加重，出现呼吸功能障碍、缺血缺氧性脑病，多器官功能衰竭。

2月23日19时30分，黄文军离开了这个世界。

斯人已逝，医院门诊的专家牌上，还留着他的简历：黄文军，1977年6月出生，2001年6月毕业于武汉大学医学院临床医学系，至今已在孝感市中心医院从事呼吸与重症医学科工作近20年……

依然在与疫情鏖战的城市，蒙上了悲伤的阴影。网络上，认识他的、不认识他的人，纷纷点亮蜡烛，悼念他的离去：“从来就没有什么从天而降的英雄，有的只是平凡人的挺身而出。”“英雄一路走好，愿天堂没有疾病！”……

悲痛之余，他的同事纷纷明志：“你倒下了，但我们会一直战斗到胜利的时候，疫情不退，我们不退！”

新华社　伍晓阳

纪念我的姑父梅仲明医生

梅仲明医生

我的姑父梅仲明，武汉市中心医院眼科主任医师，在工作时被新冠病毒感染后苦苦抗争了一个多月后，与世长辞。

2020 年 3 月 3 日，离汉通道关闭已一个多月，新冠肺炎疫情还处于胶着状态之中，中午 12 点左右，我正吃午饭，突然手机铃声大作，是一位当医生的老同学打来的。电话中，他的声音严肃而低沉："我跟你说件事，你一定要扛住……你姑父今天上午在医院，走了。"我只觉得头"嗡"的一声，心不断往下沉，人有点飘忽，半天说不出一个字，内心纷乱——自2月初以来每天揪着心等待了近一个月，可是等来的还是坏消息。

饭再也吃不去了，在家人劝说下，胡乱扒了几口，食之无味。同学的消息应该很准确，但手机上还没看到官方的讣告，我心乱如麻、坐立不安：医院有没有通知家属？姑姑是否已经得知这个噩耗了呢？我不敢给她打电话，我宁愿她晚点知道，晚一天是一天，晚一时是一时。更焦心的是，表弟在国外，姑姑一个人在家，我自己在离汉通道关闭前滞留在了外地，没办法去她家陪她——但即便是在武汉，也都被隔离在了各自的小区。

一两小时后，手机里开始有了新闻推送，医院也出了官方的讣告，姑父辞世的消息已确凿无误，是真的！我再也忍不住，眼泪长流！几天前，我还乐观地想过，等姑父熬过来，战胜病毒康复后，我可以去找他聊聊。

然而，再没有这个机会了。

有朋友发来慰问，说姑父是英雄。是的，在武汉市民来看，因为对抗疫情感染病毒而倒下的医护是英雄。然而对于亲戚和家属来说，这个词是那么的遥远和陌生。“遥知楚地多英雄，遍寻江城少一人。”那个熟悉的人，再也不能回到自己的家中了。关于姑父的信息已经刷屏，他的名字总要跳出来，仿佛突然落下的滚烫的香灰灼痛着我的眼睛。照片上熟悉的音容笑貌，只是变成了黑白色，让我不敢看，也不忍看。姑父竟是以这种方式成为新闻，令人心碎的新闻。

我还是拨通了姑姑家的电话，是姑父的姐姐接的，我松了一口气——还好有人来陪伴姑姑，一面试探着问：“您——也接到消息了？”“……都知道了。全武汉市都知道了——全国都知道了。”接着双方一阵短暂的沉默，她说：“你姑姑有点事，你晚点打过来吧。”稍晚，我跟姑姑通上电话，她先还絮絮说着姑父的病情，我早已忍不住泪流满面，姑姑突然爆发出一声撕心裂肺的哭号：“不说了，不说了。”这哭声里的悲痛，直刺心扉。

姑父走后数个夜晚，我很晚不能入睡，童年往事一件件浮现在我的眼前，姑父清晰地活在我儿时的记忆里。

我的童年是在爷爷奶奶家度过的，爷爷奶奶生了四个儿子，最后才生了一个女儿，就是我的姑姑。我和姑姑感情很好，那时姑姑还没有出嫁，有很多日子，我是和姑姑挤一张床睡的。记得小时候躺在床上，姑姑给我读鲁迅的《阿长与〈山海经〉》："一到夏天，睡觉时她又伸开两脚两手，在床中间摆成一个'大'字，挤得我没有余地翻身……"我也就顺势在床上摊开手脚摆成"大"字，两人笑成一团。

读小学五年级时，有一天我们武昌水果湖的家中来了个年轻帅气的小伙子，个子不高，言谈客气，家里人叫他"小梅、小梅"，让我喊"梅叔叔"。原来这是姑姑的男朋友，第一次登门来到我们家。此后，梅叔叔就是我们家的常客了。梅叔叔毕业于广州中山医科大学，当时是二医院的一名眼科医生。后来才知道，梅叔叔是妥妥的"学霸"。他中学毕业于武汉市第十九中学，是一所百年名校，有建于 20 世纪 20 年代漂亮的红色文艺复兴式建筑的教学楼，其前身是汉口圣若瑟女子中学。梅叔叔当年以全校第一的高考成绩，考取了中山医科大学六年制临床医学。高考时他立志学医，据说他家里人让他考武汉的同济医科大学（现华中科技大学同济医学院），但他却执意要考"中山医"，也许是中山医科大学的录取分数线更高，更具挑战性，也许是去广州读大学代表了 20 世纪 80 年代人们对处于改革开放前沿的南方的一种向往。

记得小学高年级的数学应用题很是令人头疼，好在当时我有两大"家教"——除了梅叔叔以外，奶奶的外甥董宁表叔从北京来武汉读大学，当时正在武汉大学计算机系就读，也经常来家里玩。因此，他们来到家里，经常被我抓住"请教"数学。然而，两大高才生都被某些复杂的小学高年级数学应用题搞得绞尽脑汁，因为必须用规定的方法来解题。梅叔叔有次率先解出了正确答案——只是运用上了 x、y、z 等一堆方程式，不符合小学生解题要求。

"学霸"也总是喜欢教导人好好学习，知道我喜欢看书，梅叔叔送我一套《西汉演义》的连环画，这一般不是小女生喜爱的读物，但我却看得津津有味，增长了不少历史知识。梅叔叔还总对我提到他当年读高中时，虽然每科不是班里最拔尖的，但每一科都不差，分数加在一起，就不得了。他的这句话，对我影响深远，我高考前也牢记他的话，努力做到不让任何一科掉队。

他还送我一个三峡石做的帆船形的小摆件，很多年都放在我的书桌上，上面写着：书山有路勤为径，学海无涯苦作舟。

小学毕业前，梅叔叔和姑姑结婚了，正式成为了我的姑父。他们的新房安置在汉口汉寿里梅叔叔家的一间房间。婚礼当天我因有事错过，回到家中，姑姑已被接亲的人们接走，我内心还充满惆怅。好在，我父母的家在汉口，离他们的新家不远。小学毕业后的那个暑假，每个周末我几乎都要去姑姑的新家玩。早上吃过饭，我便从汉口上海路的家里出发，走过繁华的江汉路和中山大道，绕过水塔，最后到达前进四路汉寿里他们的“新家”。汉寿里是典型的汉口里分，有很多住户。窄小的弄堂，充满了人间烟火气。记得那时刚流行任天堂的游戏机，年轻的姑父也像每一代年轻人一样喜欢打游戏，于是我和他搭档玩“坦克大战”，基本都是姑父部署战略，我跟着胡乱打一气。

姑父工作的二医院（现武汉市中心医院）离我自己家、我母亲单位的宿舍仅有五分钟路程，这所医院始建于1880年，其前身为汉口天主堂医院。一街之隔就是现存的武汉最大的天主教堂——上海路天主教堂。记得二医院原来还留有一栋西式的小楼，天气好的时候，小楼上晒满了白色的医院用的床单，在闪闪发亮的阳光下迎风飘动，让人有一种安稳可亲、岁月静好之感。后来二医院修住院部大楼，这座小楼也就被拆掉了。二医院在汉口人的心中有着很重要的地位，我的中学同学大都在这所医院出生。我自从中学转学到汉口后，也都在这家医院看病打针，对这所医院充满了感情。谁能想到，在这次疫情中，这所百年历史的医院成了备受关注的焦点。

姑父毕业后就在二医院眼科工作，“金眼科银外科”，也许是眼科医生十分受人尊敬，因为眼科手术操作难度较大。那时他刚工作不久，夜晚还要在医院值夜班，20世纪90年代二医院的条件当然没有现在这么好，一张很窄小的床，就是夜晚值班休息的地方。婚后没过多久，姑姑、姑父在汉口的房子面临拆迁，他们就搬到武昌姑姑所工作的学校宿舍，从平房，到筒子楼住了很多年，略低于当时武汉人一般的住房水平。过了好些年，他们才搬到学校分的小两室一厅的楼房里。姑父每天就踩着男式单车，从火炬路骑到中华路码头，搭乘轮渡过江，到武汉关码头起坡，再到二医院上班。风风雨雨，日日如此。

到了新世纪，武汉可以购买商品房了，他们才有机会换房让三口之家住得更宽敞些。此时姑父已从青年医生变为医院骨干，每天都很忙，根本没有时间看房，看房和买房的任务，也就落在姑姑身上。有一天，姑父好不容易抽出空陪姑姑一起去看房，刚走到楼下，还没来得及上楼看一眼——手机响了，姑父又行色匆匆赶回了医院……医生的大部分时间，大概都是献给了自己的病人。

姑父在我心中，是“学霸”、是“良医”，看到有媒体对姑父的画像是“老实人”，先是有几分愕然，再一想，一个人，对家庭负责，对工作尽职，对病人用心，对后辈提携，踏踏实实，勤勤恳恳，仰不愧于天，俯不怍于人，春华秋实，自有所得。

然而遗憾还是有，我的表弟还没生子。作为传统的中国人来说，没能看到第三代，的确是一个世俗的遗憾，姑父走得太早！原以为过几年他退休后，可以和姑姑一起过上悠闲的生活，谁知道病毒无情。还有，记得姑父曾跟我说过，他有一个遗憾是没有继续深造，拿到博士学位，工作之后太忙无法再实现这个愿望。读书人自然想追求完美，攀登学术高峰，然而，在他所救治的无数的病人心中，这又何曾是问题。我亦是姑父这次壮烈殉职后，才知道他给我初中时的班主任、闺蜜的父亲、朋友同学的家人……还有更多更多的武汉人做过白内障手术和其他眼科手术，带给他们光明。

正如有些媒体报道的，姑父医术精湛，是武汉最好的眼科医生之一。曾经有深圳的医院邀请他加盟，那意味着比武汉高数倍的收入，他却没有去南方淘金；也有武汉本地更好的医院请他去，他亦拒绝了。这些，我都听姑姑说起过。为什么没有离开武汉，大概是因为对这座生于斯长于斯的城市有着朴素的情结吧。

我知道，姑父对广东肯定也有很深的感情。广州是他的“黄金时代”大学六年度过的地方，在那里，他学得一口流利的粤语。他和姑姑的蜜月之地选择了深圳，在大海边，留下了美好的留影与回忆。

闻知姑父感染病重时，我的第一念头就是：如果当年他去了深圳呢？是不是这次就能避开一劫？只是，人生不能重来，也没有如果。而生命，自顾自地走过去了。

姑父，你渐行渐远了，一路走好！每当我们想起你时，我知道，明亮的星光将洒落在江水之上，幽幽的梅花会落满南山。

作者 徐迅

因公殉职的武汉医生彭银华

医院五楼的一间会议室，临时布置成追思厅。几个普通的记录本，写满了人们的追思。

武汉市江夏区卫生健康局 20 日晚对外公告，武汉市江夏区第一人民医院 / 协和江南医院呼吸与危重症医学科医生彭银华，在抗击疫情一线不幸感染新冠肺炎，因病情恶化抢救无效去世。

“还记得你转到金银潭的那天，还是那么的阳光。”彭银华的同事在追思记录本上这样写道。

“非常老实，非常憨厚，个子高高的一个男孩子。”呼吸与危重症医学科三病区主任陈浩这样回忆彭银华初来报到的样子。

彭银华是湖北云梦人，2015 年毕业后被江夏区第一人民医院 / 协和江南医院录用，2019 年 7 月分配到呼吸与危重症医学科担任住院医师。

“他对工作非常用心，非常上进，总是不折不扣地去做好交代给他的任务，不讲条件也不讲困难，非常受大家欢迎。”陈浩说。

在江夏区第一人民医院 / 协和江南医院内科与儿科党支部书记胡芬眼中，彭银华是个“非常憨厚、乐观、积极的小伙子”。“科室的医生如果家里有事，他肯定会帮人家顶班。中午，一些医生护士忙得没时间去吃饭，他会到食堂去把饭打回来给大家吃。”胡芬说。

“吃了你的喜糖，却没能参加你的婚礼。”追思记录本中写道。

2020 年正月初八，彭银华原定在这一天与心爱的人举行婚礼。

2017 年 11 月，他与爱人领取结婚证，结为夫妻，因为在接受为期三年的培训学习，一直没有举办婚礼。

“考虑到彭银华的婚礼日期已定，我们没有安排他春节期间值班，准备让他过年以后再回来工作。但是随着疫情的升级，他主动表示要推迟婚礼。”陈浩说。

1月21日，彭银华所在的呼吸与危重症医学科三病区被列为第二批投入收治“不明原因的病毒性肺炎”的住院隔离病区。

“成立隔离病区后，患者蜂拥而至，我们当时一天就收治了130个病人。所有的医生都吃在医院、睡在医院。”陈浩说。

他回忆：“彭银华和其他医务人员一道，毫不退缩。同时，作为科室中除我之外唯一的男孩子，在那些需要体力的工作中，他承受的可能还要更重一些、更累一些。”

“大年三十的时候，彭银华感到不舒服，没有胃口、不想吃饭、有些低烧，当天给他做了肺部CT检查，没有看到明显的感染病灶。第二天他仍然不舒服，再次检查，发现了感染病灶。”陈浩说。

1月30日，彭银华因病情加重被紧急送往武汉市金银潭医院。虽然医院全力救治，终因病情恶化，彭银华于2020年2月20日21时50分在武汉市金银潭医院去世。他的爱人，已经怀孕6个月。

“彭银华医生非常热爱自己的岗位和自己的工作，对病人如亲人一般。转到武汉市金银潭医院后，他还希望能够在痊愈后重新回到抗疫一线。”胡芬说。

“我们都告诉自己，坚持下去，才能让你、让我们都看见胜利的曙光。”“我们还会继续奋斗在一线，与病魔斗争到底！”彭银华的同事们这样写道。

“这是一场没有硝烟的战争，彭银华医生的去世，再次让我们看到了这场战役的严峻和残酷。同时，彭银华也是我们医院抗疫战争英雄群体的一个优秀代表。他的精神将鼓励我们把这场抗疫战斗进行到底！”武汉市江夏区第一人民医院/协和江南医院院长刘承云说。

新华社　王作葵　谭元斌　李劲峰

抢命金银潭

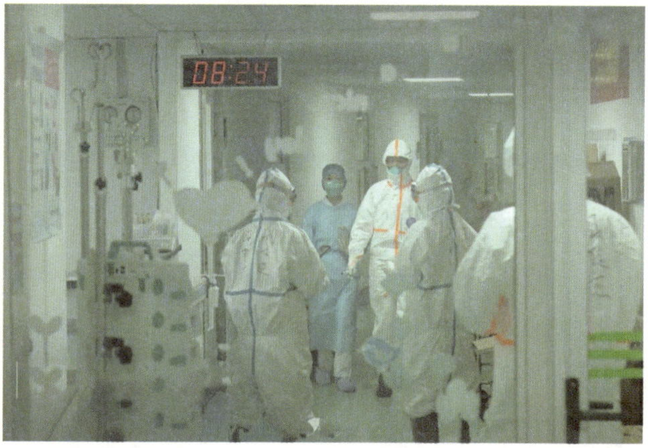

武汉市金银潭医院北楼三层的一个重症病区，专门收治新冠肺炎的重症及危重症病人。江月明便是其中之一。

住进北三楼之前，她感觉自己“看不到希望”。一起住进武汉市金银潭医院的病友病情恶化了，此前一起聚会的朋友也感染了。她想，自己如果当时没住进医院，继续烧到 39.5℃，走不动路，可能就死了。

她的肺部 CT 影像显示，双肺大片磨玻璃样渗出。大年初一，医生跟家属下了病危通知，她只模糊地记得医生在摇头。

后来，是复旦大学附属中山医院呼吸科副主任医师蒋进军把她拉回来的。蒋进军是在江月明进入武汉市金银潭医院 3 天后到的，和他一起到的是上海市第一批支援湖北的医疗队。

截至 3 月 24 日，这支医疗队已经接管这个病区 60 天。60 天来，医疗队经历过数十次危重症抢救，他们不断地降低病区死亡率，以成功的案例向世界分享重症与危重症病人救治经验。

“有人来救了”

江月明记得，自己被急救车拉到了武汉市金银潭医院那天是腊月廿八，庚子新年尚未来临。第二天，武汉关闭离汉通道，她在恐惧中度过除夕夜，迎来新春。

那是武汉市金银潭医院最困难的一段时光。医院174名医生，438名护士已陆续全部投入一线，也有来自同济、协和等医院的ICU力量支援，但人力还是不够。

他们面对的，是源源不断送来的病人。武汉市金银潭医院院长张定宇脑子里的那根弦，已经紧紧绷了近一个月。

“所有医生、护士是完全没有休息，完全没有休息！”在最近接受中青报·中青网记者采访时，张定宇回忆，“所有人都是24小时连轴转，包括护士下夜班可能就给她睡觉的时间。”

“不可能再撑下去了。再撑下去那根弦会断掉的。受伤的是整个医疗体系和我们的病人。”

病区里的常态是5个医生、十四五个护士，管理四五十个病人。医院里的保洁人员没了，医疗垃圾、病人丢出来的东西、病人的吃喝拉撒，都要护士负责。医院做行政工作的人白天去半污染区给病人送饭，为了及时补充防护物资，夜里还要去拉从各地寄来的防护用品。

张定宇说，他也是在除夕夜下班回家的路上才知道，援军来了！

第一批上海医疗队，在上海市第一人民医院副院长、上海市医学会泌尿外科专科分会主任委员郑军华的带领下，从长江尾飞向长江中游的武汉。

1月25日的深夜1点半左右，飞机在雨中降落在武汉。郑军华在起飞之前，才拿到张定宇的电话，才知道自己带领的队伍要支援武汉市金银潭医院，这个疫情的“风暴中心”。

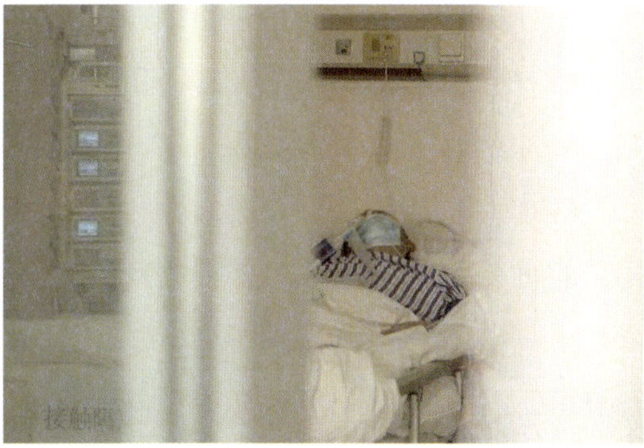

武汉市金银潭医院北三楼一位气管插管的病人（中青报·中青网见习记者　李强　摄）

这是一支从上海52家医院的呼吸科、感染科、急诊科、重症医学科等抽调而来的“医护精英”。除了郑军华，队伍里还有曾经抗击过“非典”的上海市第一人民医院呼吸科学科带头人周新，也有上海市瑞金医院重症医学科主任陈德昌。

起初，他们并未想象到在这家医院里正发生着什么。

有人离家时把孩子托付给闺蜜，有人穿着裙子匆忙赶来，有队员说刚走进武汉市金银潭医院时感觉这里很沉寂，第一次在院子里遇见穿着白大褂的医生时，下意识地绕开走。对于这个病毒他们知道的不多，对病毒感染造成的严重后果始料未及。

“情况十分严重”

第一次进入隔离病房，领队郑军华也不敢确定，口罩以及身上的防护服是否能够抵挡住病毒。郑军华记得，接管病房的第一天晚上，他们就遇到了一例危重症病例，情况十分严重。

“两眼一抹黑”“束手无策”是这支上海医疗队多位专家、教授进入武汉市金银潭医院初期的感受。由来自52家医院的医护人员组成的医疗队，管理需要磨合；在陌生的医院面对临时改造的ICU，环境需要熟悉；更重要的是对这个陌生而诡异的病毒，需要一步步加深认识。

他们接管的病区包括北三楼的临时 ICU 病房、北二楼的普通病房。临时 ICU 的 31 张床位上，有 20 多个极其危重的新冠肺炎患者。“像这么多重病人集中在一起的场面，很多护士没见过。”郑军华说。

蒋进军进入病房后才知道，条件远比想象的艰苦。他记得北三楼 306 室 20 号床的病人老伍，刚来时“神清气爽”，看上去并不严重，但一天之后病情突然加重。“（鼻导管）吸氧半个小时不行，半个小时高流量吸氧，还不行。”蒋进军在酒店通过微信不停地“远程指挥”。

库房里 20 台无创呼吸机全部用上了，最后他们在库房的角落里找到一台处于死机状态、管道不全的无创呼吸机。蒋进军直接联系了呼吸机厂家的工程师，现场连线，重启了“死机”的呼吸机，又把呼吸机需要的管道拼凑齐全。上了呼吸机，才将老伍抢救回来。

郑军华感到压力很大，一面担心队员感染，一面为重症病人救治而焦虑，睡不着是常有的事。有着丰富重症病人抢救经验的陈德昌，血压前所未有地高到不得不吃药。抗击过“非典”的周新也发现，以往的经验有时候行不通了。

医生们开始思考，到底问题出在哪里？

病毒的靶器官在哪儿，救治方案应该如何优化，低氧血症如何改善，“炎症风暴”真的存在吗，为什么血压会突然降低，病人的肺部到底成了什么样子？医生们对这个疾病的疑惑太多了。

“我们必须寻找答案。我们不能这样悲观下去，我们一定要前行。”郑军华 2 月初的那段时间里，脑子里总琢磨着“病理解剖”的事儿，“病理解剖是了解疾病发展规律，特别是致病性非常重要的一块儿。”陈德昌也意识到，“要打开一些谜团，必须做尸检才知道体内发生了什么。”

“寻找答案”

世界上第一例、第二例用于解剖的新冠肺炎逝者遗体，均出自上海医疗队接管的武汉市金银潭医院北三楼重症病房。

“这个事情达成，不是那么简单的。”郑军华告诉记者，实际上他们一直都在尝试推动，只是在2月15日、16日，条件具备了。新冠肺炎病人的遗体解剖已获得相关部门的批准，华中科技大学同济医学院法医系教授刘良领导的遗体解剖团队已做好准备，武汉市金银潭医院愿意提供遗体解剖场所。

但想要获得病人遗体，并非易事，首先要征得家属的同意。据媒体报道，首个新冠肺炎逝者，因家属不同意，而未能够进行尸体解剖。

在接管病区之后，上海医疗队就规定，每天打一个电话与病人家属沟通病情。家属与医生之间的信任逐渐建立起来。当病房的医生联系2月15日、16日去世的两位病人的家属时，对方都同意进行尸体解剖。“其实现在看（每天跟家属通电话）这个规定，（对尸体解剖）起了非常重要的作用。”郑军华说。

遗体解剖确实让许多疑惑得到了解答。

比如，病毒的靶器官不只是肺，“心、脾、肾、肝、小肠等，甚至卵巢都有损伤”；比如，机械通气后血氧饱和度提不上去，是因为病人细小支气管肺泡里有大量黏液分泌，把肺泡堵住；比如，此前“炎症风暴”只是临床推测，遗体解剖后发现（病人）体内没有这么大的炎症；比如，以前胸腺素只敢按说明书的一周用两次，胆大点儿一天一次，后来发现淋巴细胞都没了，一天敢用两次，“很多人淋巴细胞就上来了”，等等。

由遗体解剖而得来的“病理改变”，写进了《新型冠状病毒肺炎诊疗方案（试行第七版）》里。如此一来，面对标准化的诊疗方案，医疗队也能够更积极地判断病人发病阶段，根据病情细节，给不同的病人制订个体化治疗方法，“尽量不让病人发展到呼吸衰竭”。

那时候，上海医疗队接管病房已有40天，虽然偶有医护人员感冒发烧，但没发现有人感染。医护人员与陌生环境的磨合也已经完成，救治经验慢慢积累，医疗队抢救的效率与质量也不断提高。即便是在ICU，死亡率也在下降，郑军华也感受到，身上的压力渐渐小了。

慢慢改善的还包括一度困扰郑军华气管插管的问题。

“插进去，过几天（病人）病情恶化，这说明我们插的时机不对，说明到这个时间你再去插管，对病人的治疗效果不好，大家去反思。”郑军华告诉记者，“第六版（诊疗方案）就提倡，‘及时进行气管插管和有创机械通气’。很多都是临床经验的总结。”

上海医疗队进行的第一例气管插管，是陈德昌做的。

这位瑞金医院重症医学科主任已经20多年没亲自为病人插过管了，他不知道自己是否能够成功。那次插管时，他看着飞沫喷溅到自己戴的正压面罩上，非常危险。后来再次给病人气管插管时，直接“把病人自主呼吸打掉”，但这样留给他插管的时间只有一二十秒，必须保证100%成功，不然他可能就有危险。

蒋进军则试图将无创呼吸机用到极致。江月明转入北三楼306的第一周，蒋进军说，随时都在准备为她进行气管插管。但他明白，当时气管插管之后的病人存活率并不高。他要发挥无创呼吸机最大的效果。

“病人有左肺和右肺，呼吸机要成为病人的第三个肺，让它与人体保持很好的同步性，人机合一。呼吸机没调好，就容易人机对抗。”蒋进军总是花费很多心思去调整呼吸机的参数，在他看来，有时候并不需要上有创呼吸机，只是无创呼吸机没发挥出它最大的功效，“就像摄影，有人就用傻瓜模式，但其实你可以用M档（手动模式）拍出你想要的效果”。

与此同时，蒋进军将此前江月明吃的药尽可能精简，以减少药物在身体上产生的副作用，并鼓励她主动进食，增强抵抗力。

江月明咳嗽，蒋进军在治疗中加了治咳嗽的药，防止导致气胸；为了防止误吸和加强营养，蒋进军使用了鼻胃管给她供给营养；为了避免长期卧床不动造成深静脉血栓，蒋进军鼓励她努力活动腿脚，并给她用了活血化瘀的药物。

蒋进军还更换了病房里经常漏气的吸氧面罩，换上从上海调运来的针对中国人脸型而设计的“钮式面罩”，病人戴上后舒适度非常高，才不会出现扒掉氧气面罩的情况；并采用俯卧通气的方法，让肺部能够更好地恢复。

“一定活着回来”

住进武汉市金银潭医院10天后，江月明活下去的意念慢慢萌生。在那之前，她只想求一个解脱：“床边上一样东西我都拿不了，一拿就马上气喘不过来。”那阵子，紧张的救治一直进行着，悲观的情绪也需要被抢救。

306室的不少病人都有过情绪崩溃，以及拒绝治疗的经历。

江月明所在的病房，对面床的老伍，入院时还能够独立行走，但病情加重时，眼睛几近失明，躺在床上时，失明的恐惧与烦躁让他总想扒掉那个长得像猪嘴巴的吸氧面罩。郑军华记得，病区里一个病人不配合治疗，不仅扒掉了自己的吸氧面罩，还差点儿扯破了护士的防护服。

绝望之时，江月明想过自杀。她拒绝配合治疗，还问护士能不能给她一把剪刀。她要忍受着身体疼痛和心理恐惧的折磨，仿佛失去了活着的意义。

说话的力气都没有的时候，她用手机一点点敲下遗言，发给女儿：“要是妈妈真的回不来的时候，你自己好好生活。”女儿不让她这么说。

江月明最绝望的时候，护士拨通了她女儿的电话，希望女儿多跟妈妈视频，“哪怕说不了话，就发一个视频。”医生和护士也鼓励着江月明说，“只要配合治疗，会活着的。”有时候则哄着说：“你的病情在好转。”

有一天女儿在视频里说：“妈妈，我一定要等着你活着回来。”江月明哭了，开始想好好活下去。蒋进军让她“把饭当药吃，营养非常重要”。于是，她开始拼命吃饭。

无创呼吸机用了两三周，撤掉了，换用高流量吸氧面罩，又用了两周左右，开始鼻导管吸氧。等取下氧气面罩的那天，江月明发现自己的嘴巴捂烂了，乌紫乌紫的。再后来她开始尝试着下床走路，起初她只能够做到把脚挪到床边坐着，三四天之后才真正在护士的搀扶下走起路来。

蒋进军知道，306病房里的4位病人都是“有文化的人”，有大学教授，有公务员，也有公司白领。于是他决定让已经写下遗书的江月明当这个病室的“室长”，大家互相照顾，互相鼓励，互相监督，比赛吃饭，鼓励运动，互相做心理建设。

23床的老刘恢复得挺好，但他本身有胰腺炎，开始一滴水都不能喝，全部要吊盐水。后来老刘看到其他几个人呼啦啦吃饭，有点儿着急自己的病情，便偷偷吃粥，结果淀粉酶一下子就升上去了。

蒋进军就告诉306室的其他人：“你们吃饭时稍微注意一下，不要让人家嘴馋。”江月明就开导老刘说：“老刘，你现在不能吃饭是为了将来更好地吃饭。”

“大家心理上都非常恐惧，所以他们就相互扶持，就像一家人一样。”蒋进军说，“病人给病人做思想工作，会更好。因为我们医生穿着防护服，像个太空人，与病人有距离感。”

这段特殊的日子

60天来，郑军华带队接管的病区收治了170位新冠肺炎病人，其中重症/危重症比例高达72.35%，已经有92名病人出院。3月23日，病区里只剩下27名患者，病房空了一半。郑军华准备把两个病区合成一个病区。

院长张定宇清楚，上海医疗队接管的危重症病人的病区，治疗效果非常好。郑军华带领的团队过来以后，整体的病死率在下降，出院病人在增加。一些此前被认为很可能救不回来的病人，活了下来。

陈德昌印象中有一位本身就得了肺癌的病人，“我以为他预后不好，结果越来越好了。”他记得15床有一肺部被病毒侵蚀很严重的女病人，免疫功能一直都很差，上了无创呼吸机。“我们以为她活不过来，结果把她救活了。”

有一天陈德昌查房的时候，15床的病人突然到他跟前，给他深深鞠了一

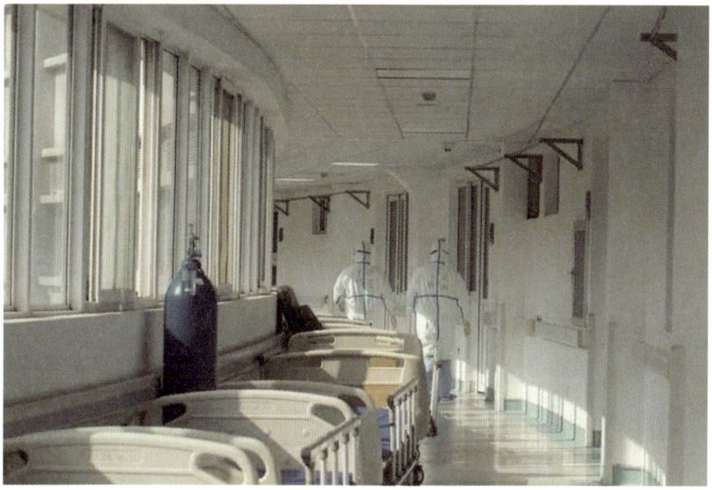

武汉市金银潭医院北三楼朝南的病房已经被清空的走廊里摆着空病床（中青报·中青网见习记者　李强　摄）

躬。原本这位女病人的丈夫也住在北三楼，10 多天前治愈出院了。陈德昌记得，丈夫经常来病床前陪着她，这两口子在 2 月 14 日情人节那天，一人拿着一个苹果让医护人员帮忙拍照，以纪念他们一起度过的这段特殊的日子。

许多病人的成功救治，以及对新冠肺炎病毒的认识，都是建立在一线医生对临床救治经验不断进行总结分析的基础上。

3 月 13 日，国际著名医学期刊 *JAMA Internal Medicine* 发布了一项研究成果，揭示了新冠肺炎 COVID-19 致患者出现急性呼吸窘迫综合征（ARDS）和患者从 ARDS 发展至死亡的危险因素，并归纳分析了激素在治疗中的作用。

这正是郑军华带领的上海市第一批医疗队联合武汉市金银潭医院、复旦大学附属中山医院宋元林教授团队，对武汉市金银潭医院收治的 201 例新冠肺炎患者进行救治经验回顾性分析的结果。

研究发现：从住院到 ARDS 发生，从 ARDS 发生到死亡，可能存在不同的风险因素。与 ARDS 的发展以及从 ARDS 到死亡的发展相关的风险因素包括高龄、嗜中性粒细胞增多、器官凝血功能障碍。此外，他们还发现在 ARDS 患者中，激素甲泼尼龙的使用可能使患者获益。

目前，该研究在JAMA官网的阅读次数已突破17万次，受到国内外同行广泛关注。研究团队收到20多封国外同行来信，希望能够进一步交流他们的抗疫救治经验，写信的人来自美国、意大利、加拿大、巴拿马等国。

该研究第一作者之一的吴超民告诉中青报·中青网记者，从国外同行的来信中，他能感受到他们对当前中国成功的抗疫救治经验是高度重视和迫切需求的，他们在邮件里的开头常常写道："我们正处在一个抗疫的艰难时期。"其中，美国佛罗里达州梅奥诊所呼吸科主任Augustine S. Lee教授还表示，希望探讨新冠肺炎的救治经验，并邀请我们给他们科室的医生做一个学术视频讲座。

郑军华发现，其他国家迫切地希望了解中国的探索，尤其是在重症病人的救治、社区感染的控制等方面，还会关注当发生ARDS后呼吸机、CRRT的使用等。"他们特别想知道，我们国家在降低危重病人死亡率上的救治经验。"吴超民补充道。

"医学是在不断地进步，传染病会再来。但是病毒，你永远杀不死的。"经此一役，周新觉得有许多值得我们去反思，"它和人类是共存的，它也会出变异，我们永远跟不上它。今后还要时刻警惕这种不明原因的感染，一定要警惕。"

如今，医生们对于病死率的降低分析了多种可能性，可能是病毒毒性减弱，收治的病人危重程度下降；可能是医疗资源充足，救治效率和质量提高；也可能是他们积累了更丰富的治疗经验。他们最愿意看到的情况是病人转去轻症病房别再转回来，或者直接康复出院。

当死亡无法逃避时，医护们也会选择尽力送逝者最后一程，因为那些人被送进医院时，可能是与家人见的最后一面。

北三楼的护士长徐璟记得，有一天，一位老人离开了，当他的遗体被送离时，护士们都默默站在走廊的一边，经过谁身旁都会说一声："老爷爷，一路走好。” 一些家属听闻病人去世，站在医院楼下大哭也未能见到逝者最后一面。徐璟想，我们就替家属送送吧。

那些逝者的遗物，原则上不允许被家属带走。但家人总希望能够留下点什么，比如老人临终前用过的手机，会放进消毒柜里消毒，然后单独放进袋子里，双层包裹好之后，贴上逝者的姓名和床号，等待亲人来取。

恐惧慢慢散开

面对一个没有特效药的疾病，很多时候，医疗队能做的是通过药物治疗、营养支持、氧疗支持，让病人活下去，以对抗病毒。

对于重症病区，情绪的安抚显得至关重要，尤其是在没有家人陪护的隔离病房，医护人员必须及时掐断病人“不想活”的念头。

上海医疗队的医护人员则一点点儿地鼓励病人：“有好身体才能抵抗病毒。”从上海调来的 50 名心理医生，有时也会进入病房帮助病人克服心理上的恐惧。护士一口一口地喂饭，有时候一个病房要花上一个半小时才能喂完，再或者给行动不便的病人泡脚、洗头。病人想吃水果的时候，护士们就从住的酒店带水果过来。病人因为住院匆忙连袜子都没穿，护士们便把自己的新袜子拿了过来。

一位护士记得，有一天她推着老人下楼做 CT 的时候，阳光很好。已经很久没晒过太阳的老人说：“在病房里太没劲，太无聊了。”她就说：“那我带你晒一会儿太阳吧，但时间不能太久，你氧气不够。”

护士们让病人很感动，病人也有让护士们泪目的时候。2 月 29 日那天，正赶上护士刘燕生日，306 室的病人躺在床上录的几段小视频，让医护人员们哭得一塌糊涂。

视频里老刘取下吸氧面罩，喘着气说：“刘燕，谢谢你的细心照顾，来日武汉相会。”病房里的医疗仪器嘀嘀嘀地响着，说完他赶紧又把面罩戴上。其他人也依次摘下口罩，送上生日祝福。

在如今的306病房里，死亡的恐惧已经慢慢散去了。4个人只是偶尔讲起各自死里逃生的经历，老范激动时血压会升高，江月明会流泪，他们都觉得自己是最有故事的那个。

老刘还上着高流量氧疗仪，而江月明和老伍早就换下鼻导管吸氧，老范已经脱掉吸氧设备，在住院超过50天后终于达到出院条件，江月明说自己也快出院了。他们希望之后能够住进同一个隔离点，他们互加了微信，建了个微信群，准备分享养生知识。

这几个本来可能要插管甚至上ECMO的病人都用无创通气救过来了，现在能够陆陆续续地出院了，对蒋进军来说是再开心不过的事。蒋进军记得老伍出院的时候说，等来年一定到上海去看他和医疗队的医生、护士。

上海第一批支援湖北医疗队已经在这里驻扎了60天，他们看着其他医疗队返回，心生羡慕，但仍要坚守到最后。好在他们都从那个无比难熬的冬天，走出来了。

蒋进军再回想起两个月前刚来金银潭时，那时的冬天安静得可怕，尤其是那场在上海很难见到的大雪，更添压抑。而此刻在武汉市金银潭医院，很多病人已经出院了。北三楼的病房空了一半，院子里萌发出春天的气息，早樱开了又落，油菜花正开着，院子里许多树已经抽出绿芽，病房里时常有布谷鸟和灰喜鹊的叫声传进来。

（为保护受访者隐私，文中病人均为化名）

中国青年报 · 中国青年网　见习记者　李　强

编辑　陈　卓

微信编辑　陈轶男

全国 10% 重症力量支援武汉

——一支医疗队的新冠战事

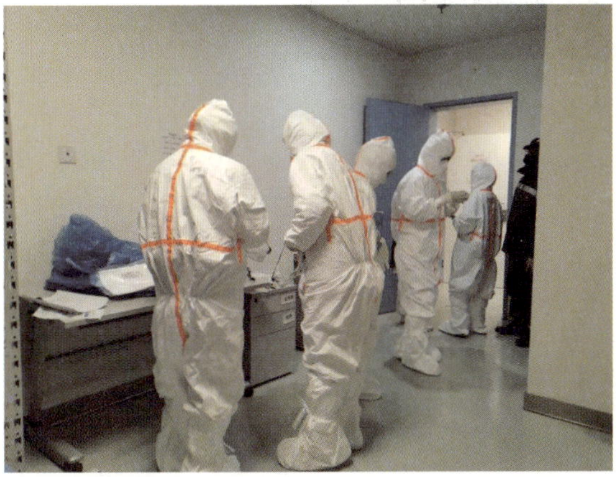

湘雅二医院医护人员全副武装，进入隔离病房（受访者供图）

一瓶剁辣椒，一支哮喘药，湘雅二医院的刘先领找齐“保命”的家伙，准备去武汉。

这是元宵节前一天，刘先领接到电话——次日带领湘雅二医院第三批医疗队援鄂。医疗队由 30 名医生和 100 名护士组成，是湘雅二医院规模最大的一次外援，出发前他直言压力很大。

他们的目的地是武汉同济医院中法新城院区（下文简称“同济中法院区”），这个医院集结了北协和、南湘雅和北大一院、北大三院、北大人民医院、北京医院、中日友好医院等 18 支顶尖医疗队，是当前中国重症医学人才最密集的前线医院，也是湖北新冠肺炎患者的最后一道防线。截至 2 月 21 日 10 点，该院累计收治重症患者 1 293 人，累计治愈出院 137 人。

在同济中法院区支援的医护人员参加疑难病例会诊

据了解，同济中法院区的重症患者以60岁以上老人为大多数，医院成立了联合医务处，全国支援队每天通过疑难病例专家会诊、死亡病例讨论、医护联合查房等方式来提高重症患者治愈率，降低死亡率。

刘先领对《中国新闻周刊》表示："湖北特别是武汉存在大量的重症患者，所以死亡率会比其他省份高。但随着国家要求的'整体摸排、应收尽收'，把感染患者全部找出来以后，接下来的攻坚战虽然很难，但应该很快会有一个好的结局。"

刘先领向《中国新闻周刊》讲述了湘雅二医院医疗队这些天在危重症病人救治前线的故事。以下是他的自述。

一支哮喘药，一瓶剁辣椒

2月7日晚上7点左右，我正在家里吃饭，接到医院领导来电，让我次日带130人的医疗队接管同济中法院区的50张重症病床。

2月8日元宵节，我们130名队员一早来到医院再次进行安全防护培训，紧接着打包带去武汉的物资。前线物资紧张，国家卫生健康委要求支援队伍自带7天的防护物资。医院给我们准备了200多箱，其中有药品、手术衣、防护服、隔离衣、口罩、帽子、手套，还有方便面等生活用品。

为了更好地防护，我们男队友基本剃了光头，长头发的女性选择将头发剪短。这是从记事起我第一次剃光头，我们笑说是"光头小分队"。剃光头这个事，一是避免滋生病毒的环境，二是表明我们要和这个病毒抗争到底的一种决心。

疫情发生后，我很早就递交了到前线战“疫”的请愿书，一直处于待命状态。但真正要出发了，说实话，心情很复杂。医务人员一腔热血，在前线使尽浑身解数把病人治好，作为队长，保护他们的安全是重中之重。万一我们队伍发生了交叉感染，对我来讲是一个非常大的打击。另外，我一直有哮喘的毛病，一旦我发生了感染，后果会比别人更严重一些。我离不开两件东西，一个是湖南的剁辣椒，第二个就是我喷的哮喘药，这次我都带上了。我当时心里就是想，如若不回，那便不回吧。

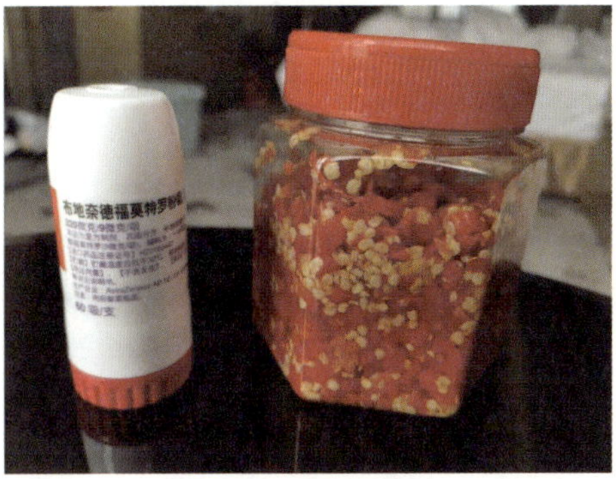

刘先领带去武汉的哮喘药和剁辣椒

我们队伍是湘雅二医院第三批援鄂医疗队伍，也是湘雅二医院应对突发公共卫生事件派出的有史以来最大规模的外援队伍。这 130 人的高配团队里，有 30 位来自重症医学科、感染科、呼吸与危重症科等专科的主任专家和青年医学骨干，还有 100 位重症护理的护士。我的儿子比较内向，平常从不向我表露情感，这次我看得出来，他挺担心我的。出发那天，他一大早就起床，帮我背着行李，默默跟在后面送我，最后要走的时候我们抱了一下。我看得到他眼眶里的泪。他对我说，要做好防护，早日凯旋。

防护是重中之重

从数据上看，全国的情况都在好转。湖北因重症和危重症的病人人数较多，所以死亡率会比全国要高。因此国家下大力气，把各个顶尖医院的专家调到武汉。国家卫生健康委统计，全国 10% 的重症力量都来到武汉支援了。

现在，同济中法院区是武汉治疗重症和危重症患者的集合地。北协和、南湘雅，还有中日友好医院、北医三院等强院派来了18支医疗队伍，和同济医院一起，接管了这里的23个病区。

我有很多老师、同学、老同行也来了。但我们最多就打个电话，问一下平安，都没办法见面，每个人在自己的岗位上发挥着光和热，一切尽在不言中。

虽说我们经过多次防护训练，但90%的队员没有接触过这种病人。可以看出来，刚开始大家都有点惶恐和紧张，但没有一个人退缩。2月9日深夜，我们接到命令，开始连夜收治重症、危重症病人。通过13个小时连续工作，我们在2月10日13点左右，把50张床位收满并展开了相应的救治工作。这是一个漂亮的开局，前线和大后方的同事都有了信心。

我们的病房是由骨科病房临时改造的，由于时间紧迫，很多硬件没办法达到新冠病毒的防护标准。严格来讲，传染病的病房是需要进和出双通道的，现在进和出都是一个通道，当我们进病区的时候，就不能有人出来。

根据这个情况我们也想了办法，医护人员进到隔离区查房、护理时，会用一部里面专用的手机拍下病人的状况，传给我们。另外，污染区和清洁区的医护人员还可以通过对讲机沟通病情、开医嘱。我们刚来的时候，一天要用到200套左右防护装备，这样优化之后，基本上八九十套就够用。

但是，防护物资整体来讲还是比较紧张。比如说这个鞋套，我们一开始是用蓝色的医疗垃圾袋把鞋子包上，再裹在腿上用胶布固定。还有防护服，一开始只有加大号的，我们瘦小的队员穿上以后就看不到影子了。但是情况一天天在变好，医务人员都能做到三级防护。

进隔离病区前，我们要花半个多小时穿上隔离衣、防护服、手套、帽子、护目镜等防护装备。为了确保防护质量，我请护士长在换衣间安排了老师督导，确保每位医护人员防护到位了，才在防护服上写好名字，再写一句加油，画一个爱心，给大家打气。从病房出来消毒的时间更长，医护人员脱下层层防护设备后，要洗手、洗澡，用生理盐水漱口、络合碘清理鼻腔和外耳道，确保他们的安全。

医院的安保和保洁人员也让人非常感动，他们没有经过充分的防护培训，但是时刻坚守在岗位上。每次看到他们进污染区，我都会请医护人员仔细帮他们穿好防护设备。

我们医生是三班倒，每班 8 小时，进病房的护士是 4 小时左右一轮换，每次进去 6 到 8 位护士，负责 50 名患者，厚重装备下进行各种操作，工作强度还是挺大的。为了避免感染，病房里是没有空调的，当气温在零摄氏度左右的时候，防护服里面的衣服湿了又干，干了又湿。

我们有 3 位队员可能就是这样感冒了，还有点发烧。根据我们的判断，应该是没有感染新冠肺炎的迹象。我们现在暂停了他们的工作，成立了一个关爱小组，每天把饭送到他们酒店房间门口，让他们尽可能地先休养。我对队员反复强调，要充分休息，保住免疫力。我这次带了安眠药，基本上每天都要吃，就是希望晚上能好好睡一觉。

我们的酒店在距离医院 30 分钟车程的地方，有专门的车子接送上下班，医护人员经常半夜三更要去医院，都有车子坐。每天很多志愿者打电话来要给我们送东西。他们想得很周到，因为酒店也不能开空调，就送来了电热毯、暖宝宝，担心我们不能按点吃饭，就送方便面、牛奶、水果等。其实，我们对于吃住没有要求，我们每一顿盒饭有三个菜，顿顿能吃上青菜，已经很好了。

暂无公认疗法应对炎症风暴

同济中法院区收治的都是重症病人。我们接手这个病区以来，没有死亡病例，另外有近 20 个病人从重症转为轻症了。这两天已经复查病毒核酸和 CT，我估计他们中有相当一部分人很快能出院。

每个重症患者都有一套个性化的治疗方案，我们对患者的精神状态、营

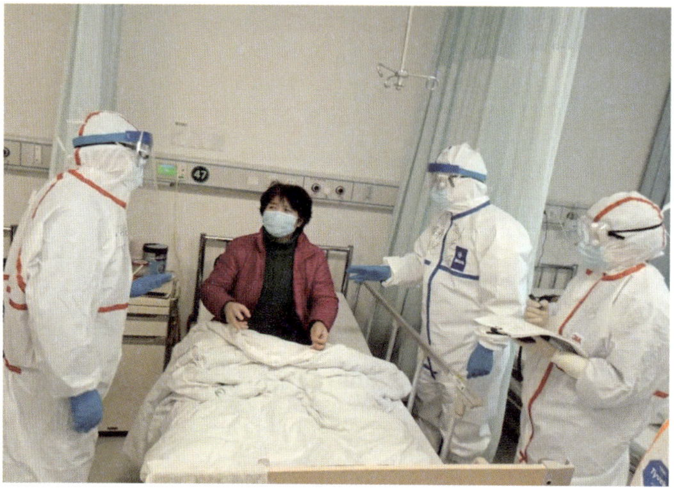

湘雅二医院负责的病房

养、睡眠，包括心理都有一个全方位的指导。对于重症患者来说，老是躺在床上不利于康复。我们会鼓励患者在没吸氧、没打吊针的时候，下床做一些力所能及的运动。这样不仅可以促进他们肠道的蠕动，还可以促进肺部呼吸功能的改善，减少血栓的发生。

在用药层面上，我们病区参与了两个临床研究，一个是包括瑞德西韦在内的新药研究，另一个是关于激素用量的研究。

我注意到网上有一些中西医互掐的情况，中医说中药要发挥主导作用，西医说中医不行。其实，我们主张中西医结合治疗，国家要求尽量提高患者的中药补给和中药使用率，我们的队伍有两名中医专家，可以给病人提供个体化的中药治疗。

炎症风暴对于危重症病人来说是一道未知的坎。我们的免疫系统在和病毒抗争的过程中，会产生炎症因子。炎症在不同人身上轻重程度不同，有的情况下就会形成炎症风暴。

对于新冠病毒导致的炎症风暴，实际上还没有公认的处理手段，现在前线医生都还在摸索过程中。总的来说，我们要尽量在炎症风暴早期就干预进去，密切观察，早发现，早治疗。打个比方，炎症风暴形成过程就像瀑布一样，一开始水流是比较小的，等到它演变成瀑布，就只能通过血液透析、血浆置换等手段把炎症因子从体内透析出来。大家也注意到，这次新冠肺炎救治过程中，我们在部分患者身上使用了激素。激素就是对抗炎症因子的，它对免疫系统有抑制作用。根据目前数据，使用中等剂量激素不会引起非常明显的毒副作用。

我经常来武汉做学术交流，对这座城市非常熟悉。这次来武汉，我从楼上看下去，整个大街空无一人，这样的武汉我第一次见。

最近几天，路上的车辆明显多起来了，整个城市开始慢慢缓过劲来了。特别前几天一场风雪以后，阳光明媚，这场战役的阴霾应该也快消散了吧！等疫情结束了，我要回去调整一下心态，然后尽快回到武汉来，和武汉的同道们进行学术交流。

中国新闻周刊　李锐嘉　值班编辑　罗晓兰

我守护在武汉金银潭的重症病房

陈德昌说，武汉市金银潭医院的重症病人情况比较特殊。在他工作的病房里，多数病人情况危急，同时面临物资短缺的难题。当他们作为上海医疗队进驻时，原有医护人员已连续工作近一个月了。这次出征，比想象中要艰苦。

57 岁的陈德昌是上海瑞金医院重症医学科主任、中华医学会重症医学分会候任主任委员。他主动请缨，除夕夜随上海医疗队紧急赶到武汉，奔忙在照顾新型冠状病毒肺炎重症患者的一线。上海医疗队支援的第一批医护人员 136 人，来自上海各大医院，主要分成普通救治队 70 多人和危重症救治队 60 多人。

支援北三楼：救治重症病人

我们是 2020 年 1 月 26 日下午正式进驻武汉市金银潭医院的，进驻之前经过了一天的防护培训。

这是武汉专门收治确诊的新型冠状病毒肺炎重症患者的医院，有 400 多个病人分散在各个病区，重症病人 130～140 个。医院主要分为南区和北区，我们上海医疗队负责整体接手北区二楼和北区三楼的病房，加起来 70 多个病人。北二楼的病人情况稍微好一点，北三楼全是重症病人。北三楼的病房是医院这次专门由普通病房改建的，抢救条件相对简陋一点。

我主要负责情况比较重的北三楼。有29个重症病人，其中有16个属于危重病人，很多人血氧饱和度只有90%～91%（注：正常值为98%）。重症患者中，中老年人会偏多一点。重症病人的特点就是呼吸困难、肺纤维化，有时候氧气也不容易输进去。

我们进去的时候，原来的医护人员都非常疲惫了。他们的工作节奏都特别紧张，强度大，人员少，物资紧缺。这个病区之前只有7～8个医生，40个护士，大家24小时连轴转，工作量是很大很大的。要照顾这么多病人，他们一些人几乎晚上都不回家了，24小时在医院里边，已经快一个月了，非常累。

另一方面，武汉市金银潭医院还在不停接收新的病人，前两天新开了两个病区。入驻头一天，我下班从病区出来时，救护车正好把病人往里送。所以，他们是非常需要支援的。这次国家支援湖北，采取了对口支援的模式。除了我们之外，陆军军医大学也支援武汉市金银潭医院，主要负责北区4～6楼。

上海医疗队来支援的第一批医护人员136人，来自上海各大医院。其中医生大概30多人，护士90多人，集中在重症医学、感染科、呼吸科，其他诸如消化、血液等生理学科也有。

1月23日小年夜，瑞金医院的领导通知我们，说武汉那边情况紧急，上海要组织医疗队过去支援。因为当时说武汉需要重症方面的专家，我刚好也是做重症医疗的，就马上报了名。

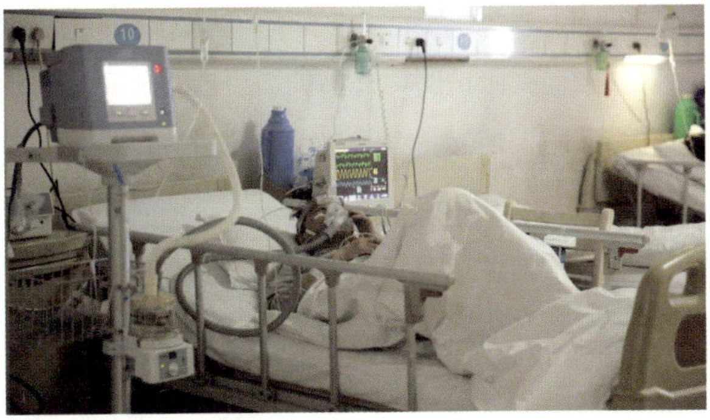

时刻监护着住院病人

我和我爱人都是第二军医大学（海军军医大学）毕业的，军人出身，虽然后来从部队退役转业了，但心里还是有一种军人的责任感。2003 年 SARS 时，我也参与了一些防控，但没有到北京小汤山医院这样的一线去。现在国家有难，挺身而出是天职，国家需要你，你总归要到最需要的地方去。

大年三十上午，院里就打电话给我，说报名卫生健康委通过了，“你赶快去参加培训！”我就急忙赶去培训，培训大概两个多小时，主要讲了一些新型冠状病毒的防护知识。培训完了后，我问大概什么时候会走，当时得到答复说还没有通知，“估计是要到武汉一个类似小汤山的新建医院去，可能还要几天时间。”我就回去吃年夜饭去了。

除夕夜的傍晚 6 点，家里年夜饭刚上桌，电话就来了，说：“今天晚上马上就要走！你赶快赶到医院，到医院领完物资就赶快去机场。”我匆匆地吃了一碗家里的米饭，然后就出门了。

家人还是很支持我的，但也不能说完全没有顾虑，主要就是个人的防护。走之前，爱人反复叮嘱我，“一定要做好防护”。她帮我准备了一些过年的衣服，我当晚把它穿上，当作是护身符。我也准备了很多个人物品，因为我知道，这次可能短时间内回不来。

防护培训：参照埃博拉病毒

上海医疗队是大年初一凌晨到的，算比较早的。到达后会有一天的培训，主要是卫生健康委安排的专家做一些自我防护的相关培训，要做到医护人员零感染。培训的重点内容就是如何穿戴防护用品：穿戴是什么顺序，卸装是什么顺序，这是很有讲究的。

武汉市金银潭医院的重症病房被分为了几部分，从防护的角度看就是清洁区、缓冲区和污染区。防护用品的穿戴在清洁状态下问题不大，但卸装就很重要了。你从 ICU 里出来，把带病毒的东西卸掉，该用什么顺序？这非常重要，都是被病毒污染的物资，如果顺序不对，很可能会把你暴露。这是很危险的，尤其是到病房去以后，环境突然一变，你一慌张，可能就忘了怎么弄了。

到达后的第一天，我们都在反复练习，一遍一遍地练习穿戴和卸装，这比飞机上练习带氧气面罩复杂得多，光卸装就得10～20分钟，每个步骤都要消毒。像我身材比较魁梧一点，衣服不是很合身，穿和脱都非常困难，不合身就有暴露的风险，需要反复注意。

对于医护人员来说，到重症病房里去看重症患者，按照要求必须得有二级防护；但在ICU有时候要做一些非常危险的操作，比如气管插管这些，还需要做到三级防护。

欣慰的是，我们发现，武汉市金银潭医院的医护人员防护做得非常不错，目前医务人员基本上没有被感染的，他们在这方面特别重视和努力。当然，不是说重症病人的传染性就强，轻症病人也一样传染，只是重症患者可能咳嗽得多，喷出的飞沫比轻症病人多，传染风险稍微大一点。

我们内部参照了陆军军医大学应对埃博拉病毒的防护程序，做了多层保护。我之前在ICU工作时也有防护，但主要是防止耐药菌传播，不是特别严格，因为它没什么传染性。一般就是穿隔离衣、戴口罩和帽子，一般外科口罩就可以了。现在是必须穿防护服了，防护服外面还要穿隔离衣，戴护目镜、面

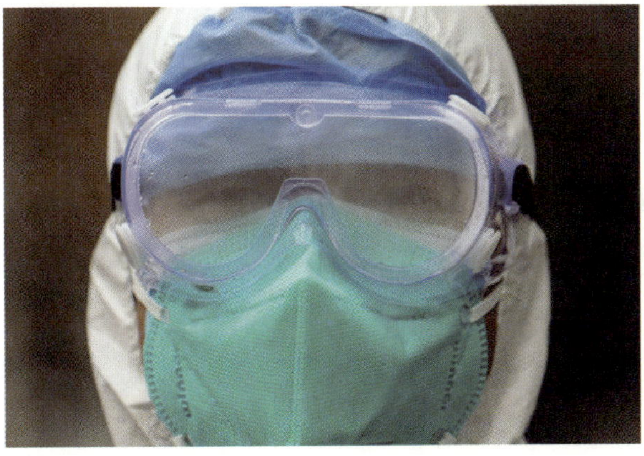

因为工作需要，工作时间必须戴上护目镜。寒冷的冬日里，护目镜上总隔着一层水雾
（高星　摄）

罩和口罩，还有两层手套，两层帽子。为了防止感染，有女队员把长发都剪掉了。我们只有保护好自己，才能救治更多的重症病人。

“来了就是吃苦的”

因为我们是整体接手，所以花了时间进行工作交接，目前还蛮顺利，武汉市金银潭医院这边留下了一个联络人，负责配合和协调。

这里物资紧缺状况还是超出之前的预料，原本我们以为医院现有物资可以支撑一个星期，但去了之后一了解，武汉市金银潭医院的防护服总共只剩 500 套，够使用 2 天。我们带的物资或许能维持一星期，都是应急用的。目前物资还是一天一领，比较短缺，我们已经将需求报了上去，相信后续通过协调能有效解决。

由于北三楼的病房是普通病房改造的，所以抢救条件很有限。一般情况下，普通病房是不能作 ICU 的，正式 ICU 里的氧源气源都有一定要求，电力系统都有两套，因为涉及很多设备的使用。比如氧气，现在 ICU 里插呼吸机的人有 16 个，再多可能就负荷不起了，因为病房里氧气会不够用。设备用多了，电力也会跳闸。

我们医生安排是每天 6 小时一班，夜班是 12 小时，每 5～6 天值一次。每天工作 6 个小时强度是很大的，要穿着特殊的防护装备在特殊的环境里工作，非常闷，而且病人病情重，但病房条件相对有限，工作会比想象中要艰苦一点。6 个小时里不吃不喝，大小便都不行，一穿一脱都是 10～20 分钟。病人多，我们工作量也很大，医护人员要在 ICU 进进出出。可能我们刚查完房要出来开医嘱，里边病人的病情就有变化，你就又要穿着新的防护服进去，所以每天的物资消耗很大。

刚进来的时候，人手比较紧张。一般 ICU 里的病人与医生比例是 1∶0.8，传染病最好是 1∶1.2，护士要配到 1∶3，甚至 1∶3.5，29 个病人至少要 87 个护士。刚进驻的时候北三楼只有48名护士，每天要上8个小时班，所以她们非常非常累。在重症病房不宜工作太长时间，每天理想时长是4个小时，时间一长，口罩一湿，就失去了防护作用。冬天冷，这8个小时还不能开暖气和空调，冻得双手都快麻了，非常辛苦。取暖器也不敢多用，怕ICU里跳闸。

经过协调，北二楼病房的团队又分配给我们15名护士，原来8小时一班可能会变成6小时。上海第二批支援医疗队也来了，还有50名护士补充进来，这会大大缓解压力。但因为物资短缺，我们也不敢加太多的人手，不然消耗量会很大，这也是一个两难问题。

所以，现有的医护人员会比较辛苦一点。不过来了就是吃苦的，不是来享福的，这个我们大家都有心理准备。目前一切都在按部就班地进行，包括我们医疗上的规章制度都制定好了，在按流程走，也成立了临时党支部。老党员要放平心态，做好艰苦战斗的准备。

总体来说，目前一些病人的情况在好转。我的病房里有一个30多岁的年轻人，已经在里面治疗两个礼拜了，呼吸困难，喘气非常吃力，上了呼吸机。接手第一天晚上，我一看，他的血氧饱和度只有90%左右，我当时想："居然这么重，可能会比较棘手。"当天晚上我们医护人员值班，第二天我去看，血氧饱和度上升到93%，他自己也说感觉好了一点；还有一个40多岁的病人，有谵妄，有时候会有妄想，情绪非常不稳定。我们给他做思想工作，用了药，目前看他的情况也能慢慢稳定。

我们也收了一个新病人，来的时候，病人情况很危急，血氧饱和度最低只有40%，经过全力抢救，现在病人血氧饱和度上升到了98%，人也清醒过来了。只要还有确诊患者需要治疗，我们也没有想过什么时候能回去，现在正是需要鼓舞士气的时候。

三联生活周刊　口述　陈德昌　黄子懿

医院里的另一支“战队”

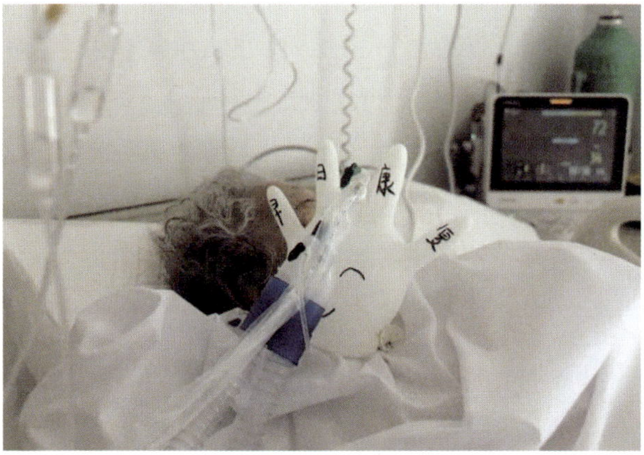

3 月 16 日上午，武汉市红十字会医院呼吸内科一病区，一名护士将手套吹成气球，撑着氧气管，避免对患者造成压迫。该护士告诉记者，她每吹一个气球，都会在上面写下“早日康复”等字样，表达对患者的美好祝愿（中青报 · 中青网记者　王嘉兴　摄）

在武汉大学人民医院东院区 23 病区，杨秀芳可能是和患者说话最多的医护人员。

她的语调很轻，语速不紧不慢。在病房里，裹着层层密密的三级防护，她的音调要比平常略高些，起起伏伏的声波落在身上或钻进耳朵，有患者形容“像春风吹来”，有的能在她说出第一句话时即辨认出是她。

杨秀芳的话不单是信息的传递，也可以说是一副抗病毒的“药”。她来自四川大学华西医院心理卫生中心，于 2020 年 2 月 7 日抵达武汉，也是四川省支援武汉医疗队中最早抵达武汉的心理咨询师。

一周后，另两名心理医生分别随第七、第八批四川医疗队抵达武汉。半个月后，四川省又派出一支由 50 名心理咨询师、精神科医生组成的第十批医疗队。目前，国家卫生健康委已调派 415 名精神卫生专业人员前往湖北，为患者和医务人员提供专业的心理咨询和危机干预服务。

他们被称为“心理战队”，不是为了战胜谁，而是为了陪伴。用该团队成员叶嘉璐的话说，是要陪新冠肺炎患者、一线医护人员扛过这段艰难的日子。

宣泄，不知从何说起

住在武汉大学人民医院东院区 23 病区的陈文（化名），相较于一些恐惧到吃不进饭的患者而言，算是让护士较为“省心”的一类患者——话不多，按时吃饭、吃药，遵从医嘱打针、输液，不激烈也不颓唐。

但第三天晚上，她突然因为一份送迟的米饭大哭了起来，把医护人员、病友吓了一跳。积压已久的委屈、痛苦、害怕，甚至绝望，一涌而出。

陈文今年 50 多岁，至今也不清楚如何被感染上新冠肺炎。她入院时，告诉自己要安心治疗，但不知为何“内心难平”，一连串的“为什么”自问无解，想宣泄些什么，又不知向谁以及从何说起。

陈文所在的病房有 3 名患者，基本上无交流，大家都很压抑、害怕，都不说话，睡觉时灯也不敢全关。

新冠病毒的可怕，不仅在于摧毁肌体，也在于强行隔离人与人。“它会让人产生一种剥夺感、不安全感，即便可以通电话、视频，但没有肢体的接触，依然会阻碍部分情感的自然流动。”四川省第十批医疗队心理医生李水英曾接触过一名患者，患者 7 岁的儿子在别处隔离，每隔约一个小时给她打一次电话，不分昼夜，“因为孩子的安全感得不到满足”。

杨秀芳所在的病区当前有 24 名患者，且多为中老年人。有的用“老年手机”，有的不会用微信，长时间说话、打电话也不太现实——这里是线上心理援助难以触及的地方。

有的老人会不停地按铃呼叫医护人员，医护人员动作稍慢，老人便会发脾气；有几经抢救死里逃生的患者在清醒后说“不想活了”，因为“觉得自己被忽略了”；也有戴着氧气面罩的患者在纸上吃力地写下四个字“我会死吗”，瞪着眼睛渴望杨秀芳能给个答案。

病房里多了几种声音

每天，杨秀芳做完新入院患者的心理筛查后，会先去重点关注几位心理状态较差的患者。她站着和他们说话，有时一站便是三四个小时，说到自己透不过气来。

陈文喜欢听杨秀芳说话。同样是鼓励的话，但杨秀芳给病房中每个人说的都不一样，而且陈文觉得话都说到了自己的心坎上，“一字一句都慢慢流进了心里，而不是一盆水泼给你”。但有时，杨秀芳只是静静地听着，握着对方的手，或扶着对方的肩，让他们觉得有人在，自己没那么孤单。

陈文不知道怎么用语言来形容握住杨秀芳手的感受，只觉得自己“几乎都要哭了”，但是哭不出来。因为“一股暖流钻进了心窝”，仿佛自己和这个世界重新连接。

陈文用“精心”“热心”“耐心”形容其他医护人员，用“知心”形容杨秀芳，“我心里的担忧、恐惧她好像都懂”。

心理医生似乎有种特殊的“魔力”，能读懂他人。“他们往往共情能力很强，虽然不能完全感同身受，但对患者内心情绪的感知很敏感。”叶嘉璐说，有时只是听着对方陌生的声音，也要努力钻进电话那头的人心里，感其所感，与其情感共振。有时在咨询结束后，自己也要花上一阵子才能消化掉来访者传导的那种悲痛情绪。

心理医生的内心并非都很强大，而是善于察觉情绪的波动。他们帮助患者分担并消化纷杂繁重的情绪，陪对方穿过迷雾走向光风霁月之地，惊心动魄，却看似不动声色。

每天的咨询还在持续着。前不久，一位失去老伴的患者在接通电话那一刻告诉叶嘉璐：“我吃了饭，碗都洗好了，想着就等小叶子给我打电话啦。”他们依然不会刻意谈到或避免谈到逝者，即便谈到也更多的是宁静，而非悲痛，叶嘉璐在工作日记写道："这是一场寂静的哀悼，通往满是希望的明天。"

倘若杨秀芳没有出现在病房，陈文和病友们就会忍不住开始念叨，"杨老师怎么还不来""这感觉像好久没来了""你现在感觉怎样"……慢慢地，病房中开始多出了几种声音，交谈声、笑声，甚至还有陈文唱《我和我的祖国》的歌声。她说："是杨医生的出现，唤醒了这里。"

如今，陈文已出院转至隔离观察点，离回家更近了一步。她说，现在还常常想念杨秀芳。她没见过杨秀芳不穿防护服的模样，但记得她的声音、眼睛。

近些，再近些

杨秀芳跟随所在医疗队进入病房直接开展工作，与她相反，四川支援武汉第十批医疗队的心理医生兼秘书蒋莉君在武汉的第一周几乎都在"等病人"。

根据安排，蒋莉君所在医疗队的 50 名心理医生分为 10 组，5 人为一组对接一所医院 / 方舱，医护人员是他们首要服务的群体。

四川支援武汉医疗队心理保健组组长邱昌建观察，相较于患者，医护人员更倾向于把种种情绪揣在心里。有的医护人员在来电咨询中刚说出句"好累啊"，立马又把话收了回去；有的医护人员已经很疲惫了，但仍不下"火线"，因为觉得自己是来支援的，不能倒下。

要了解帮助他们，就要离他们近些，再近些。

蒋莉君小组先是联系医院 / 方舱中的各个医疗队，发放心理量表"摸底"医护人员的心理状况。有的医院领导或领队配合，有的要求对这一心理量表中的某些问题进行修改，有的直接拒绝了他们。

蒋莉君想出一策，她事先打听好所对接医疗队的换班时间，抓住时机和下班休息的医护人员聊天。心理咨询和心理干预最看重自愿原则，她想要告诉他们："如果需要，我就在这里。"

有些医疗队驻扎的酒店大堂，成了蒋莉君的“办公点”；有的地方连座位都没有，她就自带凳子过去……

蒋莉君的队友们，有的在医护人员驻地搭起了简单的“心理咨询室”，试着和医护人员交朋友。“你在他的面前，你们心理上的距离就是不一样的。”四川省第十批援鄂医疗队心理医生张波说，这也是他们来“前线”的原因。

蒋莉君统计，在该团队前半个月接受的1 000多人次咨询中，医护人员少于患者，约占40%。

张波认为，医护人员出现心理问题的主要原因是工作压力，“医疗领域‘隔科如隔山’，而现在所有科室都变成了一个科室——呼吸科，那些来自口腔、放射等其他科室的医护人员就要去适应，会增加工作压力”。

邱昌建说，在高强度、高度紧张的应激状态下，医护人员真实的情绪或心理问题会在一定程度上被压制，通过睡眠或身体反应表现出来，如头昏、头胀、反应变慢，“这种状态去打攻坚战可以，但打不了持久战”。

心理医生就是来解决这些问题的。

有时，蒋莉君及其队友直接在酒店大堂找处安静、隐蔽的地方开始工作。这些线上或线下、流动或固定的“心理咨询室”，像是病房外的一个个“方舱”，一些医护人员在这里卸下冠冕，可以哭，也可以大喊，卸下焦虑、脆弱和不安。

等他们走出这里，“有的眼神已恢复些神采”，有的已和心理医生成为朋友。

眼下，蒋莉君说自己也“光荣下岗了”，因为她所对接的医疗队已撤离武汉，而“很多心理问题是阶段性的，在他们休整后也会慢慢恢复。武汉的特殊经历会丰富他们的人生经历，有的甚至会成为他们成长的契机”。

中国青年报·中国青年网出品　记者　孙庆玲　王鑫昕

微信编辑　陈轶男

方舱医院里的战“疫”年轻人

“进舱”第一天，“95 后”女孩蒋含钰提着形形色色的箱子，来回爬了十二三趟楼，帮入住方舱医院的患者搬行李。防护装备裹得密不透风，她感觉“有点缺氧”。

湖南省常德市第一中医医院护士蒋含钰，是湖南援助湖北的国家中医医疗队的队员。2020 年 2 月 10 日，她和同事们抵达武汉，支援江夏大花山户外运动中心方舱医院。

在湖南医疗队 40 名队员中，有 6 人来自常德市第一中医医院，都是“80 后”和“90 后”。蒋含钰是其中年龄最小的，为了更好地“战斗”，她剪掉了一头长发。

“2003 年‘非典’时我才 8 岁，觉得穿着白衣服保护我的人好神圣。现在，我也想去保护别人。”蒋含钰讲述“请战”初衷，“我是党员，我相信这里需要我”。

“舱”里的工作细致琐碎。蒋含钰除了要辅助医生，还要负责领餐、送饭、打水、排床位、发中药、搬行李、陪护老人上洗手间……她双腿一直在出汗，“出舱给病人领餐，风一刮，湿乎乎的特别冷”。

6 人中年龄最大的是 38 岁的唐明杰，他是常德市第一中医医院呼吸内科副主任医师。“抗疫就是打仗，武汉就是最前方，要战就要在前方战。”唐明杰同样主动报名支援湖北。

第一天“进舱”工作结束，交接班时，他写了七八条提醒建议——

比如，一些患有慢性病的患者，日常药物还剩几天量，需要补充备齐；患者反映医院顶灯太亮，能否提供眼罩助眠；老年患者多，能不能给定点洗漱的地方安装防滑设备；建议增加移动洗手间；糖尿病病人不能挨饿，建议另外供餐、提早送餐……

“我们要尽量要求自己成为‘全能’战士，事无巨细地帮病人解决各种问题，因为在这里，我们是他们最依赖的人。”唐明杰说。

方舱医院里的这群年轻人，是白衣天使，是生活百科，还是知心人——

这两天，唐明杰碰到一位六十来岁的女患者，体温、血压、血氧饱和度等指标都稳定，精神却很紧张。他一遍遍耐心开导：“阿姨，我们就守在你旁边，不要怕。你的各项指标都好，要有信心。”

方舱医院里，有些患者的家属还在 ICU 接受治疗，有些患者对新冠肺炎感到恐惧，还有些患者不适应封闭空间而焦虑……于是，心理疏导就成了医护人员的日常任务。

他们带着患者练起了八段锦和太极拳，跳起了广场舞，唱起了歌。这既是为了锻炼身体，更是为了疏导情绪。

许多人不知道，穿着厚重的防护设备，做些剧烈动作，医护人员就会感到气促。“跳舞尤其累，就像被人捂住了鼻子。”唐明杰能清楚感觉到汗液顺着身体往下流。

2 月 15 日晚上 7 点，蒋含钰也满身疲惫地下班了。她走进换衣间，一步步脱下自己的三层帽子、两层口罩、三层鞋套、三层手套、一层防护服和一层隔离衣。

她小心翼翼，每进行一个流程都洗一次手，每次洗两分钟。一整套程序下来，20 多分钟就过去了。回到驻地，又洗头洗澡，拿消毒液浸泡衣服，用微波炉热晚饭……收拾停当，已是深夜。

她告诉记者，终于能躺下休息时，自己脑海里却突然出现了几天前的画面——在长沙南站，40 位“战士”列队站立，预备奔赴前线。“那么多人都朝着同一个方向去，想起来就很受鼓舞。”年轻的女孩微笑着说。

新华社　袁汝婷　廖　君

武汉市金银潭医院抗“疫”夫妻

2019年12月底，武汉市金银潭医院的抗“疫”之战正式打响，也拉开了全国抗“疫”的序幕。这场与病毒之间没有硝烟的“战争”已持续月余。在这所以传染病防治为主的医院里，600多名医护员工一路逆行，全部投入抗击疫情的战斗中。

在这群医护员工当中，30多对夫妻患难与共，直面疫情，与死神争夺生命，让患者看到希望。他们当中，有的夫妻近在咫尺却难相见；有的夫妻放弃了与远方亲人的团聚；有的夫妻与父母、儿女身处一城，却只能隔空思念……他们的故事，他们的家庭，是所有奋战在武汉抗“疫”一线医护工作人员的缩影。

丈夫黄汉平（54岁）　妻子张丽（51岁）

黄汉平担任医院北二楼医疗顾问，并负责南三楼隔离病区查房工作，妻子张丽是南三楼病区主任。

两人是湖北医学院（现武汉大学医学部）校友，毕业后结婚，又在一起工作。2003年，两人一起参与了武汉抗击“非典”疫情的战斗。两人的女儿已经出嫁了，“所以面对疫情，我们没有任何顾虑”。

夫妻俩家住汉阳，从医院到家每天往返50多公里。疫情暴发后，两人经常加班，尤其是张丽，常忙到凌晨。但不管多晚，黄汉平都会等在办公室，开车

载她回家。

夫妻俩希望，武汉在樱花季前恢复如常。那时，他们想好好休息下，一起回母校看看樱花。

丈夫邓雄波（36 岁） 妻子谢家强（35 岁）

邓雄波是医院放射科主管技师，妻子谢家强是耐多药病区的护士。

疫情暴发之后，医院的 CT 科室任务繁重，邓雄波和全科室工作人员倒班

谢家强正在准备患者需要注射的药品

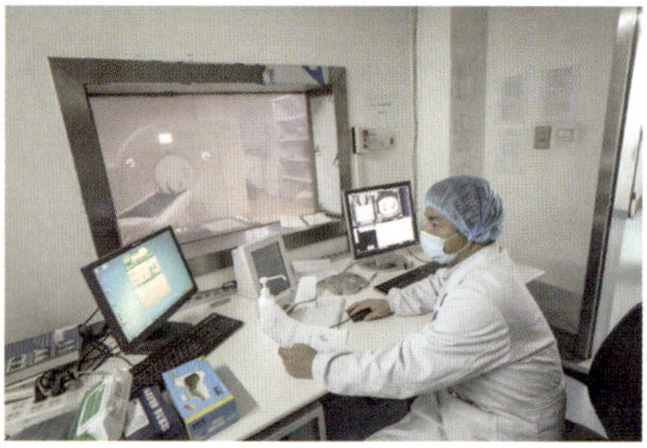

邓雄波在 CT 室值班，整理患者的诊断结果

工作至今。谢家强所在科室改为隔离病区收治患者，工作强度大增。因为夫妻俩都在与病人密切接触，只好把儿子送到爷爷奶奶家，由老人照顾。一个多月来，为了避免传染，夫妻俩没有回过一次家，全勤投入到医院抗击新冠肺炎疫情的工作中。

两人都希望疫情能够早日结束，患者都能康复出院回归正常生活，这样大家才能早日与家人团聚。

丈夫刘炜（42 岁） 妻子方国妍（44 岁）

刘炜现任北五楼医生，妻子方国妍是检验科护士。两人在医院相识相恋，2002 年结婚，女儿今年高考。

女儿身体不好，重度贫血。疫情暴发后，夫妻俩把女儿送到了孩子姨妈家，托姨妈照料。

刘炜说，女儿从小接受熏陶，一心想考医学院，他尊重女儿的意愿。疫情

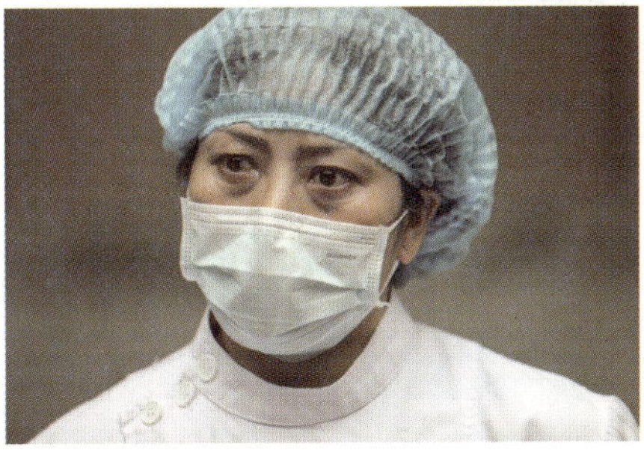

说起重度贫血的女儿没能得到好好的康复治疗，方国妍止不住泪水

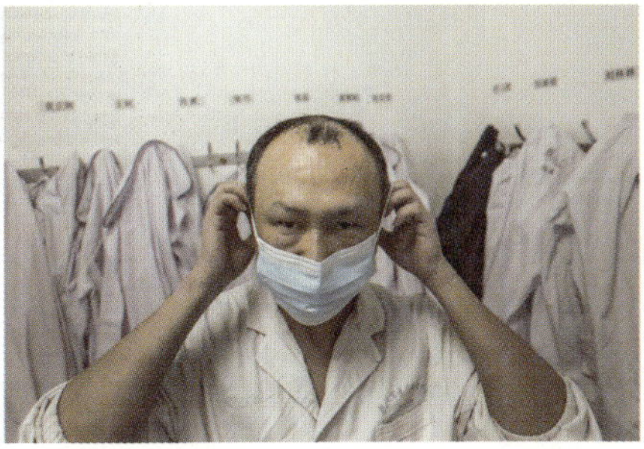

刘炜刚刚走出隔离病房，正在卸下防护装备，额头上、脸上，是一道道的勒痕

结束后会帮助女儿学习。他希望女儿能考上自己的母校——武汉大学医学部。

方国妍止不住流泪，“我们忙于工作，一直没有注意到孩子的情况，直到春节前才发现不对劲，紧急送到医院接受了两天输血治疗，但因为疫情，治疗进行到一半就中止了。”她只希望女儿不要有压力，身体健康、平平安安。高考结束后，她想带着女儿去旅游，到海边玩。

丈夫李华东（39 岁）　妻子吴霜（39 岁）

综合二楼医生李华东和北五楼医生吴霜是广西医科大学校友，毕业后先后进入武汉市金银潭医院工作，2009 年结婚，女儿现在 7 岁半。

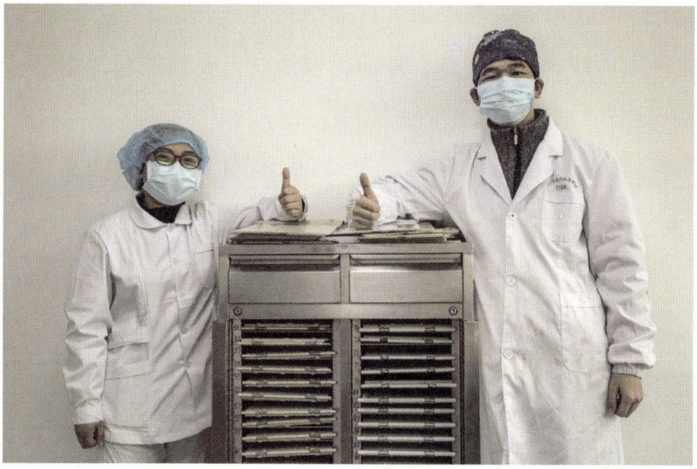

孩子放寒假后，被奶奶带回了河南老家。1 月 20 日，夫妻俩一起上了一线，随后，两人分别住进酒店，见面都要戴着口罩，互相提醒对方注意防护、加强营养。

吴霜说，女儿一直想看大熊猫。待疫情结束，他们想休个年假，回老家一趟，接老人和女儿一起去成都看大熊猫。

丈夫涂超（46 岁）　妻子程芳（43 岁）

涂超是南七楼 ICU 主任，妻子程芳是南六楼护士长，两人 2001 年结婚，女儿今年上高三。

2019 年 12 月 29 日，涂超值夜班，接诊了 7 个不明原因肺炎病人。从那时起，他再没回过家。随着疫情暴发，程芳也上了一线。两人根据医院安排，住到了不同的酒店，女儿则交由爷爷奶奶照顾。

“常年接触不同的流感病人，我不害怕，但我有些担心涂超。”程芳说，丈夫在 ICU 的工作非常繁重，经常熬通宵，担心他年纪大了，撑不住。

从女儿上高中开始，程芳就计划着，等女儿高考结束，一家人去旅游，但涂超一直没有答应。程芳说，上一次一家人出去玩，还是女儿初中毕业，涂超请了五天假，之后，他再也没有休过假。

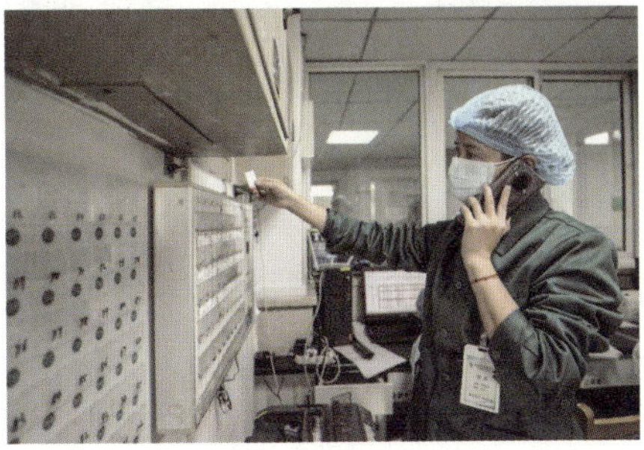

程芳在护士站整理患者病例卡，繁忙的工作中电话不断

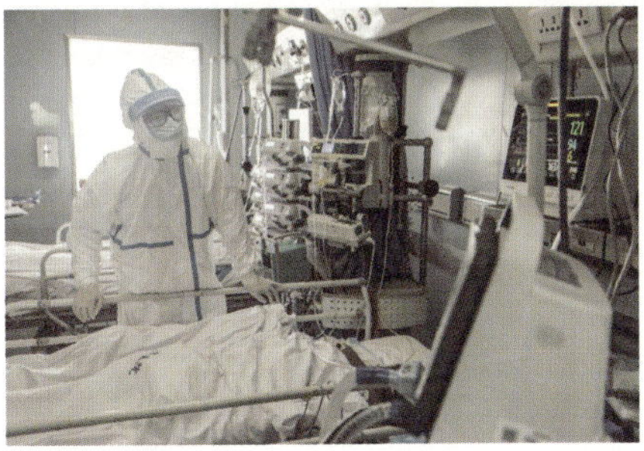

涂超在 ICU 查看患者状况

丈夫糜鹤峰（47 岁） 妻子陈莉（51 岁）

陈莉是医院后勤部食堂员工，丈夫糜鹤峰是医院 120 司机。

2019 年 12 月 29 日晚，从省中西医结合医院转运武汉第一批新冠肺炎患者到武汉市金银潭医院的就是糜鹤峰和同事，当时随车的护士长就让大家上了三级防护，至今整个 120 团队没有一名工作人员被病毒感染，全勤在岗听候调令。

女儿刚刚参加工作，在江苏无锡上班。因为担心家人，女儿在关闭离汉通道当天凌晨坐高铁回武汉，现在家中照顾年事已高的奶奶。女儿的单位已经通知她等疫情结束之后再回去上班。夫妻俩准备等工作结束了，开车送女儿去无锡，也给自己放个小假。

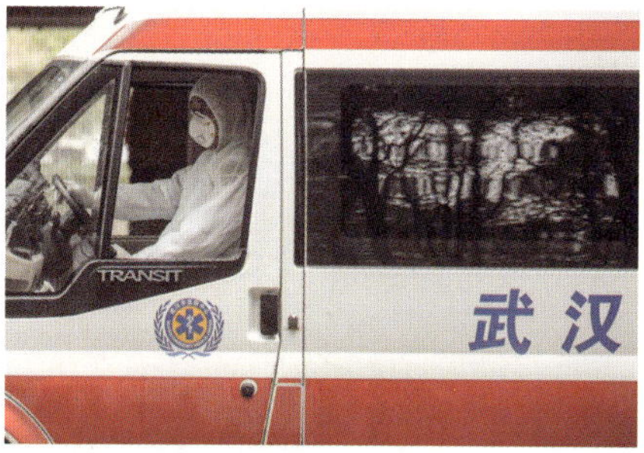

糜鹤峰驾驶着自己 120 班组的救护车去消毒清洗

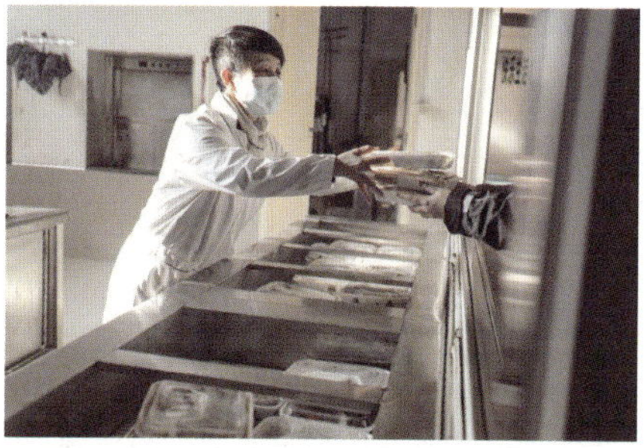

陈莉在食堂为劳累了一天的医护人员准备晚餐

南方人物周刊 陈 卓 摄影

文 孙笑天 陈 卓

编辑 方迎忠 郑 洁

被感染的防疫专家余昌平战“疫”记

从一开始，余昌平就想过自己可能会被感染。他是武汉大学人民医院呼吸与危重症医学科的医生，疫情发生后，他成为医院新冠病毒防治专家组的成员。

专家组成员被感染？听起来有点严重。余昌平觉得很正常：“接触那么多病人，总有可能被感染的，因为我冲在最前面，总有一天会倒下。”

病倒了，余昌平也不愿意闲着。他注册了个抖音号，身体稍微好点的时候就拍拍视频，让同事帮忙上传。余昌平用一口需要配字幕的武汉话，分享自己的亲身经历，从感觉到有症状，“一吃东西就打嗝、打屁”，到经历重症期，连续五天没起床，认真地分析自己有多大概率会死，“有 30% 的可能性”；再到后来，病情逐渐好转，他又继续笑着对网友说：“今天来吹吹牛，我这个性格，不吹牛做什么呢？”

在他看来，被感染也是一种经验。作为医生，他想把自己的经历和感受分享给更多人，让大家意识到防护的重要性，但是也不必过分害怕，“用武汉话说，怕个球，恐慌个毛线”。

抖音上，100 多万网友在关心他恢复的进展，看到他拍视频的精神状态越来越好，很多人也受到了鼓励。2020 年 2 月 24 日，两次核酸检测复查结果均为阴性的余昌平准备出院了。连续吃了五个星期医院盒饭的他，终于“打”赢了自己和新冠肺炎的“拉锯战”。等隔离期结束后，余昌平说自己最想做的事情是吃肉，“红烧肉、五花肉，越肥越好”。

“我被感染了，但是不怕”

1月31日，还戴着氧气管的余昌平开始琢磨要做点什么。从入院检查显示肺部有感染开始，他经历了从疑似到确诊，迅速发展为重症，再到缓慢恢复为轻症的过程。

在新冠病毒还只是被模糊地称为“新型肺炎”的时候，余昌平每天要接触好几例疑似病例。值班时，他会对不同科室转来的发热患者进行会诊。

后来，余昌平开始发烧，38.5℃，始终不退烧，但是别的方面都似乎正常，有点奇怪的是一吃东西就打嗝，像肠胃炎吗？不像，不拉肚子；但似乎也不像这几天看到的那种“新型肺炎”，自己就只是发烧。

快过年了，科室的同事们约好下班后聚餐，余昌平决定还是先去检查一下。“万一是呢，科室几十个人，影响就很大了。”检查结果很快出来，余昌平和另外一个同事同时住进了医院。

新型冠状病毒所引发的疫情来得凶猛，作为医生，同时也是患者，他有很多想要表达的。对于这个“敌人”，他也困惑过，甚至自己也被感染了，但他相信，到最终，自己还是了解对方的。

他想做点事情，虽然平常总会“抱怨”做医生辛苦，“工作压力大、精神压力大”，但当自己病倒的时候，他还是觉得自己应该再做些什么。

“想告诉大家，这个病是怎么回事”，余昌平先是尝试了语音分享，发现效果不好；突然想到可以录像，准备了几分钟，就开始对着手机录，因为还有些气喘，他索性把口罩也扯了下去，后来才发现自己当时没洗头也没洗脸。

在这个近14分钟的视频里，他回顾了自己感染的全过程。他爱笑，语气幽默，像每个群体里都会有的热情老大哥，真诚又轻松地告诉网友，他也被感染了，但是，不怕。

“我这么潇洒，这么可爱，死了多可惜啊”

但是家人会害怕。

刚住进医院的前三天，余昌平病情不重，尚未觉得胸闷气短，还能自己走下楼去做 CT 复查。

他知道这个病的发展过程，双肺病变会一天天地加重，甚至变成重症，会呼吸困难；即使脱离重症，病情也好得慢，乐观的话也需要三四周才能恢复。

余昌平在心里暗暗希望病情发展能慢一些，这样能给自己和医务人员都留下更多时间和空间。但现实不像他一样乐观，复查之后的第三天，余昌平病情迅速恶化。严重的胸闷、呼吸困难，浑身乏力，连续五天，余昌平都不能下床，甚至连坐起来的力气都没有。

最重的时候，自己也有点担心。他觉得自己有 30% 死掉的可能，最怕的是病情急速恶化、重症的状态又拖得久，很多患者就倒在这一步，“但万一到了那一步，谁也没办法”。

但转念一想，当下最要紧的事情是活下去。余昌平的信念来自于对自身和病情的了解：自己身体素质较好，能够和病毒“打”下去；虽然病情严重，但是能吃能睡，烧退了就有食欲，呼吸不畅时实在吃不动，就慢慢吃。

像给别的病人制订治疗方案一样，他给自己定的任务是能尽快地度过危险期，从重症的状态中摆脱出来。几近弥留之际，医院又人力紧张，余昌平决定让妻子过来照顾，医院也破例同意了。

他评估过风险，如果自己能撑过危险期，就能活；妻子过来照顾，也有可能会感染，但从病毒的传播规律判断，妻子万一感染，应该会是轻症。

妻子没想那么多。一天几趟地从家送饭、送水果到医院，让他吃好有力气；给他打气，每次见他都会笑，甚至故意惹他生气，看他有力气发脾气才放心。

第五天过去的时候，余昌平再次复查。没有力气下床，就托人找了把轮椅推着，他自己抱着氧气袋，等强撑着精神把CT拍摄的过程完成，他自己心里也有了判断：“最困难的时期，已经过去了。”接下来，是挨过“拉锯战”，慢慢就能好转了。

过后余昌平才知道，病重的那几天，妻子天天给自己姐姐打电话，边打边哭，哭完了再去给他送饭，笑着让他多吃。他用妻子给自己打气的方式开玩笑，“她是该哭，我这么潇洒、这么可爱，死了多可惜啊”。

后来，妻子也被感染了，好在是轻症。余昌平觉得有点内疚，最严重的时候自己需要妻子的陪伴，但毕竟是将她置于危险之中，“之后不只是夫妻，而是生死之交”。

“笑代表信心，代表力量”

余昌平是湖北荆州人，博士毕业后就一直在武汉大学人民医院工作。他觉得自己的性格很适合做医生，开朗、乐观，像他在拍视频时所说的那样，“给点阳光就灿烂”。科室里的同事都爱跟他待一块，出差、旅游，哪里有他，哪里就有欢乐。

“你看我一直在笑，笑代表信心，代表力量，我希望给你们信心和力量”，通过在抖音拍视频，他把这种乐观也传递给了许多网友。在他看来，对疾病了解得越清晰，心里就越不会恐慌，而积极的心态有助于更好地面对这“欺软怕硬”的病毒。

不断有受到乐观情绪感染的网友在他的分享下留言：“实实在在、通俗易懂”“不恐慌，不害怕，做好防护”……

余昌平总是在笑。

随着病情的日趋好转，余昌平更新视频的频次也高了起来。除了分享自己的恢复进展，他还开始做更多和科普相关的事情：分享自己对疫情发展的看法；建议同行们在进行新冠肺炎的诊断时，将 CT 结果作为重要的判断标准；而对于许多人谈之色变的“激素”，他也不断地拍视频向网友解释，合理地使用激素为什么能够有效帮助治疗病毒性肺炎。

2 月 4 日，余昌平被中央电视台的《焦点访谈》报道，更多人了解到了他通过抖音短视频科普新冠肺炎的事情。第二天一早，他的主治医生查房时都笑着说余昌平“成网红了”。

被更多人知道的余昌平更忙了。不断有同行和他交流对新冠肺炎的看法，有患者的家属跟他交流恢复情况，也有越来越多的人向他咨询。和新冠肺炎相关的专业问题，余昌平都会坚持自己回复；有了新的心得体会和病例，他也会通过拍视频的方式分享给更多人。

现在，余昌平和妻子都已经出院。再经过 14 天的隔离期，一切顺利的话，他就能在武汉的春天里转转。

之后，等空闲的时候，他还会在抖音上继续科普新冠肺炎，为更多人带去信心。他还考虑以后做些医学相关的科普，让更多人知道医学是什么、医生是什么。

中国新闻周刊 李 桐

老护士长和她奋战在武汉的“孩子们”

“上呼吸机，开始心肺复苏。”经过30分钟紧急抢救，同济医院中法新城院区一名危重症患者暂时转危为安。从重症病房走到清洁区，吉林大学白求恩第一医院神经内科护士长高岚摘下3层防护面罩，压痕深深刻在脸上，汗水早已将头发湿透。

作为有着30年重症护理经验的“老兵”，50岁的高岚扛起了吉大一院第五批医疗队护理领队的重担。从2月8日开始，这支134人的队伍整建制接管了武汉同济医院中法新城院区B10东疗区，收治了50名重症、危重症新冠肺炎患者。

刚接手的前4天，高岚每天只能睡3个多小时。为了让护士们尽快熟悉流程，更好地照护病患，她每天都要带队一起查房，发现问题马上总结、改进、落实。“就像打仗一样。”高岚说。

在吉大一院大后方的全力支持下，ECMO、血滤机、呼吸机、监护仪、注射泵、营养泵、输液泵……一批前方紧缺的急救设备和耗材从长春运往武汉。在医护人员的共同努力下，截至目前，高岚及其团队所负责的50个病人中，陆续有6名患者治愈出院，还有一批患者病情稳定，正在等待核酸检测结果。

前方高强度的工作压力让许多人开始担心高岚的身体，可她却一直惦记着同样奔赴前线的十几个“孩子”。

邓秋霞、李婷婷、刘欣敏、戴爽、温馨……在武汉，高岚培养的十几名护士分散在不同的医院、不同的病区。她在日记中写道：“在别人眼里，她们是白衣天使和英雄；在我眼里，她们是孩子，怎能不担忧？”

“80后”的邓秋霞是吉林省第一批支援武汉医疗队队员，也是高岚的研究生学生，两人已相识10个年头。邓秋霞首批支援武汉，高岚十分担心：“作为她们的老师和护士长，我就感觉把‘我的孩子’送到了前线。”凭借2003年抗击“非典”一线的经验，高岚每天给前线的“孩子们”发去个人防护注意事项，护理患者时可能遇到的问题，叮嘱她们工作的同时要注意休息，保存体力，提高免疫力……

当邓秋霞得知50岁的高岚护士长也要奔赴前线时，心情十分复杂。“护士长，你为什么要来呢？你最近都没休息好，抵抗力差。这个病毒对于抵抗力差的容易感染。”“秋霞，国家和人民需要就得上，别为我担心。”高岚只回复了简单两句话，却给邓秋霞吃了一颗定心丸。“高老师一直是我的榜样，虽然我们不在一个疗区，驻地也不在一起，但她来了，我心里就有底，她就是我们最坚强的后盾。”

医疗队里的昝涛是吉林大学白求恩第一医院ICU科护士长，20年前也曾是高岚带教的学生。在与高岚一同前往武汉的飞机上，昝涛悄悄地问高岚：“高老师，您害怕吗？”高岚反问道：“你怕不怕呀？”昝涛说：“我一点儿也不害怕。”

20年来，她们共同经历过“非典”一线、汶川地震、武汉驰援……曾经的学生早已成为并肩战斗的战友，而师生之间的大爱传承，也在无声无息间生根发芽。

“我要把我的孩子们、我的兵，都平平安安地带回来。”高岚说。

新华社 赵丹丹 廖 君

5名“90后”一线医护人员的战“疫”

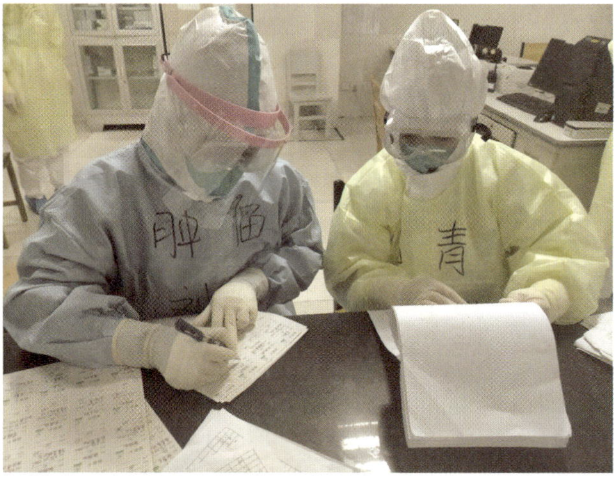

2月3日，在武汉武钢第二医院二楼红区护士站，刘蕊（左）与同事核对医嘱并抄录输液单（新华社发）

核对病患姓名和床号、发放口服药、测体温和血氧饱和度……26岁的天津市肿瘤医院消化肿瘤内科护士刘蕊，忙碌穿梭于湖北武汉武钢第二医院接收确诊患者区域的病床间，有条不紊地进行着自己的工作。

刘蕊是天津市首批支援武汉医疗队的成员之一，来到武汉已有3周，“大家分工明确，工作内容很熟练了，完全适应了这边的工作节奏”。

与患者近距离接触的4小时，刘蕊还是需要时刻集中注意力。看似轻松的日常工作，却因厚厚的防护服变得不那么容易。

“穿上防护服没多久衣服就被汗水打湿了，护目镜满是水雾，给患者输液时，还戴着双层手套，找血管扎针都费劲。配液时，由于每个患者所需药物的配比不同，我得反复核对，不能有丝毫差池。”刘蕊说。因动作受限制尽量保持站姿，担心脚步打滑走路小心翼翼，几小时工作下来，她还是身心俱疲。

这期间，刘蕊看到患者的眼神从焦虑和恐惧变成自信与期待。“我能做的就是竭尽所能提供帮助，而且患者们也非常配合，会主动戴上口罩，咳嗽说话也会偏开头。”刘蕊说，因方言缘故沟通不太顺畅，患者会写下来进行文字交流。

好消息接连传来，让刘蕊觉得再苦再累都值得。2020 年 2 月 6 日，武钢第二医院 8 位确诊患者出院。“其中一位是我负责看护的老大爷，现在很多患者的精神状态特别好。”刘蕊说。

“有的患者总会问我想家吗？我说当然想啦，所以你们也要积极治疗，赶紧好起来，咱们都回家！”刘蕊说。

疫情汹汹，防控一线，一批“90 后”一线医护人员正在坚守。

由 303 名医护人员组成的天津医疗队紧急集结驰援武汉，这是天津第五批支援湖北的医疗力量，也是规模最大的一次，队伍中有不少“女将”。

初到江夏区大花山方舱医院，孙培超便被眼前可以容纳几百张病床的隔离区所震撼。短短几天时间，卫生装备、病房区、医疗区、休闲区等多个模块一应俱全。

“95 后”的孙培超是天津中医药大学第二附属医院的骨科护士，也是天津市第一批支援湖北的中医医疗队队员。正准备筹办婚宴的他主动请缨奔赴前线。“我爱人也是护士，她十分理解我，我们‘90 后’长大了，正憋着一股劲儿，想为国家做点什么。”

与孙培超同批的队员还有薛建，26 岁的他是天津中医药大学第二附属医院急诊科护士。16 日，薛建和其他医护人员一同带领患者打了一套八段锦，还组织大家高声齐唱《相信自己》。“动起来有利于患者病情恢复，在唱歌中为自己加油鼓劲，树立信心。”

一个多月前刚刚披上婚纱的蓟州区人民医院综合内科的“90 后”医师时秋

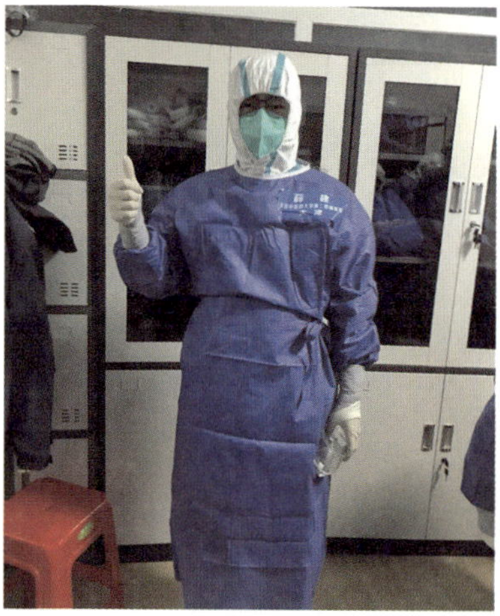

2月14日，在江夏区大花山方舱医院，穿着防护服的薛建给医护人员点赞（新华社发）

2月14日，在塔子湖体育中心方舱医院门口，时秋（右）将防护用品穿戴齐全后，准备开始夜班（新华社发）

又披上了“战衣”，站在队伍中。“我是内科医生，可针对腹痛、发烧、咳嗽等症状做出相应处理。疫情当前，理应抗‘敌’。”时秋说。

像时秋一样，驰援武汉的声音在蓟州区人民医院的微信群里此起彼伏。“未婚、未育、父母健康，家里无负担。”28岁的妇科护士张星阳接起了请战的长龙。

工作期间，张星阳和同组的护士负责看护100多位病人，穿梭在病床间，检测每位患者的生命体征、发放药物、安抚患者情绪。

“‘非典’时期，所有人都保护着‘90后’，现在轮到‘90后’来保护大家了。”张星阳说。

新华社　宋　瑞　梁建强

西安交大一附院院长施秉银抗“疫”半月记

“患者血钾已经7.4mmol/L，必须进行CRRT（连续肾脏替代疗法）血液净化治疗。”2020年2月17日22时，一场生死营救在武汉大学人民医院东院七病区展开。

重度高钾血症随时会引起患者心搏骤停危及生命。建立血管通路，开机、装机、预充管路、上机、调参数等操作一气呵成，CRRT正常运转，患者血气血钾逐步回归正常水平。西安交通大学第一附属医院支援湖北国家医疗队的医护人员在极度困难的状况下，又一次挽救了一位新冠肺炎危重症患者的生命。

这个夜晚，对于带队出征武汉的西安交大一附院院长施秉银来说，又是一个难眠之夜。“如何提高新冠肺炎患者救治成功率，降低病死率？”这个关键问题一直萦绕在他的心头。

2月5日早晨，施秉银带领3名医护骨干先期到达武汉。“早到一点，就可以早一点投入一线救治，就可以挽救更多的生命。”他积极对接武汉大学人民医院东院，了解将要接管的七、八病区情况，根据病区收治能力和患者情况“排兵布阵”。“我们要整建制承接这两个病区，在病区内形成多学科的团队协作来救治病人。”施秉银说。

2月7日，133名包括重症医学科、呼吸内科、感染科、心血管内科、肾脏内科等多个专业的“精兵强将”迅速集结，奔赴武汉与前期抵达的4人组成西安交大一附院支援湖北国家医疗队。2月9日，医疗队正式进驻武汉大学人民医院东院，接管七、八病区。目前，病区内收治有 64 名重症和危重症患者。

“这两个病区是由妇产科和血管外科改造的。施院长作为医院管理专家和感控专家一起，仔细考察了病区的‘三区两通道’设置，发现了一些隔断材料不密闭、区域设置不合理的问题并做了改进，制订了详细的感控方案和流程。”西安交大一附院重症医学科主任医师石秦东说：“他积极解决病区最紧要的设备问题，协调有关部门，及时为病区配备了无创呼吸机、有创呼吸机、高流量吸氧机等设备。”

“挽救每一名患者的生命是我们的头等大事。”施秉银叮嘱每一个医疗队员。

作为内分泌专家，他深入临床一线指导救治工作，亲自参与重症患者的诊疗，建立重病例讨论机制，组织多学科专家会诊，让每一位患者都得到医院顶端专家团队的合力救治。

带着自己对病例的分析和思考，施秉银向武汉大学人民医院联合医务处提出成立“降低新冠肺炎患者病亡率小组”，建议被采纳。该小组由施秉银担任组长，还集合了四川大学华西医院、上海复旦中山医院和武汉大学人民医院的专家力量。

“我们针对累计死亡病例逐例评估和讨论，总结经验。形成分析报告，指导危重症病例的救治，将对降低病死率起到非常重要的作用。”施秉银说。

西安交大一附院内分泌科护士杨媛媛也感受到了患者的变化，“我们刚到时，病房的气氛很沉重，很多患者不和我们沟通。经过这些天的治疗，他们看到了战胜病魔的希望，配合度也越来越高。”

来到武汉半个月，让施秉银最感动的，是一位患者写给西安交大一附院医疗队的手写信：“看到你们每天穿着厚厚的防护服，眼罩上满是雾水，我真的很心疼你们。希望你们用精湛的医术消灭新冠病毒，早日回家和亲人团聚。我也会积极配合治疗，争取早日出院。我们一起加油！”

“为了实现这个愿望，早日战胜疫情，我们会争分夺秒，不懈努力。”施秉银说。

新华社 蔺 娟 廖 君

驰援武汉医生的战“疫”笔记本

“武汉，我们来了！”肖冠华在他的第一篇战“疫”日记中写道。在支援汉口医院的日子里，除了用专业的医术救治病人，这位来自南方医科大学南方医院的医生也成了这场战“疫”最前沿的记录者。

除夕团圆夜，在值班室吃完作为年夜饭的快餐，肖冠华便随着广东省驰援湖北医疗队紧急出征。大年初一清晨 4 点，医疗队抵达了武汉的住处。几个小时后，心潮澎湃的肖冠华在“肖大夫的笔记本”公众号上发出了在前线的第一篇日记，他写道：“面对未知的敌人，没有人会不恐慌，但作为医护人员的我们，责无旁贷。”

以亲历者的视角讲述一线的故事，肖冠华希望用真实的记录揭开疫情可怖的面纱，传递抗击疫情的信心。在汉口医院的日子，每天都是紧凑的节拍，但肖冠华仍坚持在珍贵的休息时间里写下支援武汉的点滴，在他的笔下，有“苦”，但最终都是用“乐”来表达和面对。

在医院的首次值班，肖冠华面临着繁重的任务。由于病区患者数量较多，一刻也不能停转。在值班期间，肖冠华与队友们滴水未饮，六个小时下来已经声音嘶哑。但在这篇值班的日记中，肖冠华却记录下寒冬里的第一股暖流，几位热心的武汉市民组成了志愿车队，排班开车接送，疲惫的医护人员不再需要步行下班。

一周的时间过去，肖冠华逐渐习惯了忙碌的节奏。在凌晨的病区内，肖冠华熟练地在看病人、开医嘱、搬氧气瓶、写病历。夜班固然难熬，但是在他的日记中，记录下来的是值班过后一碗点缀着海带丝和黄瓜丝的热干面，这是在艰苦的前线上简单的满足与惊喜。

因长时间的值班和穿戴防护用具的困难，头发成了工作的累赘，为此肖冠华和几个队员决定剃光头发。几位医护人员将住所当成了临时的理发室，用随物资寄送过来的工具动手理发。最终，因工作所需的剃光头在肖冠华的日记中幽默地表述为了“削发明志”。

“我想记录下这些阳光，希望疲惫的医生们能从中汲取坚守的感动。”肖冠华说。在他的日记中写下的不只有他一线战“疫”的经历，还有并肩奋战的医护同行的故事：经历过“抗非”的护士长、“95后”的年轻队员、爱吃红烧肉的护士……每个鲜活的故事背后都是医者的无畏与决心。

受肖冠华的这本战“疫”日记激励的不只有医护同行，还有无数关心武汉疫情的民众，这束阳光同样也照入了他们心内。微信名为“豹哥”的网友每天都会等待肖冠华的日记更新，家就在汉口医院对面的他看着住院大楼彻夜的灯光，通过所见和所读深刻体会到一线医护人员的辛劳，他在文章下留言道：“感谢了！奋不顾身的白衣天使！”翻看“肖大夫的笔记本”中的留言，其中不乏类似的感触。网友们通过肖冠华的文字看到了疫区内的艰苦奋战，同时也感受到了一线医护人员的坚定与信心。

离家许久，广州家中的兰花已经开放，妻子给肖冠华发来了兰花的照片，他在当天的日记中写道：“相信我们自己，也相信国家。等一切都过去，武汉的樱花一定也特别美。”

新华社　杨淑馨　潘志伟

再战抗“疫”最前线

“‘非典’没能压垮我，这疾病一样不怕。”在湖北省中西医结合医院里，简短的两句话，给护士们注入强心剂，也给患者们吃下定心丸。

发声的是张忠德，曾经是抗击“非典”的勇士，如今的国家援助湖北第二支中医医疗队队长，是大家口中的“德叔”。他率领100人的中医医疗队伍在武汉奋战了50多天，一张前后对比照里，他瘦脱了相，白发更多、皱纹变密。

自除夕夜驰援武汉以来，张忠德争分夺秒，行程满满当当：早上6点半起床，先后在武汉市金银潭医院、湖北省中西医结合医院、武汉市汉口医院等查房，下午、晚上不停歇地专家会诊，每日工作十几个小时，手机信息响个不停。

无论是检查、治疗还是抢救，“德叔”和17年前“非典”时期一样。17年前，时任广东省中医院急诊科主任的他，不幸感染，一度呼吸衰竭，写了遗书。所幸治疗后转危为安。他意识到，中医辅助治疗对抗这类疫病可有作为。

这一次，张忠德将队员分为信息管理组、院感防控组、保障后勤组等，有序运用中医四诊合参、辨证施治并结合影像学等检查为患者制订治疗方案。

他们共构“最强工事”，不折不扣地执行防护措施。他说：“今天的严厉就是对你生命的尊重与爱护。”张忠德要求院感科主任对全员培训，考核通过才能上岗，“不合格就培训到合格为止”。

初时，疫情严峻，他们接手的湖北省中西医结合医院两个病区有床位 70 张，两个星期累计收治 111 名病人，重症、危重症者逾九成。疫情就是命令，每次查房三四个小时，厚重闭塞的防护装备下，张忠德和队员内衫早已湿透，护目镜框底都积了汗。

“舌象是什么证”“生麻黄还是炙麻黄”。一如往常，2 月 10 日下午，援助湖北中医医疗队专家与广东省中医专家开展近 3 个小时的视频远程会诊。

“每次讨论三四个重症病例，集中改善一种病症。行之有效的方案会及时推广。”张忠德说，他只恨时间不够，盼着尽早找到病机和规律，制订更有效的方案。

在他的带动下，团队发挥中医特色，编有《中医生活饮食调护手册》，还为病人实施穴位按摩、练八段锦等护理治疗。

一次次冲上战“疫”前线，有人问张忠德，“都 56 岁了，何必如此拼命？”

他说：“我不上，谁上呢？像我这样得过‘非典’，又进行中西医结合治疗的医生不多，必须加紧研究应用，这笔‘财富’才能价值最大化。”

新华社　丁　乐　肖思思

军队支援湖北医疗队队员郭玮和战友的故事

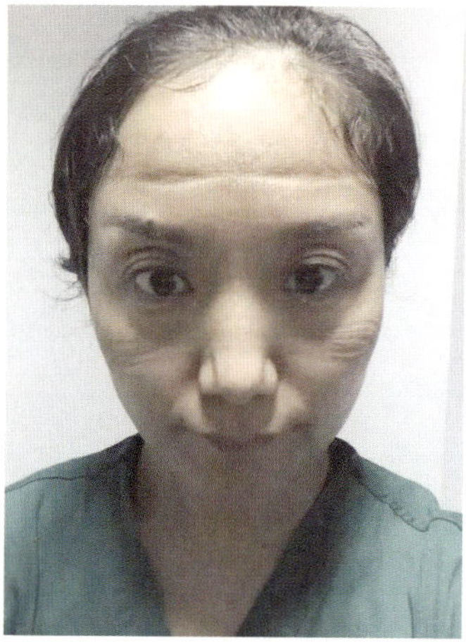

值完夜班回到驻地，按规定用 20 分钟冲个澡，郭玮累得倒头就睡。一觉醒来打开手机，近千条未读消息，她还以为自己眼花了。

“这么多消息都为了一件事。”郭玮拿出一张照片，里面的她穿着湿透了的深绿色手术服，脸颊部位的皮肤红肿，一道道压痕从颧骨蔓延至鼻梁。

这张照片，拍摄于郭玮脱下口罩的那一刻。经媒体报道后，众多网友留言点赞：“这个医生好美！”“天使在人间！”“这才是最最可爱的人！”

“许多亲朋好友发来微信要我保重，有些人还哭了。”郭玮说，“我打心眼里感谢他们。”

郭玮是解放军支援武汉医疗队的一名队员。每天，她和上千名战友一起，裹上防护服，系紧口罩，戴好面屏，像战士披挂上阵般进入“红区”病房，投入新冠肺炎疫情阻击战。

除夕夜，郭玮接到命令奔赴武汉，她的一对双胞胎女儿趴在门框上，探出两个小脑袋，盯着一身迷彩的妈妈收拾行装。婆婆不住地叮嘱：“你照顾好自己，别操心家里。”小姑子也插话：“嫂子放心，家里有我，随叫随到。”

郭玮的丈夫却一言不发，默默帮郭玮把行李拎下楼，开车送她去医院集结。一路上，车里静悄悄的。“从后视镜里，看到他的眼泪一滴一滴地往下掉。”郭玮说，“我假装没看见，结婚这么多年，他没哭过。”

当郭玮乘坐的军机抵达武汉天河机场时，她给曾为军人的父亲发了一条消息。很快，父亲回复：“已猜到，军人以服从命令为天职。”这句话，她听父亲说过许多遍。

郭玮说，她没有后顾之忧，这得感谢自己的家人。

医疗队队员走进驻地时，前台姑娘赶忙上前，帮着拿行李、按电梯，队员们不住地道谢。眼前这名戴着口罩的武汉姑娘却带着哭腔说：“你们来了，我们就放心了。”

隔离病毒并不隔离真心。“在武汉，我们得到了大家太多关爱。”郭玮如数家珍：医疗队四班倒，接送他们去医院的司机师傅就一班接一班地奔波；为了让错过饭点的队员也能吃上热乎饭，同时减少交叉感染的可能，在当地企业的捐助下，驻地每层都配备了微波炉……

“红区”病房里，患者也常常让郭玮心头一暖。“我帮一位阿姨换药时，她问我，能不能在她跟前站一会儿。”郭玮回忆道，“其实，她是想让我歇口气儿。”

武汉人民的善良，让医疗队队员的斗志越烧越旺，也让郭玮觉得身边处处是榜样——

护士长冯晶除高强度病房值班外，每天还负责医疗队的管理，忙得没时间与家人联络。“她的孩子刚上幼儿园，正是天天喊妈妈的时候，你说她怎么割舍得下？”同为人母，郭玮深知冯晶的不易。

医生郭永博去年就已退伍转业，但这一次，依旧主动请缨支援前线。郭玮明白他的选择：“若有战，召必回。这正是退役不褪色。”

护士吴妙玲负责给患者配药。“隔着厚厚的护目镜，要确保药量分毫不差，就必须瞪大眼睛反复查验。”郭玮佩服吴妙玲的耐心细致。

说着说着，郭玮哽咽了：“谢谢战友们，给我这么多正能量。我们每个人都在用自己的方式，为打赢这场疫情阻击战贡献力量。”

新华社 黎 云 贾启龙

军人，就该在战“疫”时打冲锋

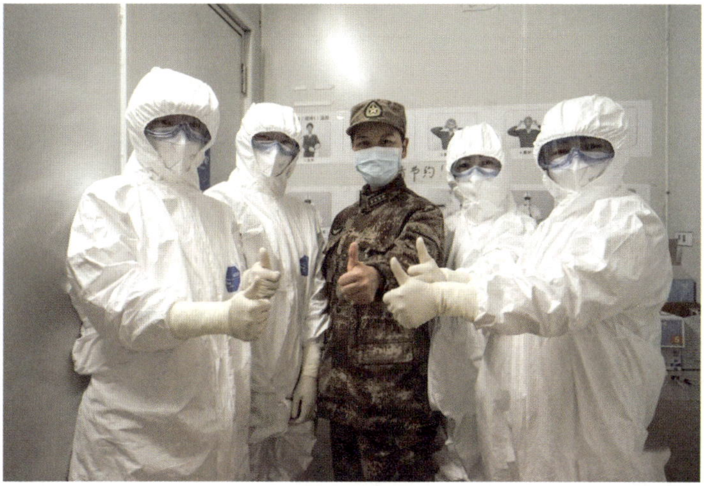

宋彩萍（中）与队友互相加油鼓劲

2月2日，陆军党委给除夕夜紧急驰援武汉的6名医疗队员记功。其中，宋彩萍荣立二等功。

宋彩萍是陆军军医大学援鄂医疗队队员。她说：“军人，就该在战‘疫’时打冲锋。”

接到出征武汉的命令时，宋彩萍正组织护士逐个病房查房。这一次，她奉命带领从新桥医院抽组的48名队员加入陆军军医大学医疗队，奔赴抗击新冠病毒疫情第一线。

30年的军旅生涯，她先后6次参加海上、高原卫勤任务，4次参加国际医疗救助活动，积累了丰富的卫生勤务和烈性传染病防护经验。

2014 年 11 月，宋彩萍随中国首批援利抗埃医疗队，远赴利比里亚抗击埃博拉病毒。

利比里亚是西非埃博拉疫情“重灾区”。埃博拉病毒是烈性传染病，全身高度防护的宋彩萍与战友们冒着生命危险，给发着高烧、上吐下泻的病人输液、吸氧、降温、喂饭，并帮他们清理呕吐、排泄后沾染的床单。

除夕，从临危受命到整装待发，仅有短短 4 个小时，宋彩萍来不及吃一口摆上桌的年夜饭。临别时，16 岁的儿子用双臂紧紧地把宋彩萍搂在怀里。

飞机降落后，宋彩萍就开始紧张忙碌起来，清点人员、卸载物资、职责分工……战友们入睡了，她还在谋划着第二天的工作。

“发热门诊如何设置”“病人怎么科学收治”“防护物资能坚持多久”……宋彩萍一项项梳理，一项项研究，直到天亮。

抵达武汉后，宋彩萍平均每天睡眠时间不足 4 小时。“她像是个‘永动机’，一忙起来就顾不上吃饭睡觉。”战友们这样评价。

每天，宋彩萍的“脑子不停转，电话不停响”。病房里，从静脉穿刺到标本采集，从气管插管到喂饭服药，她常在现场给年轻护士主动示范；病床边，倡导“温度化”护理理念的她，又常与老年患者拉家常……

进病区前，有人担忧“污染区、半污染区和清洁区的医护人员不能相互串场，信息如何传递”。2 小时后，宋彩萍就用 10 部新手机作答：“每个区各置几部手机，通过微信传递指令。”

护目镜污染后如何洗消，教科书上没有提及。怎么洗、洗多久、如何晾……一个个问号要想拉直，必须亲自逐一实验，方知真伪。

宋彩萍说：“在抗疫这个‘特殊战场’上，忽略任何一个细节，都可能让战友被病毒感染。我的责任就是通过扎实细致的工作，避免出现类似失误的细节。既要打胜仗，还要‘零感染’，我绝不能让战友们在‘战场上’做无谓牺牲。”

接手武汉市金银潭医院病区后，宋彩萍担负着将普通病房改成传染病用房的重任。为了让区域划分和进出路线设计更加科学合理，她一趟一趟走，一遍一遍改，小小一张图纸，她反复修改了10余遍，每一个细节都反复琢磨，每一个环节都细致谨慎。

靠着严谨细致、科学务实的作风，宋彩萍带着战友用了不到一天时间，就完成了整个病区的改造，为第一时间收治患者赢得宝贵时间，也为医务人员筑牢一道安全防线。

“大部分队员没执行过这样艰巨危险的任务，我要给他们信心和力量，教他们学会规避各种风险。每天，看着他们一个个安全地走出病房，我才安心。”当第一批队员进入病房后，宋彩萍就把自己的工作点迁到了距离病房最近的地方。

为了避免忙中出错，宋彩萍将防护流程按步骤拍成照片，贴在各区域的更衣间内，要求队员严格按照标准化步骤穿脱防护用具。在队员眼里，宋彩萍是位暖心姐姐，可一旦发现违规操作，她则毫不留情面。

“我必须对每个战友的生命高度负责。”宋彩萍说。

新华社　贾启龙　黎　云

重症护理专家张颖惠的战“疫”心声

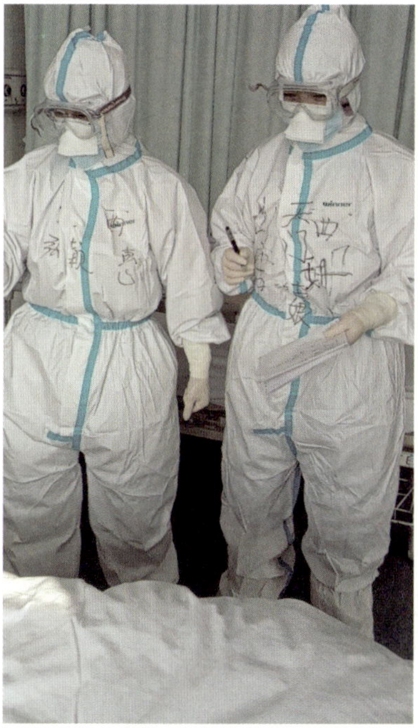
山西省第二批支援湖北医疗队护理团队队长张颖惠（左）在查看病人情况（新华社发）

来武汉抗疫的半个多月里，重症护理专家张颖惠听过许多声“麻烦了”，也收到过不止一封感谢信，而令她印象最深的，却是出院病人临走时的那句“再见”。

2020年2月19日，张颖惠和同事送走了病区的第二位出院患者，这位曾住在1号病床的老人在离开前得知老伴去世的消息，张颖惠安慰她：“生命宝贵，你要好好活下去。”老人忍住悲伤，坚定地回答：“放心，我一定会的。再见！”

这一声“再见”背后的付出，或许只有经历过一线抗疫的医务人员才能真正理解。

张颖惠接到支援湖北的“出征令”是在2月2日凌晨，作为山西省卫生健康委新冠肺炎疫情防控工作指导组专家，她刚刚结束了为期3天的全省疫情防控督导工作。匆匆赶回家的张颖惠得知她所在的山西医科大学第二医院紧急组建队伍支援湖北的消息，毅然请战，当天就踏上了飞往武汉的航班。

张颖惠与山西省第二批支援湖北医疗队的“战友”们所前往的同济医院中法新城院区是武汉的重症救治定点医院，她临危受命，被委任为医疗队100人护理团队的队长，这让她深感责任重大。

防治疫情就是与时间赛跑。2月2日到达武汉的当晚，张颖惠马不停蹄地安排部署护理工作，组织人员进行防护培训，一直到3日凌晨两点半，她还在设计排班表，安排人员分组搭配。3日一早，她就带领队员进入隔离病房，正式投入战“疫”一线。

这样的紧张节奏成了往后20天里张颖惠的日常工作状态。“白天要巡视病房，分析每位患者的情况。晚上要开汇报会，还要编制护理团队的各种规章制度和工作流程。我晚上从没在凌晨1点之前睡过觉，通宵加班也是常有的事。”她说。

虽然工作辛苦，但张颖惠却从不抱怨，“看到病人一天天好转，就是对我最大的安慰和鼓舞”。

让张颖惠欣慰的是，越来越多的患者在她和同事的悉心照料下开始好转，在他们负责护理的50名重症病人中，目前已有两人顺利出院，6～8人符合出院条件，正在办理离院手续。

送别治愈的患者，成了张颖惠每天最期盼的事。“一句再见，胜过万语千言。”她说。这样的道别没有离愁，只有对活着的喜悦，对生命的珍视，对爱与付出的感怀。

春回大地，万物复苏。张颖惠在面对越来越多的送别时，心里总会想象这样一个场景：“待到战‘疫’胜利后，我们或许会在欣赏漫天樱花雨的路上，再度相遇。”

新华社　刘扬涛　马晓媛

为节约 10 分钟，这对医护夫妻“以车为家”

2 月 22 日晚，在武汉市金银潭医院内，涂盛锦（左）和曹珊在车内休息
（新华社记者　熊琦　摄）

2020 年 2 月 22 日晚 9 时许，不远处“武汉市金银潭医院”的霓虹灯光，揉进车内昏暗的光束里，映在涂盛锦和曹珊脸上，让这个夜晚显得不是那么冷。

这是这对医护夫妻将要在车上度过的第 29 个晚上。

和往常一样，涂盛锦在前排副驾斜躺着，翻着书，曹珊在后排半卧着，盯着手机，时不时两人就把头凑一块聊上几句。

今年 44 岁的涂盛锦是武汉市金银潭医院南六楼重症隔离病区副主任医师，40 岁的曹珊是南二楼病区护士。

2月22日晚，在武汉市金银潭医院内，涂盛锦（左）和曹珊在车内休息（新华社记者　熊琦　摄）

首批7名“不明肺炎患者”转入武汉市金银潭医院后的第二天，涂盛锦就参与到了救治工作中。随后，曹珊也投入到了这场战“疫”。

同一栋楼，但两人白天各自忙各自的，没时间见面，11岁的儿子完全交给了家中的老人。

“家在武汉南湖边，隔着长江，开车要40分钟。”曹珊说。平时都是涂盛锦开车，一起上下班。

疫情暴发后，医院成为抗“疫”前线，涂盛锦所在的重症病区上下班没准点。曹珊说，有次两人下班匆匆忙忙回到家，丈夫车都没下，又要赶回医院继续上班，“第二天一早又来家里接我上班，那样他太辛苦。”

1月23日，武汉关闭离汉通道，不久市内公共交通停运，全院医护和工作人员不能回家的太多，加上前来支援的医疗队，单位宿舍爆满，酒店房间也吃紧。夫妻俩决定把机会让给其他同事，他们说：“在车上睡几次也习惯了”。

正月初一那天开始，这辆陪伴8年的爱车成了他们的第二个家。

“买车时特意挑了一款后备厢大的，想着以后有机会自驾露营。”曹珊笑了起来。

“我个儿不高，前座也还塞得下。她睡后排，为了方便她伸开腿脚，塞了纸箱把后排空隙填起来，还有爱心人士捐的暖宝宝。”涂盛锦对眼前的“居住环境”还蛮知足。

这些天，医院又协调出一些附近的酒店房间，可两人反而有点舍不得这个“小家”。

“房间是有，但酒店到医院开车都得10多分钟。遇到抢救的，那是按秒算，有这时间就可能把患者从死亡线上拉回来！”涂盛锦还是决定在车上过夜，而且基本不脱外套，就盖个被子，“现在是吃饭、睡觉都要抓紧时间的时候，能省多少时间是多少。”

“病房里一个电话，他比谁都跑得快。”曹珊说，知道涂盛锦放心不下病人，她也留下来陪丈夫，“我一个人睡不着，我不在旁边，他也睡不安稳。”

白天4层楼的距离，对涂盛锦和曹珊来说可望而不可即。每天车上说说话，两人已经很满足。

平日里，涂盛锦不怎么爱说话，但在车上这会儿，总喜欢凑着曹珊聊天。

曹珊说，没了生活上的琐事，就聊聊科室里的工作，说着说着就睡着了。

涂盛锦偷偷告诉记者，曹珊一晚上大概要翻身10次，“我都数着呢。她一有动静，我就能感觉到，动一下就回头看她一眼，被子有没有掉了，腿有没有放好”。

深夜，武汉的风依旧凛冽。

“以后回想起来，应该是挺浪漫的一件事吧。”涂盛锦放下手里的书，扭头盯着已相识近20年的曹珊说道。

小车里，有点挤，有点呼噜声，余下的，是关于“疫”时的别样陪伴。

早晨6点半，是夫妻俩下车的时间，他们又将开始新一天的战“疫”。

新华社　侯文坤

抗疫英雄谱

科研人员

科学战“疫”的领航者

疫情防控是一场人民战争、总体战、阻击战。靠什么来阻击敌人，消灭和制服敌人？必须依靠先进的科学技术和科学研究成果。面对疫情，习近平总书记多次强调“科学防治”，指出“人类同疾病较量最有力的武器就是科学技术”“各级党委、政府和各级领导干部要扛起责任、经受考验，既有责任担当之勇，又有科学防控之智”。要打赢这场战争，及时研制出先进的“武器”装备和“弹药”是必不可少的。在这方面，生物医学、中医中药、病毒疫苗研究、疾病预防控制等方面的科研人员居功至伟。

钟南山、李兰娟、袁国勇等院士专家，从最开始对新冠肺炎病毒的传播性作出科学判断到后来提出要对武汉市实施不进不出、关闭离汉通道的建议这一空前的重大决策。针对患者数量“井喷式”增长，王辰院士等提出创建大型方舱医院的创举性建议，以实现最大限度地收治所有的确诊患者，对“四类人员”真正做到应收尽收、应治尽治、应检尽检、应隔尽隔。这一系列的重要判断和重大举措都是由科研人员，专家院士们研究提出的，对于打赢这场疫情防控战起到了一言九鼎、举足轻重的作用。

科研人员第一时间研究新冠肺炎病毒基因序列，研制出新冠肺炎检测试剂，帮助医疗机构迅速有效地检测分离出确诊、疑似患者和普通发热病人，从而对新冠肺炎患者实施有效的管理和隔离。在临床救治方面，科研人员注重探索筛选出对抗病毒的有效药物和方法，不断修订诊疗方案，包括盲筛出确有疗效的中医中药方剂和西药。积极研制疫苗，探索血浆抗体治疗，多方寻找制服病毒、截断病毒传播的有效途径。

离开了这些科研人员的探索研究和废寝忘食的科研攻关，要打赢这场疫情防控阻击战是不可想象的。在科研人员锲而不舍、坚持不懈的努力下，我国探索出了救治新冠肺炎患者的一系列有效方剂和办法，截断传播途径，实现了轻症患者多数被治愈康复出院，许多重症患者也得到及时救治，切实降低了病亡率，提高了救治率。因此，科研人员的功绩与贡献功不可没，他们也是这场与疫情作战过程中站出来的英雄。虽然他们有的已经两鬓斑白，年事已高，有的依旧青丝满头，风华正茂，但是，他们都无一例外地置生死于度外，一心赴救，不惧危险，同舟共济，全力以赴。他们都是抗疫的英雄，他们无疑都是国家的脊梁，人民的骄傲。

他就是钟南山

多么盼望下一次从镜头里再看到钟南山的身影，是疫病过去，武汉街头，老院士微笑闲坐，吃一碗热干面。

在这个疫情蔓延至全国所有省、自治区、直辖市的春节假期，在这个确诊人数已经超过“非典”的春节假期里，在这个超长的、闷守在家里的春节假期里，每个人都经历了慌乱、紧张、惶恐、惊疑，甚至沮丧的心路历程，而一位84岁老人的几次露面，却如同定海神针，给慌乱中的人们以镇定和希望。

他就是钟南山。他集医生、院士、知识分子、技术官员、敢言者、全国人大代表、“非典”功臣等诸多身份于一体。17年前，他的名字在披露“非典”

2020 年 1 月 18 日晚，钟南山在从广州开往武汉的列车上休息

疫情瞒报情况时横空出世，为世人所熟知、所敬仰。积17年声望与风骨至今，在新型冠状病毒感染的肺炎疫情到来时，人们对他的情感，已经深厚到必须由沉甸甸的四个字来表达：国士无双。

正如美国前国务卿基辛格在《论中国》一书中所写：“中国人一直都是幸运的，他们总是被最勇敢的人保护得很好。”这一次，钟南山和17年前一样，还是最勇敢的人之一。

出门戴口罩，不要到处跑，他给了最实际的告诫

从2020年1月23日武汉关闭离汉通道之后，每天新增的病例不断增加，人们有很多问题希望钟南山解答。1月28日，媒体采访钟南山的一段9分钟视频引发刷屏，集中回应了很多群众关切的问题。

彼时，全国已有31个省（区、市）启动了突发公共卫生事件一级响应，全力应对疫情。人们最大的疑问是：疫情在全国暴发了吗？这一答案关乎每个人的安全，关乎我们当下的生活，关乎接下来几个月的经济与就业。猜测和疑虑让人惴惴不安。

钟南山告诉我们：“还是局部大暴发。”他有事实依据：“全国防控措施启动很快，抓住两个要害，一是发现早，二是早隔离，这是现在最原始也是最有效的办法。我们采取了比较积极的措施，但病例数还是增加的，从1月20日前后200多例到目前（1月28日）4 000多例。它是什么态势？是全国大暴发、

全国的多点暴发，还是局部大暴发？我的看法，还是局部大暴发。除了武汉以外，广东病例数属第二位，207 例，我不太同意这是一个全国多点大暴发，现在还是一个局部的大暴发。”

这一判断就像一颗定心丸，全国各地乃至全球华人源源不断地将物资寄往武汉，从中央到地方到部队都抽调出骨干医疗队伍驰援武汉。控制住武汉的疫情，就是一场关键的阻击战。

但钟南山也提醒所有人，从 1 月 28 日起往后数一个星期到 10 天，是最为关键的时期，不要到处走；一旦有发热，尽早去医院，不要有侥幸心理。

当天，很多省份尚未出台延长春节假期的政策，仍有不少人需要返程。如何避免返程高峰带来疫情暴发，如何做好自我防护，万一发热到底去不去医院，这都是大家急于得到答案的问题。

钟南山告诉人们：“返程春运涉及差不多千万人数回流。但我不觉得返程春运是一个很大的问题。因为外头过春节了，如果延长几天假期，就超过 14 天了，要感染病毒的话，有病就有了，在当地治疗了，没感染也就没有了。”

“公共卫生事件，包括过去的鼠疫、流感、埃博拉也是这样，都是不注意互相传染的问题。现在启动 I 级响应，目的就是减少互相感染的机会。所以现在很多人在家里、出外都戴口罩，尽量减少传染的机会，这些都是非常有效的措施。”

“对老百姓自己来说，最重要的是不要到处跑，特别是武汉这一带，要非常严格执行，这不仅是个人的事，也是社会的事。”

“发烧的症状一定要去看，看发热门诊，不要有侥幸心理，不要在家等，等下去如果真的是新型冠状病毒感染，可能有 20% 会发展为重症。这样的情况下，失去救治机会就来不及了。”

钟南山直接将这次疫情和 17 年前的“非典”做了比较。2003 年，“非典”疫情持续了五六个月，这一次，他认为不会持续那么久。“早发现，早隔离，这两条做到了，我们有足够的信心防止大暴发或者重新大暴发。”

2月2日，当最新研究发现粪便中也可能存在活的新型冠状病毒时，人们再次感到空气中的紧张。钟南山再次出现在媒体前："新型冠状病毒有可能通过粪口传播。现在这个问题应该非常重视，因为在粪便里发现病毒，粪便是否传染病毒值得高度警惕。在湖北、江西有些地方，确实有使用便桶的习惯，还放在鱼塘里洗，确实要引起防控注意。从调查来看，已经患病的人，在粪便带病毒有多少，要一步一步来调查。"

"肯定人传人"
5个字，字字千钧

钟南山不是一个喜欢出现在媒体上的人。《环球人物》记者在与他的几次接触中，都察觉到他身上有异乎常人的紧迫感。他觉得年龄渐长，时不我待，还有大量的科研、太多的病人需要他，他的一分一秒都太宝贵了。但是，社会责任、侠骨仁心，也是一个医者的担当。这一次，在需要他的时候，他毫不犹豫站出来，最早在镜头前对疫情提出警告：肯定人传人。

就这5个字，字字千钧。那是1月20日，离除夕只有4天了，越来越多的人踏上归途。武汉市1月18日、19日两天新增病例136例，北京、广州也出现了病例。面对突然增加的患者和外扩的疫情，很多人措手不及，疑虑不安，各种各样的消息满天飞。此刻，人们需要一位敢于直言的医学权威来一锤定音。

这个人，只能是钟南山。

当晚，白岩松在央视的新闻直播中连线钟南山。两鬓染霜、目光坚定的钟南山再次说了实话："肯定人传人。"钟南山的这段采访瞬间传遍各大媒体和社交网络，人们对疫情的重视程度立即变得不一样了。前一天在各大机场、火车站等人流密集区还看不到几个人戴口罩，第二天再出行，很多人已经用口罩把自己捂严实。对于阻断病毒传播，这无疑有至关重要的作用。

钟南山还在采访中提醒所有人尽量不要去武汉。人们那时还不知道，他自

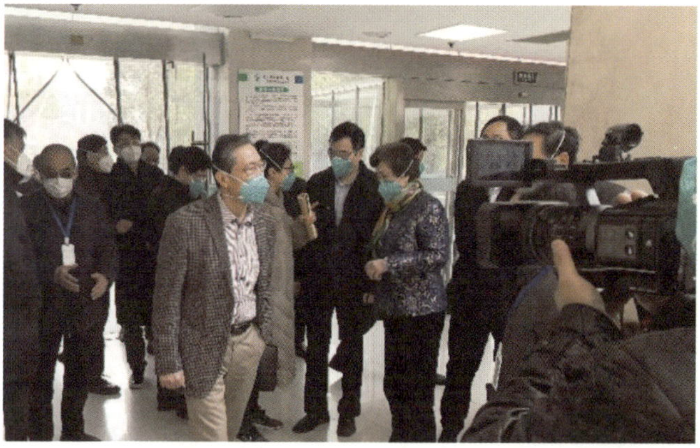

2020 年 1 月 19 日，钟南山到武汉市金银潭医院和武汉疾控中心了解情况

己已经在 1 月 18 日晚去过了武汉，了解疫情。直到一张他坐在去武汉的高铁餐车上睡着的照片流传出来，人们再一次红了眼眶，为这位 84 岁的老院士而动容。

钟南山的忙碌从媒体报道的行程中可窥一二。1 月 18 日，星期六，还在广东省卫生健康委开会的他接到通知，得马上赶往武汉。时值春运，买不到机票，助手匆匆帮他回家收拾东西，直接到会场会合后便赶往广州南高铁站，挤上了傍晚 5 点多前往武汉的高铁。临时上车的钟南山被安顿在餐车一角。一坐定，他马上拿出文件研究，实在太累了才闭上眼睛休息一会儿。晚上快 11 点，抵达武汉的钟南山直接在住处听取武汉方面的情况。

第二天上午，他开完会就马不停蹄地来到疫情风暴中心——武汉市金银潭医院和武汉疾控中心了解情况。中午来不及休息，下午开会到 5 点，又从武汉登上飞往北京的航班。到达北京，他马上赶往国家卫生健康委开会，回到酒店，已经凌晨 2 点。才睡了 4 个小时，早晨 6 点，钟南山就起床了，看文件准备材料，参加全国电视电话会议、新闻发布会，晚上和媒体直播连线。

从那时开始，武汉牵动着全国人民的心。钟南山在接受采访时谈及武汉，也一度红了眼眶，声音沙哑："全国帮忙，武汉是能够过关的。武汉本来就是一个英雄的城市。"

他用连日奔走
给人们传递士气和信心

1月21日，在广州举行的一场新闻发布会吸引了全国媒体的目光。刚从北京回到广州的钟南山告诉大家："新型冠状病毒感染的肺炎暂无特效药，要严格隔离患者、追踪密切接触者，如无必要不去武汉，要戴口罩自我保护，要阻止出现'超级传播者'……"

每一条建议都落到实处，不懂医的普通人也找到了自我防护的方向。接下来的几天，各省陆续启动重大突发公共卫生事件Ⅰ级响应，全民严阵以待防控疫情。钟南山更没歇着，春节假期，他除了参加广东省和广州市组织的会议外，还到广州医科大学附属第一医院听取专家组汇报省内重症患者的病情，并逐一打电话询问治疗情况，给予临床指导意见。

1月29日下午3点，由钟南山担任总顾问的广东省新型冠状病毒感染肺炎重症临床救治专家组，对5个危重症、重症病例开展了第一次远程集体会诊。这次会诊，持续了3小时25分钟，钟南山全程参与，10位涵盖呼吸内科、ICU和影像学等领域的专家对5个危重症、重症患者的病情和临床救治方案进行了细致的研究。

1月30日清晨6点多，钟南山就出门了，和前一天从美国赶来的哥伦比亚大学梅尔曼公共卫生学院感染与免疫中心主任、国际病毒专家维尔特·伊恩·利普金在车上交谈起来。钟南山要赶上午9点的飞机去北京，两人只能利用赶往机场的时间和在机场休息室的时间探讨疫情。

钟南山还是疫情攻关科研组长。在此之前，他透露科研进展"还是顺利的"。

"对大多数医院、大多数医生来说，当务之急是救治病人，尽量减少死亡病例，这是第一位的。科研是支撑，所以我们很多科研的工作要做，但是不能像过去那种严格的随机对照，是在医疗过程中观察一些新的治疗办法。

“我们也在考虑中医的作用，中医一开始就要介入，别到最后不行了才看。在广东就是这么做，在很多地方也这么做。

“治愈出院的数量很快还会增加，很多出院患者是轻症的，有肺炎，但是没有低氧血症。我们现在非常关注危重症的患者，特别是这些患者常常合并一些基础病、慢性病，死亡率相对就高一些，平均年龄 50 岁到 60 岁，因为现在没有一个非常准确的统计。对于一些特别易感的人群要注意，要特别重视对他们的护理和治疗。”

和美国专家交流后，钟南山赶往北京，参加在中国疾控中心召开的座谈会。国务院总理李克强在会上就进一步加强科学防控疫情听取了专家意见。会议开始前，李克强说：“本该与大家握手的，但按你们现在的规矩，握手就改拱手了。”但会议结束后，李克强与专家们告别时，特意对钟南山说：“还是握一次手吧！”

钟南山也特意提到士气的重要性：“我觉得在武汉，我们的医务人员做得非常辛苦，确实人们受到不明原因的病毒感染是非常压抑的。当时我在跟我很多学生交谈时，他们的心情也比较差，所以当我的学生写了一个信息来说，在外面的大街上突然唱起国歌，唱到‘中华民族到了最危险的时候’，说明大家的士气已经起来了。所以我很感动，为什么呢？因为干任何事，包括对待危重症的传染病人，很重要的就是一个士气、精神，还有团结协作的力量，这个是必须要有的一个前提。”

钟南山，正是给无数人传递信心和士气的那个人。

17 年前，他与“非典”的殊死搏斗

“钟南山没说动，谁都不要动”，这是一条网友间流传的段子，可见钟南山的一句话于国人之重要。“90 后”劝长辈戴口罩、少出门，搬出“钟南山说

的”最有效。这一切，源于人们对钟南山无条件的信任，源于17年前那场在国人心里留下深刻伤痕的“非典”疫情。那年，顶住层层压力说出真相、挽救无数性命的医者，就有钟南山。

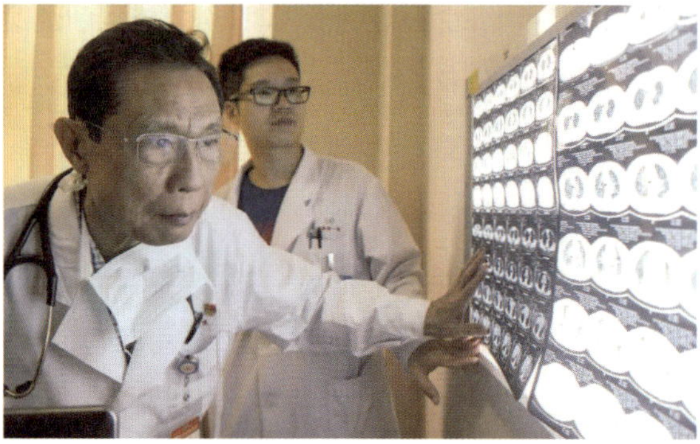

2018年8月2日，钟南山在广州医科大学附属第一医院的诊室内查看X光片

2002年12月，广州医学院第一附属医院接收了第一名“非典”患者。没过多久，疫情在广州暴发，救治过患者的医护人员接连感染。钟南山临危受命，组织专家团队，全力准备救治方案。

进入2003年，钟南山的三次发言，一次比一次重若千钧，一次比一次挽救更多生命于危难。

第一次是在疫情很不明确、医护人员开始军心不稳时，钟南山主动提出：“把重病人都送到我这里来！”

第二次是反对学术权威关于“衣原体是‘非典’病因”的认定。当时，医学界的权威声音认为患者感染的病毒是衣原体，采用普通治疗手段即可恢复。但钟南山通过研究认定，不对，不是衣原体，冠状病毒的一个变种可能才是“非典”的真正原因。几天后，这一结果得到世界卫生组织正式确认。在反对权威定论的那几天里，钟南山经历了人间百态，曾经亲密的朋友与他疏远，来自学术界的质疑不断。但是，他坚持住了，避免了将整个治疗方向带入歧途。

如果说这两次尚未引起全国关注的话，那第三次发言真正是语惊四座，震撼全国。2003年4月的一场新闻发布会上，钟南山怒道：“控制什么控制？根本就没有控制！现在病源不知道，怎么预防不清楚，怎么治疗也还没有很好的办法，病情还在传染，怎么能说是控制了？”他还补充说，连医护人员的防护都还没有到位。自此，“非典”疫情得到及时披露，中国的突发公共卫生事件应急处理也翻开了新篇章。

在一篇自述中，钟南山写下过这些话语：

“我觉得最重要的，是病人的生命。”

“我最推崇讲真话，真话不一定都是对的，假话不一定都是错的。讲真话，它的可贵之处，不是在于它的对与错，而在于是发自内心的。”

“我这样做，有的时候的确会让领导为难，但是我得讲真话啊。”

“不唯书，不唯上，只唯实。”

2009 年，新中国成立 60 周年之际，中组部、中宣部等 11 个部门联合组织评选了“100 位为新中国成立做出突出贡献的英雄模范人物”，钟南山当选。对他的评语是这样的：在抗击“非典”战斗中，他以实事求是的态度、勇往直前的大无畏精神，主动请缨收治危重病人，全力以赴地精心制订医疗方案，以医者的妙手仁心挽救生命，显示出了科学家治学严谨的作风与高度的责任感。在关系抗击“非典”成败的重大问题上，他能置自身荣辱得失于度外，力排众议，坚守科学家的良知……

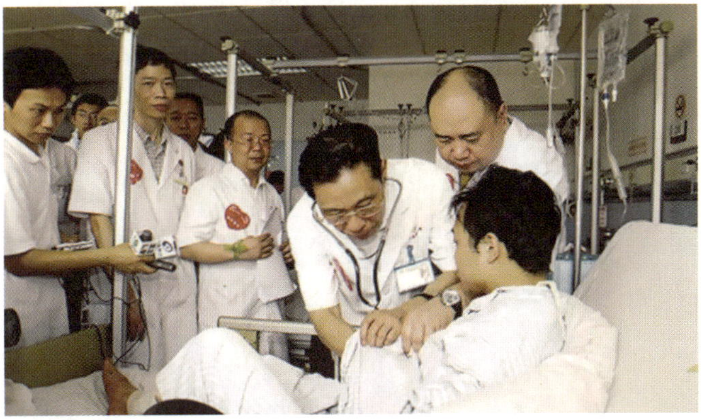

钟南山为患者听诊（资料图片）

2003 年 12 月 31 日，世界卫生组织专家到广州医学院第一附属医院与钟南山（左一）一起研讨“非典”治疗对策

这些品质，也源于家庭的影响。1936 年，钟南山出生在一个医学世家。父亲钟世藩从协和医学院毕业后，又在美国纽约州立大学攻下医学博士学位，是新中国有名的儿科专家，也是著名的病毒学家。钟南山小时候，家里常常挤满了抱着孩子来找父亲看病的家长。父亲从医院下班后，回家也继续看病。钟南山的母亲廖月琴，则是广东省肿瘤医院创始人之一。从小耳濡目染的钟南山在心里种下了学医的种子。1955 年，他如愿考取北京医学院，踏上从医路。

钟南山曾在采访中说，父亲从小就告诫他讲实话、讲真话，这是父亲的态度，也是自己的追求。在抗击“非典”战役中，面对病原体和衣原体之争、治疗方案之争、披露疫情真相之争，他始终坚持讲实话、讲真话。

今天，新型冠状病毒感染的疫情来势汹汹。但我们相信，有习近平总书记亲自指挥、亲自部署，有钟南山这样的无双国士，有无数将病人放在第一位的医护人员，有关键时刻一声令下就能赶赴战场的人民解放军，有所有中国人作为坚实后盾，疫情一定会被控制。多么盼望下一次从镜头里再看到钟南山的身影，是疫病过去，武汉街头，老院士微笑闲坐，吃一碗热干面。

环球人物 ID：globalpeople 2006 记者 张丹丹

李兰娟专访：回忆战“疫”两个月

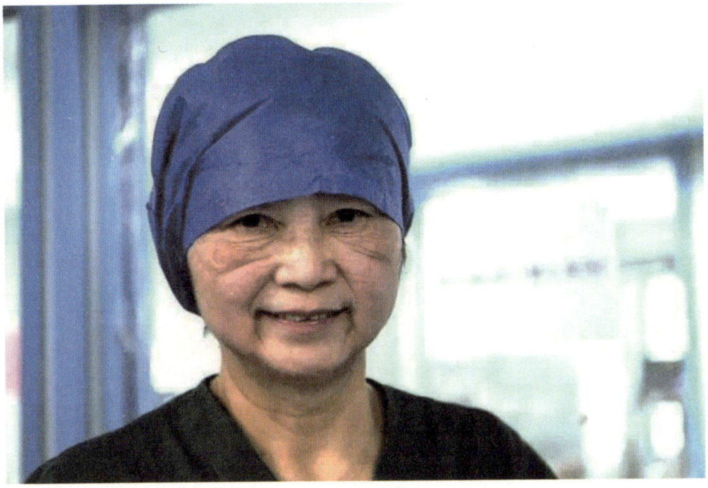

李兰娟以国家卫生健康委高级别专家组成员的身份去武汉调查“不明原因肺炎”是 2020 年 1 月 18 日，武汉新增确诊病例终于归零是 2020 年 3 月 18 日，整整两个月，李兰娟的生活重心全是武汉。这原本并不是一座浙江人熟悉的城市，这原本也不会是一位 73 岁院士的日常，但跨过了生死门的武汉会记住李兰娟的名字。在这场针对新冠肺炎疫情的阻击战中，她太关键。

2020 年 3 月 25 日，停摆已久的武汉终于进入 14 天重启倒计时，将于 4 月 8 日“解封”。大多数外地驰援的医务工作者陆续返回家乡，但《环球人物》记者联系到李兰娟采访时，她仍在武汉大学人民医院东院。她从 2 月 2 日就进驻这家新冠肺炎定点收治医院，每天去会诊。

主动请缨去武汉救治危重症患者

能够在此时采访到李兰娟，根本原因在于武汉的形势已经好转。我们从她口中听到了很多好消息，其中最令人振奋的是——“大量重症病人陆续康复出院”。

3月25日这天，湖北省卫生健康委公布的疫情数据显示，湖北省现有重症1050例、危重症318例，均在定点医疗机构接受隔离治疗。在李兰娟看来，当重症和危重症患者的总数降到1000例以下时，武汉本地的医院就有能力全部接手了，那时她才能回杭州。“现在我们还有一些危重病人在医院，有很多转到武汉大学人民医院了，所以我在这边尽量救治每一个病人。我想重症和危重症降到1000例以下应该不会太久，大概3月底、4月初吧，那时候我的任务才算是告一段落。”

李兰娟的预测每次都很准。3月8日妇女节那天，湖北省委书记应勇到医院看望慰问，李兰娟就跟他作了预判，“估计到3月中旬，20号左右能够清零”。果然，3月18日，武汉新增确诊病例首次为零，同时新增疑似病例为零，现有疑似病例为零。之后，李兰娟表示，清零以后两个星期如果没有反弹，那么武汉可以“解封”。3月24日，湖北省新冠肺炎疫情防控指挥部发布通告，武汉市将于4月8日起解除离汉离鄂通道管控措施。

这些精准预判来自李兰娟在传染病学科上的专业自信。“4月8日‘解封’是非常稳重的，武汉的抗疫斗争……伟大的武汉……”李兰娟语速很快，此刻突然沉默了一下，她想起初抵武汉支援的情景。“来的时候心情非常沉重，那么多病人……后面形势好起来，病人大幅度减少，大量的病人救治过来、出院，我们的心情也一天天好起来。”从2月1日晚在杭州登上西行的列车，李兰娟来到武汉已近60天。对身处疫情中心的病患来说，这是生死存亡的每分每秒。

李兰娟1月31日已经向国家卫生健康委提出："我可以带队去武汉救治危重症患者。"但很多朋友、同事有担忧——李兰娟已经73岁，去抗疫一线救治危重症患者，长时间处在高危环境里，实在过于危险！

但李兰娟还是决定去武汉，"我是一个传染病医生，这个险我是一定要冒的"。2月1日，她在浙江参加完国家卫生健康委的防疫电视电话会议后，就接到国务院、卫生健康委的指派命令：带队支援武汉。她立即组建了一支集合感染病学科、人工肝、重症医学科的10人团队，带上李氏人工肝、干细胞、微生态这三大技术，以及相关医疗设备和耗材、制剂共30多箱物资，连夜奔赴武汉。

那时，已经没有航班进武汉，火车票也不卖"武汉"这一站。李兰娟和队员登上开往南昌的列车——途经武汉。"火车路过我们这里，把我们放下了，凌晨4点40分。"她已经习惯把"武汉"说成"我们"。采访过程中，《环球人物》记者有时不得不向她确认"我们"是指武汉还是别的，答案每一次都是武汉。

从"心理压力蛮大"到"大局已定"

李兰娟直接去了重点救治重症、危重症病人的武大人民医院东院。"我们来了没多久，医院已经收了400个危重病人、重病人了，再过两三天，就增加到了800个，氧气、呼吸机都不够用，医护人员的口罩、防护服也不够，困难很大。医院里面是病人不断增加，外面是检测难、住院难，形势非常严峻。"即便经历过"非典"、H7N9型禽流感，即便从医生涯里已经见过数不尽的伤心，李兰娟仍然心情沉重，"心理压力蛮大"。

她没有时间休息，每天几乎只睡三四个小时，几项工作同时开展：指导团队救治危重症和重症，讨论诊疗方案；作为专家给防控工作提建议；给各地来武汉增援的医护人员进行培训；指导火神山、雷神山和方舱医院的工作；每天和传染病诊治国家重点实验室连线指导科研。

“我那时候最担心的是能不能把传染源真正控下来，隔离起来。”2月初的武汉，这是最严峻的问题，“如果传染源还在外面的话，它还在传染人，武汉1000多万人啊，那还得了！对吧？所以我反复建议要检测所有病人，要重视检测难的问题。”2月14日，应勇调任湖北省委书记，他组建了一个专家群，李兰娟在群里反复说这个问题。

更早之前，在一次高级别会议上，她向中央领导强烈建议腾出几家医院或是会议中心来集中收治轻症病人。这与中国工程院副院长、中国医学科学院北京协和医学院校长王辰所提的方舱医院建议不谋而合。检测是解决发现的困难，这个建议是要解决治疗的困难。这些经验和很多声音通过各条渠道汇总，中央指导组要求武汉在2月9日对“四类人员”做到“应收尽收、不漏一人”。

“检测难、住院难的问题开始解决，氧气、呼吸机的困难很快就解决了。”地毯式排查、大量检测试剂运抵、4万多名医护人员支援，武汉“病情”好转。回想起来，李兰娟觉得万幸：“我觉得在这个严峻的考验当中，我们确实因为有党中央、国务院的坚强领导，有全国人民的全力支持，才能这么快控下来。否则可能还会有更多人被感染，有更多人死亡。”

很少有人知道，方舱医院还在建设早期时，李兰娟就去看过了。她提出很多细致的意见：“病人住进来以后，大小便怎么办？洗漱怎么办？吃饭怎么办？大面积收治病人，还要注意性别……这些事情如果不做好，一个病人吵闹的话，就会影响一大片。”在后来的救治中，全国各地驰援武汉的医疗队大多驻扎在方舱医院进行救治，工作开展得极为细致。无论是图书角里安静看书的学生，还是教健体操的护士和跳广场舞的患者，都让人感受到了乐观、有序和温暖。李兰娟还抽空给方舱医院的病人录制了声援广播。

接受采访这天，李兰娟终于说出了“大局已定”四个字，但仍然提醒接下来的防控不能放松。“现在我们大局已定，武汉的这场斗争已经取得了决定性的胜利。下一步我们任务还是很艰巨，武汉要坚守，防止死灰复燃，尤其是社区这一关还要把好，外面有少数漏网的感染者要及时发现，通过发热门诊切实地检测，切实地干预，切实地治疗，实现彻底清零。另外是国际疫情凶猛，我们一定要严防死守，对国外回来的人必须严格地隔离 14 天并且进行检测，真正呈阴性的才能到社会上接触其他人。”

石破天惊的建议

现在回顾，没有人会否认“关闭离汉通道”是避免疫情扩散至全国的关键决定。这一石破天惊的举措，是看上去柔柔弱弱的女院士李兰娟最早提出的。她向《环球人物》记者讲述这个过程时，语气波澜不惊，一切只是从传染病医生的角度出发。而在记者听来，每一步都惊心动魄。

早在 2019 年 12 月底、今年 1 月初媒体报道武汉出现“不明原因肺炎病例”时，李兰娟就多了一份关注。作为一名感染病学家，同时也是国家卫生健康委高级别专家组成员，李兰娟感到事态有可能是严重的。当天，她向国家卫生健康委提出，想去武汉调查。第二天，钟南山、李兰娟等 6 位高级别专家组成员接到通知，马上前往武汉调研。于是，钟南山在广州走出会场直接去了高铁站，用一张无座车票到了武汉；李兰娟则从杭州出发，同样用一张无座车票，深夜抵达武汉。当晚，他们听取了武汉方面介绍的情况。1 月 19 日上午，专家组在武汉金银潭医院、武汉疾控中心、华南海鲜市场周边调研。下午，高级别专家组召开闭门会议。

会上，李兰娟实质上提出了关闭离汉通道的建议。“当时大量的感染病例还在武汉，但是春节要到了，全国人口流动马上到高峰。他们很可能流到各省，把病毒扩散到全国。所以我说武汉应该马上做一件事，外面的人不要到武汉来，武汉的人也不要到外面去，不进不出，把疫情控制在武汉，避免全国大暴发。”她没有透露在场人员的反应，但会议结束、人员尚未散去时，一同在武汉调研的国家卫健委同志就直接向北京作了电话汇报，并接到“专家组马上回北京”的指示。当天下午5点多散会，6点多飞北京，一行人忙得脚不沾地。

事态紧急，1月20日上午正在召开的国务院常务会议临时增加了一个议题，听取钟南山和李兰娟的专家建议。“要按甲类传染病管理，要把疫情控制在武汉，要加大科研，要加大收治力度等等这些意见，在国务院常务会议上又讲了一遍。”那次会上，国务院总理李克强传达了习近平总书记的重要指示：各级党委和政府有关部门要把人民群众生命安全和身体健康放在第一位，制订周密方案，组织各方力量开展防控，采取切实有效措施，坚决遏制疫情蔓延势头。这一议题结束后，李克强特意暂停会议议程，将钟南山、李兰娟送出会场，握手致意。

下午，孙春兰主持全国电视电话会议，部署防控工作，李兰娟继续参加会议。之后，她和钟南山以及专家组其他成员一起向新闻媒体通报情况。李兰娟则向媒体提出：“请多关心我们在一线的医务工作者，他们面临感染风险，在那里救治病人，需要更多的关心和爱护。”

这仅仅是开始。1月21日一早，李兰娟带着10位专家赶到联防联控指挥部。这一天，她还参加了科技部、国家自然科学基金委员会等不同部门召集的会议，讨论应对新发现的疫情。

深夜走出会议室后，李兰娟坐高铁回到杭州。因为第二天早上是她的门诊时间，还有不少病人等着她。

从小山村走出的女院士

李兰娟的微信昵称叫“夏履桥”，一个极富江南气息的名字，源于大禹治水“过门不入，履遗不蹑”的典故，那是她的家乡——浙江绍兴夏履桥村。1947年，李兰娟就出生在这里。1970年，大学恢复招生，她被推荐到浙江医科大学，毕业后进入浙江省第一人民医院（今浙江大学医学院附属第一医院），成为一名专注于传染病的医生。

20 世纪 80 年代，重型肝炎肆虐，病死率高达 80%。看到一个个病人因肝衰竭离世，李兰娟内心沉痛，立志要解决这个医学难题。有一次，一名病人入院，昏迷，没有小便，导致肾功能衰竭，经过透析滤过等治疗后，竟奇迹般地康复了。李兰娟由此受到启发。1986 年，她申请到 3000 元青年科研基金，在我国率先开始了人工肝治疗重型肝炎的研究。在当时，这项研究被认为是“不可能完成的任务”。她遇到了各种各样的难题：人工肝中肝素、鱼精蛋白怎样合理地应用？大出血的问题怎样克服？病人本身情况不好血压要下降，人工肝运用影响血压怎么办？等等。

李兰娟带领团队反复进行大量的动物实验和临床研究，逐个攻克难题，不断发展和完善新型人工肝治疗系统，创制了新型李氏人工肝系统，显著提高了重症肝病患者生存率，居于国际领先地位，获 1998 年国家科技进步二等奖和 2013 年国家科技进步一等奖。这一次在武汉，人工肝技术也发挥了大作用。“在重症向危重症发展的早期，用人工肝确实起到了立竿见影的效果。”李兰娟带上了人工肝的全套设备奔赴武汉，甚至在医院现场培训医护人员。

她还把 2013 年在浙江防治 H7N9 型禽流感的经验也带到了武汉。“当时我们已经有了‘四抗二平衡’的诊疗方案，就是抗病毒治疗、抗休克治疗、抗低氧血症及多器官功能衰竭、抗继发感染，再加上维持水电解质酸碱的平衡和微生态的平衡，这样就能起到比较好的治疗效果。”这一经验也在武汉取得了很好的效果。

如今，武汉终于春暖花开。当《环球人物》记者问李兰娟回杭州后最想做的事情是什么，她回答：“第一件事还是科研，我们这个传染病诊治国家重点实验室，有大量的关于新冠病毒的研究工作要做，疫苗的研发也要加速推进。第二件事，我想要好好总结一下这次疫情中的事情，‘非典’之后我和钟南山院士一起主编了一本书，这次应该也要编一本书，总结一些经验，为以后的防控工作做点贡献。第三件事情是要推动感染科的建设，‘非典’结束后，我们县级以上医院都有了感染科，但现在看来这还不够，这方面的工作需要加强。”每一件事，都和疫情有关。

李兰娟说话带着浙江人的口音，吴侬软语，轻轻柔柔，但内容全部“硬核”，没有对个人生活的细致讲述。采访的大多数时候，记者只是在听、在记录。她常常说得很专业，怎样治病，有哪些方法，用了什么仪器，病人的状态如何……谈及向有关部门提出的建议，也有很多专业术语。“干货”满满的采访，让我们感到心安。

武汉就是在这么多“硬核”医务工作者的照料下，终于苏醒。谢谢你们，为我们逆行，为我们拼命。

环球人物 ID：globalpeople 2006 记者 张丹丹

张文宏：一夜爆红成全民偶像，却极力把自己往人间拽

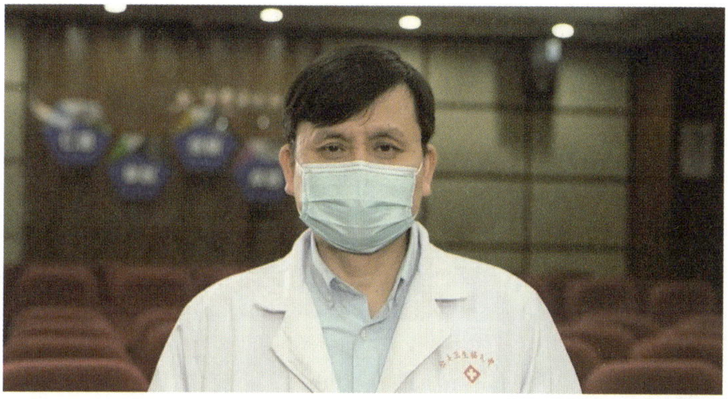

“张文宏忙得脚不沾地，你采访他，得‘挤’他的时间。”去上海之前，《环球人物》记者就频频收到预警，重音都在“挤”字上。到了上海，记者跟着他从日到夜，颠簸、紧凑、繁累，身心全都高速运转，是典型的战疫状态。

2020 年 3 月 16 日上午，张文宏在收治输入性病例的定点医院了解病人情况；下午 3 点，他在华山医院和记者匆匆打了照面，就开始跟疫情风暴中心的意大利专家进行视频会议；傍晚，他和记者同车，穿越大半个上海，到他抗疫时期的常住地上海市公共卫生临床中心；晚上 10 点，他回答完记者最后一个问题，摄影师抓紧拍了几张照片。只要摄影师稍稍停顿数秒取景，他就疲惫得睁不开眼。但他牢牢记得第二天的行程：要与中国驻德国杜塞尔多夫总领事馆视频连线，解答在德华侨华人的防疫难题。

即使累成这样，临别时，他还是笑着跟记者说："你们更辛苦，从北京跑过来，回去还要居家隔离 14 天。"都说采访耿直、犀利、智商情商双高的张文宏是件难事，稍不专业就可能被他"怼"，但这次漫长的采访下来，我们感受到的，是一个温暖的、心有大爱的张文宏。

"一旦关注，长期感染，无法治愈"

《环球人物》记者和张文宏的见面有点戏剧化。2020 年 3 月 16 日下午，在华山医院感染科所在大楼的门口，一口浓重南方口音的保安大爷一把拦住了记者和摄像团队，不让进。记者担心错过跟张文宏约定的时间——他很守时——于是连说带比划，正着急，一位白大褂从身后快速经过，看了眼摄像器材，干脆地说："跟我走吧！"这声音全国人民太熟悉了：张文宏！记者顿时舒了一口气，心里踏实了。

自从疫情开始后，张文宏一出现在公众面前，就自带这种踏实感。不管是他在"华山感染"公众号上更新的文章，还是在媒体和视频连线上发表的疫情观点，他的权威、直率、理性和生动，给处在迷茫和紧张中的人们解答了很多疑问，带来了踏实感。

随着张文宏在各媒体出镜率增高，不少人开始"粉"他，状态正如关注"华山感染"公众号时收到的那句问候语："一旦关注，长期感染，无法治愈。"大家追着一个医院的公众号更新，自称"新冠病毒是没感染上，却被张文宏感染了"。张文宏自己也吃惊："今天上午我看了一眼昨天发的文章阅读量，吓了一跳，8.6 亿。"他说出这个数字，也吓了在场的记者们一跳。这篇文章就是 3 月 15 日更新的《张文宏：大流行状态下的国际抗疫与中国应对——国际战疫动态与展望（二）》，文章提到"按照当前全球的抗疫情况，本场疫情在今年夏天结束基本已经不可能"，成为当日的热搜新闻。

下午的见面只有半个小时，张文宏用他生动的叙述把一屋子记者感染了一遍。“新冠病毒，它的兄弟很多啦，现在加起来有7个，但其中4种冠状病毒就是我们感冒病毒当中的一种，我们从来不叫它传染病，因为大家每年都感冒。”“冠状病毒就是这样，如果大家不戴口罩，今天我们在这里一窝，开心地一个下午过掉了，那明天开始大家全部都要隔离。”“中国现在可以讨论这件事了：我们是不是可以不戴口罩了？这个事情是国家要方方面面全部考虑的，不是我们医学一家可以讲这句话的，但至少是可以讨论的。”他对时间的估算非常敏感，讲完后拿起手机一瞥，时间快到了，立即起身道别，赶去医院附近的视频会议现场，与意大利政府官员和专家、多国侨社代表进行视频连线。此时，还有《环球人物》在内的两家媒体没有完成专访，他一边走还一边不忘把记者安排得明明白白：“晚上我要去公卫中心（上海市公共卫生临床中心），不开车了，坐你们的车走，路上有1个小时说话。”

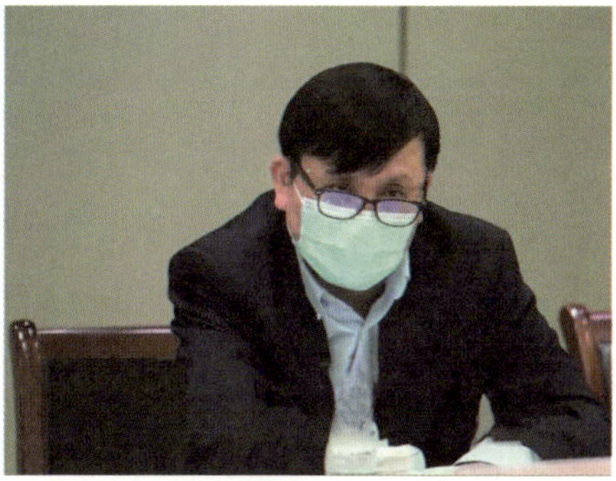

3月16日，张文宏与多国侨社代表、意大利政府官员和专家进行视频会议。

这场视频会议开了3个多小时。张文宏向处在疫情中的意大利侨社代表和政府官员、专家传递了信心：“中国医生总结了很多经验，我们也看到了大部分病人确实是可以得到治愈的。”根据国内经验，他着重向意大利强调了最值得注意的几个问题：“重症病人一旦增多，医疗资源分配如果有问题，是最让人担心的。”“新冠肺炎的家庭传播性是非常强的，我们最怕什么？一家好几个人同时感染。”“年龄大于65岁的侨胞要特别注意个人防护，他们是整个疾病高危的对象。”面对留学生是否要回国的焦虑，他设身处地提出建议：“很多朋友问我孩子要不要回来？你要考虑两个问题，第一，疫情要多长时间？回来是不是决定再也不回去了？你读书工作都不要了？第二，如果不回来待在那里怎么办？你要采取有效的个人防护，这个病真的可以防，保持社交距离、勤洗手、戴口罩，这三点都采用，感染可能性很小。”

晚上7点多，张文宏来到记者们乘坐的车上。他先是谈了一些疫情问题，尤其是对“随着天气变热，新冠病毒传染性会不会变弱”的看法。“印度、马来西亚没有特别重的病人，都偏轻，而日本韩国医疗条件不比马来西亚差，死亡率却比马来西亚高，这就不能说和气候没关系。但是夏天来了这个病毒就一定能被控制住吗？现在也不是很确定的一件事情，因为欧洲已经出现暴发趋势。”

随后的1个多小时，张文宏难得放松，也难得和记者聊了点“个人话题”。记者说：“您这种性格很受网友喜欢。”他答：“我这种性格的人其实挺多，只是出现在电视里，公众就觉得挺好的。所以，与其说这种性格很特别，不如说很普通，但普通又出现在镜头上，出现在节目里，所以大家就觉得很亲切嘛。”

“这性格跟您的职业有关系吗？”

“医学领域比较特别，别人跟我谈论的一般都是非常专业的问题。但这次我为什么和大家说一些浅显易懂的话呢？因为疫情一定要控制好，不发动老百姓，是控制不好的。这就是为什么前段时间有个记者问我专业问题，我不回答。所有记者和我讲话，首先需要老百姓听得懂。在我看来，记者代表公众，所以我和记者的沟通方式，就不能是我和医院同事的沟通方式，这种沟通方式对于大众来讲是不公平的。”

“网友都称您为‘硬核医生’。”

他笑：“哪有什么硬核？我跟你一样！都是普通人。我如果整天装大尾巴狼，那很容易的，你还会说我硬核吗？”

“除了新冠疫情的书，网友鼓励您出别的书，谈育儿，谈爱情……”

他立即打断：“没有必要，这些我并不比你高明，是吧？可以肯定的是，关于新冠病毒，我比你高明。至于别的东西，你们年轻人都是专家，我是完全OUT啦！”

聊着聊着，目的地就到了，一车人都没听够，只觉得1小时太短。张文宏拿起背包下车，看着《环球人物》记者和摄像师搬器材，又停下来，周到地指明采访位置，“到那里等我吧！”说完就快步上楼了。在上海市公共卫生临床中心，他度过了疫情以来的无数个日夜，今晚还有重要的会议等着他。

“很多世界同行都在问：中国经验是什么？”

晚上9点，《环球人物》记者终于等到了张文宏的专访时间。一坐下，他先开问：“大概要多久？”记者以他的语速在心中估算：“半小时左右吧。”但他开口回答第一个问题时，语速就慢了一倍。记者意识到：张主任太累了，采访肯定要超时了。

《环球人物》：当前全球都在抗击疫情，您下午也在和意大利连线，国外现在关心哪些问题？

张文宏：关心的点蛮多的，比较突出的是诊断问题。这段时间，他们病人一下子增加，怎样尽快筛选？诊断试剂怎么去做到位？其次就是隔离，如果病人太多，怎么隔离？如果居家隔离，最怕的是病人突然病情加重，所以他们问我们哪些情况预示着这些病人病情加重。再就是有些地方病死率高，有些地方低，引起这种不同的主要因素有哪些？这些问题都是国外非常关心的。

《环球人物》：中国最早面对疫情，和国外同行交流时，您内心有什么感受？

张文宏：国外同行的心情，我们完全能理解。2009年，甲型H1N1流感在美国和墨西哥暴发时，我们也紧张了一段时间，然后慢慢放松下来。所以国外同行一开始也是这样看新冠肺炎疫情，以为把边境看牢、输入性病例管住，就可以了。新冠病毒，大家一开始都不了解。钟南山院士去武汉后，发现我们处在一个跟以前传染病暴发时完全不一样的态势，所以国家采取了关闭离汉通道这样的措施。对国外同行来说，一开始还是防止输入性病例，按照常态的流感那一套来做，大多数情况下这也是能管得住的，只能说这一次新冠病毒太特殊，传播性太强了，病死率到后期还不是很低。所以接下来情况究竟会怎么样？我相信各个国家都会根据防控的成果，不断调整。

《环球人物》：国外同行如何看待中国抗疫？当前全球抗疫中，有哪些“中国影子”？

张文宏：在这次疫情中，中国医生的站位是比较好的。原因是什么？国家高度重视。以前我们都觉得好像中国的医疗没有国外发达，对吧？特别是和一些发达的欧美国家比。我前两天和美国几百个临床医生进行网络沟通，近期和意大利、法国，还有东南亚一些专家沟通，发现中国在诊断、治疗方面，已经站在了国际前列的位置。当有些国家诊断试剂都没有普及的时候，我们已经做到了普遍筛查、应收尽收，而且有足够多的呼吸机，甚至人工肺。这一次，中国在医疗资源方面，反而成为世界上最充足的。所以很多世界同行都在问：中国经验是什么？

现在，不论是美国、意大利还是德国，他们在病人的筛查、诊断和隔离方面都比前一阶段明显加快了速度。美国从实施公共卫生紧急状态后，除了社区联防联控，我认为其他做法已经与中国十分接近了。这些都是中国经验对世界的影响。

《环球人物》：您曾说“人类从来没有在任何一种病毒和细菌面前失败过，我们最终是能够胜利的”，为何人类总能胜利？

张文宏：因为我们总能找到造成疾病的原因，这次我们也找到了病毒，最终也会发明药物和疫苗，或者采用最简单的隔离办法战胜它，这是其一。其二，人类还会不惜付出极大的代价获胜，比如1918年大流感，几乎是把全球给感染个遍，死了5000万到1亿人，那时全球只有18亿人啊！但即便如此，病毒最后也慢慢退出了历史舞台。原因是什么呢？病毒如果感染了大多数人，这个时候人类也会建立自己的免疫。所以有专家提出来，我们是不是用群体免疫的方法来对抗新冠病毒？这个理论上也是可以的，但代价蛮大的啊！

新冠病毒的流行，一定会过去。只是，我们到底要付出多大的代价？有的国家不愿意采取经济停摆、封城的措施，觉得那样经济停摆了，国家垮掉了，死掉的人会更多。每个国家国情不同，现在不好说，只有等未来回过头再评估。

《环球人物》：这次中国的表现，将会为世界抗疫史留下哪些经验吗？

张文宏：我们有很多地方值得去记录。首先是中国科研的支撑。2019 年 12 月武汉出现病例，2020 年 1 月初国家一些科研团队就前往武汉，一个星期就把病毒序列全部鉴定出来，速度相当快。序列公布后，新加坡、日本、美国、中国香港等国家和地区马上开始研制诊断试剂。

武汉早期病死率很高。我们就举全国之力投入进去，创造性地建立了方舱医院，在短时间实现应收尽收、隔离救治，这也是抗疫史上非常重要的一笔。

这次疫情除了武汉以外，全国其他地方都是输入性病例，两个月的时间，全国人民采取了一个“闷”的战术。这么大的国家，居然通过这样一个简单的方法，让整个工作生活节奏放慢，把病毒找出来，然后隔离掉，最后治疗好，在这么短的时间内活活把病毒“闷”死了。这在人类传染病历史上也是极为罕见的，将来一定会被反复拿出来学习。

“这次疫情对全球大型城市都提出了巨大考验”

《环球人物》：如果将您的实验室数据库中所有病毒都比作一种猛兽，新冠病毒是什么？

张文宏：我觉得你这个比喻非常棒。“非典”就像是老虎或者恶龙，你一看就吓得要死，病人很快出现重症死亡。但新冠病毒表面上看起来没有“非典”那么厉害，最初不会造成很高死亡率，造成的伤害却比“非典”广。第二，人类花了很长时间才搞清楚它。按道理说，通过关闭离汉通道，我们一两个月把疫情控制住了，国外就有足够时间学习北京、上海这些城市，把疾病控制住，但现在反而出现了全球蔓延。这说明新冠病毒很狡猾，人类有判断不准的地方。而一旦控制不好，这个病毒在个别地区病死率就很高，比如意大利都超过了7%。所以你看，表面上看似温和，但很狡猾，又可能造成严重的伤害，你说它是什么？

《环球人物》：毒蛇？狐狸？

张文宏：狼！既厉害，又狡猾，一开始甚至会被误认为是狗，不会引起你的注意。

《环球人物》：和一般病人相比，新冠肺炎病人有哪些特殊性？

张文宏：新冠病毒是一个新的病原种类，也就是说这个病毒以前从没来过这个世界，所有人对它都是易感的。无论男女老少，不管你身体好还是不好，对这个病毒都没有抵抗力，感染率都很高。所以新冠肺炎病人的一个特点是，在感染之前都好好的，突然就生病，具有突然性、广泛性和隐蔽性。

《环球人物》：人好好的就感染了，怎样克服他们的恐慌感？

张文宏：这次全世界都恐慌了。有的国家还说60%～70%的人群都要感染一遍，你说恐慌不？最近意大利的死亡病例数也在拼命增长，所以说没有恐慌是不可能的。但是，这个病又可以治疗。全国到目前为止就是武汉的死亡率高一些，那是因为早期医疗资源不充沛，但武汉以外的城市现在平均下来也就是1%左右。现在通过我们的治疗，相信民众的恐慌心理会有所下降，如果尽早治疗，至少99%的人是可以康复的，相信大家都看到了。

《环球人物》：据说战胜病情，信心很重要，您怎么给他们信心？

张文宏：临床上治好病人，就是给他们最大的信心。

《环球人物》：您曾在一次演讲中自称“焦虑”，能谈谈这种焦虑感吗？这次疫情中，有没有焦虑期？

张文宏：那是在一个演讲活动上，前面是别的人在演讲，讲诗歌什么的。轮到我讲话的时候，我就觉得世界还是蛮美好的，对吧？但从事公共卫生工作的人，会看到这个世界充满着很大的不确定性，病毒、细菌总是在岁月静好的时候，突袭你的世界。那次还是2017年，转眼都两年多了，当时我们就在讲，像“非典”这样的事情会一直发生。所以我们感染科的医生需要时刻保持警觉性，将新发病原体第一时间鉴定出来，然后报警。你不报警，就很容易造成疏漏，一旦窗口期过掉，后果将非常严重。

这次疫情，在关闭离汉通道之后，上海市进入防控的关键时间节点。如果是不同国家出现疫情，还可以通过海关防住，但国内不同省际之间，离汉通道关闭之前就有很多感染者进入上海。这段时间是最焦虑的，我们能不能在所有医院里面把所有有症状的病人确切地筛查出来呢？筛查出来之前，感染者是不是已经在社区里面进行了大量传播呢？这个时候整个上海的防控小组是非常紧张的。一旦开始社区传播，传播链就搞不清楚了，大量没有源头的病人就出来了，就会出现一个暴发的态势。上海是一个接近3 000万人口的超大型城市，一旦暴发，结果非常可怕。

那段时间，上海各个社区、道口做了严密防控，特别是疾控中心、医院的发热门诊、临床实验室，做了大量的密切接触者的溯源工作，最后将每一个病人的传播路线都摸得清清楚楚。这些都归结于上海的城市管理。实际上这次疫情对全球大型城市都提出了巨大考验，东京、新加坡、纽约、北京、上海，其实都在比嘛。到目前为止，上海这个超大型城市的本地病例已经成功消失了两个礼拜，到了一个真正无本地病例、开工复工的时间节点。

《环球人物》：既然到了开工复工的时间节点，如何在过度防控和懈怠心理之间寻求平衡？您说全球疫情不能在短时间内结束，我们还要戴口罩吗？

张文宏：按科学道理来讲，一个城市本地病例数清零，再经过最长潜伏期14天后，就可以复工复产了。如果两个最长潜伏期没有病例，那整个社会应该尽快开始活跃起来。但现在国外输入性病例可能还会增加。所以，国内一方面尽最大可能让经济活跃起来，一方面对输入性病例更加严格管控，两手都要抓。

至于口罩，还是要根据所处的环境和特定人群，来选择戴或不戴。一些重点人群有碰到输入性病例的可能，比如医务工作者，以及卫生、餐饮等服务行业从业者。对他们来说，口罩还是要戴的。至于我们在日常生活中，随着应急等级的下调，口罩可以逐步脱掉了，但在人口密集的地铁、公交等环境中，再戴一戴口罩也无妨。

人人都爱张文宏

尽管采访有别于生活，但《环球人物》记者随着张文宏从白天到黑夜颠簸、辗转了一大圈后，临别时，很有些不舍。如果现实生活中你有一个张文宏这样的朋友，隔三差五就能见面聊聊，那你的生活一定会更加丰富、豁达、快乐。

有位媒体记者拿出手机给张文宏看了根据他形象设计的手机壳、抱枕等周边产品，他也跟着哈哈大笑，好像在看别人的热闹。张文宏也不上视频网站，压根儿就不知道，现在只要是他的视频，网友激动的弹幕会密密麻麻把画面全盖住。好吧，就算知道，他也不关心。

张文宏曾对媒体说，专家组的专家做到这个份儿上，没一个脾气好的。张文宏是这个专家组的组长，我们曾经设计过一个问题，就是他和脾气很大的专家们怎么相处？他怎么当好这个组长？结果，和张文宏相处了就会发现，现实生活中，你无法不喜欢他，无法对他发脾气，他是那种你整天听他不停说话也不会嫌烦的人。这一定是他能当好组长的原因之一。

短暂的跟访和相处当然无法观察到张文宏的每一个侧面，好在他的视频不少。

疫情暴发之初，是全国上下的医务工作者同新冠病毒进行殊死搏斗，公众情绪最为焦灼的时候。张文宏面对媒体说了一番话："人不能欺负听话的人。""（我）把科室所有岗位的医生全部换下来，全部换成共产党员。"他自己也是一名党员，带着科室党员一起冲上去了。危难关头，每个人都需要耿直和真话的力量，更需要说到做到的责任和担当，这让张文宏赢得了大家的一片欢呼，这段视频一夜爆红。

有人说，张文宏是"鸡汤杀手"，专治媒体人强行煽情、强行励志的毛病。有次，一位记者采访他时，正赶上他妈妈打来电话，记者怂恿他在镜头前和妈妈通话，他却倔强地说"我偏不接"，记者又问他是否想妈妈，他又不中计，来了一句"哪一个正常的人会不想念自己的母亲？"另一次媒体问他"当初上大学为什么选择感染病学"，他回答："对我个人你不要采访，我觉得没什么意思。我就一个乡下人跑到上海，读完书留下来工作而已。"接下来就开始长时间谈论感染科。在重大的公共卫生事件中，公众正需要这样的态度：把自己看得很轻，把医学看得很重。

就像张文宏所说的那样，他说的话一定要老百姓听得懂。他把"非典"和普通流感比作老虎和猫，虽然都是猫科动物，但对人的伤害性对比一目了然。他很明白，过于专业的医学术语，会把老百姓拒之门外。或许，避免刻板说教，才能让普通人更好地接触到医学，这才是真正的专业主义和医者仁心。

在突发的危机中，社会心理总是会寻求一个拯救型的公众偶像；更何况在信息时代，"人人都能成名 15 分钟"。一个张文宏横空出世，公众如此喜欢他，就难免会塑造他、捧杀他，但好在张文宏坚持做自己，极力把自己往人间拽，不走"高大上"的路子。《环球人物》记者试探性地问他："都说您是一个非常有趣的人，您怎样看待外界对您的关注？想让公众在您身上得到什么？"

他说："我从来没想过这个事。这次新冠肺炎疫情来临，作为专业人士，有责任把真实情况告诉民众，因为大家了解了才会知道怎么去防控。大家都在各干各的事儿，每个人都在过自己的生活。新冠过去了，我也没有什么东西可以跟大家分享。所以，有趣、无趣，随着新冠的离去，都会回归正常。”

回归正常，这正是眼下每个人内心向往的。就让我们祝福张文宏，在感染科辛苦工作的同时，继续快乐、真实、平凡地生活在我们身边。

环球人物　ID：globalpeople 2006　记者　杨学义

这一切与英雄主义无关

——专访国家卫生健康委员会高级别专家组成员杜斌

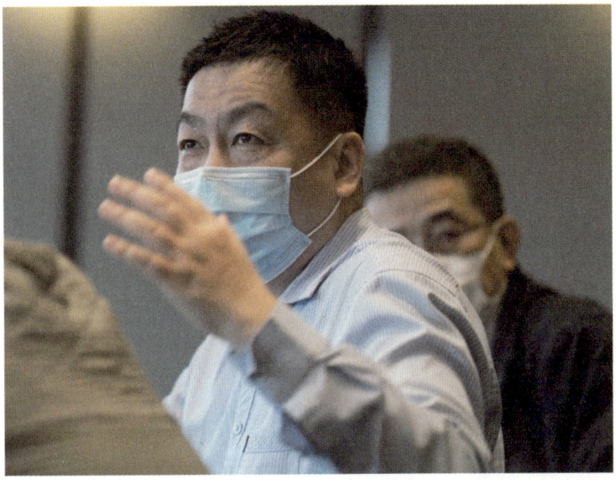

在武汉的新冠肺炎救治中，很多重症医生都会提到北京协和医院内科ICU(重症医学)主任杜斌。我们问一位重症专家，杜斌是什么样的人？答说：一个纯粹的医生。

杜斌是国家卫生健康委高级别专家组成员、国家新冠肺炎医疗救治专家组成员，这是一个医生能在此次疫情中担任的一种最重要的角色。他自认已经尽了全力，应对烈性传染病的核心在于防控，不在于治疗。“最重要的决策不是去决定某一个人的生死，而是决定某一群人的生死”。

2020年1月18日中午杜斌到达武汉，听取汇报后返京，21日又返回武汉。

2020年3月11日中午，杜斌接受了《南方人物周刊》的独家专访。

“对这个病仍然在慢慢认识”

人物周刊：1月22号你开始在武汉市金银潭医院查房，有什么印象深刻的病人么？

杜斌：坦率地讲，我记不得了。我花了几天时间去认识这个疾病的特点，尽管当时他们会给我介绍，但其实跟自己的感受是不一样的。

当时第一感觉是所有人的病情都是一样的，都差不多。这有点像2014年昆山爆炸，我们收烧伤的病人，186个住院的，三度烧伤面积大概平均在95%，每个病人都基本一样。我们平时看病在监护室，这人心衰、那人肾衰，这人糖尿病、那人肺炎，是不一样的，但在武汉市金银潭医院的ICU，所有人是一个病，看完以后没有印象深的人，因为都混在一起。

人物周刊：他们都是哪些症状？

杜斌：都是呼吸衰竭，只是呼衰的严重程度不同。有些人无创，有些人有创；有些人有肾衰，有些人没肾衰；有些人有休克，有些人没休克。真正对这病逐渐有稍微清晰的想法，是后面的事。

人物周刊：你的认识是怎样逐渐建立起来的？

杜斌：肯定天天看着病人，看病情变化。在武汉市金银潭医院我看了十多天，然后就是去不同的医院。到目前为止，我们对这个病仍然在慢慢认识。我觉得最初这段时间，坦率地说，有点无奈。单从病人和病情的角度而言，确实搞不懂。比如说我们会看到相当一部分病人即便上了呼吸机，低氧依然很难纠正；比如有些病人的二氧化碳潴留顽固，很难用调整呼吸机的方式调节。

我记得特别清楚，最开始那几天，我去看了一个病人，病人血气检测二氧化碳一栏写的是×××，这是到了测不出来的程度，没有数字了。我在床边调了一上午，等我中午出来的时候，二氧化碳显示大于 115 了。终于有数了，但仍大大超过检测上限，我就觉得非常崩溃，你根本不知道你在干的是什么，你干的效果到底是什么？

人物周刊：对疾病认识的变化，在这次疫情里如何影响治疗？你因此犯过错吗？

杜斌：进病房后，你就会逐渐认识这些病。除了呼吸衰竭之外，我们还意识到肾脏问题，肯定是在最初 10 天内发现的，但是我承认，心脏问题其实一直到很晚才发现。比如心肌损害，有人在我没意识到的时候就跟我说，这种疾病是不是有心脏的问题，我就说你不对。我当时要是接受这样的想法，有可能会更早地意识到这个问题，跟别的人有更多交流。这就是一个很典型的错误，这很正常，大家都会犯错。

人物周刊：1 月份时你崩溃，除了病复杂，还有别的原因吗？

杜斌：其实那时候还有一个原因，有很多的病人在外面。那时候去武昌医院，武昌医院每天五六百人看发热门诊。有段时间，同济医院是发门诊限号，每天 400 个号，一个小时之内肯定没了。

武汉市金银潭医院 ICU 只要空一张床，永远有病人来，而且可能不止一个病人。其实传染病最重要的不是治疗，是防控。你怎么让病人数减少，剩下的再去治。你不知道还有多少病人在外面，就意味着你也不知道有多少重症病人。这些病人在外面就意味着可能会延误治疗。

“你不插（管），我给你插”

人物周刊：作为专家组的成员，你当时给出的治疗意见有哪些？

杜斌：最开始不是一个整体的治疗意见，更多是针对每一个病人。但其实一开始这段时间，我自己还是有点崩溃，本来平时的病人调整治疗后，其实就好了，就会有改善。但这些病人你怎么弄，最后还是不行。

所以后来大家形成共识，恐怕这些病人前面缺氧时间太长了，所以我们就会在武汉市金银潭医院和肺科医院查房时，跟医生商量说，这病人别等了，赶紧插管。

所以后来大家达成了一个相对一致的意见，说我们要积极一点，就开始尝试早期气管插管，到后面这些病人早插管之后，相对来说维持得比较容易。

人物周刊：你有自己动手插过管吗？

杜斌：有啊。

人物周刊：为什么你这么大的专家还需要亲自动手插管？

杜斌：为什么不能我插？为什么都必须人家插？我会插管啊！我插管并不是在武汉市金银潭医院插的，第一次是北京协和医院在同济医院中法院区接手了 ICU，把我任命成病区主任。他们开始接收病人那天我在，我以前的经验告诉我，最慌乱的就是你刚开始接收病人的时候，因为大家都不熟悉这个病。

我在那儿呢，有病人上来要插管，第一个气管插管肯定是我插的。这时候我得告诉他们，咱们能做这件事，而且是应该做。你要自己都不做，凭什么让别人做？这是我的想法。这没什么特别的。即便这个团队有很多人都能插管，而且可能很多人都比我熟练，但是第一根管肯定是我插的。

人物周刊：我听说你是全武汉防护最马虎的一个医生。

杜斌：我如果没事，那说明我做的不一定是错的。他们说我在病区的时候不戴护目镜，只戴面屏，我是两个只选一个。他们说杜斌，你怎么把护目镜或者面屏弄上来了？因为我根本不相信这病房里有病毒能噌噌噌就到你眼睛这儿。

但我跟他们说，你见过我面对着病人的时候，把护目镜摘了吗？从来没有。我面对着病人的时候，我不会这么做，我不是傻子。这里面最重要的，是口罩、是洗手，别的都不那么重要，但是你做高危操作的时候是另外一回事。

人物周刊：后来医院接到通知说要提高插管率，你怎么理解呢？

杜斌：首先，插不插管这个东西并非是用插管率去评估的。那时候说提高插管率，不是说要求你必须达到一个比例，也不是说每个病区都要插管，而是发现有些病区里的医护人员认识不到延迟插管的危害，以及无创通气会造成飞沫传播的危害，都说不能插管，这不对。医生哪能看着病人情况越来越差，有治疗措施却不使用呢？你不插，我给你插，我给你做出榜样来。恐惧的心理大家都有，这很正常。但是如果一直拿恐惧来说事，就不对。

“这一切与英雄主义无关，唯一的法宝是正直”

人物周刊：前几天国务院疫情防控首场英文发布会上，分享中国抗疫经验时，你为什么引用《鼠疫》里的句子——“这一切与英雄主义无关，唯一的法宝是正直”？

杜斌：正好那天上午我一个同学给我发过来这个话，我正愁没什么好说的，这挺应景，我就给说了。

人物周刊：你心里真的是这样觉得么？唯一的法宝是正直。

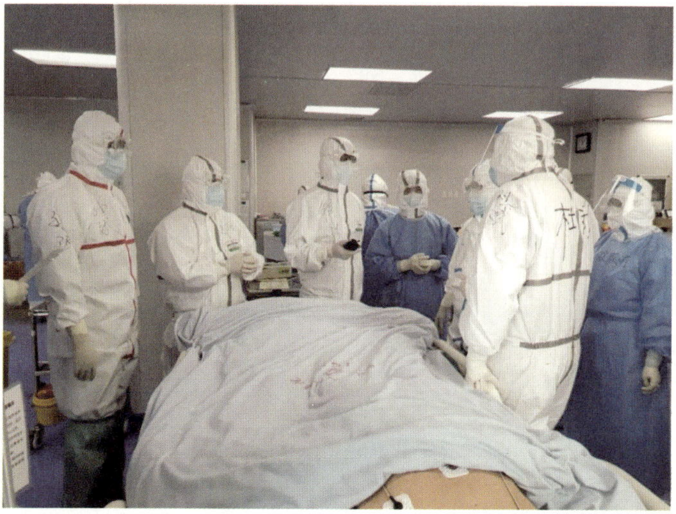

杜斌（右二）和同事在病房内研究病情

杜斌：当然。你选择一个职业，你有荣誉，你也有责任。如果你是战地记者，哪里打仗你就往哪里钻，因为这是你干的活儿，如果你是飞机的机长，你年薪那么高，但是飞机出事了，你应该是最后一个离开的，这是责任。医生也一样，这时候，医生不上，你让谁上？这是医生的责任。

人物周刊：医生的责任是什么？

杜斌：完成你的工作，治病救人，哪能说什么专家来了之后不进病房。这里头不是高尚，是我们应该做的事。

人物周刊：什么时候压力最大？

杜斌：其实没什么压力大的时候。坦率地讲，因为最重要的决策不是我们做的。写诊疗方案这事儿，我们以前也干过，禽流感的诊疗方案什么的。最重要的决策不是去决定某一个人的生死，而是决定某一群人的生死。行政部门的角色才真的是最为重要，能够决定一群人的生死。比如说居家隔离，比如说建方舱，这些影响的人不是一个两个。

南方人物周刊　本刊记者　杨　楠　特约撰稿　汤禹成

编辑　周建平

“匡时济世”方见“医之大者”

——专访重症学专家邱海波

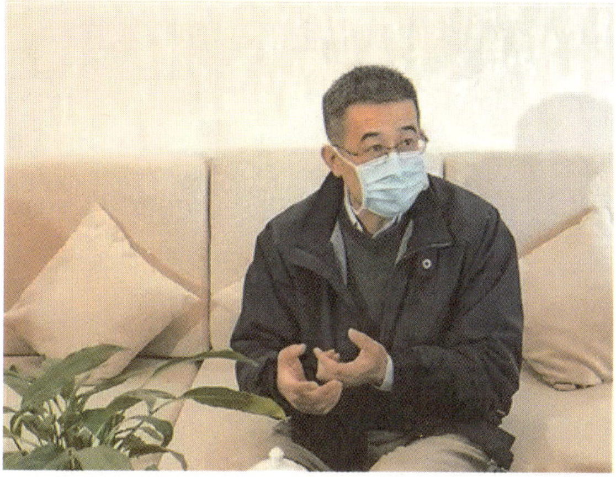

邱海波教授接受采访

“我们稍微抓紧点，最多只能一个钟头”——这是邱海波坐下来后对记者说的第一句话。

邱海波，全国著名重症医学专家、东南大学附属中大医院副院长。2020 年 1 月 20 日他临危受命，奔赴湖北武汉，作为国家卫生健康委医疗救治专家组重要成员参与抗疫战斗，担负武汉新型冠状病毒肺炎重症患者的救治、指导等多项工作。至今，他已在武汉整整战斗了一个月。

时间就是生命！对邱海波这样的“国字头”重症医学专家而言，与时间赛跑，与病魔较量，每一分每一秒都关系着更多生命的安危，关系着疫情防控的大局。也因此，原先约定的采访地点是 50 公里外的武汉市汉阳区，又被临时改成了江夏区。原因很简单，当时他恰巧在附近的重症医院巡查。

武汉战疫打到“最吃劲”的关键节点。越是危急越担当，越是艰险越向前，能真正做到“匡时济世”方是“医之大者”——邱海波，就是其中的突出代表。

“最前线”上冲在先——
“医生医生，就应该是临床医生”

身为我国第一位重症医学博士，邱海波教授带领的中大医院重症医学科已成为华东地区规模最大的综合性 ICU，是江苏省乃至全国的重症患者救治中心。所谓重症医学，就是“鬼门关”前最后的“救命场”。在新冠肺炎疫情肆虐的湖北，尤其是重症、危重症患者集中的武汉，再一次成为邱海波的“主战场”。

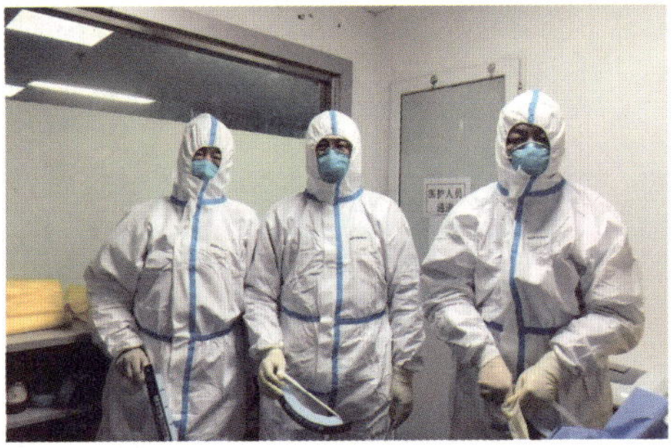

图中为邱海波教授

“每天都查房，观察重症和危重患者的治疗反应。今天上午看了两个医院病区的 60 个病人，其中遇到一例气管插管脱出，紧急换了管。”邱海波言语中“轻描淡写”，但稍有医学常识的人都知道，给新冠肺炎重症患者换呼吸插管，被传染的风险有多大。从踏上武汉的第一天起，他每天辗转武汉市金银潭医院、武汉市肺科医院、武汉大学中南医院等重症集中收治医院的病房里，类似的情况遇到远不止一次。

重症收治医院是“前线中的前线”。站上了“最前线”，邱海波还要冲在“最前面”。俯卧位通气技术治疗对多数危重症病人有效，操作时要将插管患者翻身。这样的“力气活”，邱海波跟专家组亲自上阵，一起动手。“ICU 里几乎所有的重症病人都是‘盯’出来的，呼吸机和各种器械、用药剂量一点一点调，不然人就没了。” 邱海波说。

远程看病例分析数据也可以搞研究，为什么要冒着生命危险“上前线”？

“医生医生，就应该是临床医生。你不到床边不看到病人，永远不知道疾病的特点，不可能网上搜搜就能看好病！”邱海波说。一个实战例证是，常规病人低氧时会嘴唇发紫，而现在新冠肺炎会导致心肌损害，病人的嘴唇没有那么紫，但实际氧饱和度只有30%～80%，呼吸随时会停。这种临床新发现的“无症状”现象，现已被新命名为“沉默型低氧血病”。

把论文写在ICU病床前，写在战“疫”最前线——这正是邱海波的学术精进之源。从2003年“非典”疫情到2005年四川省猪链球菌病疫情，从2008年汶川地震救治危重伤者到2009年甲型H1N1流感疫情，从2010年玉树地震、2011年温州动车事故、2013年H7N9型禽流感疫情到2015年“8·12”天津特大火灾爆炸事故……再到突如其来的新冠肺炎防控阻击战，每一场重大突发公共卫生事件发生，身为党员的他，都是第一时间踏进“主战场”，冲到“最前线”，多次担任国家医疗队救治专家组组长，为抢救重症患者做出了重要贡献。

“与时间赛跑、与病魔较量，邱海波就是一名身怀绝技的勇士！”国家卫生健康委医疗救治专家组一位“专家战友”对他如是评价。武汉市金银潭医院一位年轻医护人员说：“看到邱教授这样的大专家带头上了，大家心里也都不害怕了。”

“最危难”中读真言——
“我们建议尽快尽早隔离轻症病人”

截至2月18日24时，武汉全市已投入使用12座方舱医院，收治病人

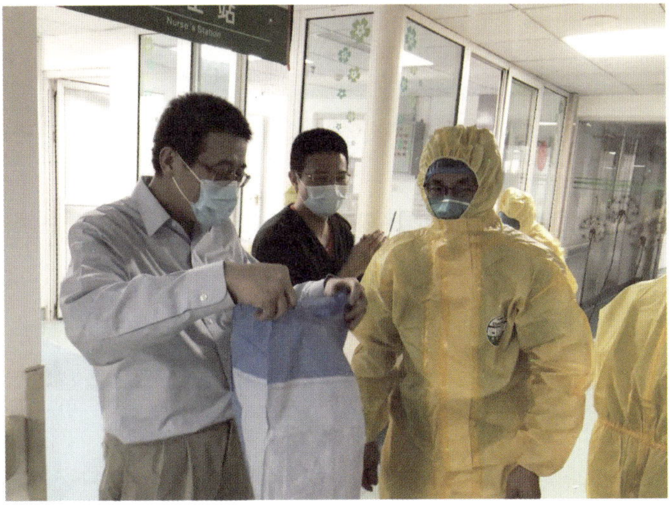

邱海波和医护人员讨论治疗方案

8 563 人。将会展中心、体育场馆等改造为“方舱医院”，集中收治新型冠状病毒感染的肺炎轻症患者。这一落实党中央“应收尽收”要求的重要举措，是国家专家组较早提出的建议之一。

2 月初，武汉新冠肺炎新增患者快速增加。在社区走访中，专家组早早关注到了居家隔离的风险。“在汉口医院发热门诊，每天 400～500 名发烧患者。这些患者散落在家庭中非常危险。”专家组立即建议，改造武汉的宾馆、体育馆，作为收治轻症患者的场所。“要床等人，不能人等床！”邱海波说，这就是建设方舱医院的最初构想。

疫情防控全国“一盘棋”，权威专家就是大棋盘上最举足轻重的“棋子”。派出“国字号”专家组，就是要向国家提供最专业的研判建议和应对良策。

刚到武汉时，邱海波负责巡查定点收治新冠肺炎的 3 家医院，重症病房一床难求。他建议重症医学科、呼吸科专家下沉到重症病房担任医疗组长。这条建议很快落实，大批专家迅速下沉，更多重症患者得到及时有效的治疗。

重症患者缺床位、缺 ICU 医生……根据病情演变及患者急剧增加的现状，邱海波和专家组成员又向有关部门紧急建议，除了 3 家定点医院外，武汉市区大型综合医院也应以收治重症患者为主，同时调度全国重症医学团队驰援武汉。这条建议，很快为亟需救治的重症患者腾出了 1 000 多张床位。全国各地医疗力量驰援湖北的“大局面”也迅速形成，全国调动的医疗力量已经远远超过汶川地震。

专家下沉、全国驰援、方舱医院——大局渐定之时，回过头再看，这 3 条极具战略意义的建议，为决战决胜打下坚实基础。

“现阶段的重点就是降低病死率。”“虽然叫新冠病毒，它也是冠状病毒的一种，已经有了治疗路径。”“要特别关注有基础病的老年人，治疗关口一定要前移。”“除非进 ICU 红区需要 N95、防护服，对绝大多数人来说戴外科口罩就够了。”……每一次发声，邱海波都直面疫情关键，直击社会关切。这既靠专业，更需勇气。

在东南大学附属中大医院副院长、江苏援黄石医疗支援队医疗救治组（专家）组长黄英姿眼中，导师邱海波是一位“有着高度责任感和使命感” 的学者，危难时刻敢于担当，敢谏真言。

“最恐慌”时定人心——
“大多数危重患者都能救出来！”

“事实证明，大多数危重患者都能救出来！”2 月 20 日，邱海波的这一判断，令人精神一振。

武汉战疫“满月”这天，邱海波得知一个无比欣慰的消息：华中科技大学同济医学院附属同济医院一名患者，历经“重症—危重”阶段，现已转出了 ICU。与此同时，越来越多重症患者化危为安。这不仅意味着一个个鲜活的生命得到延续，更意味着“重转普”患者比例越来越高。

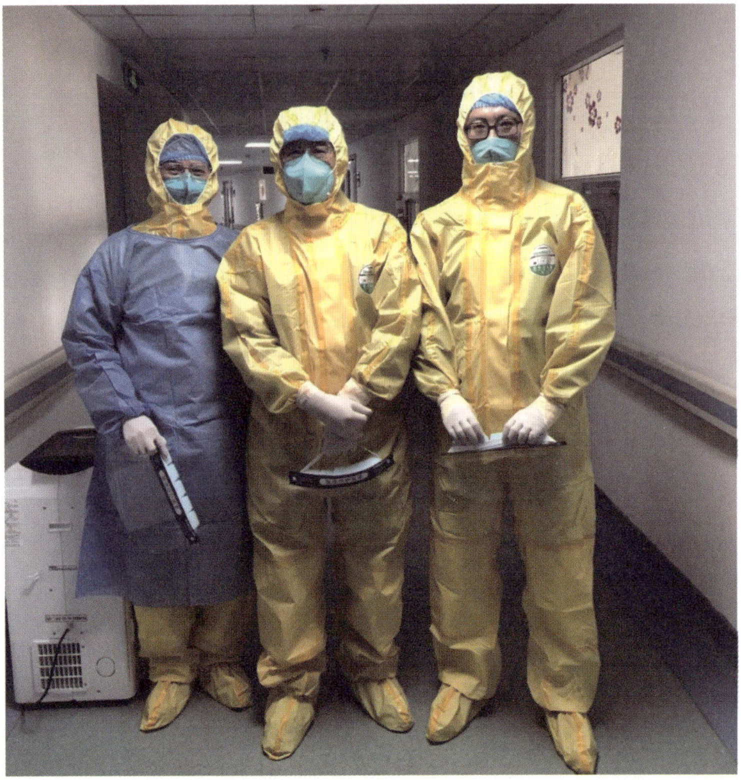

邱海波（图中）在武汉市金银潭医院指导重症患者救治

新冠肺炎疫情是一场“总体战”，对广大医护人员而言，面对的“敌人”不仅是陌生的病毒，还有比病毒传播更快的社会大众的普遍恐慌心理。

越是纷繁复杂的局面，越要有权威的声音。在疫情发展的每一个重要阶段节点，在每天从早到晚“连轴转”忙碌之余，邱海波都连续发声——

“武汉会战”千头万绪，致胜关键点在哪里？邱海波一针见血：“重症和危重症的治疗是当前临床救治最关注的问题，如何降低病死率，如何降低轻症患者向重症和危重症发展是医疗的关键和重点。”

出院后新冠肺炎患者有没有传染性？会不会再次感染冠状病毒？邱海波一锤定音：“康复期病人和出院的病人一般没有传染性，目前尚无二次感染病例。”

危重症病例有多少？新冠肺炎到底怎么治？邱海波实话实说：“目前危重症病例占到确诊病例的10%多一点，从救治成功率来看，远高于甲流、禽流感。对重症病人的治疗，包括氧疗、免疫调节、营养补给等，目前已经有了规范的治疗路径……”

“国家卫生健康委医疗救治专家组的一项重要职责，就是关于疫情的权威信息发布。”邱海波说，民心定才能人心齐，才能众志成城打胜仗。为此，邱海波一个月中已经多次坐在新闻发布会的发布台上，直面各种疑问，回应热点问题。

不仅有大场合发声的担当，更有“一对一”解惑的耐心。很多重症转为普通型之后，患者出于恐惧心理不愿搬出ICU，占用了宝贵的抢救资源。怎么办？“没事了，你很快就能出院！”这时，邱海波说一句话就管用。

“不必看着武汉的数字就恐慌，因为武汉是最早报告疫情的地方，在暴发流行阶段流行强度高，到了第二代、第三代毒力就会下降，这是流行病学规律。事实上，外地重症病人的比例是很低的。即使在武汉，危重比例在减少，抢救成功率也远高于甲流和禽流感。”谈起当前武汉战况，邱海波既谨慎又乐观，既高度重视又坚信必胜。他透露两则好消息：一是从整体讲，目前床位基本满足病人需要，基本应收尽收；二是数据统计显示，专家最为关注的新感染病人重症和危重症比例少了。

武汉胜则湖北胜，湖北胜则全国胜。

决战必胜，不胜不还！邱海波说，汉阳医院一名患者，因低氧在急诊时曾出现心脏骤停，今天去查房时已经拔管，人都能说话聊天了。“每天看到这些向好的新变化，我对明天充满信心。”

东南大学附属中大医院　宣传部

陈薇院士：与“毒”共舞 29 年！

“穿上这身军装，一切都是我应该做的。”

2020 年 2 月 3 日，随着一条微博热搜，“陈薇”这个名字进入了更多人的视线。

她与“毒”共舞 29 年，是中国工程院院士、军事科学院军事医学研究院研究员，也是我国为数不多的女将军。

抗击“非典”时，她研究出来的喷鼻剂拯救了 1.4 万名医护人员；汶川抗震时，她是卫生防疫组组长；北京奥运会，她带队成功处置多起核生化疑似事件；现如今，她被视为新型冠状病毒疫苗研制赛跑中的“种子选手”。

1 月 28 日，特朗普宣布美国科学家将在 12 周内研制出新型冠状病毒疫苗。

陈薇自信回应："我相信，我们国家科研人员的速度，不会亚于美国！"

出征武汉

2020年1月26日，农历大年初二，陈薇抵达武汉。

从进入疫区的那一刻起，她就开启了"忙到起飞"的模式。经过4个昼夜赶工，一座帐篷式移动检测实验室终于在1月30日上午开始投入使用。

她和同事们应用自主研发的检测试剂盒，配合核酸全自动提取技术，实现了新型冠状病毒的快速检测，加快了确诊速度，有力地推进了疫情防控工作。这无疑是一项重要应用成果。

30日当天，她还抽空赶到武汉市金银潭医院，见到了院长张定宇。

面对这位身患渐冻症、妻子感染新型冠状病毒却依然奋战在一线的同行，陈薇的话很简洁："你的事迹让我非常感动。"

英雄相惜，张定宇回了她一句"彼此彼此"。

不过此时，大多数人还没注意到这位在默默战斗的女将军。

让陈薇"红出圈"的是《中国科学报》的一次采访。面对记者，她言简意赅，没有废话，句句切中要害，极富客观思辨。

有人质疑疫苗是"马后炮"，她驳斥："不是。当年'非典'之后，如果国家对冠状病毒研究有更长效的支持，有更多团队持续来做这个研究，那么不管疫苗还是药物，至少会有比今天更好的局面。再次狭路相逢，就不会这么被动。"

有人说疫情拐点很快就会到，她补充说："但是第一个拐点到来之后，疫病会不会还有第二峰、第三峰呢？对此，我们还是要做好最坏的打算，拿出最充分的方案，准备最长期的奋战。"

有人说这次是把"非典"的经验教训都给抛弃了，她不同意："'非典'是我们国家公共卫生管理的一个分水岭，从那以后，我国有关传染病防治的人才队伍、平台条件、技术储备和专项研究，都不可同日而语了。

最硬核的一番话是她谈及自己的感受：

“疫情防控绝对不能等到疫情来了再做。国家有必要建立防疫科研白名单，形成真正有力的‘首席科学家’体制，长期支持一批团队一辈子就做某种病毒或细菌的深入系统研究，不追热点，甘坐冷板凳，别管这个病毒是来了还是走了。

“一旦疫情发生，就能迅速找到最权威的团队，即使出了事故也知道打谁的板子。而不是像现在这样，新型冠状病毒一来，谁都觉得自己能做，但发挥的作用还是有限。”

网友们大赞：“这才是一位院士该有的表述，专业而有远见！”

浪漫姑娘

就连陈薇自己都没想到，昔日浪漫的自己会成为一位雷厉风行的女科学家。

她从小就是“别人家的孩子”，不仅是长了张“初恋脸”的前卫女孩，还是个实打实的学霸。

1984 年，18 岁的她考入浙江大学化工系。4 年后，她因成绩优异被推荐到清华大学生物化工专业攻读硕士学位。

直到此时，她仍然志不在搞科研。她喜欢舞蹈，搞过舞会，因为清华女生少，还跑到其他学校去拉人；也喜欢文学，经常发表一些美文，梦想是以后当一名

作家。

就连她的爱情都属于浪漫邂逅。

23 岁时，她去泰山旅游，没买到坐票。火车拐弯，她一个踉跄差点摔倒。这时，一个陌生男人将三个人的座位使劲往里挤了挤，腾出了一个空地，招呼她过来坐。陈薇坐下后，两人一路相谈甚欢。

这个男人名叫麻一铭，35 岁，青岛莱西人，是青岛一家葡萄酒厂的工作人员。

陈薇（左）和麻一铭

临下车时，麻一铭问陈薇要电话，陈薇没多想，就把宿舍电话号码报给了他。麻一铭如获至宝，牢记在心，最后问道："我过一个星期还要去北京，可不可以去找你？"陈薇不假思索地点了点头。

一周后，麻一铭真的出现在陈薇面前。年龄相差 12 岁的两人相爱了，并于 1992 年结婚。

所有人都觉得，浪漫又前卫的陈薇，将来不太可能从事科研工作。然而，毕业前夕，陈薇的选择跌破了大家的眼镜：她不仅要搞科研，还要到军队去搞科研！

其实，陈薇之前也没想过要走这条路。本来她已经和深圳的一家著名生物公司签了约，但一个插曲彻底改变了她的人生。

1990 年底，导师派她去军事医学科学院取回实验需要的抗体，没想到这一去，她就被那里的尖端课题和科研设备吸引住了。又听说军事医学科学院是周恩来总理亲自签署命令，从全国抽调最优秀的科学家迅速成立的，担负着我们国家防御核武器、化学武器和生物武器的特殊使命，陈薇热血沸腾，心中产生了一种投身其中的强烈愿望。

她放弃了高薪工作，毅然从军，坚信“一个人的职业选择如果能与国家重大需求相结合，个人价值就会成倍放大”。

麻一铭很支持陈薇的决定。为了和她在一起，他从青岛辞职，到北京暂时当了一名“待业青年”。“因为生命很短暂，要多制造两个人在一起的机会。”

他从不肯让她做家务，认为是对她才能的“浪费”，她做别的事情更有价值。有了爱人的支持，陈薇开始心无旁骛地做科研。

战“疫”不停

陈薇的研究对象很恐怖，包括鼠疫、炭疽、埃博拉……以至于她的一位同事在转业前特意劝她，“少搞这些‘魔鬼’课题研究”。

但陈薇觉得，各种致病微生物，在战时可能成为敌人手中的武器，而在和平时期，则可能成为大规模疫情发生的罪魁祸首，给国家和民族带来灾难。

一想到这些，她就对铸造“生物盾牌”有一种紧迫感和使命感。

十年如一日的蛰伏和坚持，终于让陈薇在2003年抗击“非典”的战斗中爆发出令人惊叹的“能量”。

当时，凭着敏锐的科研直觉，她预判自己正在研究的ω干扰素，对“非典”病毒有抑制作用。疫情防控十万火急，为了尽快验证这一判断，她带头进入负压实验室进行研究。

一般情况下，负压实验室一次最多只能待5个

小时，待久了就会因缺氧严重头痛。但为了和疫情抢时间，每次进实验室前，她都会少吃少喝，装备成人尿布，一直待到八九个小时撑不住为止。

除此之外，她还要隐忍不能和家人团聚的辛酸。因为每天都要与高浓度的“非典”病毒零距离接触，陈薇与团队被单独隔离了起来。

100 多天后，4 岁半的儿子从电视节目中看到了陈薇，不禁亲吻了电视机里的妈妈，这一幕被麻一铭拍了下来。后来看到这张照片时，陈薇哭了。

但所有的付出都值得——陈薇率团队研发的广谱抗病毒药物在抗击“非典”中发挥了关键作用，1.4 万名医护人员预防性使用了“重组人干扰素 ω”喷鼻剂，无一例感染！

2008 年汶川地震，陈薇再次临危受命，担任“国家减灾委科技部抗震救灾专家委员会”卫生防疫组组长，组织编写《震后卫生防病 30 问答》和《卫生防疫与心理援助知识手册》，在不断的余震中率队入川，战“疫”长达两月。

从灾区回家后，她又马不停蹄地投身“军队奥运安保指挥小组”专家组，带队负责北京奥运会期间各场馆的核生化反恐防护任务，成功处置了数十起核生化疑似事件。

“无形战场”

2006 年，在大多数国人还不知“埃博拉”为何物时，陈薇就敏锐觉察出：“埃博拉离我们也就是一个航班的距离。”在她的坚持下，“重组埃博拉疫苗项目”获得国家“863 计划”支持。

2014 年，西非大规模暴发埃博拉疫情并迅速向外蔓延。

由于这种病传染性强，死亡率高达 50%～90%，美国将其归类为“最高等级之生物恐怖袭击武器”，由此引发全球恐慌。

陈薇知道，自己研究了 8 年的病毒，又一次发生了变异。为了将疫情阻挡在国门之外，她做出了一个大胆的决定：到非洲一线去！

在进行抗击埃博拉病毒的疫苗临床试验时，陈薇还去了当地的一家孤儿院。“我也是一位母亲，被这些可爱的孩子们簇拥着，一双双渴望关注和爱护的大眼睛注视着，我的心情久久不能平静：真希望不再有孩子因为埃博拉而成为孤儿。”

2015 年年底，陈薇率团队研发出世界首个 2014 基因型埃博拉疫苗，为疫区的人们打开生命的希望之门，实现了中国疫苗在境外临床试验的“零突破”。一时间，世界为之惊叹，国人为之自豪。

曾有人问过陈薇两个问题：埃博拉从来没在中国暴发过，研究它有意义吗？去疫区那么危险的地方，有没有想过万一回不来怎么办？

对于这两个问题，陈薇的回答始终是：“穿上这身军装，一切都是我应该做的。”

她常这样鼓励团队官兵：“在生物防控的战场上，我们是一线中的一线！”

这个“一线”意味着，像陈薇这样的一批军队医学科研工作者，要屡屡冒着生命危险，与各种足以致命的病原体短兵相接，在“无形战场”拼死搏杀。

陈薇说得出，更做得到。与“毒”共舞 29 年，她始终冲在一线，于危难之际挺身担当，交出的是一份份令人肃然起敬的答卷。她说：“除了热爱，我想不出其他理由。”

2015 年，她晋升少将军衔；2019 年，当选为中国工程院院士。她还是全国人大代表、全国青联常委、全国妇联执委……

面对鲜花和掌声，她说：“我是一个母亲、一个女儿、一个妻子，我希望我的家人健康，同样希望全天下的人都健康。”

环球人物 ID：globalpeople 2006 作者 阿 晔 编审 苏 睿

关键时期的关键之举

——专访王辰院士

“启用大空间、多床位的‘方舱医院’，这是中国采取的重大公共卫生举措。”

“把核酸检测的量提上去，提高检测率、确诊率；把所有的确诊轻症患者统一集中收治隔离，以免造成更大范围的扩散，这是当前打赢疫情防控阻击战的两大关键问题。”

2020 年 2 月 4 日，武汉。中国工程院副院长、中国医学科学院院长王辰，这位“非典”时期曾担任北京医疗专家组组长的呼吸与危重症医学专家就当前疫情防控的焦点问题接受了新华社记者的专访。

启用方舱医院切断传染源

新华社记者：这种大规模的“方舱医院”有无先例？

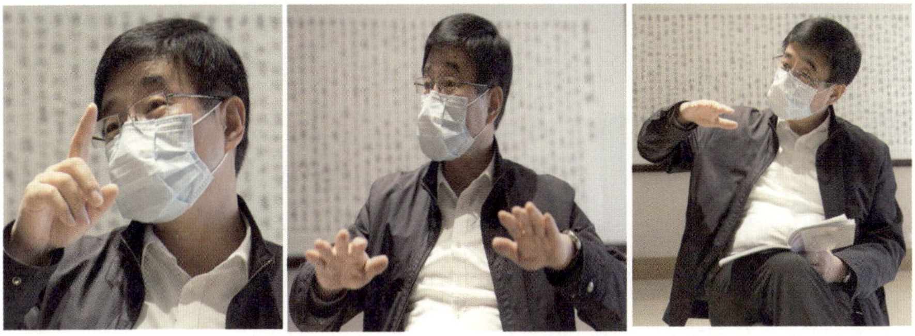

王辰：这是国家在当前关键时期的关键之举。这种大规模的“方舱医院”不同于战时或抗震救灾时启用的野战移动类医院。以往没有采用过，是我国公共卫生防控与医疗的一个重大举措。

在中央赴湖北指导组的推动下，武汉市从2月3日起迅速协调集中收治确诊轻症病人的大型医疗场所，将会展中心、体育场馆等改造成方舱医院。目前已经改造成的3家方舱医院（洪山、江汉、东西湖方舱医院）新增4 300张床位，用于集中收治确诊轻症患者。根据需要，一些大型仓库等公共场所还可以继续启用。

我和一些专家在2月1日到达武汉，经过调研后发现当前最紧迫的任务，是解决病毒的社会传播和扩散问题，目前家族式聚集发病形势很严峻。如果大量轻症患者居家或疑似病人在社区游动，会成为疫情扩散的主要源头，而且在医院床位紧缺的情况下，这些患者若得不到有效收治会陷入困境甚至生命危险。这是传染源控制不力、是社会和专业干预不够的表现，要采取强有力乃至较为极端的专业措施。如果不介入，后果会更严重。

迅速地把确诊的轻症病人都收治起来，给予医疗照顾，与家庭与社会隔离，避免造成新的传染源，至关重要。据此，我们提出这方面的建议举措。方舱医院的做法对当前疫情防控具有重要意义。

新华社记者：启用方舱医院将如何收治病人？医疗流程是怎样的？

王辰：方舱医院有几方面突出优势：能在很短时间内，以最小的成本，解决大量轻症患者的收治问题。场所在极短时间，甚至24小时内就可以改建，疫情结束后也可以低成本恢复。有望以高速度低成本高效益的做法，取得控制传染源、救治患者的两大目标。

方舱医院是医疗场所，起到集中收治、隔离的效果，患者能得到基本医疗照顾。若出现病情加重，就有医护人员进行识别，及时转诊到正规医院接受强化医疗。

新华社记者：大量患者收治在方舱医院会否造成交叉传染？

王辰：由于是确诊患者，病原相同，交叉感染这个问题不是突出问题。入院前除新型冠状病毒核酸检测阳性外，还会经过流感抗原筛查，尽最大可能避免可能的生物安全风险。由于是大规模集中收治，相关配套管理、保障工作要抓细抓好。

新华社记者：医护工作者如何工作？效率如何？

王辰：相比隔离密闭的小病房空间，除收治患者量大以外，方舱医院的病房是开放式的，看护效率可以大大提高，医生和护士可以照顾更多的患者。由于是轻症患者，一般情况下病人可以自理，并给予口服药、肌肉注射等必要的医疗护理，如果病友间互助性强一些，还可以参照社区互助模式。当然，达到这一目标还有很多具体工作要做。目前，这些方舱医院正与当地以及北京等外地的一些医疗队加紧结对，协同完成任务。

新华社记者：对当前疫情防控还有什么建议？有哪些举措需要立即展开？

王辰：如果说“核酸检测对患者进行确诊”和“启用方舱医院”是当前排名前两位的关键举措的话，第三个举措就应该是加强防护服和医用口罩的供应保障，现在依然紧张。

新华社记者：身处武汉您佩戴的还是普通医用口罩，为何不是N95之类的专业口罩？

王辰：我来武汉后，没舍得轻易扔过口罩，保护好、可再利用。不是病房、医院等要害地方，一般的室外环境使用普通医用口罩就可以了。这些紧缺物资应该优先保障一线医护工作者。经过各地驰援，现在物资有所缓解，但捐赠能达到专业级的、生物安全防护等级的口罩、防护服还是当前急需。

新华社记者：面对武汉医护资源紧缺，还有什么应急举措？

王辰：无论是武汉当地，还是全国的、甚至全世界的医护支援，都是当前需要的。目前武汉防疫物资依然缺乏，不少医护人员人困马乏，必须全国支援。方舱医院启用后，还要充分利用、合理分配好湖北、武汉本地的医疗资源。对于发热病人、轻症病人的救治，应该充分利用好社区医务人员，合理减轻大医院的压力。

新华社记者：现在最需要做的是什么？

王辰：抓落实。

新华社　摄影记者　王毓国

文字记者　张旭东　赵文君　方亚东

“法医界福尔摩斯”揭秘首例新冠肺炎死者尸检全过程

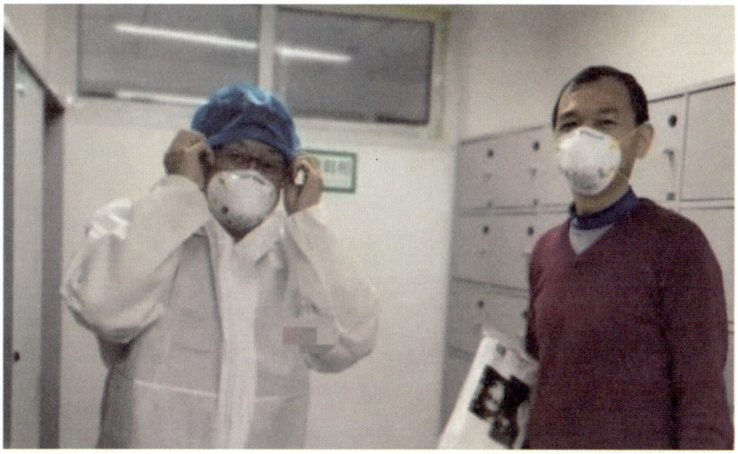

法医刘良教授（左）和周亦武教授

眼看死亡过千例却尚无一例病理解剖，法医刘良一度心急如焚。多方奔走呼吁 20 多天后，他终于有了第一个可供解剖的新冠肺炎死者遗体。

2020 年 1 月 19 日，武汉新冠肺炎疫情出现首个死亡病例。接下来几天，确诊病例成倍增加，死亡数字时刻变化，面对这种一无所知的新型病毒，人们的恐惧如影随形。

尸体解剖无疑是认清病毒真面目的最直接手段，刘良对此确信无疑。而想开展这项工作，有几道需要逾越的“关卡”摆在他面前：家属同意、解剖地点选择、解剖风险控制。

眼看死亡过千例却尚无一例病理解剖，刘良急了。他发朋友圈呼吁，向湖北省政府提交紧急报告，奔走多家医院希望提供协助，随时做好准备冲向“战场”。最终2月16日，迟到已久的第一例新冠肺炎死者遗体解剖工作终于得以实现，与病毒的“正面较量”也由此拉开序幕。

作为华中科技大学同济医学院法医系系主任，刘良从业37年，解剖过的尸体上千具，其中不乏一些疑难重大案件的协助侦破工作，如湖南湘潭黄静案、山西讨薪案、聂树斌案复查等，业界称其为“法医界福尔摩斯”。工作之外，刘良希望破除法医工作的“神秘化”，他设置网上答疑窗口，教过的学生遍及全国各地公安系统，连网红“法医秦明”也自称是刘良的学生。

现场：每一刀都小心翼翼

第一例新冠肺炎尸体解剖的地点，选在了此次防疫战最先打响的武汉市金银潭医院。

2月15日晚上9点，刘良接到武汉市金银潭医院院长张定宇的电话，说首例解剖可以做了。

早在等这个电话之前，刘良团队已经做好了十足的预案，包括谁操刀、谁做后勤保障、手术后怎样自我隔离等。在人员选择上，刘良也深思熟虑过，以往都是老同志、老党员先上，但这次的新冠病毒明显更喜欢“欺负”老同志，所以中青年骨干被推上了解剖台。

每一个环节都经过了模拟，箭在弦上。

2月16日凌晨1点，全副武装进场前，刘良意识到还是“轻敌”了。

手套三层，口罩外面套面罩，最后再罩上密不透风的一层防护服，刘良马上感觉到身体热量由内而外开始蒸腾起来，眼镜、护目镜也蒙起一片水雾。不到5分钟，还没正式进场，他就已经满头大汗。

和刘良一起进场的还有另外两位法医，按照预案，由刘良和其中一位操刀，剩下一人当助手。

由于武汉没有符合要求的P3（实验室的生物安全级别）解剖室，操作间只是武汉市金银潭医院一个相对独立的手术间。他们事先准备了很多可以吸掉血水的毛巾，装尸体的袋子已经过防水测试，确保血水不会流出来。操刀手法必须轻柔，以防在开颅时有骨粉漏出。

面对并不是完全了解的新冠病毒，他们每一刀都小心翼翼，是保护自己也是保护战友。

解剖工作进行到一大半，意外发生了。

58 岁的刘良毕竟身子骨不比从前，多重口罩造成的呼吸不畅，加上防护服内里早已湿透一片，周身的不适让他仿佛产生了高原反应，心慌、气短、头晕，进而引发低血糖。他实在无法继续坚持，把手术刀转头交给了身旁的助手。

平时从解剖、取样再到缝合整个过程，刘良本人的最快纪录是 40 分钟。这次 3 个人组合上阵，却足足花了将近 3 个小时，3 点 50 分解剖结束。

回家没有休息多久，中午 11 点，刘良再次接到张定宇的电话，又有一例新冠肺炎患者遗体要进行尸检。

他再次紧急召集人员，前往武汉市金银潭医院。尽管有了上一次的经验，这次的尸检也并没有轻松很多。下午 4 点开始尸检，6 点 30 分结束，又是接近 3 个小时的“鏖战”。

一天内完成两例新冠肺炎患者尸体解剖，这样的工作强度，刘良第一次体验。当天晚上，他在私人博客上记录了解剖的过程和感受。他明白，这不过只是个开始，后续病理研究可能还需要 10 天时间，每一步都是在和死神抢时间。

为何这次解剖这么难？

尸体解剖在控制流行病蔓延过程中的重要性，在 2003 年 SARS 暴发时就已经有所印证。

当时国内专家普遍认为衣原体是其病原体，直到第一军医大学病理学家丁彦青教授对SARS死者解剖后，才得到强有力的证据支持了广东专家组提出的“非典型病毒，不是衣原体”感染的论断，将抗击“非典”战役引入新的阶段。

此次对于新冠肺炎死者尸体解剖的呼吁，刘良早在1月22日就发出了。

他觉得病理解剖就像是打仗之前要去前沿阵地进行侦察，了解敌人的军种、兵种、火力之后才能打好仗。无论影像学怎么样检查，最后还是要靠细胞学才能确定疾病的真相。

“做CT就像隔着玻璃在看，和遥感卫星一样，它可以看到有一片森林，但森林里面藏着什么东西，基本上没有办法识别。”

既然病理研究如此重要，为什么在新冠肺炎死亡病例出现近一个月后，研究才开展？

患者家属是第一个障碍。

虽然根据《传染病防治法》第四十六条第二款，“为了查找传染病病因，医疗机构在必要时可以按照国务院卫生行政部门的规定，对传染病病人尸体或者疑似传染病病人尸体进行解剖查验，并应当告知死者家属”。

这里的“告知”，在中国死者为大的传统观念里，就必须得到同意。

最终，第一例新冠肺炎尸体得以解剖，也是院方与死者家属沟通两小时后才获得的许可。

此外，解剖地点和解剖安全性成为更大的问题。

刘良称，他1月24日给湖北省政府发了紧急报告，29日也收到了省里的批复，意思是可以做，之后他跑了很多家医院，所有医生都表示支持，但涉及具体方案，比如解剖场地、尸检流程规范化、可能存在的风险，这些都需要在完成评估之后才能下达批文，过程复杂冗长。

救人要紧，最终根据国家卫生健康委“特事特办”的指示，以及对医院口头通知代替文件审批的流程，终于促成了首例尸体解剖。

与尸体打交道30年

2016年网剧《法医秦明》的热播，让人们开始聚焦法医这一看似神秘的职业。

作为业界公认的“刘一刀”，刘良解剖过的尸体有上千具，经他抽丝剥茧最终沉冤得雪的案子也不计其数。

2004年，湖南湘潭黄静案中，死者尸体先后经历5次鉴定，家属均难以接受，司法鉴定的公正性遭遇到严重的信任危机。后经包括刘良在内的5位法医学专家反复审阅材料及相关鉴定意见，进行各项检验，最终做出客观公正的鉴定结论，为此案画上句号。

2014年，河南籍民工周秀云非正常死亡案备受关注，民警执法现场的视频爆出，各种猜测众说纷纭。检察院接连推荐了三家鉴定机构，家属均不同意，提出要远在武汉的刘良到场负责鉴定。最终2016年案件判决，很重要的一个依据就来自刘良的鉴定报告。

此外还有山西讨薪案、聂树斌案复查等知名案件，刘良都没有缺席。

“我就要刘良负责这个案子！”这句话，恐怕是刘良抵达现场后听的最多的话。

对于公众的信任，刘良深感责任重大。他对这个职业的理解就是——死者的“翻译”，既要有能力也要有职业道德，让真相公之于众。

“做法医要顶得住压力、顶得住诱惑，敢把真相讲出来，这是我的使命。”

初入行时，刘良学的是临床医学，本科毕业后分配到了武汉协和医院神经内科系。看起来前途似锦，却不是他的兴趣所在。刚好他的一个同学被分配到了法医病理学教研室，而那个同学又死活不愿接触尸体。俩人私下一合计，欢天喜地地换了专业。

没想到这次意外“交换”的人生，让他与尸体打了30多年的交道。

20世纪八九十年代，法医职业没有得到重视，待遇并不好。为了维持生计，工作之余，刘良不得不去摆地摊、倒腾录像机，甚至还跑去公园里给人量血压赚点小钱。进入新世纪以来，司法系统逐渐对法医工作有了新的认识，刘良由于学历够高、经验丰富，也开始崭露头角。

2012年通过的新《刑事诉讼法》首次加入了“有专门知识的人”这一概念，首次将司法鉴定专家辅助人制度引入到刑事诉讼中来。第二年，刘良成为国内以专家辅助人身份出庭作证的第一人。

2016年，刘良当选CCTV2016年度十大法治人物，也是唯一一位获此称号的司法鉴定人。

工作之余，刘良没有忘记将法医职业推广普及。他长期从事法医病理学和法医毒理学教学、科研工作，先后主持18项国家自然科学基金、教育部、公安部等省部级课题，他带出的学生更是几乎“占领”了中国各省市的公安局的法医科。

也正是这样的机缘，让刘良和法医秦明有了“师徒之情”。

2014年安徽省公安厅组织全体法医参加一个培训班，秦明既是活动组织者，又是听课者，课下还虚心地向刘良请教了不少问题。而秦明学法医时用到的教材也是刘良编写的《法医毒理学》，这才有了老师的说法。

不论是为侦破案件、处理医疗纠纷，还是此次为确定传染性病毒的真面目，法医的宗旨就是让尸体开口“说话”，“自陈”死因，这是最准确、最公正的手段。

耽误了太久，首例新冠肺炎尸体解剖终于达成，对病毒无疑是致命打击。刘良认为，后期还需要更多的病理解剖。在接受媒体采访时，他的语气仍然急切：现阶段，有可供解剖的我们就要，对遗体标本没有要求。等后期我们对新冠肺炎理解增加了，或许会将年龄组、性别等因素考虑进去。每个年龄组最好十来例，那样总数就很大了。

希望刘良的这次拼命，能给这场战“疫”行动带来转机。

■ 环球人物 ID：globalpeople 2006 作者 咖 喱 编审 苏 睿

“天津女福尔摩斯”张颖

当人们感觉四面受敌的时候，一个沉着冷静的“情报官”能最大程度地减少损失，也能在关键时刻给予大众急需的“安全感”。

自从在发布会上如侦探断案般将天津宝坻百货疫情传染路径抽丝剥茧后，天津疾控中心传染病预防控制专家张颖就成了“微博网红”。如今的她被称为“病毒福尔摩斯”，勇闯“雷区”与病毒“交战”。

2020年2月24日，被火线提拔为天津市疾控中心副主任的张颖登上了央视，在《新闻1+1》栏目中与白岩松展开了对话。在这次对话中，她“风采依旧”，还是条理清晰、字字珠玑。

说到近日防控形势依然严峻，很多景区却出现人流聚集的情况时，她说：

“在没有任何的防护条件下，近距离跑到一些公共场所、人群比较聚集的地方，有可能就会出现在很短的时间内，（新冠肺炎感染者）从11例变成100例、1 000例，甚至到10 000例。（我）担心人们以为疫情过去了，再一次聚集和掉以轻心，疫情会再次出现反弹。”

说到疫情情况似乎正在好转时，她又不忘提醒：

“在政府严格对病例隔离管控、对密切接触者集中隔离管理，再到老百姓真的在家里面静下来，才能够取得现在这样一个成绩。”

在并不算长的采访时间里，张颖没有一句废话，每个字都在提醒人们防控形势还面临多大的挑战。并且在最后，她还不忘教电视前的观众“该如何吃下定心丸”。

“对新冠肺炎来说，最长潜伏期是 14 天，如果出现了零增长，一个省或者是一个地区零增长，要观察两个 14 天，也就是 28 天。28 天以后真的没有病例再报出来，这个时候就可以百分之百放心了。”

作为传染病方面的专家，面对这次疫情来袭，张颖肩上的担子虽重千斤，但依然保持镇定自若，在慌乱的人群中做起了“指路人”。

福尔摩斯式破解病毒传染迷局

将张颖推到台前的是一场别开生面的发布会。

2 月初正是人心惶惶的时候，天津市宝坻百货大楼内突然集中暴发了 5 例确诊病人。他们当中有顾客，有售货员，有导购推销员。

截止到 2 月 9 日，宝坻区新冠肺炎确诊病例陆续达到了 32 例，占天津总数的近 1/3。一时间，这个平时摩肩接踵的商场瞬间变得空空荡荡，甚至已经有人恐慌得称它为“第二个武汉华南海鲜市场”。

人们怎么都想不明白，一个普普通通的商场为何会变成病毒肆虐之地，更想知道，最初确诊的这 5 个人究竟是如何被感染的。

其实，此时困惑的并不只有天津市民，天津市疾控中心对眼下的局势也感到紧张万分。他们紧锣密鼓地分析病例后，在 2 月 2 日正式召开了天津新冠肺炎防控工作新闻发布会。

这是一场后来登上了微博热搜榜首的发布会，也是一场教科书般的疫情发布会。这场发布会的主角，正是张颖。

这场发布会之所以会如此受关注，就是因为张颖用福尔摩斯式的推断，将 5 例感染患者的感染路径用严谨的逻辑推理了出来。10 多分钟的发言中，她几乎全程脱稿，但始终逻辑清晰、思维缜密，表达起来宛如故事一般：

“宝坻区某百货大楼内出现的第一个病例是该大楼内小家电区的销售人员。1月22日发热，直到30日，该病例没有把病症治好，所以在31日在丈夫的陪同下，至宝坻区医院的发热门诊就诊，并最终确诊。”

“2月1日，我们又接到了第二个确诊病例。这个病例是第一个病例的丈夫。第一个病例发病后，他一直陪着妻子到社区卫生服务中心、区医院就诊。在此期间，他自己也出现了症状，但只是到自家门口的小药店里买了些药吃。虽然他一直陪妻子看病，但是他自己没有去医院就诊。”

奇怪的是，专家在调查后发现第二例与第一例都没有武汉旅行史和其他疫源地的旅行史。第二例病人除了接触他妻子这个发热病人之外，没有接触过其他可疑症状的病例。

这种情况立马就引起了市疾控中心专家的注意。专家推断，有可能是因为他的妻子在百货大楼里卖小家电，从顾客人群里把新型冠状病毒带到了家庭里。就在这时候，他们接触到了第三个确诊病人。

张颖继续说：“第三个病例又是来自百货大楼的售货员。与第一例在一个楼层上班。这个病例在1月18日到外地进货，接触过一个高热患者，而进货地也有病例，是疫源地。”

但问题是第三个病例只是高热，并没有确诊，而且第三例病人直到1月24日才出现症状，晚于第一例的1月22日。所以，“第三例的传染源只能打上一个问号”。

就在疾控中心专家一筹莫展的时候，第四例患者来了。

“第四例病人同样是售货员，但与第一、三例没有任何接触史。商场内部近期也没有举办过聚会，甚至连吃饭都是员工们分开吃。”

眼看调查又要中断，一个非常关键性的人物——第五例确诊病人出现了：

“第五个病例不是百货大楼内的售货员，她是曾经去百货大楼购物的顾客，也没有疫源地接触史。（但是）他同时去了几个区域，包括第三个病例所在的区域。流行病学联系终于建立起来了。”

原来是第三例病人与疫源地接触后感染，然后传染给了第五例患者顾客，随后，病毒跟着这位顾客在商场内扩散。

就这样，张颖全程脱稿、沉着冷静地分析完了 5 例患者背后的联系，给所有人拨开了一层迷雾。

之后，这场发布会迅速登上热搜，各大媒体纷纷转载，人民日报更是公开点赞！有网友感叹道：“天津到底是哏儿都，新闻发布会都开得跟说评书一样。”

由此，张颖收获了一个新名号——“天津女福尔摩斯”。但是这一切并没有给她带来欣喜，面对采访，她说了一句引人深思的话：“我不想在新闻发布会上再出现，出现就是带着案例去，要再次教育大家不要这样不要那样，那证明咱们的疫情又有反弹了，所以我希望不要再去了。”

与病魔抢时间的“情报官”

这场让人大呼“给力”的发布会，其实只是张颖工作的一部分。作为流行病学专家，面对这次疫情，她不光要在“最危险的战场”上与病毒交手，还必须担任一个“战场情报官”的角色。

在张颖的工作中，她喜欢将一些看似独立的病例叫作“珠子”，而传播链就是将这些珠子串在一起的那根线。她说：

“我们经常说要抽丝剥茧，把这根线理出来，然后把这些珠子串起来，根据流行病学的联系，再判定这起疫情到底是什么原因造成的。”

从 1 月 19 日开始参与疫情研判以来，张颖就和同事们一起不分昼夜地工作。国家给的任务是“24 小时对个案完成流行病学调查”，但她只用了 5 个小时就完成了任务。

她知道这是在与病魔抢时间。

2020年1月21日，天津动车客车段确诊两例新冠肺炎患者，当天晚上11点，张颖就来到客车段车间，开展流行病学调查。可就在调查的过程中，又有两名工作人员相继发热。她立刻意识到这可能是一起聚集性疫情，对于一个有着800多人的单位来说，形势非常危险。她立刻终止调查，对发热病例进行紧急处理，天津市方面也果断决策，连夜对天津动车客车段实行封控。

后来，连张颖自己都对当时的情况感到后怕："幸亏我们反应比较机敏，能够意识到潜在的风险，所以后期就避免了疫情在社会上进一步传播。"

2月22日下午，天津市召开了新冠肺炎防控工作新闻发布会。在这次的发布会上，媒体发现张颖的头衔已经变成了"天津市疾控中心副主任"。然而，被火线提拔的她没有笑容，还是一如既往地提醒着公众如何防范病毒。

其实，大家对于张颖的这次提拔并不意外。2月10日，天津市就已经公示拟提拔两位在疫情防控工作中表现优异的干部。虽然这两人当中没有张颖，但考虑到她在这次疫情中的表现，火线提拔似乎只是时间问题。

毕竟，当人们感觉四面受敌的时候，一个沉着冷静的"情报官"能最大限度地减少损失，也能在关键时刻给予大众急需的"安全感"。

"情报工作"背后的"心理按摩师"

如果说临床大夫就像前线拼杀的指挥官，任务是消灭那些看不见的敌人个体，那么，张颖这个"情报官"所面对的，就是一个"四面楚歌"的敌人包围圈。

她需要站在敌人中间研究敌人，做出的每个决策都会对战略战术产生影响，继而影响千万人的命运。

新冠肺炎疫情暴发以来，天津市疾控中心传染病预防控制室迅速调来其他科室的同事，组成了一个40余人的流行病学调查团队，24小时值守。这段时

张颖和她的团队

间，张颖和同事们一直站在流行病学调查一线。为了找到“敌人”，他们如猎手般一刻不停地追踪着病毒的踪迹。

为了了解每一个细节，在做流行病学调查时，张颖能做当面访谈就不用电话采访。尽管这面临着高危的传染环境，但为了取得被调查者的信任，她还是选择这样做。

为了给政府防控疫情做出最精准的建议，她在与被调查者的访谈中会反复对他们进行刨根问底的询问。她知道也许多一个细节就能多一些信息，继而多保护成千上万条生命。

但是在这个过程中难免会触及患者隐私。许多患者对此感觉非常不适，他们有的害怕，有的有所顾虑，不愿意提供张颖所需要的细节。不过，“传染病防控老手”张颖对这一切早有准备。

她理解患者的顾虑，也懂得他们内心的纠结：“（他们会想）我可能传给了别人，但我并不知情，我的亲戚、朋友会不会因为被我感染而怨恨我、怪我？将来疫情过去，我还能不能回归到正常的生活和工作？”

每到这时候，张颖和同事们就会担当起患者“心理按摩师”的角色。“我们首先要理解他们，安抚他们，对患者进行心理疏导，减轻他们的心理和精神压力。让他们知道，我们共同的敌人是病毒，希望大家一起努力，让更多人不再受到伤害。”

与发布会上高冷的“福尔摩斯”形象不同，这张“心理按摩师”的温柔面孔才是张颖平日里真实的一面。而摘下口罩的她更是被网友亲切地称为“冻龄美女”。

在她的办公桌上，也如很多女性一样摆满了娃娃和玩偶。当记者看到这些时，张颖有点害羞：“这些是同事们送我的，他们知道我喜欢娃娃。有些就摆在办公桌上了，小黄鸭太大，就干脆放床上。”

但只要一谈到疫情的防控工作，她立马又变得严肃了起来：“相比自己成为网红，其实我更希望自己从事的疾控工作成为‘网红’。”

环球人物 ID：globalpeople 2006 作者 隋 唐 编审 苏 睿

张伯礼院士：给中医一块阵地　打赢一场战役

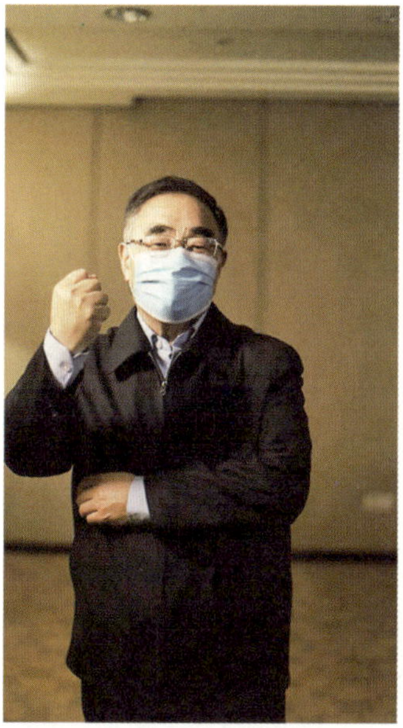

庚子年初，一场从未见过的病毒肆虐中华大地。年已古稀的张伯礼院士，临危受命，如同披甲持锐的战士，奔赴疫情暴发的中心——武汉。

这一年，是张伯礼的本命年。

一

春节，应当是中华民族最隆重的节日。正当中华大地准备除夕迎接庚子新年之际，湖北武汉却不断传来令人揪心的消息：发现不明原因病毒性肺炎；可以人传人；已有多人感染，包括医生；世界卫生组织发布通报；确定为“新型冠状病毒感染的肺炎”；除夕前一天，关闭离汉通道防止疫情蔓延。

病毒来势之凶，疫情传播之烈，范围扩散之广，全社会面临挑战和压力之大，乃新中国成立以来，前所未有。

往年喧天的新年喜庆骤然停止，天空暗淡下来，代之是弥漫的疫情阴霾。往日熙攘的街道瞬时空空荡荡，大地安静下来，静得令人几乎窒息。

“要把人民群众的生命安全和身体健康放在第一位，坚决遏制疫情蔓延势头。”北京的声音通过电视、网络、手机信息传递到千家万户。国家高级别专家组赶到湖北武汉。

2020年1月25日，也就是新年初一，中央紧急成立了赴湖北疫情防控指导组，身为中国工程院院士、天津中医药大学校长的张伯礼名列其中。

“知道当时武汉的疫情很重，也有思想准备要来，甚至自己想申请去。”他在接受央视《面对面》采访时，声音哽咽。“当时疫情严重，国难当头。领导知道我这个年纪，疫情不重不会让我来，这份信任是无价的，我绝没想到过推辞。”心中更激动的是：“这很可能是振兴中医药的一次难得机遇。”这是有历史的经验的。中央指导组点将张伯礼一是因为他是中医界大专家，二是他在2003年曾率中医专家医疗队参与抗击“非典”，组建全国唯一的中医红区，取得了突出的治疗效果，治疗经验被世界卫生组织收编到《SARS中医治疗方案》中，向世界推广。

国逢疫难，张伯礼再次以国家级中医专家身份受召出征。跟随中央指导组飞赴武汉。初期，疫情发展很快，病毒猖獗，肆虐楚汉，张伯礼回忆道，“刚到武汉时，疫情形势正值最严峻时刻，医院里人满为患，各类患者交织一起，极易交互传染，情况远比想象的严重。”在了解了疫情后，张伯礼提出，要迅速采取措施，对确诊、疑似、发热、密接等四类人，进行分类管理、集中隔离。隔离后，要采用“中药漫灌”的治疗方式，即让患者服用以治湿毒疫为主要功效的中药汤剂。建议被中央指导组采纳。在中央指导组决策下，武汉十三个区大排查，严格隔离，同时普遍服用中药。几天后，汤剂见效，一些患者退烧了，更多的人接受中药治疗，从一天3千副药，到1万副再到几万副药。严格隔离，普遍服中药，收到了显著效果。从2月初，四类人中确诊新冠患者可达80%以上，到2月中旬降到30%～40%，2月底降到10%以下，百万副中药截断了疫情蔓延扩展势头，为抗击疫情打下了基础。

二

当时确诊病人住不了院，居家隔离传染严重，中央提出“应收尽收、应治尽治”指示，中央指导组决定分类管理、科学施治。兴建方舱医院以治轻症患者，定点医院留给重症患者，合理调配紧缺的卫生资源，这是在关键时刻采取关键之举，调集施工力量，汇拢施工技术，将武汉一些会展中心、体育场馆等大型公用设施进行改造，先后建成14座方舱医院，集中收治了13600多名确诊轻症病人。

方舱医院是根据军队的临时搭建野战医院概念来建造的，在此次阻击新冠肺炎的重大疫情中，发挥了十分关键的作用，是名符其实的“中国经验”。张伯礼介绍说：“方舱医院是军事上的一个名词，即可移动医院，就像搭积木，一个一个盒子，装建起来非常迅速，救治病人非常及时，提供了很强的医疗服务能力。”中国工程院副院长、中国医学科学院院长王辰院士评价道：“方舱医院是武汉抗击疫情的关键措施，它可能也将成为各国应对新冠肺炎大流行及未来流行病和突发公共卫生事件的有力力量。”

张伯礼与同是中央指导组成员、北京中医医院院长的刘清泉教授根据他们已有的中医药治疗新冠肺炎的经验，提出请战：专门建一座以中医药综合治疗为主的方舱医院，充分发挥中医药在疫病治疗中的主导作用。他们的建议得到批准。

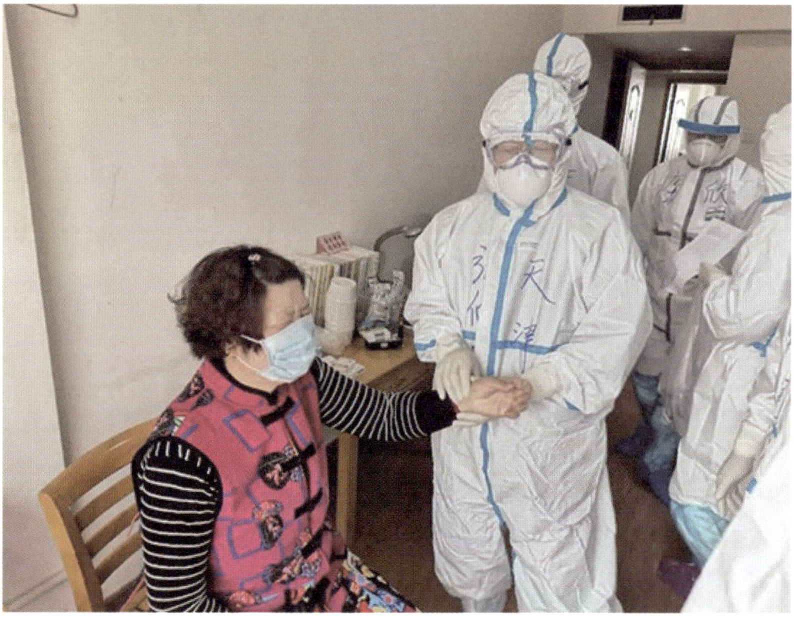

张伯礼院士在看望病人

武汉江夏区大花山有个户外运动中心，当地人称“江夏鸟巢”。改建成方舱医院后，2020 年 2 月 12 日，张伯礼率由天津、江苏、湖南、陕西等省三甲医院派出的、有经验中医医护人员组成的中医医疗团队进驻方舱医院。经过两天准备，2 月 14 日，开舱收治患者。

在此后新冠肺炎的抗疫中，江夏方舱医院成为湖北收治新冠患者的一个亮点，名扬海内外。这不仅因为有中医国手张伯礼坐镇，而且还因为这是首个以中医院运转模式进行临床治疗管理的方舱医院。

在武汉所有的方舱医院中，江夏方舱医院采用的治疗手段以中医为主、中西医结合（使用西医设备检测），对患者除了施以汤剂，辅之理疗、按摩、灸法等，同时还教患者练习太极、八段锦，以利疏经活血。张伯礼认为：“在新冠疫情防控中，中药不仅仅是针对病毒，更是注重调节病人的身体功能，提高人体免疫力。”

江夏方舱医院运行了 26 天，休舱时轻症普通型患者零转重，痊愈患者零复阳，医护人员零感染，中医药经验被推广到其他方舱医院。其他方舱医院使用中药后轻症转重症比例一般在 2%～5% 左右，而 WHO 报告的转重率一般在 10% 以上。张伯礼回应说：“中医治疗新冠肺炎轻症普通型患者效果是确切的，评价的核心指标是病人转向重症的比例。”

3 月 10 日收舱那天，天空晴朗，阳光洒满大地。张伯礼走出方舱，脸上表情轻松，他说：“江夏方舱医院接收的 564 名患者，没有一人转为重症患者，医护人员也是零感染。方舱医院完成了任务，今天是值得纪念的一天。”

张伯礼说：“面对武汉疫情，西医没有特效药、没有效药，但中医药有有效方案。不但治好了病，还要出经验，升华为理论。通过大规模流调大数据分析，新冠肺炎为湿毒疫就值得深入研究。”大疫出良药，在张伯礼与刘清泉等专家指导下，中医手段、中药使用贯彻到治疗和患者康复的全过程。他们和中医同道筛选出的金花清感颗粒、连花清瘟胶囊、血必清注射液、清肺排毒汤、化湿败毒方、宣肺败毒方“三药三方”，因疗效明显，被编入国家版诊疗方案。

三

庚子年是张伯礼的本命年。这一年发生了世界范围的新冠肺炎疫情。对紧急飞赴武汉参与新冠肺炎抗疫的张伯礼而言，本命年在武汉的三件事，让他难以忘怀。

第一件是胆留武汉。自进驻江夏方舱医院，最忙碌的是头几天：他穿着写着“老张加油”的防护服，熟悉环境、紧盯流程，问诊患者，对症拟方，指导临床，巡查病区……每天几个小时的行走，里面衣服都湿透了。2 月 16 日，也是张伯礼进驻江夏方舱医院的第 5 天，他因劳累过度，引发胆囊旧疾。他本想采用保守疗法，中央指导组获悉以后，立即强令张伯礼住进武汉协和医院治疗。

一检查，连日腹痛，胆囊已经化脓，胆管结石嵌顿坏疽了，必须手术摘除。手术前，按惯例要征求家属意见，张伯礼说，我自己签字吧。

后来，张伯礼的儿子张磊回忆说，2月16日晚上11时，武汉突然来电话："你父亲现在需要在武汉协和医院连夜做腹腔镜胆囊摘除手术，征求你们家属意见。"他心里一颤，极度惊恐，急忙询问病情。然后，提了一个小小请求："父亲手术完成后，麻烦给我回个电话，报个平安。"

术后次日，张伯礼第一件事就是看疫情通报，第3天，下肢肌间出现血栓，必须卧床。他在病床上架小桌办公，修改方案、参加视频会议，电话不断，了解江夏方舱医院情况，指导医护人员，并回答患者的咨询。当儿子来电话问候，他在电话里劝慰："我在这里被照顾得很好。非常时期，你不用来看我，看好你的病人就行。"

张伯礼住院期间还豁达地拟诗一首，以表情怀：

抗疫战犹酣，身恙保守难，

肝胆相照真，割胆留决断。

他风趣地说："这回把胆留在了武汉，看来这辈子注定与武汉肝胆相照了。"

第二件是父子协力武汉阻疫情。现年45岁的张磊，继承了父亲张伯礼勤奋好学的优点，也踏着父亲的脚印走上学医之路。上大学报考第一志愿就是医学院。现在，张磊已成长为天津中医药大学第一附属医院风湿免疫科副主任，兼任天津中医药大学附属滨海新区中医医院执行院长。在父亲手术的次日，张磊递交"请战书"，再次恳请上级选派自己去武汉一线抗疫。此前他已多次用电话、微信、书面等方式向上级表达支援武汉的意愿。张伯礼得知儿子主动请缨，在电话里谆谆告诫儿子："如果上级派你来武汉，不要来看我，要保护好同事和自己。"

2月21日，也就是父亲术后第3天，张磊作为天津第十二批援助武汉医疗队成员，天津中医药大学第一附属医院第四批援助武汉医疗队临时党支部书记、队长到达武汉，被分配到江夏方舱医院，主动承担感染风险最高的取咽拭子工作。他在自己的《战地日记》中写道：“今天第一次进舱，多少有点手忙脚乱。平日光和其他人说不要紧张，自己来到这里，也是不能免俗。幸运的是，顺利完成了 6 个小时的工作，并带着同志开了医嘱，取了咽拭子。经过严格的出舱环节，穿着防护衣走出医护人员通道时，全身已然湿透。”

20 多天里，张磊遵父嘱，一直在方舱医院忙碌，本想晚上抽时间看望一下父亲，但父亲回电话说：“你看好你的病人，比看我更重要。”最终父子仅在封舱那天见上一面，匆匆也不过十来分钟。

第三件是疫情中的生日礼物。3 月 19 日，每天播报的新冠肺炎疫情大数据令人振奋：新增确诊病例、新增疑似病例、现有疑似病例全部归零！面对医护人员、学生捧上的鲜花、蛋糕，张伯礼非常兴奋地说：“其实武汉清零才是最好的生日礼物。”

四

2 月 24 日晚，在白岩松《新闻 1+1》节目中，张伯礼戴着口罩出现在全国人民面前。他温文尔雅，鬓角花白，略显疲乏，讲话有些气促，毕竟刚手术后第 5 天，但镜片后的目光，透着自信。

“这个病是一个疫病，是具有感染性的温病，中国 3 000 年历史上大大小小瘟疫有 500 多次，记载具有一定规模的也有 300 多次，中医药一次都没缺席，但这次是最漂亮的一次。”

张伯礼娓娓道来：“《伤寒论》《瘟疫论》就是治疗包括疫病在内的传染病的经验集成，历久弥新，方药至今仍然非常有效。‘正气存内，邪不可干’的中医团队治疗思路很多也是源于此。”

在此次阻击新冠肺炎疫情过程中，中医药名声再次鹊起，受到社会广泛赞誉。“刚开始中药推得很难。阻力来自多个方面，所以我说要特别感谢党中央国务院领导支持中医参与抗疫的决策，中央指导组信任中医药，要不然我们也不敢那么大胆子去做。当时我开出方子来，试着给湖北九州通的企业领导打电话，请帮助做袋装中药汤剂。他回答没问题，全力配合。我说，‘现在没有钱，也不是做一天，也不是做千百袋呀’。他讲，‘为了武汉人民，什么都不要讲了’。真是让我感动不已。第一天 3 000 袋，第二天就 1 万袋。”张伯礼欣慰地说：“通过普遍服用中药，集中隔离的很多发热、疑似患者病情得以好转，效果不错。”

在中医抗疫取得成效同时，张伯礼也表达出一些担忧：“这次疫情对中医学发展和中医学生培养，暴露出一些问题，例如公共卫生、预防医学课程设置和技能培训不足，因此培养的医学人才在面对突发疫情时只能临时培训，现场紧急学习防护技能，增加了感染风险。这次疫情还暴露出基层社区的卫生能力明显不足。疫情严峻时，大量疑似人员一发热，就往大医院跑，造成病人扎堆及聚集性感染，如果社区的医疗卫生力量足够强，发挥‘拦阻干预’作用，疫情可能在先期得到有效控制，因此今后要注重基层卫生力量的加强和全科医生的培养。在这次新冠疫情中，中医药发挥了重要作用，但是疫病教学内容却很少，中医药急重症人才奇缺。”

江夏方舱医院休舱以后，张伯礼积极参与患者后期康复评估、观察、诊治的工作，多次去康复驿站诊治病人；他积极筹建两家康复门诊和病房，主持制定并发布了全国第一份中西医结合康复指南，指导建立了全国医务人员感染新冠管理与康复平台。

疫情无国界，大医有爱心。3 月 26 日，张伯礼作为主讲专家，应邀在“世界中医药学会联合会”举办的中医药抗“疫”专家经验全球直播中，与 64 个国家和地区分享新冠肺炎的中医概念、病因病机、临床症候特点，中西医结合在救治中的作用，循证证据和基础研究进展，9 万人在线参与。在此之前，张伯礼的团队还与 WHO、世针联、侨联及意大利、韩国、日本、澳大利亚、美国、法国等多国医务工作者视频连线，分享中国中医药在抗击新冠肺炎疫情中的经验，并向他们援助中医验方、中成药等。

作为大学校长，张伯礼重视中医学教育，他认为中医人才培养统一标准非常重要，任何一个学科成熟发达的标志，就是要建立标准。2008 年，他主持制定了我国第一个《中国中医本科教育标准》，主持制定了世界上第一个中医学国际标准《世界中医学本科教育标准》，已被 50 多个国家和地区推广使用。

作为全国人大代表，张伯礼提出根据此次抗“疫”经验，中西医应紧密结合，打造中国特色传染病急救体系。2013 年，张伯礼在全国两会上，带去“加快中医立法”的提案。此次疫情中，他根据实际情况，提出修订《传染病防治法》，建议加快建立重大公共卫生事件应急体系建设，并将中医药纳入该体系，并加强防控传染病专科基地、基础设施、人才培养及科学研究的建设和支持力度。他说：“给中医一块阵地，就打赢一场战役。”

光明日报全媒体记者 刘 茜

我们应进一步树立中医自信

——专访仝小林院士

从大年三十“挺进”武汉那天算起，64 岁的国家中医药管理局医疗救治专家组组长、中科院院士、中国中医科学院首席研究员仝小林，已经在疫情防控第一线工作 40 多天了。

从牵头制订《新型冠状病毒感染的肺炎诊疗方案》中的中医治疗方案，到拟定针对发热、疑似、轻型、普通型患者的通用方即中药协定方“武汉抗疫方（1 号方）”在社区、方舱医院广为发放，从参与多家医院重症患者的会诊和讨论，到帮助多家医院开展中西医结合治疗，在“前线”的日日夜夜，仝小林格外忙碌……

面对新中国成立以来在我国发生的传播速度最快、感染范围最广、防控难度最大的这次重大突发公共卫生事件，中医药在新冠肺炎疫情中究竟发挥了怎样的作用？形成怎样的模式？对今后类似新发突发传染病防治有怎样的启示意义？究竟应该怎样全面认识健康对于“全面建成小康社会”的意义？带着一系列问题，新华每日电讯草地副刊记者对仝小林院士进行了独家专访。

越来越多的人认同“新冠肺炎”当属“寒湿疫”

草地：从 1 月 24 日大年三十“挺进”这次疫情的“风暴眼”武汉，到现在已有一个多月时间，您最大的感受是什么？您是最早认识到“寒湿疫”的，经过 40 多天后有没有新的认识？

仝小林：一个多月以前到武汉，最大的担心是“病”能否看得清，“病机”能否抓得准，“方药”能否有效，就是要搞清楚病的性质。因为我们专家组责任重大，不仅要牵头制订中医诊疗方案，还要拟定通治方，大范围发下去。

《黄帝内经》曰“察色按脉，先别阴阳”，新冠肺炎当属“寒湿疫”，是感受嗜寒湿之疫毒而发病。明代吴又可在《温疫论》中创立“戾气”病因学说，这次戾气嗜寒湿，在武汉寒湿环境下容易集中暴发，但是遇到不同体质可有不同的转归。

现在回头看，越来越多的人认同“寒湿疫”这个定性。当然同样是一种疾病，地域不同临床症状也会有不一样的表现，不同地域的专家据证而辨，对这次疫情产生不同的认识，是符合中医因时、因地、因人制宜的“三因”原则。

治疗“寒湿疫”就得宣肺化湿，这是一个大原则。在武汉广泛使用的三个通治方：我们拟定的武汉抗疫方（1号方），国家卫生健康委、中医药管理局联合推荐的清肺排毒汤（2号方）以及化湿败毒方（3号方）大的治疗原则都是一样的。至少在武汉地区，这三个方子实现社区全覆盖，包括部分定点医院、方舱医院及隔离点，同时覆盖孝感、鄂州、黄冈等地，病人总数估计占全国病人的一半。当然，外地及湖北有条件的定点医院也有一部分采取个体化辨证论治。截至目前，绝大部分病人对通治方的反映都很好，不良反应很少，服药比较安全，这就是最好的反馈了。

换句话说，回过头看过去40多天，这次疫情的方向定准了，方法比较得力，也就是大范围以通治方给药，形成新发突发重大公共卫生事件社区中医药防控的“武昌模式”，带动武汉乃至湖北的防治。

对重症、危重症患者的个体化辨证治疗，中西医结合效果好

草地：《新型冠状病毒感染的肺炎诊疗方案》中的中医治疗方案，现在已经是第四版了？

仝小林：整个诊疗方案出了七版，中医治疗方案出了四版。随着认识和实践的不断深化，不断进行调整和优化。第三版中医治疗方案在总结分析全国各地中医诊疗方案、梳理筛选各地中医治疗经验和有效方药基础上，将临床治疗期分为轻型、普通型、重型、危重型、恢复期，而且把一二三号通治方都加进去了，还增加适用于重型、危重型的中药注射剂。刚刚发布的最新第七版诊疗方案中的中医治疗方案，增加危重型出现机械通气伴腹胀便秘或大便不畅，以及人机不同步情况下的中药使用内容。

草地：您是国家专家组组长，能否说说在治疗上做了哪些工作？

仝小林：我一直在思考这个问题，最主要就是中西医结合未来的发展模式。

面对这次这么大的疫情，我重点去了几家医院，这几家医院的治疗各有特色：一是湖北省中医院，一直和我一起在做社区防控工作。这是一家以中医为主的大医院，也是当地最有影响的中医院之一，从一开始中医药就介入治疗，而且全体一线医护人员都服中药，他们的中医意识很强。

二是武汉市第一医院，即武汉市中西医结合医院，这家医院有 2 500 多张床位。收治新冠肺炎的 18 个病区，每个病区都是统一管理，都要上中药，中西医结合非常到位，个体化辨证治疗，尤其对重症、危重症患者的治疗，中西医结合得非常好。

三是武汉市第三医院。这是一家综合性西医院，不过有强大的中医科，在这次疫情中中医早期全面介入，覆盖各个病区，收到良好效果。

武汉这几家医院在这次疫情应对中都做得不错。我还火线收了几个徒弟，

都是在此次抗疫中表现突出的优秀中医人才。等疫情结束后，湖北省中医院、武汉市中西医结合医院希望我在他们的医院建立中医传承工作室，帮助培养高层次中医人才，研究中西医结合的不同发展模式。

阻断疫情，一定要从社区开始

草地：还有什么模式?

仝小林：就是社区中医药防治的“武昌模式”。阻断新冠肺炎疫情，社区是防控的桥头堡，通过这次在武昌区的实践，中医“治未病”，即未病先防、已病防变和瘥后防复的观念得到充分体现，同时也为新发突发重大公共卫生事件的医疗处置提供全新“解题思路”。

2 月 2 日，武汉市新冠肺炎防控指挥部医疗救治组发出通知，对在院确诊和疑似病人的轻中症患者治疗推荐使用由我和湖北省、武汉市专家组讨论后拟定的中药协定方即 1 号方：生麻黄 6g，生石膏 15g，杏仁 9g，羌活 15g，葶苈子 15g，贯众 9g、地龙 15g、徐长卿 15g，藿香 15g，佩兰 9g，苍术 15g，云苓 45g，生白术 30g，焦三仙各 9g，厚朴 15g，焦槟榔 9g，煨草果 9g，生姜 15g。根据不同症状，增加 4 个配方进行增减。这个通治方主要是宣肺透邪、解毒通络、避秽化浊、健脾除湿。

从 2 月 3 日起在社区大规模发药至今，1 号方合计发药 70.2 万余副，其中代煎汤剂 30 多万袋，颗粒剂约 80 万袋，按 14 天服药疗程计算，覆盖人群 5 万余人。截至 3 月 1 日，累计扫码患者数量 11 404 人，并通过 6 万多日记卡反映他们服药后的情况。

草地：这种通治方的疗效究竟怎样?

仝小林：由于是在社区、方舱医院发放通治方的药，情况往往比较复杂。现在已有进一步分析的基本条件，一是武昌区提供 7 000 多人的确诊和疑似患者名单，我们将进行随访，对人群进行客观划分，当作队列来研究。这是一个系统工程，工作量非常大；二是我们几位教授准备从症状、结局等角度，对1万多扫码患者的治疗情况进行描述。

草地：“武昌模式”的意义究竟在哪里？

仝小林：“武昌模式”非常值得总结，简单说就是“中医通治方+政府搭台+互联网”。通过病人在手机扫码的方式，中国中医科学院首席研究员刘保延打通前线和后方，“后方”由18个省（区、市）招募的200多位有资质的志愿中医为病人服务，指导用药，这种沟通也使患者情绪得到很好的调整。

面对任何一个新发突发传染病，首先要控制源头，而源头一定要从社区开始。新发突发传染病的救治，不是一下子就能找到有效药物，一下子就能做出疫苗，在此期间中医可第一时间介入，通过望闻问切迅速摸清疾病的共性规律，找到核心病机，定出共性方子即通治方，第一时间就可在社区内用药，也可预防，意义重大，将来可在新发突发传染病防治中进一步发挥作用。服用中药通治方，高危人群可预防传染病，轻症不至于变成重症，重症不至于死亡，对传染病的治疗留出大的缓冲地带，可以起到很好的防控作用。

中医药治疗优势在“两头”，减少重症、危重症和死亡

草地：有人说，是这次疫情“救”了中医，您怎么看这种观点？

仝小林：这次疫情应对中医介入比“非典”早，但还不够早，只能说是第二时间介入，应该第一时间介入。

当然，这次中西医联手非常好，分析原因首先是源自高层决策，能强力推动中医药进入治疗程序。

中医药治疗的优势在“两头”，一头是社区早期防治，另一头是恢复期治疗，中间的治疗过程讲究中西医配合。

在社区防控上，中医药全覆盖后，对减少重症、危重症和死亡起到很大作用。在恢复期治疗上，已建议几家中医院建立康复门诊，湖北省中医院2月29

日设立新冠肺炎患者康复门诊，把中医大夫、放射科大夫、心理科大夫、营养师等都综合在一起，组成专科门诊，这是全国第一家新冠肺炎患者专科康复门诊。通过制定了一套以药物疗法、针灸、推拿、按摩，以及太极拳、八段锦多种治疗方法，使中医在新冠肺炎患者恢复期治疗中发挥优势。

与其说“救”中医，不如说通过这次战“疫”彰显中医药的特色和优势，我们应该进一步树立文化自信，而中医自信是文化自信的一部分。希望通过这次战“疫”，今后中西医之间更加了解，深度融合，走出中国自己的医学发展之路，建立中国独特的医学发展体系。

院士就是战士，没有望闻问切，就是对空放炮、纸上谈兵

草地：这次疫情防控有一个现象，就是不少两院院士冲锋在前，作为院士有必要冒那么大风险冲在最前线吗？有人说院士也是战士，您怎么看？

仝小林：院士一般都是领军人物、带头人，发生重大疫情时，要对疫情进行准确判断、确定治疗方案，要为国家研判提供意见和建议。院士肯定要冲在前面，而且要第一时间到位。从这个意义来说，院士就是战士。

中医更需要冲在一线，因为必须到现场看病人，把握疫情发生现场的环境。无论你是教授还是院士，都要到一线去。没有望闻问切，不是第一手资料，就是对空放炮、纸上谈兵。当然，像王永炎院士，国医大师薛伯寿、晁恩祥、周仲瑛、刘志明、路志正、熊继柏等老一辈中医权威由于年龄大，不能到一线、不能摸脉，但可以通过远程医疗了解情况，他们在这次疫情防控中都提供了很多宝贵建议，发挥了巨大作用。国医大师刘志明已 95 岁高龄，还通过远程医疗对家乡湖南的患者进行会诊，无私奉献经验。他们都心系祖国、心系中医，都很了不起。

草地：如何看待当前疫情？

仝小林：从整体上看，打赢武汉保卫战的任务还很艰巨，仍处于最吃劲的

阶段，决不可盲目乐观、麻痹大意，不敢有丝毫放松。因为毕竟还有一些新确诊病例，重症、危重症患者还有很多，复工复产也存在风险。另外，国外的疫情才刚刚开始，“火”在往上升、在蔓延，海外输入性风险很大。

武汉乃至湖北在后期防控中做出了应收尽收、建立方舱医院等决策，加上中医药全面覆盖，中西医联合会诊、联合查房，整体措施很给力。

草地：您怎么看海外疫情？

仝小林：海外疫情起来了，我们3月4日和伊朗、意大利有关方面开了视频会议，了解他们的疫情防治情况，向他们介绍中医诊治经验。

从另一个角度说，现在是让世界认识中医药、受惠中医药的大好时机。中医药可以为国际抗击疫情提供宝贵经验，建议在国外大力提倡中医早期介入。当然，国际上对中医药的质疑声不少，很多人认为是安慰剂。在这次新冠肺炎防控中，中药对控制疫情发挥了重要作用，吃了中药，患者转重、转危明显减少，疗效显著，但要让国际上接受，还要有进一步的科学证据、疗效证据，还要做大量工作。

草地：您在武汉待了这么多天，有没有觉得累？

仝小林：累是肯定很累。要跑各个医院、社区、隔离点、方舱，甚至还到过武汉周边的其他城市，还要组织专家开讨论会，晚上经常跟后方团队进行电话连线。到夜深人静时，还要独立思考治疗难点。

另外一个最重要的工作就是研究重症、危重症患者的救治问题，有时就在各医院的微信群或者通过电话会议方式讨论一些病例。包括一些西医院的危重症病房，也向我们咨询救治方法。

大疫是大考，也让我们重新衡量中医在未来医学体系中的位置

草地：对打赢疫情防控阻击战，现在信心怎样？

仝小林：这场战争赢得胜利，是毫无疑问的！我们有这么强大的党和政

府，有这么强大的医疗团队！医护人员非常了不起，有的医院院长和医护人员本来都已休假，“前方”吃紧，就立刻回来了，情绪高涨饱满，连续战斗两个多月，这些人了不起！

草地：经过这次大疫，您怎么看全面小康？

仝小林：中医讲正气存内、邪不可干。健康是1，其他是零。全面小康，健康尤为重要。要全面小康，就要更加大力实施健康强国战略。对于个体生命来说，首先要健身健体。

国家应在医疗健康领域投入更多力量，建立更好的防疫、医疗体系，尤其要加强防范新发突发传染病体系，完善重大疫情防控体制机制，健全国家公共卫生应急管理体系。

草地：对未来中医药发展有什么建议？

仝小林：这次大疫是一次大考，也让我们重新衡量中医在未来医学体系中的位置。建议将中医药作为传统文化的一个窗口，从娃娃就开始抓起，普及中医知识和中医思维。另外，建议在医学院本科阶段就规定中医为必修课，而不是选修课，从学医之始就打好中西医结合的基础。

新华社　李　斌　张晓玲

中医药正深度介入新冠肺炎诊疗全过程

——专访黄璐琦院士

关口前移，早期介入，全程干预，在中国工程院院士、中国中医科学院院长黄璐琦看来，中医药正在深度介入新冠肺炎诊疗全过程。

从 2020 年 1 月 25 日率领第一支国家中医医疗队奔赴武汉市金银潭医院至截稿时，黄璐琦和他的团队已在武汉抗“疫”一线坚守 41 天。

谈及中医药在此次抗击新冠肺炎疫情中如何凸显所长，黄璐琦在接受中新社记者专访时称，中医药全面、全程参与防控救治，对改善症状、加快核酸转阴、促进恢复出院等均有很好的效果。

武汉市金银潭医院是一家专门收治新冠肺炎危重症患者的医院。初到武汉市金银潭医院，两大问题摆在黄璐琦面前，一方面是中西医治疗理念的沟通，另一方面则是当时中药药品的严重不足。

病区布局、人员调配、药品保障……5 天后，武汉市金银潭医院将南一区病房的医疗工作正式交给黄璐琦所带领的医疗队。这也是疫情发生后第一个接管重病区的中医医疗队。针对医院中药药品不足的现状，医疗队迅速搭建中药供应保障平台，保证医院药品供应。

“接管病区奠定了中医药防控新型冠状病毒肺炎的基础”，黄璐琦说，当时医疗队主管的 32 张病床开辟了中医药防控新冠肺炎的战场，使中医药能够与西医同台合作。

从中医角度来看，新冠肺炎属于“疫”病范畴，治疗方法上注重“正气存内，邪不可干，扶正气，辟邪毒”。黄璐琦认为，在新冠肺炎感染早期，中医药治疗方法对集中隔离、症状上已经有明显体现的患者，能够缩短病程，减少重症发生率，真正把关口前移。

1月23日，中西医结合治疗方案纳入了中国国家卫生健康委发布的第三版新冠肺炎诊疗方案。3月4日发布的最新版诊疗方案中，由黄璐琦及其团队根据临床不断优化的“化湿败毒方”被列入新冠肺炎重型患者推荐用药处方。

“临床疗效才是评价中医药优势的金标准。”黄璐琦介绍，随着医院及患者对中医药的逐渐认可，医疗队接管的武汉市金银潭医院南一区床位由32张增加到目前的43张，收治的均为重症患者，其他病区也开始陆续服用中药。

截至3月4日，该团队共收治新冠肺炎患者121例，其中中医辨证纯中药治疗出院41例、中西医结合治疗出院32例。所收治新冠肺炎重症患者的病情好转率（危重、重症转归）达到83.61%。

黄璐琦介绍，中西医结合组核酸转阴时间显著降低，发热、咳嗽、咽干、食欲减退、心慌等10个症状也明显改善，对淋巴细胞、中性粒细胞的指标改善起到积极作用，并且中西医结合的平均住院时间显著缩短。

“中医不仅讲究‘未病先防’，也注重‘既病防复’，康复期患者的恢复也能体现中医药的优势。”黄璐琦介绍，重症出院患者整体临床症状显著改善，但多数患者仍存在不同程度肺部炎症、咳嗽、乏力、食欲不振等。中医对肺功能的康复已经有成熟的方法，包括呼吸的训练，比如调气、采气、养气、练气，还有耐力、排痰、放松的训练等。

目前黄璐琦和他的团队已为出院患者配上了恢复期的中药，并给予了康复期的指导，形成了一套完善的改善肺功能的方法和技术，患者症状明显减轻，改善率达到70%，患者回访效果满意。

“此次疫情的防治工作是中西医结合治疗的一次生动实践”，在黄璐琦看来，坚持“中西医并重”，加强中医药在治疗疾病全流程的深度参与，与西医形成优势互补、协同作战是打赢此次疫情医疗救治的关键。

中国新闻社　张　芹　孙恒业

带着军令来武汉组建危重症病房

——专访乔杰院士

乔杰，2012 年起担任北大第三医院院长，2017 年当选中国工程院院士，国家妇产疾病（生殖健康）临床医学研究中心主任，教育部辅助生殖重点实验室主任，973“生殖与发育重大专项”首席科学家，国家自然科学基金创新研究群体“生殖细胞发育”首席专家，*Human Reproductive Update* （中文版）及《中华生殖与避孕》主编，现任国家妇产疾病临床医学研究中心主任，中国女医师协会会长等。

为抗击疫情，国家卫生健康委协调全国医疗资源，组建支援湖北抗疫国家医疗队。2020 年 1 月 26 日，北京大学第三医院派出第一批 20 人的应急医疗队。2 月 1 日，该院派出第二批支援湖北医疗队，中国工程院院士、该院院长乔杰带队出征，前往武汉开展医疗救援工作。随行成员还有北京大学第三医院副院长、呼吸与危重症医学科副主任沈宁，急诊科主治医师李姝和党院办干部李翔。

2020 年 2 月 6 日，中央电视台武汉直播间专访国家医疗队成员乔杰院士。

主持人：您到湖北来是要完成什么任务的？

乔杰：这次的国家队包括北京大学第一医院刘新民院长、人民医院赵越书记、中日友好医院的周军书记和我，我们就是带着军令来组建危重症病房，要把这个救治的关口抓住，尽量地提高治愈率，降低病死率，这就是我们来的任务。所以接到任务，我们在几小时之内迅速到了机场，然后晚上就到了这里（武汉），到这里以后三十几个小时，我们就把危重症病房，同时是一个传染病房，迅速组建起来，开始收治危重症的患者。

主持人：这是一方面的内容，还有一方面，因为您本人是一位产科专家，这次来跟产科方面内容有没有什么关系？

乔杰：我同时也是全国的产科质量控制和持续改进中心的主任，所以作为医院院长来组建这个危重症病房的同时，我也非常关心我们武汉地区孕产妇的安全。他们的感染情况，比如母婴的安全有没有垂直传播，这个都是我们孕产妇非常关心的，也是我们民族的未来，所以我特别希望此次能把这两个使命都完成好。

主持人：我们知道现在在武汉已经有危重症的接收医院了，那为什么还要再让您加入进来，搞这个危重症病房的建设，是在现有的之外继续建设，还是说在现有的之上，做得更好？

乔杰：是要在现有的之外，继续建设。因为整个疫情的发展，大家可能从数字上已经看得比较清楚了。从开始可能叫输入型，现在到了播散型，从第一代的传播，现在在处于一代传播控制得比较好的情况下，症状不明显的患者的传播，可能成为目前数据还在上升的一个比较重要的原因。同时轻症的患者、中重度的患者、危重症的患者的量也在逐渐增加，那我们怎么能够把将这几种患者通过不同的切入点，能够同时救治好，这个是最关键的。而危重症要求投入的人力物力，包括病房的改造、流程的改造、人员的培训等方方面面，需要我们管理管控和技术、临床一线的医务人员同时切入，迅速扩大，任务非常重，压力也很大。所以，可以看到是从全国调集了呼吸科、危重症科、感染科这三方面的重要的人力组成团队，来完成这个任务。

主持人：您怎么看我们要在现有的这种危重症的治疗的基础之上还要再扩容病房，您怎么看这种危重症病例的增加？

乔杰：这个肺炎实际上绝大部分是轻症。所以我们在家里的就地隔离，以及在医院整体的普通的传染病房的隔离很重要，能够阻止这个传播。包括咱们的方舱医院建立之后，可能轻中度的病人都有了这样一个比较好的治疗拓展空间，但是对于重症患者来说，最主要的就是有基础病，所以高龄的有一些慢性疾病，尤其是肺部的疾病和心血管疾病，包括糖尿病等，那么当他有这些基础病的情况下，加上肺炎这样一个打击，缺氧就会造成他病情发展比较快，病死率增加，所以在一定的程度上尽可能早地去阻断这样一个过程，才能使我们治愈率增加，死亡率降低。所以这个病死率的控制，危重症病房的拓展就成为非常重要的一个方面，这也是下了很大的力气，补充了全国大概1 000多位的危重症诊治的专家和管理专家、感染防控专家，扑到这个工作上，然后迅速请武汉的大的医院，迅速去拓展病房，马上进行改造。

主持人：您说一定要切断这样的一个通道，那么从轻症中症演变到重症，这个过程会多快？

乔杰：这个过程其实很难估量，跟病人的自身的疾病的条件关系非常大。所以迅速成立了国家专家组，我们每一个医疗队也迅速成立自己的专家组成员去做病例的分析、分层，所以需要转诊的经过专家组会诊之后要迅速进行转诊，这样才能让不同轻重程度的患者尽可能得到比较快的、相对有效的一个治疗。

主持人：现在对于很多处在怀孕中的母亲来说，可能她们最关心的是假如我不幸感染了这个病毒的话，我去医院治疗，是要终止这个妊娠的过程，还是说可以看医生治疗的方式？

乔杰：这是一个特别关键的问题，也是孕产妇非常非常关心的，所以我们只能说从我们现有的数据和既往其他疾病跟这个类似的数据去分析来看，目前母婴传播的这个证据不够，所以目前不能确定说这一例是母婴传播，也不能确定说有母婴传播，母婴传播的概率从目前得到的这个证据上应该是偏小的。另外幸运的是，如果新生儿有被感染的话，感染的也是比较轻的，就是我们现在儿童医院报的这一例的肺炎也是比较轻。我和我们产科的同事们，针对这个小范围的、分娩量大的这些医院做了一个分析，这些医院的主任们都关注了新生儿后边的情况，目前看是比较好。从我们的分析上看，尤其孕晚期的病毒感染，对胎儿的致畸率相对的是比较低，还需要更长期的观察，我们现在不能做这个结论。但是孕产妇朋友们不用过于恐慌，因为目前从感染的情况看，应该是老年人重，有基础病的重，男性感染率高，这个相对的女性少。然后孕产妇朋友们比较年轻、身体比较好，感染率低，同时感染了以后轻症的多，母婴传播的证据不充分，对胎儿的影响，目前没有看到很明显的大量的报道，所以大家可以不用恐慌，要观察。

人民至上！使命至上！哪有什么岁月静好，只不过有人在替你负重前行……

这场防疫抗疫之战，正是有像钟南山院士、李兰娟院士、乔杰院士这样的科学家，以及无数的医务工作者逆行前进，才让无数民众有了岁月静好。

致敬奋斗在疫情防控一线的英雄们！

新华财经

研制抗新冠病毒疫苗

——专访清华医学院研究团队

张林琦（右二）与学生在一起（图　清华大学微博）

除奋战在一线的医护人员外，抗击新型冠状病毒的科学阵地后方，是全国各地无数实验室和研究人员的夜以继日。科学界对于新型冠状病毒的研究进展到什么地步了，是否有突破？被殷殷期盼的疫苗和相关抗病毒药物，还有多久能面世？

在百忙之中，清华大学医学院教授张林琦接受了《南方人物周刊》的采访，介绍了目前国内对疫苗研究的进展和预判。

张林琦，清华大学医学院教授，北京协和医学院兼职教授，清华大学艾滋病综合研究中心主任，全球健康与传染病研究中心主任，致力于艾滋病等人类重大病毒性传染病的致病机理、抗病毒药物抗体和疫苗研究。

人物周刊：您的团队正在研究抗新型冠状病毒相关的疫苗，能介绍一下你们的研究工作吗？

张林琦：对，其实我们清华大学实验室对冠状病毒的这种抗体的反应，以及疫苗涉及方面有不少经验了，我们在研究 SARS 和 MERS 这方面做出了一些成绩。所以当这个病毒发现后，我们团队也开始了这方面的研究。

我们希望发现一些可以阻断病毒进入细胞人体的抗体，这种抗体实际上就是可以作为一种药物来阻断病毒进入。当然，最最重要的，就是要研发有效的疫苗来诱导体内产生抗体，然后阻断病毒进入到细胞。在这方面，我们利用了前期的知识，把病毒表面蛋白的结构和功能进行系统分析，现在正在利用这些信息来研发疫苗，希望能在近期能有一些成绩，进入工业化生产，然后进入临床结构。

人物周刊：现在有突破的苗头吗？还是仍在探索阶段？

张林琦：现在在实验室的构建阶段，从我们以前的经验来看，这个病毒疫苗研究起来相对简单，它肯定比抗艾滋病病毒疫苗那个要简单不少。

人物周刊：比抗艾滋病病毒疫苗简单？

张林琦：对，因为艾滋病病毒本身变异很大，所以研发起来很难。这个病毒本身变异不是那么大，并且大多数感染者能很快地恢复，所以人体内可以产生比较强的免疫反应。这种情况下，我觉得构建针对这类病毒的疫苗，把握性和时效性，效率会比较高。咱们国内很多单位，包括各个大学、研究机构，还有企业，都在开展研究，我觉得还是很有希望的。

人物周刊：您觉得能对这个时间做大概的估计吗？

张林琦：现在研发疫苗有很多种，比如国内有灭活疫苗、重组抗原疫苗、核酸疫苗等。当然每个疫苗有它的优点和弱点，研发时间各有长短，有的可能宣称是在一个半月之内研发出来，久的可能需要 3 到 6 个月。无论在新的技术还是新老技术结合的基础上，这些疫苗在工业化生产前一定要在动物试验上有一定的安全性，在这个前提下才能进行人体试验，这本身就需要一个过程。

我们当然希望越快越好，我们也利用一些新技术、新方法，使研发进程大大缩短。最快的现在宣称有40天的，我看前两天同济大学他们就宣称40天。如果40天能做出来，那很棒了。我们也希望越快越好，但是我们团队肯定要比40天长一些。

从我们知道的情况来看，还是有很多的新技术，（我预估）两三个月吧，如果如预期，很好展示了它的可持续性和效果，马上进行实际的人体试验，对预防治疗的安全性和有效性都做一个很好的评估。

人物周刊：根据目前得知的状况，感觉新型冠状病毒的传播性会比SARS病毒要强，但是致命性、致病性稍微弱一些，通过你们的研究，能够证实这样的说法吗？

张林琦：其实我们在这方面的知识和判断，还是基于现在所报的那些数字来看的。确实这个病毒的传播性比较强，也就是一个多月的时间（就达到当时SARS传播的数量），当时SARS用了几个月的时间。当然因为气候、春运这些因素，跟当时的情况不一样，但不管怎么样，从绝对数字来看，确实显现了它的传播能力，要稍大于SARS。

但是致病性，我觉得也显示了比SARS弱的这些特点。我们现在有一个不清楚的点，就是评估它的致病性或者致命性，这都是非常快速发展的一个状况，我们无法判定到底多少人感染了，感染了之后多少人死亡。因为什么？因为我们这个分母确实很难把握。现在多少人被感染了？多少人去医院就医了？多少人被诊断确诊了？多少人真正感染之后死亡了或者恢复了？这些数字都是不准确的数字。但是从已报的数字来看，的的确确这个病毒的传播性很强，但是它的致病性又不如SARS那么强，这只能说是一个大概的感觉。整个流行病还是在时时发生变化，具体还需要科学研究的结果来判断和佐证。

人物周刊：清华医学院研究团队从什么时候开始对这个疫苗的研究？

张林琦：我们对冠状病毒，这几年一直在开展研究，包括我自己的实验室，还有王新泉老师的实验室、向烨老师的实验室。我们也做了很多关于2003年SARS的研究、MERS的研究，主要是研究病毒表面蛋白进入细胞的结构生物

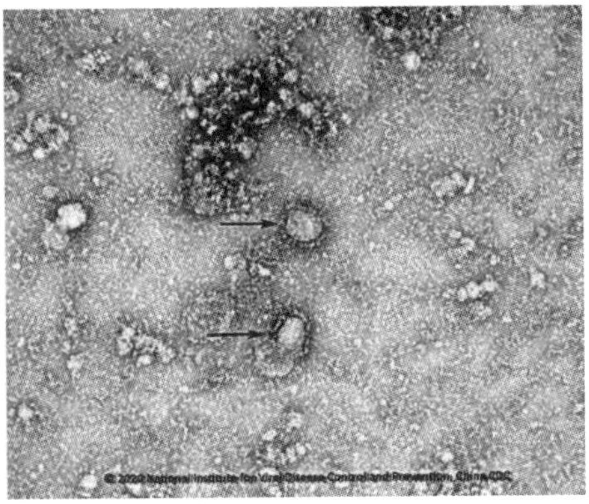

新型冠状病毒电镜照片（中国疾控中心网站图片）

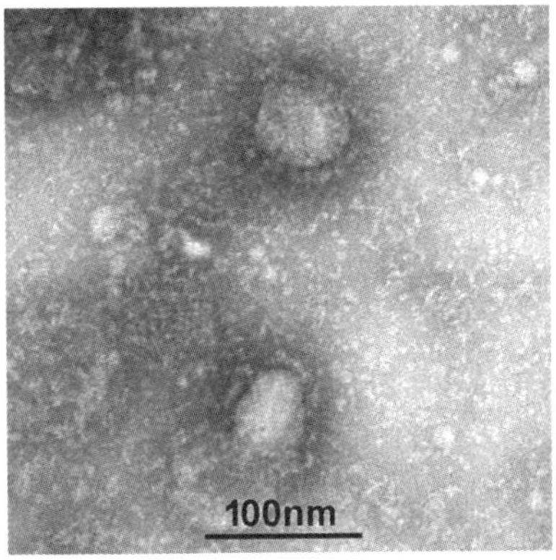

新型冠状病毒电镜照片（放大）（中国疾控中心网站图片）

学特点是什么。

病毒进入细胞的特点很重要，这一点研究清楚了，就可以阻断它进去，研发疫苗来诱导免疫反应阻断病毒进入细胞。在过去几年里，我们一直在研究冠状病毒的这些免疫反应。我们实验小组还开发了非常好的抗 MERS 疫苗，这个疫苗可以保护动物百分之百不得病。这方面我们积累了很多的经验。

武汉发现的新型冠状病毒的基因序列一公布之后，我们就马上开始进行分析、合成，现在的研究方向，一个就是疫苗的研发，还有一个是要研究这些新型病毒同过去的 SARS 和 MERS 结构功能特点有什么差异、共性、特性。这些对我们研发相关的药物会起到重要的指导作用。我们还有其他开展临床研究的，特别是在感染过程中有些病人表现出什么样的免疫反应过程，为什么就会控制住这些病毒复制，可以很好地把病毒从体内清除掉，这方面的研究都在全面地展开。

我们非常有信心，通过这些天的了解，以我们前期建立的对于冠状病毒和细胞作用、与免疫系统相互作用关系，能够找到一些抗病毒非常强的抗体和免疫反应，对于我们的疫苗研发提供了很好的指导。

我们积累了很多关于疫苗的设计，以及载体的利用，新技术的应用，这些都会给我们在研发疫苗上起到很大的推动作用。

人物周刊：现在清华医学院所有团队以怎样的工作节奏在做这个研究？

张林琦：我们从春节这个事发生之后，一直就没有休息，差不多有十几个人争分夺秒地在做这些工作，因为十万火急，所以前方的工作人员和负责研究的老师们都是夜以继日地在工作。大家都在连轴转，这个实验今天能做的一定要做完，多晚都要做完，因为我们需要看这个结果，要不然就没法开展下一步。现在有很多的管制，有一些不像以前那么快，但是我们仍然在全力推进研究，今年几乎都没有过春节。

人物周刊："管制"是指什么管制？

张林琦：我们现在有很多快递，比如试剂，本来第一天、第二天就可以寄来的，现在好像等了一周都没过来，肯定是由于春节回家放假了，另外有很多交通管制，可能快递递送就没有那么高效了。我们做一个实验，需要买东西，定很多试剂。就跟我们做饭需要买菜、买肉，你要把原材料拿来，我们才能去开展实验。所以有些定制的、合成的，还是耽误了一些。我估计跟春节和关闭离汉通道的交通管制是有关系的。

人物周刊：刚刚提到你们也会针对一些病愈患者做临床研究，去看他们体内是怎么把这个病毒给控制住的？这是怎样的一个过程？

张林琦：对。就是他在感染过程中，他当时的免疫反应是一个什么样的进程。因为当病毒进入到体内之后，人体肯定会有很多的免疫反应，这些免疫反应中，哪个是最核心的，就比如一群部队里，哪个是精英部队，我们需要把精英部队挑出来，特别是对这些抗病毒活性比较强的抗体反应，包括抗体或者其他的挑出来，然后我们就可以在体外通过基因工程把它放大，将来作为治疗或者预防用，这就是我们现在所说的生物治疗方法。

我们和很多家医院都在合作，比如北京的传染病医院，包括北京之外的医院，主要是国家规定的定点医院。这些医院在病情的分析以及免疫反应，包括血液的分析、血象的分析、病毒的分析能够实时和我们沟通和判断，分析到底哪个东西是最重要的。把整个感染过程，了解清楚了，我们才能够阻断它，才能把好的免疫反应同时放大，然后帮助病人恢复，这方面的研究也是非常重要的。

人物周刊：我觉得这些对于公众来说，应该都是会增强信心的一些信息，就是科学研究在做哪些事情。

张林琦：对。其实我想说的是什么呢？就是希望大家有信心。特别是现在，科学技术发展，使得我们能够认识病毒、病毒与免疫系统的作用关系，认识它的传播途径，认识它的预防和治疗方法，一定能够战胜这次的大流行。从现状来看，希望在不远的将来，就会出现重要的拐点，病毒传播新发感染病人就会降下来。所以大家要有信心，要相信科技，要坚守得住。

南方人物周刊　记者　邱苑婷

实习记者　吕　品

编辑　蒯乐昊　周建平

为医务人员筑起“防火墙”

——记湖南首位支援武汉的医疗专家吴安华

“医务人员救治患者，而我们就是保护医务人员的人，要为他们筑起一道坚实的‘防火墙’。”中华预防医学会医院感染控制分会主任委员、湘雅医院感染科教授吴安华说。

作为湖南首位支援武汉的医疗专家，早在 2020 年 1 月 21 日，吴安华就踏上了北上武汉的列车，如今仍然坚守在抗“疫”一线。

其实吴安华的身体一直不是很好，2009 年他曾发生心梗，安装过 3 个心脏支架，需长期服用抗凝药物，但他总是把抢险救人放在第一位。无论是抗击“非典”还是抗击禽流感疫情，他都主动请缨参加救治工作，对突发公共卫生事件处置有丰富的经验。

吴安华告诉记者，在疫情面前，医院感染控制十分重要，一旦这项工作出现漏洞，就可能造成医务人员的感染。吴安华和他的团队每天的工作就是和一些肉眼见不到的细菌、病毒、真菌打交道、做斗争，及时排除各种可能存在的隐患。

到达武汉后，吴安华立马被派驻到武汉大学中南医院的隔离重症监护病房、隔离病房、发热门诊指导感染防控工作，与专家组成员讨论制订医疗机构内新冠病毒感染预防与控制技术指南，同时他还要往返湖北各地，为医疗队队员和医务人员进行院感防控知识和个人防护知识培训。

“在隔离病房，医务人员如何穿防护服，怎么戴手套，如何做到亲密接触病人时万无一失，这都需要非常精细地进行岗前培训。”吴安华说，希望通过自己的努力工作，为战斗在一线的医务人员建起安全防护墙。这是吴安华的朴素心愿，为了这一心愿得以实现，他曾用 5 天时间完成了对 30 支医疗队、近 4 000 人的培训。

“感染科专家此时就是要和时间赛跑，为更多的医务人员做好培训，保障他们的安全。最多的一天我做了 6 场培训，总是感觉分身乏术，想做的事太多。”除了往返各地进行培训，其他时间吴安华基本上都“泡”在医院，今年的年夜饭也是在医院食堂随便“对付”了一下。

如今，吴安华在抗“疫”前线坚守了两个月了，他像一个敏锐的“灭火队长”，总能察觉到医院内部感染防控可能出现的漏洞，尽早地将隐患消除。他总说“院感无小事”，只要他在前线多一天，医务人员就多一道“防火墙”，他一定会坚守到战“疫”胜利的那天。

吴安华在日志中写道：“静静的武汉是没有硝烟的战场，各路医疗大军源源不断赶来，我们的目标就是把病人救过来。他们治愈出院，就是对我们全力付出的最大褒奖！”

新华社 帅 才 廖 君

战“疫”幕后的“病毒猎人”

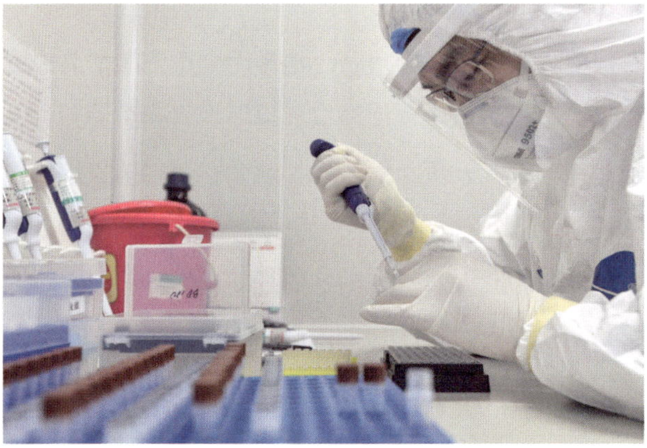

冯力敏在病毒诊断与转化中心实验室进行样本试剂配制。（新华社记者　刘大伟　摄）

虽然已经和病毒打了10年的交道，但是冯力敏这段时间依然保持着高度紧张的工作状态。

作为广州金域医学检验集团病毒诊断与转化中心技术主管以及一名PCR检验员，冯力敏现在的工作，是每天至少在实验室中连续8小时的新型冠状病毒样本核酸检测。

疫情防控工作中，快速有效的筛查工作能让潜伏的传染源迅速被检出，有助于及时隔离、治疗，切断传染。另外，随着广东企业陆续复工，为返粤复工人员进行新型冠状病毒核酸检测的数量不断增加，对金域医学、达安临检、华银健康等第三方医学检验实验室的检测能力和效率提出了更高的要求。

这一庞大检测需求的背后，是许多像冯力敏这样战“疫”在幕后的“病毒猎人”。

穿上厚厚的防护服，戴上防护镜和双层手套等多重装备，进入实验室，对来自广东各地的新型冠状病毒样本进行核酸检测。作为主操作手的冯力敏，需要在负压的PCR实验室生物安全柜内对样本进行提取和制备。这是他的“主战场”。

由于这一环节需要直接接触样本，而且只能手工完成，在长达3～5个小时手臂基本悬空的提取过程中，操作人员不能离开安全柜，甚至不能产生大的动作，以免引起疑似病毒的传播。一班下来，对体力耐力要求极高。“能坚持下来得益于我多年坚持健身。”冯力敏幽默地说。

近距离的接触会不会有危险？面对家人的担忧，冯力敏通过手机视频远程给家人科普。“我相信科学规范的操作、专业的防护，能够尽量避免这种潜在的危险。”

冯力敏还记得第一批样本送达实验室时，3例样本用了1.5小时完成检测。随着样本数量从最初的每天几十例、几百例，到现在过万例，对检测效率和能力提出了更高的要求。

时间就是生命，在保证质量和安全的前提下，冯力敏和同事一直思考如何提升筛查速度，并培训新人。现在，实验室利用新检测方法将筛查速度提升5倍，一个小组8个小时能检测900例样本。100多名具备PCR上岗证的新“病毒猎人”上阵，检验人员3班倒，7个实验室共同开工，23台PCR扩增仪和相关配套仪器24小时不停机，实验室日检测样本超1万例。

“通过多种检测试剂的比对择优，我们尽力做到24小时之内，让送检单位收到检验中心反馈的结果。”金域医学呼吸道疾病学科带头人陈敬贤说。

春节期间，冯力敏与同事们率先请战返回岗位，经常一连工作十几个小时，并随时待命。“能在这个关键时刻尽自己一份力，是作为一个医务工作者的责任，也是荣耀。”冯力敏说。

新华社　邓瑞璇

抗疫英雄谱

社区工作者

生活保障的大管家

新冠肺炎疫情防控是一场人民战争、总体战、阻击战，关键在治，基础在防。疫情防控的策略在疫情暴发期就是要内防扩散、外防输入，到后期则是外防输入、内防反弹。因为在中国境内阻击疫情取得关键性突破，战局扭转之后，本土无新增病例、无新增疑似病例的形势下，严防死守，严加防控，防止境外输入病例以及境外输入关联病例至关重要。与此同时，也要防止内部疫情反弹，防止无症状感染者和未知的潜在感染者、治愈后复阳的患者成为新的传播传染源，因此，防止死灰复燃，防止内部疫情反弹，就成了当前和今后一段时期的重要工作。

无论是疫情早期中期的全力防控，还是后来的全面防反弹，都需要全社会动员，需要将全体民众组织起来，实施有效管理，落实防控措施。这就要求发动全社会的力量，尤其是广大的基层干部、社区工作者、人民警察等各方力量，汇聚成一股合力，共同守卫我们的家园，防止病毒的传播扩散，从根本上截断源源不断增加的敌人，压制住其日益嚣张的气焰。

在这一过程中，社区工作者和人民警察承担了巨大而繁重的任务。在武汉，在湖北，在全国，数千万的社区工作者投身其中，党政机关干部下沉社区，警察竭力抓好治安和社会管控、道路交通管制。他们也都是普通人，也有自己的家庭，有妻子丈夫、儿女、父母、兄弟姊妹，也有自己需要面对的疫情防控特别时期的各种具体的困难。有些工作人员甚至自己也感染患病，但是他们中的大多数在病情康复之后，都重新返回自己的战斗岗位。他们一方面要做好疫情的排查、病人的转运、社区村落的管理，另一方面要做好全体居民日常生活的保障，物资的调运分配，对小区实行封闭式管理。许许多多的人都是夜以继日，废寝忘食，不辞辛劳，完全牺牲了个人和家庭的利益，只为了保一方平安，只为了保卫这场阻击战得之不易的成果。他们是平民英雄，他们是无名英雄。在战疫过程中，他们的贡献是基础性的、根本性的工作。是他们强有力地防控住了疫情，使得前线战士能够全力以赴地与病魔作战，他们的工作有效地阻击了源源不断增加的敌人，也使前线战士的对手不断减少，从而确保了我们最终能够取得决战决胜的成果。因此，基层干部、社区工作者、人民警察们的付出意义巨大，对扭转战局起到了不可替代的重要作用。

守好老旧社区的“安全门”

无物业、无围墙、无安保，管理力量薄弱、出入路口众多、人员流动性大……武汉市中心城区的老旧社区、城中村及城乡接合部的还建小区一直是社区防控的短板与难点。这一防控难题该如何破解？2020 年 2 月 28 日，湖北日报全媒记者探访多个社区发现，得益于社区群干、下沉干部与志愿者的共同努力，一座座没有围墙的老旧、还建小区竖起了严密防控的“无形之墙”，不少社区还实现了“零感染”“零疑似”。

洪山东方红社区
每天响起防疫“小喇叭”

28 日上午 10 时，洪山区东方红社区村塆 5 组准时响起了“小喇叭”的声音：“各位邻居您好，根据防疫指挥部要求，现在进行全体居民体温测量工作，为了您的健康安全，请戴好口罩积极配合……”

携带小喇叭的是长江新城管委会发展三处的邱胜。他穿戴着护目镜、口罩、防护服等，携带消毒喷壶，用小喇叭循环播放防疫工作要求，逐户敲门喊人。邱胜说，他每天在 3 个村塆为居民测体温、排查“四类人员”、重点部位消杀、送菜送药，走一圈下来要花四五个小时，“每天步行 3 万步以上，微信运动排名长期占据‘第一’”。

东方红社区有 3 个成建制村塆，散落于友谊大道北到团结大道南，面积大、分布广，村塆之间最远相距数公里。村塆没有物业管理，呈开放式结构，进出口多，管控压力大。长江新城管委会发展三处党支部书记陈刚介绍，2月3日，管委会发展二处、三处党支部下沉到东方红社区。武汉宣布社区实施24小时封闭管理后，他们和社区协商，以最快速度对村塆实行打围硬封闭，每个村塆只留一个卡点，并至少安排5名下沉党员和社区志愿者进行值守。

“下沉社区党员步行前往各个村塆，逐户敲门登记，摸清底数。”陈刚说，村塆超九成居民为外来租户，人员流动性大，且很多老人不会上网，不能仅通过网络、电话联系，必须靠脚底板逐一上门。仅2月27日，他们就对村塆5组150多户居民全部上门，垃圾池等特定地点消毒20余个，解决村民买菜、买药等难题50余次。

青山47街坊
群防群控保民生

青山47街坊仅有两栋4层楼的红房子，一直没有物业管理。28日记者探访时，小区3个出入口已打围封闭，只保留一个出入口。上午9时许，一名男子走向卡口。那里，8名下沉社区干部全副武装值守。该男子是一名志愿者，拿出通行证，表示要出门帮忙运送爱心菜。体温检测正常后，登记放行。至下午3时，没有人再出门。

余杰是武汉市中级人民法院下沉干部，家住东西湖，来此值守已5天。“这几天每天出门的都只有四五个人，包括4名上班人员，都办了通行证。”他介绍，小区有住户70户约150人。白班8时30分至17时30分，由武汉市中级人民法院、青山区公安分局下沉干部守控，夜班由区城管队员轮班值守。

2月中旬以来，武汉市中级人民法院分两批派驻8名党员干部来到该小区，作为队长的李莉荣是第一批下沉人员。“小区老年人多，还有10户是空巢、困难家庭。守好这个‘门’不容易。”在李莉荣看来，封闭管理不是一封了之，而是在强化值守、思想劝导的同时，协助社区做好服务保障，让居民生活无后顾之忧。一位患糖尿病的居民紧急需要胰岛素，李莉荣辗转多家医院代购后送上门。一位 60 岁爹爹眼皮肿了 5 天，区公安分局下沉干部黄娟通过手机在线问诊，20 分钟不到线上医生便给出诊断结果。很快，一瓶红霉素软膏便送上门。

社区干部李静介绍，得益于多方力量下沉基层，各项封控措施得到严格落实。目前，47 街坊确诊、疑似病例均为零。

东西湖陈家冲大队
2 200 余人“零感染”

陈家冲大队是东西湖区东山街人口最多的农业大队，其中一半以上居住在还建小区。疫情发生以来，大队党支部带领志愿者在小区居民楼安排“守门员”封闭管理、“勤务员”强力保障、“网管员”沟通引导。截至目前，大队 2 200 余人未发现一例确诊或疑似病人。

28 日上午，陈家冲小区内没有居民在外走动，但志愿者何社会仍在 9 栋 1 单元楼栋口值守。他说：“我的任务就是劝导本单元住户不要出门，其他单元住户不来串门。”陈家冲小区是一个还建小区，居民来自东山街 3 个不同的大队和社区。2 月 6 日，陈家冲大队居民所在的 11 个楼栋就率先实行封闭管理。每个楼栋设立“守门员”，一人一岗，从每天 7 时值守至 21 时。陈家冲大队党支部书记吴磊解释：“小区出入口设立门岗是阻断外来传染源，楼栋设立‘守门员’是防止内部交叉感染，相当于上了‘双保险’。”

除了“守门员”，陈家冲大队每天还要安排两名志愿者充当“勤务员”，分别统计居民生活物资需求和药品需求，形成清单后派人负责代购。住在小区 4 栋 1 单元的李风荣今年 78 岁，因患有冠心病，需每天服用酒石酸美托洛尔片等 3 种药品。疫情发生以后，一直都是大队工作人员和志愿者替其购买。

1 月 23 日武汉防控措施升级后，大队书记吴磊的微信里每天都会收到一二十条信息，全是居民求证、辟谣的消息。随后，吴磊决定充分利用微邻里和微信群等网络传播平台，安排工作人员每天及时转发党媒党刊发布的权威消息，稳定人心。“小区 80% 的居民都加入了这两个平台。”居民李翠萍说，

“他们就跟网吧里的网管员一样，总有人在线，对问题答复很快。”

武昌西城壕社区
夯实街巷封控管理

“不能进，要找谁请打电话叫下来。”28 日上午 10 时许，武昌得胜桥一条小巷口，一名快递员被卡点值守人员叫住，只好在原地等待客户来取货。一顶帐篷、两张桌子，一个登记本、一支测温枪，每班 2 名值班员把守。

“背街小巷繁多，四通八达，有些就是两栋房子中间的缝隙，连名字都没有。”武昌区中华路街西城壕社区党支部书记翁文静介绍，该社区是典型老旧社区，私房、开放式院落多，居民 2 392 户 5 216 人，仅 3 个小区有物业管理，封闭管理难点多。

社区内得胜桥是一个开放式集贸市场，商品种类繁多、价格优惠，一直是附近居民购买生活物资的主要场所。疫情发生后，该市场全面关停。封闭初期，一些外社区居民不知情，总想来购买物品，导致部分巷口围挡被破坏，给社区封闭管理带来隐患。“凡是能通行的巷口，一律安排工作人员 24 小时值守。”翁文静说，随着省、市、区机关单位党员下沉社区，西城壕值班巡查团队已有 45 人。经过排查梳理，社区对边界全面打围，与邻近社区交界位置重点打围，防止居民走动。社区仅保留必需的出入口，只供工作人员及必须出行居民出入，安排专人 24 小时值守。针对此前出现的漏洞，西城壕社区还组织巡查队伍，每天定期巡逻，对被破坏的围挡及时修整加固；城管、市场监管部门在得胜桥区域联合执法，严防“掩门交易”的情况发生。

湖北日报全媒记者　成熔兴　王　哲　夏中华　吴纯新

通讯员　宋　亮　李　洁

零感染小区的“守门人”

武汉市六角亭街顺道社区老三栋小区，共有104户320余名居民，平均年龄超过60岁。

小区没有物业，却实现了小区全封闭、居民“足不出户”。

至今，该小区全部居民零感染、零疑似。

2020年3月1日，顺道社区副书记尹朝霞告诉记者，这一切与小区“守门人”密不可分。

尹朝霞口中的“守门人”指的是今年75岁的李胜杰和今年37岁的魏鼎。“他们是线上线下黄金搭档。”

75岁的李胜杰退休前是武汉轻工大学的一名教授，退休后一直与时俱进，手机、微信玩得溜，新闻、大事捋得清。

记者发现李胜杰老人日常有22个微信联络群，家里小本子上随时记录各种重要信息。

1月23日武汉交通管制消息发布以后，李胜杰结合前期关注到的疫情中有基础疾病的老年人是易感人群，迅速想到，保护自己小区居民最好的方式，就是封闭。跟社区申请、报备以后，老三栋小区于1月25日就锁上了唯一的出口。

当时小区里有部分同志不赞成，在业主群里表达不满。李胜杰默默地摘抄下“伊姆村隔离黑死病的故事”，把前因后果在业主群里娓娓道来，大家都不作声了。

为了缓解大家封闭在家的焦虑情绪，李胜杰每天注意搜集各种正能量或者值得警醒的视频，合适的时间就发在群里，并配上自己的短评。偶尔也写写小诗，转转小段子，大家的心情渐渐轻松起来。

然而，几天后问题开始显现，大伙开始缺这缺那，加之疫情严重，不少人开始急躁。李胜杰迅速向社区“求救”，社区答应尽快帮助补给，但是小区内需要一个人出来对接、分发。

正在父母家的魏鼎站了出来。根据居民需求登记，将采购清单交给社区，社区买回来后再分发给居民。

魏鼎告诉记者，分发也有技巧。菜领到小区后，魏鼎会先大致分好，然后在群里叫号取菜。“楼栋错开叫号，前一位领完转身再叫另一栋下一号，最大限度避免居民因为取菜而相遇。”

魏鼎说，居民的要求社区基本都能及时满足，偶尔有不能完全满足的，李胜杰就会在群里做工作，让急需的人先用。

“看见别的小区团这团那，我们小区居民也心痒痒了。”魏鼎告诉李胜杰。

李胜杰迅速在群里发出倡议：冰箱吃空之前就不要参加团购。

情人节当天，有居民私信给李胜杰，想出去过个节。李胜杰作诗一首：思君念君寸肠断，毒魔肆虐难相见；想想前线“逆行者”，乖乖宅家做贡献；相信国家相信党，战胜疫情定实现；“南山”一旦说解禁，飞奔去见最想见！献给被疫情阻隔的有情人。

为了把线下“跑腿”做得更好，魏鼎每天统计完居民需求，都会做成表格给居民核实相关信息。收钱统一在微信群中通过“群收款”小程序，便于居民社区监督。

湖北日报全媒记者　汤炜玮　通讯员　董晶晶

这个老旧小区有个防疫“女管家”

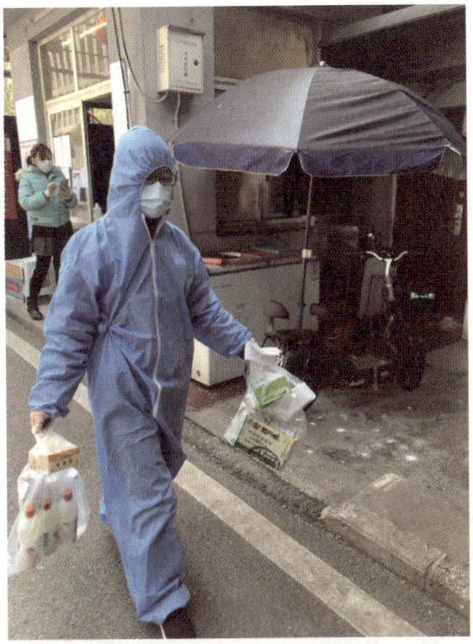

“调料套餐配上一桶油，今天下单可打对折；20斤一袋的大米已有15位邻居预订，再加3个名额以备有人跟单。”2020年2月28日凌晨1点左右，武汉市武昌区黄鹂路社区钢院小区的居民杨磊仍在算账，她的笔记本上，密密麻麻记录着居民当天的采购需求。

钢院小区有8栋楼近400户居民，60岁以上老人几乎占一半。一些老人从来没用过微信等社交软件。2月11日，武汉市各住宅小区实行封闭管理，小区仍有老人执意外出。缺物业、少人手、设施简陋……这个老旧小区在防疫时面临不少困难。

2 月 15 日，杨磊作为下沉干部到黄鹂路社区报到。凭着在武汉市公共交通集团家家梦汽车服务有限公司计划财务部多年的工作经验，她自告奋勇地说："我来负责采买。"

真正上手后，杨磊才发现，服务老年群体并非易事。2 月 17 日，一位 80 多岁的独居老人跟门卫发生争执，她赶到现场劝说，发现老人视力、听力都不方便，沟通起来，连说带喊都不管用。情急之下，她拿起老人的手机联系了他女儿。

考虑到大部分老人的子女都不在身边，杨磊发动每栋楼的志愿者统计了老人子女的联系方式，把他们拉入业主微信群中，参与老人日常生活对接。

老年人对团购的参与度、积极性比不上年轻人。钢院小区离中百仓储梨园店仅一墙之隔，不少老人习惯了自行采买，也偏爱新鲜实惠的商品。在定制团购套餐时，杨磊既要精挑细选，又要眼明手快。"豆制品、活鱼，这段时间很难买到，发现了要先下手为强。"

2月24日，得知次日武汉市大型商超将推出10元优惠菜套餐。杨磊立即召集小区16名志愿者，将居民的需求统计起来汇总给她。当天晚上，超市经理向周边小区统计需求量的一刻，杨磊第一个将小区需求报了上去，为小区居民购得106份优惠菜。

2月25日，一向不做饭的她向母亲询问，怎样搭配调料套餐，既不浪费，又能满足基本的做饭需求。几次推敲后，一份包括生抽、料酒、生粉、醋、盐、糖的套餐出炉，价格仅为57元，在业主群一推出就被抢订。

小区中不少重症、慢性病患者，药物采买也很重要。“买药跟买生活物资不同，药物的剂量、厂家一点都不能搞错，要耐着性子一家家店比对。”杨磊说，为买药一天步行近2万步是常有的事。

几天前，2栋的王爹爹晚上突然觉得胸闷发慌，第二天一早，他就给杨磊打了电话。杨磊觉得，吃药的事不能大意，她联系了自己的医生朋友，为王爹爹网上问诊开了处方。拿着处方，她跑了4家药店，终于在下午6点把药送到王爹爹家里。

“老年人这时候生活比我们更不容易。谁都有老的时候，我只是将心比心。”半个月来，杨磊没按时吃过一顿午饭，每天不到转钟没法休息，但她还是无怨无悔。

湖北日报全媒记者　张倩倩　通讯员　蒋黎明

“武汉护航人”

——社区民警潘时涛

2020 年 2 月 27 日，武汉市江夏区庙山开发区庙山新村社区书记孙勇，在看到湖北日报、楚天都市报联合阿里巴巴天天正能量，开展“守望家园，疫路有我”公益活动后，推荐民警潘时涛为“武汉护航人”。

浓眉大眼，前额高耸，走起路来虎虎生风，说起话来声若洪钟，铿锵有力，底气十足——46 岁的潘时涛，是江夏区庙山派出所民警，曾在部队服役 21 载，转业参警 9 年的他，依然保持着雷厉风行的作风。

在抗疫中，他说得最多的是“社区就是我的战场，社区就是我的家”。

他的私家车成了社区临时“摆渡车”。

他是社区的好民警，是居民心中值得信任的好大哥。

防疫有章法　社区信任他

疫情暴发后，刚回到黄陂北乡老家看望母亲和岳父母的潘时涛迅速赶回单位。

潘时涛负责的片区下辖 3 个社区、9 个物业小区、6 个工业园，面积 4.7 平方公里，常住人口 3 万余人。

曾参加过 2003 年抗击“非典”工作，有一定防疫处置经验，疫情来临，46 岁的潘时涛成为社区的最值得信任的人。

年轻的庙山新村社区书记刚上任不久，防疫经验不足。潘时涛和他一起制订计划，发热人员信息统计、上门排查等，每个环节、程序、节点，都安排得明明白白。

“就像行军打仗一样，要有章法。”潘时涛说。由于防控及时、措施到位，到目前为止该社区的防疫工作效果良好。

前段时间，一起战斗的两个辅警因感冒被隔离，潘时涛只得“孤军作战”，整天忙得像个团团转的陀螺：与社区工作人员上门测量体温、督促各物业小区消杀、日常巡查和发热病人情况摸排。

为便于掌握情况，他的手机 24 小时开机，时时留意三个社区微信群居民的诉求。

如果是一般情况就在群里回复；遇有特殊情况，哪怕再晚，也上门贴身服务。他给居民解决了很多困难事、烦心事、挠心事。

私家车成了社区临时“摆渡车”

“潘警官，能否帮忙把一位孕妇送到省妇幼做产检？”2 月 25 日晚，江夏区庙山产业园保利社区工作人员向潘时涛反映，希望得到帮助。

原来，社区一位孕妇预产期是3月20日，要到医院做最后一次产检，社区的车子因为经常转移病人，担心造成孕妇交叉感染。

潘时涛向所领导请示后，第二天一大早，将孕妇送到湖北省妇幼保健院，待所有项目检查完毕后又将其载回家中。

近一个月来，类似这样的求助潘时涛已做了10多起，警车需送治隔离人员，多数时间不够用，很多时候潘时涛就把自己的私家车当临时“摆渡车”用。2月12日上午10时30分，潘时涛接到梅南社区反映，辖区一业主张某母女俩体温超标，需送医院检查。

潘时涛二话不说，穿戴好防护服，直接开上自己的车将她们送到江夏区协和江南医院排查，其间每隔半小时询问一次病情检查情况。

直至下午5时左右，张某母女俩做完胸部CT和核酸检查，排除了冠状病毒感染，两人心里的那块“大石头”才落地。

父子都在一线抗疫

想到自己在工作中东奔西跑要与多人打交道，担心带回病毒感染因心脏疾病出院不久的妻子，他每次将菜送到门口离开后再给妻子打电话，无暇照顾妻子。

21岁的儿子潘晨曦，是中国人民警察大学大四学生，目前正在武汉市消防支队实习，协助实习单位对火神山、各区方舱医院和隔离点进行消防安全检查等多项任务，由于防疫任务重，至今也未回家。

每晚稍得空闲，最开心的事情莫过于与儿子视频电话，彼此汇报工作，加油打气，叮嘱加强防护。

潘时涛最大的心愿是疫情尽快结束，摸一摸儿子帅气的消防服，一家人团团圆圆。

“感谢潘时涛作为一名社区民警，加入武汉护航人的行列，也对他为社区抗疫做出的辛勤努力点赞。此时此刻，正是有很多像潘时涛这样的社区民警及工作人员，日夜坚守自己的‘责任田’，勇当居民群众的‘定盘星’，才使得每个社区成为‘战疫’的坚固堡垒，才使得疫情得以控制。相信他的加入，会使得我们的活动开展得更加有效，为社区居民解决更多的实际困难。”阿里巴巴天天正能量工作人员表示。

楚天都市报记者 陆 缘 朱 蕾

摄影 黄士峰 通讯员 李鹏程

为社区想，为居民想，为工作想，就是不为自己想

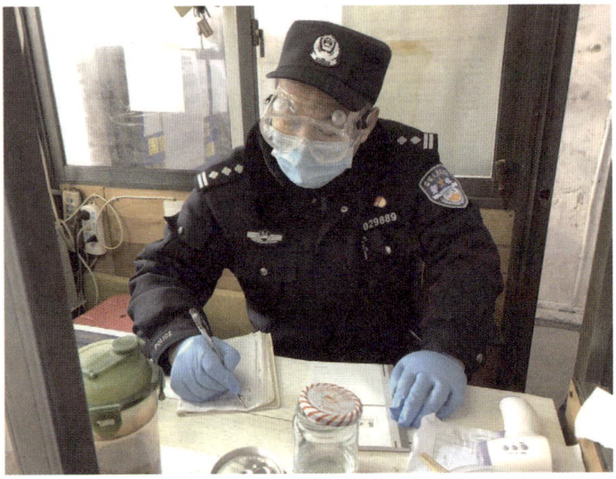

“A 套餐蔬菜包、B 套餐猪肉包，师傅您拿好。后面再跟上！” “B 套餐蔬菜包、A 套餐水果包，对一对，您看差不差。”

弯腰捡货，快速传递，2020 年 2 月 27 日上午 11 时许，武汉市汉阳区龙灯社区月湖景苑小区门口，57 岁的社区民警张斌想和几个“红马甲”忙碌着，为排队居民分发物资。

“龙灯社区 4 300 户 9 700 人，封控点 11 个，近万居民每天需求种种。”社区居委会主任陈铃快人快语，“张警官真是我们的好帮手啊！”

他的电话接不完也打不完

“梁师傅，您的血压这两天好不好，药吃得有没有效？”当日中午，刚从社区分发物资回来，扒了一碗饭，张斌想突然想起一周前买药的七旬老人梁师傅。

梁师傅患有心血管疾病，老伴卧病在床，儿子最近又住进方舱医院，21日中午梁师傅试图强行冲出封控路段购药。

平时毫不起眼的小事，因为疫情，变得艰难。社区干部劝不住了，张斌想接到电话后，立马驱车赶到现场。

“梁师傅，我是管段小张，网上团购不会不要紧，打电话给小张，我可是24小时不关机！”

社区车辆周转不开，老人家用药又不能耽误，张斌想便驾着自己的车找了十几家药店才买到了梁师傅所需的药品，趁着超市打烊之前又帮其采购了近一周的蔬菜、肉类。当时肩周炎正发作的他，硬是把重重的几大袋物资送到了梁师傅手中，脸颊两侧满是汗水，戴着口罩直喘粗气。

梁师傅看在眼里，对“小张”的帮助感动在心里，张斌想耐心地劝导：“梁师傅，住宅小区已经一律实行封闭管理，居民出入一律严格管控，您也是一名老党员了，相信您会给咱们龙灯里的居民带个好头。”梁师傅意识到自己之前的行为确实是过于冲动了，当即表示一定全力支持和配合值守人员的工作。

27 日上午，张斌想电话里详细地询问梁师傅病情，生活物资有无短缺，又嘱咐他注意有些降温，防止感冒。

一连打了好几通电话，对方都是社区里重点关照的独居老人，嘘寒问暖。“这种特殊的时候，一定不能忽略了他们的需求。”中间，也有居民不停地打电话进来，向他反映问题，咨询事项，张斌想一一认真记录和作答。

方寸之地居民就看你实不实

中午，张斌想也不休息，到社区徒步巡逻。

“这几家店子我每天都要来看看，中午是重点时段，看看是不是关闭的。”走在小区之间的马路上，他特意指着几个门点告诉记者，疫情期间，他劝导督促关停了临街超市、水果店 4 家。

在中百超市门前，一个中年男子拿着一张纸条向店里张望，张斌想赶紧上前：“师傅，你是要进店购物吗？这里现在只能团购，不对个人。”

那名男子焦急地说：“我是为单位的事来的，我们单位可不可以办团购？”

“团购需要办理相关手续，社区工作人员会给予指导。”中年人听了张斌想的介绍后，高兴地直奔居委会而去。

接着，张斌想赶到社区警务室，调取视频监控资料，查看重点部位、重点时段的路面、街边、门点情况。

“社区封闭，快递增多，有些快递小哥把东西放在小区门口就走了，没有当面交接，前几天就出问题了，有位居民价值千元的包裹被其他居民取走。”张斌想调取监控，在监控室把当时的事发现场调出来告诉记者，该遗失包裹处于监控死角，通过警民联系群、社区工作群好言相劝并适当警示，最终错拿快递的当事人悄悄地将物品放到原处，表示了歉意。

月湖派出所教导员龚宇萍说：“老张做事非常认真，最近他还锁定了一名故意损坏防疫设施的违法人员，受到市公安局督查组的肯定及表扬。”

社区居委会主任陈铃当天也谈到张斌想的“实”：集中拉网大排查，月湖琴声、龙灯里、九龙仓、中海琴台华府，几个小区都有疑似病人拒绝去方舱医院，张警官就一个态度，“不漏一户，不漏一人”是防疫指挥部死命令，要不折不扣地执行。

连续的加班、长期的浅睡眠，让这个老民警头晕、腿疼、关节肿胀、直不起腰板。可是，一穿上防护服、在居民家中一站好几个小时，他毫无怨言。汗水浸透衣裳，口干舌燥，他用坚持不懈的努力换来了患者的理解与支持，最终他们全部自愿接受隔离，无一采取强制措施。

“张斌想，张斌想，为社区想，为居民想，为工作想，就是不为自己想。”居民们看到隐患排除，给他编了这么个顺口溜。

湖北日报全媒记者　饶纯武　通讯员　杨槐柳

警徽因你而闪耀！

面对来势汹汹的新型冠状病毒感染肺炎疫情，全国公安机关和广大公安民警全力以赴投入到疫情防控和维护社会稳定各项工作中。

郑勇、何建华、李弦、程建阳、尹祖川、刘大庆……他们不畏艰险、冲锋在前，倒在了疫情防控的第一线。近日，公安部启动战时表彰奖励机制，追授这 6 名民警全国公安系统二级英雄模范称号。

头顶警徽、身着警服，这场战役中，他们深知，身为人民警察的职责与使命。

挺在疫情防控的最前面

在除夕夜值班岗位突发疾病住院后，郑勇就再也没有回来。

疫情发生以来，作为湖北省南漳县公安局交警大队秩序科负责人，郑勇和战友一道，全力投入疫情防控阻击战。

2020 年 1 月 24 日，除夕。早上 7 时，郑勇像往常一样早早起来。母亲以为昨天已经值班的郑勇，当天会休息。

“科里的一位兄弟长期两地分居，我提前让他回去过年了。”郑勇说，“他今天有班，我替他。”

上午，南漳县公安局召开紧急会议，部署全警上岗，全力投入疫情防控阻击战。

按照交警大队值班安排，各大路口均设置检查点，全面检查过往车辆。12 时许，正驾驶警车开展疫情防控和街面巡逻的郑勇突感腹部疼痛。他把警车开回平台，交代好工作后赶往医院就诊。

大年初一，郑勇陷入昏迷。医生说，郑勇是因积劳成疾，发展成急性肝衰竭。2月5日，年仅40岁的郑勇不幸牺牲，永远地离开了他的亲人、战友和挚爱的公安事业。

老党员的最后一句话

“我是老党员，参加过抗击‘非典’，让我去吧。”2020年1月26日，内蒙古自治区突泉县公安局育文派出所民警何建华请战。

1月26日，何建华在执行疫情防控任务时，突发脑出血，经抢救无效不幸牺牲。

今年52岁的何建华，曾因车祸摘除了脾脏和一个肾脏，但是工作中一直冲在前面。因他在冬运会安保等工作中连续作战，所里特意安排他在过年这几天备勤调整，不用到一线。然而1月26日大年初二早8点半，何建华还是出现在同事们面前。

突泉县没有铁路，也没有机场，作为全县唯一公共交通运输通道的汽车客运站，就成为防控疫情的重点部位。

当天上午9点，何建华带着两名辅警在汽车客运站开始协助疾控部门对进出站人员进行登记、消毒和体温检测。

之后的几个小时，何建华开始和头疼做斗争，却迟迟不肯离岗。直至13时，在战友不停的催促下，何建华才回去吃药，开车临走前，特意叮嘱：“你们勤盯着点，我去吃点药一会儿就回来。”谁也没有想到，这是何建华留给他们的最后一句话。

为了人民的生命健康安全

2020年1月28日23时许，河南省汝州市疫情防控一线，汝州市公安局三级警长程建阳突发脑出血昏迷，被紧急送至汝州市人民医院抢救，病情危殆。

1月30日下午3点50分，程建阳的生命定格在了45岁。

“那晚我10点走时，程队还好好的。”望着程建阳空空的座位，同事们始终不肯接受他已牺牲的现实。

1月25日一大早，程建阳从疫情防控一线拖着疲惫的步子赶回家中。此时，妻子任红霞已将煮好的饺子摆上饭桌，16岁的女儿程稚懿坐在桌旁等着爸爸。

程建阳匆匆吃完饺子便去了卧室，俯身亲了亲还在熟睡的3岁半儿子程灏。“红霞，疫情很严峻，我得赶紧赶回局里。”程建阳又抚摸着女儿的头说：“等过几天情况好转了，我去买个蛋糕给你庆祝生日。”

面对疫情防控紧张形势，程建阳作为社会治安稳定疫情防控专班的相关负责人，除了本职工作外，主动请缨坚持每天作为主带班，加入疫情防控排查一线。

在请战书上，程建阳写道：“我愿到疫情防控一线，我将勇往直前、决不退缩。”

程建阳的同事回忆，直到他突发脑出血昏迷的1月28日晚上，他还在不断地提醒和要求每名同志，在坚守疫情防控工作中不能有丝毫懈怠。

沈阳铁路公安局吉林公安处吉林北车站派出所三级警长刘大庆在吉舒线5公里163米道口负责防疫卡控。道口位于吉化运输核心枢纽，运输高峰时期，1小时就有近千台车辆通过。

刘大庆已连续1个多月在道口执勤，疫情发生后，他仍带头奋战在防控一线。2020年1月27日，刘大庆感觉身体不适，到医院简单做了检查，再次返回了岗位。领导和战友都劝他歇歇，可他依然坚守。

“我好像不行了。”1月28日凌晨3时，同事李月接到刘大庆的电话。电话里，刘大庆声音虚弱。李月赶紧跑到隔壁值班室，看到刘大庆脸色煞白，气息微弱，立即拨打了120。在送医途中，刘大庆还不忘叮嘱：“明天帮我把没检查到的地方走完！”

1月28日20时，虽经全力抢救，刘大庆还是因为蛛网膜下腔出血不幸离开了我们。吉舒线5公里163米道口依然车辆穿梭，那个老民警的身影再也没有出现……

坚守到生命最后一刻

2020年1月21日，山东省泰安市公安局泰山分局中队指导员李弦奋战在抗击新冠肺炎疫情的网络安全工作战线上。此时，他头疼已3天，每天工作10余个小时，累了困了就在沙发上休息一会儿。

“根据昨天的信息研判，网上关于疫情的虚假信息有增加趋势，我们要加强24小时网上巡查，维护网络安全。”1月21日8时30分，李弦和同事们已经制订出一天的工作计划。

9时30分，中队内勤民警梁潇来到李弦办公室，让李弦确定春节假期执勤时间，李弦选定除夕晚上11点到初一下午1点的执勤时间段。“他每年都是这样，总是把除夕和家人团聚的机会留给别人。”梁潇说。

12时，太过劳累的李弦悄无声息地离开了。他的双手仍放在键盘上，而电脑屏幕上显示着未完成的一份工作日志：“发现网上疫情虚假信息11条，累计处理问题信息360条……”连续加班3天的他，因为过度劳累突发脑出血，经抢救无效牺牲，年仅37岁。

1月29日，农历正月初五，长江航运公安局宜昌分局治安管理支队支队长尹祖川，在疫情防控岗位上突发疾病殉职。

处于疫情核心区的湖北省，长江航运公安局宜昌分局第一时间成立疫情防控工作领导小组，办公室就设在尹祖川所在的治安管理支队。

作为治安管理支队支队长，尹祖川担当尽责，始终坚守在疫情防控工作第一线。

尹祖川离开后，同事们梳理了他春节假期的部分工作动态：

1月23日，逐一督促辖内8个派出所做好安保工作、加强疫情防控；1月24日，农历大年三十，指导宜昌分局宜昌派出所及时处置一集装箱船上搭载武汉船员事件，密切关注船员隔离观察动态，做好疫情防控工作；1月25日，指导辖内派出所对锚地滞留船舶做好治安及疫情防控巡查……

在生命的最后几天，他像陀螺一样奋战在疫情防控、守护平安的一线。

新华社 熊 丰

用生命守护生命

——追记湖北京山战“疫”一线的共产党员崔靖

2020年2月24日21时42分，湖北省京山县新冠肺炎疫情防控指挥部医疗救治和专家组成员、市卫生健康局党组成员崔靖，在抗“疫”一线奋战32天后，突发急性肾衰竭，生命定格在57岁。

“对病患负责、对数据负责。”崔靖的“老战友”、京山市委办副主任陈燕华说，“他是累成这样的！”

1月21日，新冠疫情在京山市还没被更多市民认识，崔靖带着魏文赶往市人民医院。

“发热门诊排队的人非常多。”市卫生健康局政策法规监督股股长魏文回忆，“崔靖提出，必须在发热门诊前开设分检门诊，让疑似病患尽快就诊。”

很快，分检门诊建了起来。病患不用在密闭空间排队，直接到科室检查，提高了检查效率，也减少了交叉感染。

1月23日，京山县新冠肺炎疫情防控指挥部成立，崔靖主动请缨，负责医疗救治和专家组工作。

疫情就是命令。崔靖要求同事：不放过一个接触者，不漏掉一个疑似病患，不放弃一个确诊病患。

1月23日以来，崔靖回家时间一天比一天晚，23点，凌晨1点、3点……最晚到凌晨4点，才回家迷糊一会儿。

连续熬夜，崔靖脸色越来越差。2月初，大家催他去医院，他说：“应是结石引起的，问题不大。”

2月5日，崔靖疼得脸色发白，中午抽时间去医院检查。医生要求住院治疗，结果开了点药，他又回到办公室。

“太忙了，真是太忙了！他手机几乎没停过，边充电边打。”同事熊芳回忆。

崔靖疼痛越来越厉害，只好弓着腰走路，同事多次劝崔靖去医院，他说：“这关键时刻哪里走得开？忙完就去。”

人员密集区疫情防控引发关注。崔靖第一时间提醒，要注意精神卫生医疗机构。2月23日一早，他就要求组建工作专班，到收治精神障碍患者的医疗机构查看。

严谨的工作作风，不是一天形成的。每年6月、7月灭杀钉螺时，崔靖都要到血吸虫疫区跑一遍。全市81个疫区村、327处有螺点，没有一处他没去过，没有一处他不熟悉。

“他完全不用每个点都跑到。可他总说，要眼见为实。”京山县血防所书记蔡家乐说。

崔靖常说：“做基础工作，一点都不能马虎。”他似乎有使不完的劲，干不完的工作。

就是这样对自己严格要求的人，对同事更多的却是一种温情。

疫情防控声声令急，下班从没固定时间，但不管多晚，崔靖一定是最后离开的。

“女同志不要熬狠了，剩下的工作我来做。”女同事们都知道，这是“赶”她们回家了。

“我们可能凌晨零点、1点下班，但他会更晚。他不让我们熬夜，其实熬得最多的是他。”魏文眼里泛着泪花。

2月24日，崔靖疼得完全动不了，被同事紧急送到医院。20时10分左右，他突然出现心脏骤停，虽经全力抢救，最终不幸去世……

“疼的时候，脸发白，手发抖，劝他去医院，他总说等等，再等等。”爱人李书艺含泪说，“他认定的事，就一定要做好，不管遇到什么困难。”

抗“疫”仍在继续，同事们只能将悲痛埋在心底，擦干泪水加油干。“崔靖做的每一件事，汇聚成一种能量、一种精神，激励着我们战‘疫’一线工作人员。”同事谢小英说。

新华社　黎昌政

热血冲锋，为生命护航

——“90后”汉警突击队

穿上防护服，戴好护目镜、口罩，不到10分钟，武汉市公安局江岸区分局二七街派出所青年突击队的三名队员整装完毕。

“出发！”2020年3月1日9时，队长郑宇一声号令，3人驱车直奔汉口医院，在医院门口值守，维护就医秩序，处置警情，提供救助。

突击队其他成员，分头到各自对口定点医院、隔离点和社区，开展值守和社区封控管理工作。

新冠肺炎疫情发生后，二七街派出所成立了青年突击队，负责转运病患、为求助者提供援助、封控社区等工作。

突击队中，34位民警和辅警全是“90后”。队长郑宇是个“95后”，工作刚满两年，原本准备腊月二十九回宜昌过年，因疫情形势不明，他第一时间退掉了车票。

“我们主要负责医院的保卫工作和转送工作，24小时待岗。”郑宇说，有一天他白天在酒店站岗，晚上凌晨转运病人，连续工作近20个小时。

在青年突击队里，热血冲锋的“90后”小伙儿还有很多。

在四川老家刚刚完婚的彭泉均，为了尽早归队，他与新婚妻子告别后，逆行千里，独自返汉。

2月7日，完成3名病患转运任务后，彭泉均怀着激动的心情写下了入党申请书。他说：“在英雄的城市，有英雄的人民，有英雄的警察！要像那些奋战在防疫一线的共产党员一样，勇往直前，做‘最美’逆行者！”

同样新婚的李志豪，也是将妻子送回老家后，立马归队。

2月2日上午，李志豪一步一挪，将连续高烧多天的97岁的徐爹爹背下楼，安全送到了病毒检测点，并陪伴其做检测。待检测完毕，他又陪徐爹爹原路回家，背其上楼，将老人安顿好后才离开，此时的他已是满头大汗、气喘吁吁。

26岁的郑燕是所里最年轻的社区女警，也是一位年轻的妈妈，在疫情危急时刻，她天天和社区群干一起奋战在抗“疫”一线。

除了配合街道一起做好辖区群众和病患排查送治工作外，郑燕还带领社区网格员积极开展防疫宣传教育，普及防疫知识，缓解居民的紧张情绪。

热血冲锋，为生命护航。截至目前，这支青年突击队已成功转运病患220余人次，受理群众求助40余人次。

湖北日报全媒记者　彭小萍　通讯员　黄海波　唐时杰

晕倒在工作岗位上的网格员

2020 年 2 月 24 日中午，江夏区纸坊街站西社区内一片低声哭泣的声音，因为年轻同事陈洁的晕倒，大家把近段时间以来抑制在内心的压力、负面情绪倾泻出来。

这段办公室的监控视频后来被网友发布在抖音上，记者核实还原了整个经过。当天，陈洁的同事们待情绪发泄完，各自或拿着体温枪，或前往超市帮居民买菜等，有条不紊地继续开展工作。短暂休息后，陈洁也起身前往居民家中排查。

意外的晕倒

28 日上午，记者到江夏区纸坊街站西社区想看看陈洁恢复得怎样，正忙着给居民分爱心菜的社区书记指着路边一个排查点，说：“陈洁在那边值班，正好，你们送来的防护礼包带一套给她赶紧穿上。”

当天上午，陈洁一大早草草吃了个面包，就赶到了办公室。她的目标是在上午把自己网格的300余户居民体温排查完。

收到防护礼包和主办方颁发的“武汉护航人”证书的陈洁有点害羞，她说：“当时只是有点累，现在好了，同事们都很辛苦，证书是属于大家的；现在最大的心愿就是居民们都能听话，在家里好好待着，不要到处跑。”

站西社区构成较为复杂，位于江夏主城区边缘，京九线从一旁穿过，辖区面积1.3平方公里。因位于城乡接合部，社区有封闭式的小区，也有开放式独立私房民居，管理难度大。

而陈洁每天负责的300余户全是私房，每天走一趟下来，微信步数轻松破万。

晕倒那天上午，陈洁排查完居民体温，给几个特殊病人送完药。在回办公室的路上，她开始觉得头晕。

办公室监控视频可以看到，陈洁一直紧靠着墙颤颤巍巍地走，走到自己办公室门口前突然倒地，同事们赶紧把她扶起来坐到椅子上，倒水、拿吃的。

“还有人给我嘴里塞了块巧克力。”陈洁说着说着就笑了，她说她一摔在地上就醒了，因为头磕到地真的好疼。

一个多月没有休息

见她身体疲惫晕倒，社区书记涂小红心疼不已，劝她下午回家休息一下。“下午还要给40多户居民送菜买药。”休息半小时后，陈洁又走出了办公室开始工作。

陈洁告诉楚天都市报记者：“没办法，那么多居民等着我送药送物资，他们需要我。”

今年30岁的陈洁是在去年底以优异的成绩入职站西社区网格员。当时，一网格员即将退休，陈洁就接下了一网格的工作。

入职后，陈洁就每天入户走访，了解情况，不懂的、拿不准的问题就请教那位退休的网格员和同事们。

然而，工作不到两个月，新冠肺炎疫情暴发，让还未完全了解自己所辖网格情况的陈洁有点措手不及。

疫情来了不退缩，陈洁每天要负责300余户的体温监测、居家服务、特殊病人药品、生活物资的采买、消杀、小区巡查、给隔离病人倒垃圾等服务。

怕居民有突发情况，她的手机24小时不关机，由于工作连轴转，体力透支，才会在办公室门口突然晕倒。

疫情未结束会一直战斗下去

“居民一句理解的话语都可以感动好久，受点委屈没什么，只要他们都健健康康，其他都不算什么，都是值得的。”这段时间以来，陈洁有过感动，也有过委屈。

好几次，由于居民不理解，陈洁哭得稀里哗啦。一次，有一位居民需要买药，有好几种药，陈洁跑遍了纸坊大小药店，才将药买齐。

当递到居民手中时，没想到居民十分不高兴，还准备发火，原来其中一种药生产厂家和他之前买的不一致，便责怪起陈洁。

出了门，陈洁委屈地哭了。

“大家都是第一次遇到突发疫情，站在居民的角度也就理解了。”陈洁想，如果自己的服务更加精细一点，就不会发生居民不满意的情况了。

有时，忙碌了一天，看到网格群有居民说了几句理解她的话，她也会哭。

“社区工作者太不容易了，希望能够被理解。”陈洁说，目前她最想做的一件事就是好好睡一觉，无忧无虑地。

不过，平时如果累了、遇到不理解，她就会拿出手机看看保存着的 3 岁儿子天真的笑脸，这时她所有的疲惫会一扫而空，“希望疫情过后可以多陪陪孩子”。

楚天都市报记者　陆　缘　朱　蕾

摄影　黄士峰　通讯员　王夫之

这个物业经理有“三把刷子”

“为袁洪点赞，最美逆行者！”

“多亏了物业，要狠狠地感谢袁经理！”

“一直以为袁经理是个汉子，没想到是个川妹子！”

这些天，武汉市武昌区中南路街梅苑社区的中南国际城业主微信群中，对物业副总经理袁洪的点赞此起彼伏。

居民们恍然发现，原来优秀的物业工作人员，不是只会看门打扫卫生，而是十八般武艺皆通，既能主动作为，又会精准施策，很有“几把刷子”！

“一家人”不说“两家话”

2020 年 2 月 25 日晚 9 点半，大雨初歇。团购、分菜、送菜，袁洪忙碌了一天，却丝毫不敢懈怠——这样的好天气，一定有人出来遛弯儿。

果然，A 座楼下有位女士正在遛狗。“大姐，晚上降温了，您出来遛狗，当心感冒啊，这个时候抵抗力下降了可不行！”袁洪的柔声细语中不失干脆利落，大姐立即被说服回家。

小区业主和物业公司之间的关系，曾经是一道“世纪难题”。但与袁洪相处下来，业主们却觉得亲似一家人。

1 月 19 日，一封特殊的感谢信在小区业主群内传开了。原来，一业主回乡过年时将屋内电源关闭，致使冰箱内食物腐烂。抱着试试看的想法，他联系了

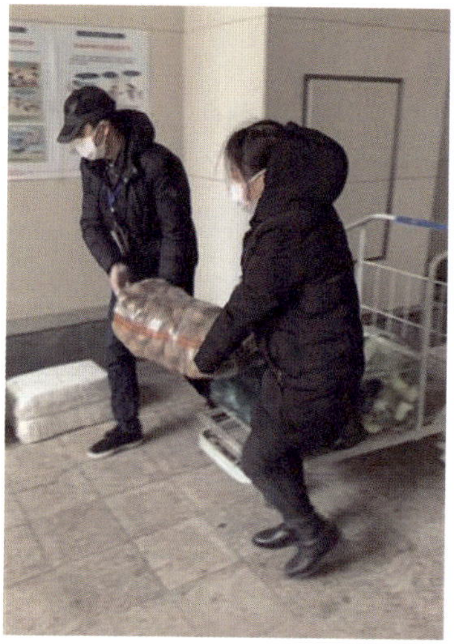

物业，袁洪了解后，当即表示一定帮助。业主将钥匙寄回武汉，袁洪带着楼管员清理了冰箱。

2月20日，业主毛爹爹向物业致电称，老伴患有阿尔茨海默病，发病时一定要吃特定品牌的山楂片，现在出不了门，他又弄丢了包装盒，不知如何是好。袁洪立即让同事到毛爹爹家，自己则赶往超市，与同事视频连线，举着一袋袋山楂片，让毛爹爹辨认。约1个小时后，终于买回婆婆想要的品牌。“这姑娘真是蛮过细！”毛爹爹感动不已。

领导干部就该冲在前面

2月9日上午，简单收拾了两件衣物，袁洪就在物业办公室一旁的宿舍住下了。“那时候疫情还在加重，居民的困难、需求也越来越多，一定得有个人牵头做事。”她认为，住在宿舍，无需路上来回奔波，又能与家人保持隔离。

小区D座是确诊患者最多的楼栋。袁洪一到岗，就与副总经理杨小松决定加大消杀力度。每天晚上9点，处理完日常事务后，两人拿起喷壶直奔顶楼。载重2斤的喷壶，每人要背上3个，从33楼逐层下楼喷洒。“一开始还有点害怕，听到业主家电视机的声音，胆子就大了。”

“你是哪个门栋？”2月23日下午4点，袁洪和同事正在发放团购到货的73份水果和77份蔬菜。因为与业主隔着2米的距离，每发一份，她都喊一句“你是哪个门栋？”这一喊，就是两个多小时。

为了减少居民外出，小区规定每周团购蔬菜2次、水果1次、鸡蛋肉类1次。每次团购前，袁洪要求各楼栋长提前1个小时向她发送菜单，核实清楚后，她再外出购买。少则几十份、动辄几百份的物资，袁洪往往要在小区和超市之间奔波五六个来回。“这种时候，如果领导只拿着手机远程指挥员工，工作肯定搞不好。”

2月19日下午，小区团购的物资多达406份。正愁没有足够的分发人员时，远远走来3人——当天不值班、家住附近的员工主动来帮忙了。这一幕，袁洪看在眼里，甜在心里。

及时答疑，让业主吃上“定心丸”

“袁经理，你拿着浇花的水壶消毒，那么点儿容量，足够给整栋楼用吗？”小区业主时常对物业工作有这样那样的疑问，袁洪总是第一时间用事实回应。当天，袁洪迅速上传了一张自己带着3个水壶的工作照，并跟业主解释：“一旦3个壶都喷完，我们就乘电梯下去补消毒液。”

去年10月，袁洪刚从售楼部调至物业服务中心。到岗大半个月后，她已经加了上百个业主的微信。“我们做了哪些努力，做得好不好，都会及时通过拍照发朋友圈的方式，告诉业主们。”“今天收到了订购的补贴菜，居民们很开心。”“今天一共派发406份套餐，我们尽自己所能，有不周到的地方希望大家提出来，我尽量改正。”如今，她一发朋友圈，就能赢得业主的频频点赞。

去年爱人突发心梗去世后，袁洪成了家里唯一的顶梁柱，既要照顾双方父母，还要操心两个孩子。留宿在一线半个多月来，她没跟家人见过面。发工作照，既是向业主的一种“汇报”，也是对家人的一个交代。

■ 湖北日报全媒记者 张倩倩 通讯员 顾玉兰

“六旬书记”：再难也要顶上去

凌晨6点，闹钟还没响，董守芝就醒了。第一件事，打开手机，翻阅社区群里的信息。

一个多月来，身为社区书记的她，没睡过一个安稳觉。

曾患小儿麻痹症而行动不便的丈夫仍在熟睡，董守芝轻手轻脚洗漱，摸索着走进厨房。她把丈夫的那一份早饭留在锅里，戴上口罩出了门。

“西桥的女将，真厉害！”

城市尚未苏醒。浓雾笼罩的三眼桥路上，年过六旬的董守芝，步子又快又急。

这条路，董守芝走了28年，从满头青丝走到两鬓斑白。

新冠肺炎疫情中，中老年人是高危人群，但董守芝像年轻人一样，楼道消杀、入户排查、上门送菜，样样抢着干。

“从1993年开始，我就在这个社区工作了，对每家每户、一草一木都很有感情，这个时候，绝不能退缩。”董守芝说，只要还在岗位，肩上的担子就只能加，不能减。

西桥社区，是武汉典型的老城区，城中村密集。除11个老旧小区、3个自助物业小区外，还有422栋平房，65岁以上居民占8成，不少居民不会上网“团购”。实行封闭式管理后，这些居民的生活所需全靠社区配送。

24名社区干部，加上50多名市、区下沉干部和党员志愿者，承担着16 000多人的柴米油盐和日常管控，任务繁重。

在董守芝看来，群众的依赖，正是党员干部的价值所在。

2020年2月21日，她第一个挑起给社区居民买菜的“新担子”，联系到一批蔬菜，赶在当晚8点前运达。

运菜车刚停稳，她就带领8名社区干部和5名志愿者，组成一条人力“传送带”，一口气将满满4卡车蔬菜运进社区，3小时没歇气。送菜司机钦佩地竖起大拇指：“西桥的女将，真厉害！”

“给孟先富的儿子买一袋大米。”

“给三眼桥路61号代松清买面条。”

……

各家各户的需要林林总总，她照单全收，并注明来电号码和时间。

头天的笔记明细，就是第二天的工作清单。22日上午，董守芝与社区干部走家串户，分头把居民所需送到门口。

下午1点，午饭送到，这是一天里难得的喘息之机。董守芝来不及休息，自掏腰包多买了一份工作餐，朝家的方向匆匆走去。

不能停的降压药，她“匀”给居民

下午 2 点，董守芝回到社区服务大厅时，手上提了几盒药。倍他乐克、波立维、可定，这是高血压患者每天必须服用的常用药。

“小周，你把这些药先拿去，给你妈妈用。社区里的药回来后，再给你们送些去。”她打电话给无线电厂小区居民周汉胜，并询问老人状况。

董守芝说，周汉胜的母亲患有高血压，家中储备的降压药吃完了。防疫管控措施升级后，这类药只能由社区统一到定点医疗机构领取。

“上午，赶去取药的社区干部打电话回来说，前面还有 80 多个社区在排队，不知道要等多久才能领到。”深知此类药物不能停，她便从自己每天服用的降压药里，匀了一些出来，给周汉胜家“救急”。

“你把药给我们，你自己怎么办？”

“没事，我症状轻，医生说药量可以减半，我家里还有一点，可以省着用。”董守芝伸手把药递过去，“快拿回去给老人吃，这个药一停，血压马上就上来。”

周汉胜接过药，连声道谢。没走几步，他又转过身来，对着董守芝深深鞠躬。

下午 3 点，送走周汉胜没多久，社区北路片网格支部书记顾静华哭着走了进来。原来，两天前，社区发动居民里的党员当志愿者，为群众分发生活物资。63 岁的郑先生主动报名，参加了一次志愿服务，但事先没有告知家人。其家人得知后，打电话到市长热线投诉，认为社区不应该让老人当志愿者。

“别哭，别哭。”董守芝连忙上前安慰，“我们以后把工作做得再细一点。”

在董守芝看来，群众不满意，首先要从自己身上找问题。为群众办事，不仅要办成，更要办好。

“抗击疫情的特殊时期，我们要细致入微地体察居民们的情绪。”她为顾静华擦干眼泪，“这个时候，千万不要闹情绪啊，我们是社区干部，再难也要顶上去！”

湖北日报全媒记者 邓 伟

同事同学两民警　战“疫”一线又战友

“老杨，执勤完回家，一定要注意洗手和消毒。”

“好的，银银，你在方舱执勤比我危险，你自己要格外小心。”

2 月 23 日凌晨 1 点多，2019 年转业到武汉市东西湖公安分局泾河派出所的张银银，和自己的战友、同年转业到青山公安分局八大家派出所的杨培廷相互问候。

同事、同学、室友、战友

张银银在工作

张银银和杨培廷转业时都想当警察。

军转考试结束，周围的朋友、同学都劝他们，干警察累、辛苦、顾不了家，凭他们的考试成绩可以选个相对轻松点的岗位，但他俩毅然穿上了向往的警服。

他俩并非亲兄弟，但感情却早已胜过亲兄弟。军校毕业，他俩前后脚被分配到国防科技大学信息通信学院汽车连当排长，成了同事和战友。2016 年，两人又一起考研，住进同一间宿舍，一起学习、写论文、毕业。2019 年，两人年龄到限，又一起转业，共同实现了当警察的夙愿。17 年的兄弟感情，就这样随着时光的推移，在相互陪伴、扶持和帮助下慢慢增长与升华。

2020 年春节前，他俩刚到各自单位报到不久，刚穿上警服，就陆续接到了防控新冠肺炎疫情的通知，又一次战斗在了一起。

张银银在部队平时就没怎么和家里人一起过过年的，本想着转业能过个团圆年，可 1 月 22 日，接到设卡值勤任务的他，当即就打电话通知家里不回去过年，第一时间出现在了高速路口的执勤点位上。一周后，他又主动报名，成了第一批 21 名进入东西湖方舱医院核心区的公安干警之一。

在青山普仁医院执勤的杨培廷也坚守在他的岗位上，此时他的妻子不久前刚做过手术，家里还有 5 岁的女儿需要照顾。

同样忙碌在一线

接送发热、确诊病人，处理医患纠纷等紧急情况，是杨培廷的主要工作。

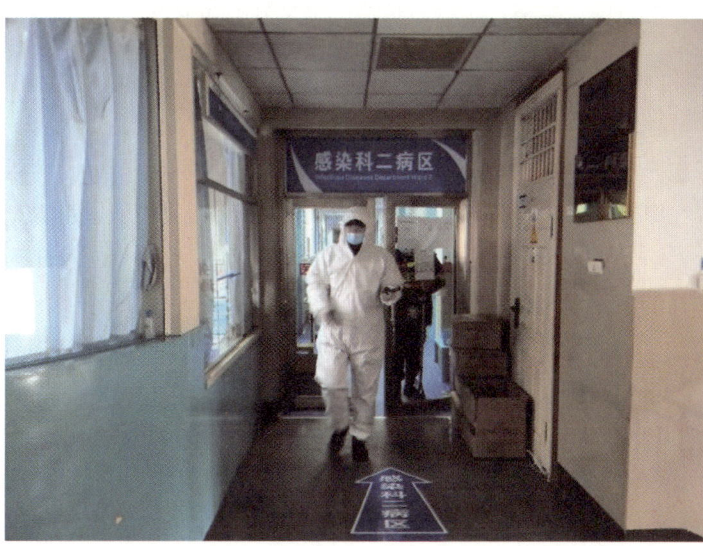

杨培廷在岗位上

疫情期间，他的任务比以往更重，出警次数也比以往更多。

2 月 12 日晚上 8 点左右，杨培廷所在派出所接到一位新冠肺炎疑似患者家属求助电话。老杨和同事潘钢一起，在所长刘承万的带领下，一边迅速向青山分局指挥室汇报情况，一边同街道、社区联系，请求明确接收医院或隔离点。当把病人妥善转运和移交到青山镇石化医院时已是第二天凌晨。

张银银说，他在方舱 3 人一班，6 小时一轮换，除了维护舱内秩序，还需要为病人引路、办手续、打水分饭、发物资、安抚情绪等。

2 月 21 日，东西湖方舱里一位 40 多岁的男性病人不愿意转院。张银银通过跟他聊天发现，患者担心换一个地方条件不好，影响救治。张银银当着患者的面用对讲机呼叫指挥部，询问转到哪家医院。对方明确告知是肺科医院，患者才慢慢打消疑虑，愿意转院。

杨培廷的单位离医院很近，原本在单位值班，遇到警情再出动也来得及。但是为了让医护人员更安心，他和同事 24 小时守护医院，不在门口守卫，就在医院里面巡逻。

张银银说，一天凌晨 2 点多，一个护士的睡姿让他难以忘怀。由于戴着面罩、护目镜、口罩，无法趴着睡，一位护士在极困的情况下，跪在椅子上，双手抱着椅靠背，头悬空朝下睡着了。

杨培廷和张银银一直强调自己是普通人，做着本职工作。“既然穿了一次防护服，就不怕多穿十次。”他们笑称自己干过了病毒，但内心却时刻惦记同样在岗的兄弟，哪怕半夜值完班，问候一句，有回应就是踏实的。

湖北日报全媒记者　汤炜玮　通讯员　郭　育

幸福社区干部繁忙的一天

2020年2月8日，正月十五，元宵节。武汉市江夏区纸坊街幸福社区党群服务中心比过节更忙。

上午9时许，从纸坊大街右拐进入宁安路，“保持卫生，不要出门，戴好口罩……”循着喇叭声由小变大，就到了幸福社区。“每天上班第一件事，就是打开大喇叭，循环播报。”社区书记陈慧说，早上8时半以前，社区工作人员全部到岗。

“注意防护，今天工作量很大，大家辛苦一下。”陈慧哑着嗓子说道，社区和街道数据汇总发现，该社区新增4名新冠肺炎疑似患者，涉及4户居民共22人。另外，还有一名确诊病例、一名治愈回家的疑似患者。

疫情就是命令，12名网格员和区直部门下派来的党员干部立即行动。网格员忙着看群、打电话、回答疑惑，下派人员收拾装备、背起喷洒器迈步而出。

“你们不要出门，我马上来。”幸福社区第二网格网格员刘琴一边通过电话叮嘱患者郭某家属，收拾好随身换洗物品，一边叫上两位消毒员，骑着电动车赶往全塘里居民小区。

到疑似患者家里去，怕不怕？刘琴说，刚开始有点怕，后来去多了，感觉不怕了。“没事，昨晚已经消毒一回了。”刘琴介绍，7日晚上，居民郭某在网格反映自己肺部不舒服，随后做CT检查，显示存在肺部感染，当晚被送至江夏区侨亚医院隔离治疗，社区也安排对其家中进行了消杀。

15分钟后，来到郭某家，郭某的妻子、女儿和父母4人有些焦虑。刘琴先是介绍相关隔离要求，做一些心理疏导，再介绍集中隔离的好处，引导他们积极接受医学观察。10分钟左右，街道安排的车辆到达楼下，4名“密接人员”上车去往隔离点。

紧接着，刘琴和消毒员对楼梯、单元门、小区过道进行全面消杀作业。“还有2户要送菜、1户送降压药。”刘琴说，她的网格有305户居民，以前是网格的“大管家”，现在成了“小灵通”“快递员”。

繁忙的不只刘琴一个。陈慧说，上午要将其他3名疑似患者安排送到侨亚医院，要对接、动员18名家属到隔离点隔离。

临近中午，“中午吃汤圆么？”湖北日报全媒记者问。“哟，今天正月十五啊，太忙了，都忘了过节的事了。”陈慧和姐妹们一阵苦笑，如往常一样，中午还是泡面加火腿肠。

“陈书记，乔爹爹家不好搞，你看怎么办好。”吃饭时，网格员田惠芳找陈慧拿主意。60多岁的乔爹爹CT检查显示肺部感染，已送去隔离医院，只剩下患有精神疾病的儿子在家，如果去区党校隔离点隔离，怕有诸多不便。陈慧停下筷子，立马向街道反映情况。吃完泡面，街道反馈安排乔爹爹的儿子居家隔离，由网格员和社区照顾生活，随时监测。接下来两周，田惠芳又多了份“保姆”的工作。

下午，社区一名确诊患者和一名疑似患者治愈出院。网格员提前出动，对其居所进行消毒。后续社区将紧密关注14天，与治愈人员及其家属保持实时联系。

晚上6时55分，陈慧关掉电脑，最后一个走出大厅，幸福社区在繁忙中度过了元宵佳节。

湖北日报全媒记者　吴纯新　通讯员　刘龙腾

抗疫英雄谱

志愿者

挺身而出的平凡人

新冠肺炎疫情防控是一场人民战争，人民战争就需要发动人民，依靠人民。在整个战“疫”过程中，人民群众发挥了基础性、决定性的作用。

千千万万的老百姓严格遵守国家法律法规，听从国家号召和决策安排，自觉履行作为一名普通公民的义务与责任，切实做好个人卫生和防护措施，做好居家隔离，遵守外出和流动规定等。

而在社区防控和社会治理、社会管理方面，除了不计其数的社区工作者、人民警察也发挥了中流砥柱的作用外，还有千千万万的志愿者走上大街小巷，投入到疫情防控前线和一线。无论是在医院里、在隔离点，还是在社区，在交通物流快递、接送医护人员、投递分送各种捐赠物资和医疗保障物品等各个方面，志愿者这些幕后英雄们，都在默默无闻地发挥着重要的作用。志愿者代表了全社会的公民意识，志愿者精神代表了社会的文明程度和精神高度。

绝大多数的志愿者不计报酬，不计付出，无私奉献，无怨无悔，本着一颗公益之心，一种助人为乐、利他主义的精神，坚持不懈地在工作，在奋斗，在奉献。这是一群品行高洁、理想高远的人。他们让我们看到了这个社会的中坚、这个民族的脊梁、这个国家的力量。他们来自人民群众，就生活在人民群众当中，他们用自己的行动证明了人人皆可行善，人人皆可通过善行善举实现自己的价值，无论在多么艰难困窘的处境下，每一个人都可以有所作为，都可以为这个国家，为这个民族，为这个时代做出自己的一份贡献，建树一份功绩。

在志愿者看来，国家所遭遇的困难需要我们每个人共同去承担，国家安宁的重任需要我们每个人来分担，我们都是国家的主人，主人就要有主人的样子，就要主动地站出来、冲上去、豁出去，去行动去做事，参与战“疫”，参与保卫国家、保护人民的行动。志愿者都是普通的社会公民，他们在遵纪守法的同时，心有余力而助人、助他，这种集体主义和利他主义精神是值得大力倡扬的一种英雄的精神，英雄的本质就是利他，就是舍利取义、无私无畏。如果人人都能献出一份爱，世界将变成美好的人间。大道之行，天下大同，世界和谐。人类是一个命运共同体，每个人都离不开他人，每个人都需要他人的帮助和支持。志愿者以自己的行动诠释了公民社会每个人所应担负的社会责任，它不是社会要求的，不是法律规定的，不是国家强制性要求个人承担的，但是志愿者们站出来了，他们承担了，他们做到了，因为人民需要他们，因为艰巨的战斗需要他们，他们是一群无名英雄。历史应该记住他们，作家应该赞美他们，国家应该表彰他们。

我送的不是快递，是救命的人啊！

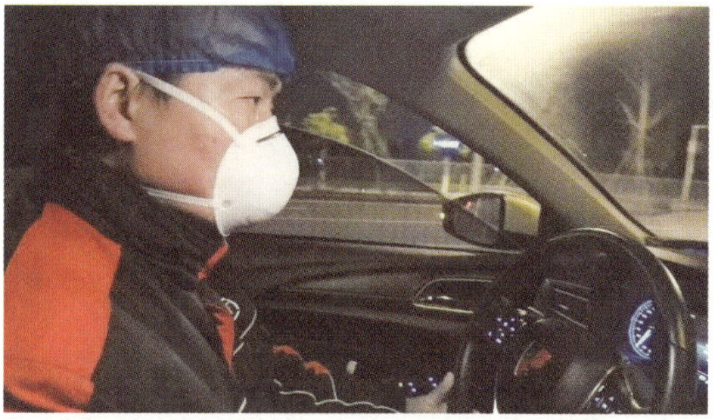

汪勇是个快递员，也是个“组局”的人。2020 年 2 月 13 日凌晨 5 点，他在武汉二环外快递仓库的一个高低床上醒来，这个仓库有些特殊，恰好建在下水管道口，潮湿阴冷，他拿起体温计，测了下体温，不超过 36 度。出门前看了下手机日历，原来，已经 22 天没回家了。

汪勇，生长于武汉，是一名普通的“80 后”快递小哥，从早到晚，送快递、打包、发快递、搬货，日复一日地拼搏，够得上一家三口开销。每天一睁眼就投入到战斗中的他，像一个上了发条的“陀螺”。他从没想过在这场疫情中，自己会成为新闻人物。

事情要从 2020 年大年三十说起，因为疫情的影响，快递公司放假了。傍晚，汪勇关好仓库返回家中与亲人吃团圆饭。晚上 10 点，打算哄女儿休息时，突然刷到一名武汉市金银潭医院护士的朋友圈，对方写道：“求助，我们这里限行了，没有公交车和地铁，回不了家，走回去要四个小时。”需求是 6 点钟发布的，一直没人接单。

“去还是不去”，当时汪勇很纠结，但又很想去做这个事情。他一开始没有告诉家人，而是一个人默默地花了一个小时做心理斗争。最后下定决心

"去"。老婆是个心理脆弱的人，没经历过什么大事；父母又上了年纪，不能让他们担心。所以，他决定一个人扛下这件事情——用善意的谎言瞒着他们。第一个问题是怎么出去。发单的护士是第二天早上6点钟下夜班，汪勇告诉老婆说，网点临时需要值班人员，他被派去值班了，顺利瞒了过去。当时他手里没有任何防护用具，就先去超市买了两只N95的口罩，六点钟准时到达武汉市金银潭医院。护士看到他愣了一下："我没想到有人会接这个单。"接着，她上车，一路上一言不发，默默抽泣，一直哭到下车。第一天汪勇接送了接近三十个医护人员往返武汉市金银潭医院，一天下来，腿抖个不停。说实话，他心里很害怕，万一感染了怎么办。汪勇开始打退堂鼓，劝自己说："要不算了吧。"但当他看到晚上有护士发单，目的地距离医院有几十公里，没有一个人接，突然又改变了主意。

汪勇又编了第二个"谎言"，告诉老婆说，自己接触了疑似病患，害怕被感染，只能先睡在快递仓库暂时隔离7天，没问题才能回家。开始老婆不听解释，哭得稀里哗啦，后来情绪稳定后才算同意。而慢慢地，和医护人员接触多了，他开始明白她们为什么轮休的时候，宁愿走路也要回趟家。事实上，在全国医疗救援队来之前，武汉市金银潭医院医护人员都是连夜奋战，很少有躺在床上休息的，多是在靠椅上眯一下。

大年初四，支援武汉的医疗队越来越多，给本地的医护人员们打了一剂"强心针"。那天，汪勇本来要接一名医生上班，就突然接到了她的电话："师傅，你不用来接我了，我今天可以轮休了。"当时他很开心，他建的医护服务群，进的人也越来越多，他开始发觉自己就算再拼命，也只能满足接送每天300公里的量。

于是，他开始寻找帮手，并提出硬性要求：必须一个人住，必须穿戴防护用具。如果答案否定，就拒绝他们。接下来有二三十个人轮流跟着他跑，中间他们跑坏了三台车，后来，六台车基本可以满足需求。但仍然不是长久之计，有人提议可以寻找资源。他们先是联系上了摩拜单车，他们的投放效率很高，医院、酒店所有的点位，车辆人员一天到位，解决了2公里左右的出行需求；他紧接着对接滴滴。为了配合到三环以外武汉市金银潭医院医护人员的出行需求，滴滴把接单公里数从3.5公里以内直接更改为15公里以内。

青桔单车也是三天内对接完毕，投放了400台，从运维到费用、投放，专门有个团队管理，一下子彻底解决了出行问题。那些天，每天晚上，汪勇都要抽出1个小时，和家人视频演戏，朋友圈发布招募和求助信息不敢对家人公开，但随着出镜次数的增多，任务越来越忙，这件事再也瞒不住了。老婆知道后很慌，他做了思想工作，最后还是表示支持理解。只是两岁的女儿很黏他，一到晚上就吵着跟爸爸睡，找不到就坐在角落里哭。元宵节那天，看着她趴在自己照片上亲了又亲的视频，汪勇心里特别愧疚，很想家人，但他觉得自己不能停下脚步。

有医护人员想吃米饭，汪勇和志愿者们搞定了一家餐厅，最开始他们募集到了2.2万元，为倒夜班的医护提供泡面和水。后来有一个护士发朋友圈说，好想吃大米饭，他看到后心酸得不行，下定决心第二天一定让她们吃上白米饭，很快就有餐馆老板对接了，16块钱一份，一天100多份。第二天，武汉一家酒楼老板找到汪勇说，可以免费提供盒饭，一天1 500份，分别提供给武汉市金银潭医院、新华医院和协和医院。就餐问题解决了，但他又发现另一个新情况：对接餐馆的负荷太大了，产能也已经到顶。他开始设想，在现有许多资源倾斜的情况下，能不能有一家专门的供餐餐厅。他很快开始落地实施，一天跑20多家餐厅谈合作，一家家地问能不能免费或低价提供场地和员工，很快，金滏山餐厅的老板，与他们目标一致，一拍即合。

2月5日，金滏山餐厅开始供餐，两荤一素，很快满足了武汉市金银潭医院的就餐需求。剩余的产量，每天供应给滴滴司机240份。汪勇想既然别人是来帮助我们的，我们就不该再把风险转嫁给别人。可惜的是，2月7日，在疫情关键期，由于没有特定卫生资质，这家餐厅只好暂时关闭。汪勇当时挫败感很强，但随后事情又开始出现转机。武汉一家本地企业“Today便利店”解决了用餐问题：每天提供武汉市金银潭医院所有支援团队的用餐，以及每天支持滴滴车主免费午餐300份。那天，他终于松了一口气。

汪勇说：“我是一个普通市民，一路走来，特别感谢同行的志愿者和大企业的帮助。大家都在为这个事情努力，我只是一个牵线人。”出行、用餐，特别忙时他就把这些事交给另一个人管理，好腾出手来做其他事情。因为平日里和医护人员接触得多，他们的现状汪勇自己最了解，生活上的支援也是必不可少。比如，眼镜片坏了，手机屏碎了，需要买拖鞋、指甲钳、充电器甚至秋衣秋裤，在群里通过接龙喊一声，很快就有专人采购，帮他们搞定。记得有一次，上海医疗队的两名医生过生日，汪勇团队帮他们买了蛋糕，过了一个难忘的生日；还有一次，因为医院里空调不能开，医护最缺的是用来保暖的无袖羽绒服，他们把商超的羽绒服买得一件不剩，又在广州定了1 000件羽绒服。

印象最深的一件事是，医护人员需要一批防护鞋套，整个武汉市都断货。汪勇在淘宝线上找到一个商家有货，但在距离武汉市区55公里的鄂州葛店，因为商家也是一名新冠肺炎确诊患者，发不了快递。他连夜开车去取，带回来了2 000双。他每天不停地做事，不停地解决问题，他不知道自己什么时候停下，但只要医护人员呼唤，他随时都在。截至目前，团队一共对接了1 000名医护人员，接下来还要对接3 000名驰援武汉的医疗队员。

汪勇说：“人这一辈子碰不到这么大的事情，不管做什么，尽全力做，不后悔。其实想想，我开始做这件事的初衷很简单，一天接送一个医护人员可以节省4个小时，接送100个就是400小时，400个小时，医护人员能救多少人，怎么算我都是赚的。”2月13日晚，妈妈的朋友看到了他的视频，电话告知了妈妈。汪勇说：“我从小就是个不省心的孩子，还好，这次办的事没给父母丢脸。”

2020年五四青年节来临之际，汪勇获得了第24届“中国青年五四奖章”的荣誉。

新民周刊　吴　雪

他懂得用自己的方式去做有意义的事情

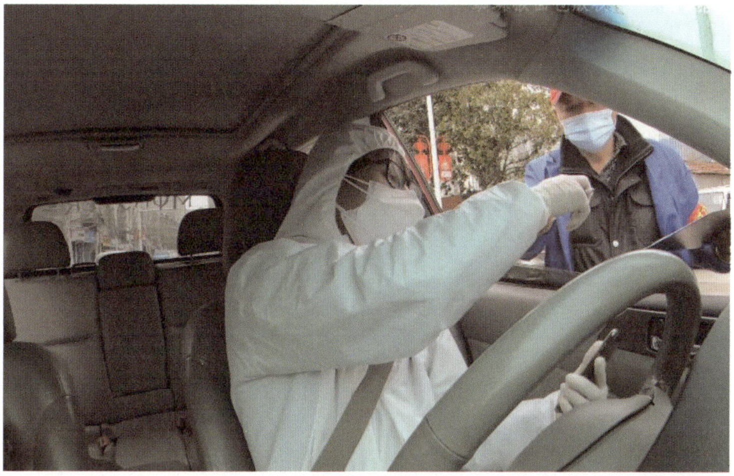

2020 年 1 月 23 日，离汉通道关闭、商场停业、市内交通停摆、快递暂停……整个城市仿佛被瞬间按下了暂停键，一切都被惯性冲得七零八落。

城市异常安静。阴雨的天气里，冷风裹挟着树叶四处飞舞。

好在，总有些勇敢的人在凿山开洞，不为名利给危难中的人送去曙光。

2 月 4 日，国家卫生健康委举行新闻发布会，点名药品“克力芝正在进行临床试验”，这个消息就像是忽明忽暗的灯塔，给人带去了希望。

克力芝这款药物并不常见。主效为治疗免疫缺陷病毒的它，平时多数与艾滋病人打交道。

国家卫生健康委公布消息后，一批志愿者最先为全国新冠肺炎病人募集了克力芝，但如何发到病人手里又成了难题。尤其是武汉，疫情最严重，城市停摆也最严重。很多在武汉的病人在网上呼号着需要这款药物，但谁在武汉接收这批药物，又如何送到这些感染者手里，成了志愿者松鼠哥面前最棘手的问题。

最需要帮助的病人，也是最危险的“传染源”。送药人得大量与他们或者他们的家人接触，这需要极大的勇气。

这时候，一位名叫“蜘蛛猴面包”（下文简称“蜘蛛猴”）的 Vlog 博主联系到了松鼠哥，说自己就在武汉，愿意承担“送药人”的角色。

后来接受采访时，松鼠哥对记者说：“愿意送药的人非常难找，在蜘蛛猴之前已经找了四五个人，都被拒绝了，拒绝的理由五花八门。”

“他能帮我送这个药，真的是帮了一个很大的忙，我非常感激他。”

松鼠哥并不知道，蜘蛛猴其实是一个圈内小有名气的 Vlog 博主。平日里主要拍摄旅行 Vlog 的他，从决定送药的那一刻便开始用镜头写日记。

送药的流程是病人先在网上向松鼠哥求助，然后松鼠哥统一将武汉的求助者信息和药物分配给蜘蛛猴，然后由他将药送到武汉的各个角落。

其实，蜘蛛猴答应得没那么痛快。做出这种决定，没人会一拍脑门就定下来，除了健康方面的顾虑，他的心中还有一个疑问——送的这个药物是否有效、合法？

这个问题后来一直没有确切答案，但他还是决定去做。

直到那次为一名确诊的医生送药，他才觉得自己确实做着正确的事情。

当时与蜘蛛猴约好来拿药的是那名医生的妻子。也许是为了证明自己家中确有病人，她带着丈夫的肺部 CT 来到了蜘蛛猴的车前。

令人意外的是，这位妻子的眼睛里没有沮丧，也没有情绪的压抑，甚至什么表情都没有。当她主动拿起丈夫的 CT 片给蜘蛛猴看的时候，蜘蛛猴看到了片子上密密麻麻的白色病变影像。

“你老公是医生吗？”

“是，他是门诊的医生，已经是重症了。”

那一刻，蜘蛛猴的心中翻起了海啸。他知道自己此刻帮助的是一位一线医生，而眼前这位看似面无表情的女人，可能早已把眼泪哭干，然后每天戴着坚强的面具生活。他对记者描述了自己当时的心境：

“她用平静的情绪来向我描述一件如此揪心的事，这样的场景让我更加震撼。”

接过药后，这位妻子忍不住露出了笑容，可能这是她近一个月以来为数不多的笑容。随后，她快步走向了武钢总医院，她的丈夫正在那住院。蜘蛛猴则偷偷躲在车里哭了起来。

那些天里，蜘蛛猴好几次这样躲在车里偷偷哭泣。其中让他感触最深的，是他送药的第二个病人家属。

那是一位年轻的姑娘，为自己重症的父亲在网上求药。联系到蜘蛛猴的时候，她是带着哭腔在说话。

那次送药，两个人没有见面。为了安全起见，当时蜘蛛猴选择将药放在了她们小区的滑梯上，然后由她下来取药。蜘蛛猴在远处拍下了这位姑娘拿药时急匆匆的身影。

后来，蜘蛛猴又联系到了这位女孩准备回访，但她正忙着给父亲联系病床。于是整整一天，蜘蛛猴都在帮着她四处打听病床。当时正是武汉医疗资源最紧张的时候，直到两天后，蜘蛛猴从她那里得到了好消息——她父亲终于住进医院了。

听到这个消息时，蜘蛛猴还是挺开心的。像他一样富有同理心的人，那一刻也能感受到曙光的兴奋。

回忆起这段经历时，蜘蛛猴还记忆犹新：“当时我心里感到特别心酸，特别无助。我不会安慰人，甚至也不敢离她太近。我只能跟她说‘你现在一定要保护好自己，你妈妈在家里，我们会尽力去帮你的’。”

说完这些，蜘蛛猴将自己车里所有的口罩都给了那个女孩。

送药的那些天里，蜘蛛猴经历了很多事，也接触了很多人，每天都要从上午忙到晚上。从前几次送药时不敢与病人或病人家属接触，只敢把药放在指定地点，到后来亲自把药送到来拿药的病人家属手上，蜘蛛猴变得越来越勇敢。当然，他做的防护措施也越来越专业。

后来再去送药的时候，他甚至会主动与来拿药的人攀谈。他们当中几乎都有家人生病，甚至有的是两位老人生病，只留下一个孩子冒着感染的风险照顾老人。他们当中有的人崩溃，有的人坚强，还有的人强装坚强……

在送药的过程中，蜘蛛猴会听对方讲述自己的经历，并拍摄留下记录。每当他一个人在屋子里将素材剪辑起来时，他又会忍不住流下眼泪。

他明白，自己所做的一切，都是出于“救人”这个简单的初心。而在这个过程中，他也收到了无数次的感激。

某天送完药，一位大哥给他发来一条短信：“以后在武汉有什么困难，我帮你。”

摆渡者

除了送药，蜘蛛猴还充当了“医护人员摆渡者”的角色。1 月 23 日关闭离汉通道之后，随着公共交通停摆，他曾用车在武汉各个地方将形形色色的人送到各个角落。

忙碌的那些天里，他接送最多的是上下班都成问题的医护人员，很多医院还没来得及为医护人员配上下班班车。有的医护人员干脆住在了医院周围的宾馆，而依然需要通勤的医护人员则十分需要有车接送。

蜘蛛猴在 1 月 24 日加入了一个专门接送医护人员上下班的志愿者车队，每天免费接送医护人员。

对于医护人员的敬重，蜘蛛猴毫不掩饰：“因为在整个事件中，医务工作者是一个非常重要的角色。如果是打仗的话，他们就是最前线的那些人。如果没有他们的话，我们这些人也无法得到保障。”

滑梯上放着患者需要的药

在接送医护人员的过程中，蜘蛛猴能感觉到他们心中的感激之情，也能明显感觉到他们的开心。

“他们（医务工作者）感受到了社会在背后支持他们，这对他们来说是很大的鼓舞。”

接送医护人员也伴随着风险。在接送过程中，曾有医护人员专门给他带了专业的 N95 口罩。

“她看到我戴的是那种很普通的口罩，觉得我所处的这种环境也有危险性，所以就送了一个 N95 口罩给我。当时我还挺惊讶的，这种小细节很感人。”

可惜的是，接送医生的事情只持续了两天。车队解散的那一刻，蜘蛛猴心中充满了难过：“我当时真的是非常难受，看到这个消息的时候，整个人有点哽咽了，就像是那种战场上有自己的战友中弹倒下的感觉。”

大难面前，蜘蛛猴作为一个普通人能做的不多，但他仍在拼尽全力。

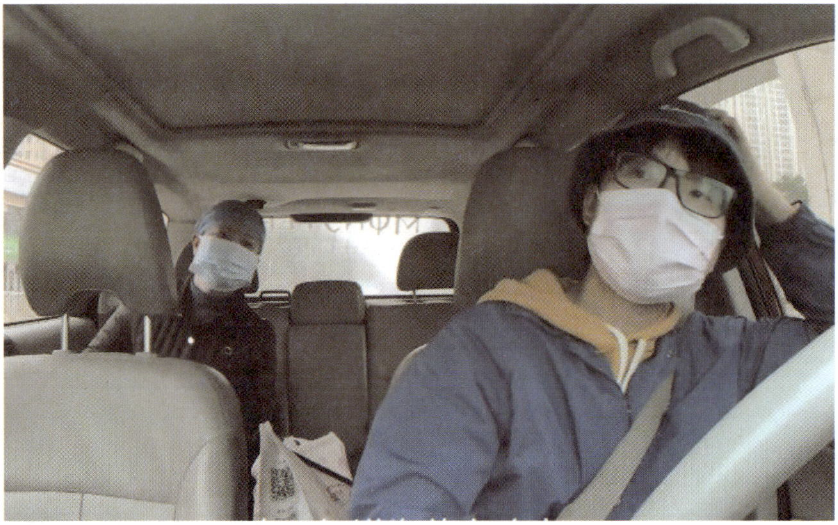

志愿者在接送医护人员

那段时间，蜘蛛猴还接送过很多普通人，他们当中有去给家人被隔离的儿童送食物的，也有送疑似病人去医院确诊的……无论是谁，他都一视同仁，能帮则帮。

在蜘蛛猴帮助别人的时候，他的女朋友也在时刻为他担心。但令人感动的是，她还是用行动支持了男朋友的所作所为，帮他打理微博、搜集素材，并将担心通通藏在了心底：

“我不太会把担心表现出来，因为这样会把情绪放大，影响他做事。”

在女朋友眼里，其实无论疫情前后，他的优点从没变过：“他一直有敏锐的观察力、行动有效率、善良，还有共情能力。他懂得用自己的方式去做有意义的事情。”

环球人物 ID：globalpeople 2006 作者 隋 唐 编审 苏 睿

快递小哥的手机里，藏着武汉人最真实的生活

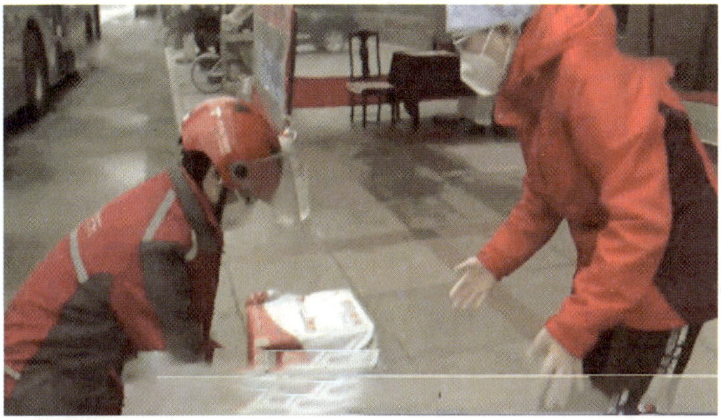

贾胜治父母连夜包了 100 个饺子，让他带过来给医疗队

为了 60 套秋衣秋裤，武汉快递小哥贾胜治开启“扫街”模式，跑遍辖区所有门店，几经波折买齐了这批紧缺物资。这是内蒙古援鄂医疗队 6 名护士 10 天的“战斗服”。

他把这批物资和父母连夜包的 100 个饺子送到医疗队驻地时，专门带上了蒸锅碗筷，心里想着妈妈念叨的话：“不知道我们南方人包的饺子，大夫们爱不爱吃？”……

在离汉通道关闭的 36 天里，贾胜治其实一直在跑。

2 月末的武汉，天气在多云和小雨之间徘徊，正如过去的每个初春。然而因为疫情，这个春天从 1 月 23 日起，注定要换一种打开方式。贾胜治是为数不多还能自由穿梭在武汉街头的人，作为武汉江岸区黄浦京东物流站的站长，他所

在的站点承担了汉口解放大道和发展大道、建设大道交会区域的包裹配送。

随着武汉管控措施的加强，除了派件，贾胜治的电话成了“热线”，打电话发消息的，有陌生人，也有老顾客，目的都是一个——麻烦帮帮忙。

他的手机里，藏着武汉人最真实的生活。

万万没想到，除了防护服他们还急需秋衣秋裤

伴随全国各地医疗队的应援，武汉城里多了不少“逆行者”。

热心的贾胜治，也俨然从快递员变成了医护们的生活“管家”。

2 月 19 日一大早，刚到站点的贾胜治就接到了内蒙古乌兰察布前旗物流站站长的电话，电话那头自我介绍后，没多寒暄直奔主题——内蒙古援鄂医疗队现在贾胜治的派送辖区内参与救援，急需一批生活物资，尤其是秋衣秋裤。

贾胜治（左二）和汉口医院医护人员合影

离汉通道关闭以来，除了派送日常包裹，贾胜治已经协调物流货车，往医院里送了好几趟防护、生活物资，这是他离“战场”最近的时候。他非常清楚一线任务的紧迫，但没想到除了防护用品，前线医务工作者还缺秋衣秋裤。

贾胜治放下电话，安顿好站里工作，出门“扫街”。原本繁华的辖区，如今营业的商家寥寥无几，但凡开门的商场、百货、超市，他一个也没放过，最终还是没凑齐物资清单上的60套秋衣秋裤。

“这事儿办不成不行。”贾胜治当即决定多条腿走路，立马联系了武汉的京东仓库，确认本地仓内有全部医护人员需要的物资后，贾胜治立马联系医疗队，指导医生线上下单。之后再次联系本地仓优先发货，自己的站点加急派送，第二天一大早就把物资送到了医疗队手上。

物资送到了，他心里的疑惑也解开了。原来内蒙古援鄂医疗队在出发前一天晚上10点接到任务，时间紧迫来不及准备生活用品。而在密闭的防护服里，贴身衣物经常被汗浸透，且不能带出隔离区，只能一次性使用。60套秋衣秋裤，是6个护士10天的“作战服”。

听说儿子对接上了援鄂医疗队的大夫，贾胜治的妈妈连夜包了100个饺子冷冻好，连带着一箱苹果，让儿子送给医疗队员们。

因为担心护士们吃不上热的，贾胜治还从家带了蒸锅和碗筷，“感谢你们来支援武汉，这些饺子下班饿了可以自己蒸着吃”。

护士们接过这些东西时，一度哽咽。

如今，贾妈妈还不时念叨：“不知道我们南方人包的饺子，大夫们爱不爱吃？”

送饺子时贾胜治也这样想过，但他总会接一句：“不知道他们还要待多久，只要他们有需要，我就去跑。”

“下单”在上海，“跑腿”在武汉

在帮护士们买秋衣秋裤之前，贾胜治已经接下很多求助，第一个是买酒精。

大年初二，贾胜治接到一通上海的来电。电话那头的姑娘请他帮忙拦截一个包裹，包裹里是两瓶高度白酒。原来，姑娘误以为高度白酒可以替代医用酒精，结果酒还没送到武汉父母的家中，白酒的除菌功效就被辟谣了。

处理完拦截后，贾胜治追问了一句：“酒精买到了吗？”女孩却说高度白酒是她最后的希望，父母在武汉、自己在线上都买不到酒精。抱怨过后，姑娘试探着问贾胜治：“你可以帮忙买酒精吗？”

受疫情影响，贾胜治的物流站点订单量比往年春节翻了一番，人手却因为假期和关闭离汉通道少了一大半。全站 11 个派送员，每天最长工作将近 12 个小时，才勉强派完不断涌进站点的包裹。

但贾胜治在电话里没多犹豫，应下了姑娘的请求。想着派送辖区有三家大型医院，周边药店也不少，一家一家问过去，总该有存货。没想到，当时酒精已经成了“硬通货”，一大半药店已经挂出“酒精已售罄”的牌子，没挂牌的也都缺货。

跑遍辖区都没找到酒精的贾胜治有些不甘心，想起关闭离汉通道后武汉各站点自发建的微信群，发出了“义务跑腿”的第一个互助请求：“麻烦各辖区兄弟路过药店，帮忙采购两瓶酒精，客户急用。”

最终，另一个站点的同事买到了一家药店里最后 2 瓶酒精，贾胜治接过酒精一刻没耽误，送到了姑娘指定的地址。贾胜治发出互助请求的微信群，也成了日后武汉京东小哥们“义务跑腿”的重要工具，消息也越来越密集。

送的是救命药，不跑不成

随着离汉通道关闭的天数增加，贾胜治接到的求助越来越多，需求也各不相同。但在所有求助中，送药始终排在贾胜治待办事项的第一位。

贾胜治骑着电动车为居民买药

2 月中，贾胜治接到了一位老顾客的电话，请他救救自己的父亲。原来老顾客的父亲患有严重的高血压，每天必须服药，现在药瓶眼看就要见底。因为药店进货困难，慢性病药当时比较紧缺，老顾客好不容易联系一家药店买到两瓶降压药，却因为自己家和父亲家的小区封闭，根本拿不到药。

老顾客的要求不多，请贾胜治帮忙去药店取药，通过京东物流寄给父亲。拿到药店和顾客父亲家的地址后，贾胜治决定自己跑一趟。一来老人吃药要紧，二来药店和老人家离站点只有几公里，邮寄反倒耽误时间。当天，贾胜治就把降压药送到了老人手中。

然而，送药的过程并非总是顺利。半个月前，同样是一位老顾客找到贾胜治，请他为家里的糖尿病人送胰岛素，虽然病人所在的黄陂区离贾胜治的站点有 30 多公里，但关闭离汉通道后的武汉路况极佳，距离不是问题。

第二天一早，贾胜治特意开了自己家的车去送药，眼看就要进入黄陂区，却因为没有通行证不能驶入。

私家车走不了，贾胜治想到了京东的物流货车，立马联络了当班的传站车司机，请他把胰岛素带进黄陂区，送到病人手上。

“换到现在，我肯定能办成。”贾胜治说，现在京东物流车已经拿到运输通行证，在武汉各区域火速驰援一线。

这件事也给了贾胜治启发。上周，贾胜治和自己“跑腿”微信群里的 20 多个兄弟们，报名参加了“志愿服务关爱行动”。他们相信，只要有人在奔跑，武汉就不会停下来。

至于疫情过后的日子，贾胜治说：“我想先好好睡两天。”

中国新闻周刊　栗子

“打烊”的城市里，不打烊的外卖

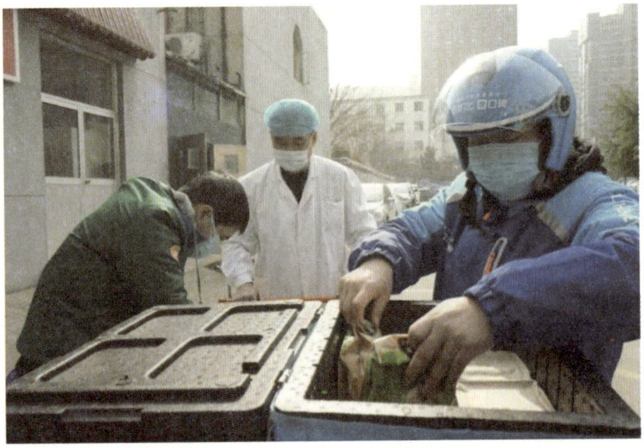

突发的疫情搅乱了2020年的春节。离汉通道关闭后，居民被迫留在家中，医护人员无法离开工作岗位，吃饭成了问题。与此同时，餐饮、休闲、商超便利等生活服务业也面临巨大考验。

作为居民和商家的连接点，一群隶属于本地生活服务平台的留守外卖小哥站了出来。经历了短期的惊慌之后，他们凭借勇气在大街小巷中穿行，意外见证了一座城市力量的复苏和人性的善意。

在疫情过去之前，唯有共渡时艰。我们找到了几位身处武汉的外卖骑手和饭店老板，通过他们的视角，感受这座在疫情阴霾中努力呼吸的城市。

离汉通道关闭　1月22日—23日

“不好意思，您这里送不了，您取消订单吧。”1月22日下午，配送员陈琦收到了新订单提醒。有人订了煲仔饭，送货地址是武汉一栋民用机构大楼的4楼。

“你要是不给我送餐，我就给你打差评！”尽管电话另一头的男人压低了声音，陈琦还是听出了他的不满和急躁。

在几小时前，平台刚刚公布了疫情应对的进一步措施，其中一条是：为确保安全，暂停部分敏感地区的外卖配送服务。

天天在外奔波，送外卖感染风险可能更高，陈琦犹豫了一会儿还是想拒绝，道歉、解释了一番。此时，男客户语气缓和了下来，无奈地说自己已经被拒单两次了，他所在周边的餐厅都已关门，实在没办法了。“我家孩子得吃饭啊。”

陈琦想到了父母，一下子就心软了，答应了配送，戴了两层口罩出门。

当天深夜，武汉就宣布了关闭离汉通道。

21岁的陈琦是土生土长的武汉人，成为外卖骑手后，更是对这座城市的每一个细节都无比熟悉。他初入职场几个月，原本做好了春节加班的打算，白天上班，晚上回家和父母团聚。突如其来的疫情打乱了他的计划——如今，陈琦成天在外面跑，担心自己把病毒带回家，只好继续住在合租屋里。

武汉市民起初都不太敢点外卖，陈琦接到的多是超市、便利店的“大单”。有一个22号的单来自协和医院门诊部，他赶到超市提货部，地上放着六个装满零食、面包、冲剂饮料的大塑料袋，旁边还有两箱牛奶。陈琦皱了下眉头，以为这是有人去医院拜年，买的年货。

外面正下着雨，陈琦担心装货不方便，给客户打电话说明配送困难。没想到，接电话的是一位女医生：“我们一直都没吃饭，累得受不了了，你帮帮忙送过来吧。”女医生想到自己写着“20层”，怕陈琦有负担，紧接着说：“你送到门口给我打电话，我自己找个推车下去拿。”

陈琦一听是医生的订单，赶紧找绳子，把牛奶固定在车前，又用松紧带把大包小包捆在车子后面，骑上车出发了。生怕东西掉了，平时只需要4分钟的路程，他骑了一刻钟。

卸下货物后，陈琦一个手指拎一样东西，只空出两个小拇指，径直走进门诊部侧面的职工电梯。电梯在20层停下，陈琦意识到自己没消毒，踏出一步便不再往科室里走。

武汉关闭离汉通道后的夜晚（受访者供图）

出来取货的是一位年轻护士，她快步走到陈琦面前，弯腰拿东西时看见了陈琦勒红的双手，说了很多感谢的话。隔着口罩，陈琦咧着嘴笑了。

第二天早上，站长照例在工作群提醒在岗骑手，开工前到站点完成领取口罩、测量体温、喷上衣物消毒剂等“必备流程”。10点，武汉全市公共交通停运。空无一人的大马路，一点儿年味都没有。

新年　1月24日—25日

随着关闭离汉通道的令下，原本零星开着的餐厅陆续也关闭了大门。

今年的除夕夜，吃上一顿团圆饭成了奢侈的事。

陈琦和同事送完了农历旧年的最后一单，各自回到了出租屋。室友老秦做了几个拿手菜，俩人就着一瓶酒聊天，拿春晚作背景声。老秦说，想老婆孩子了。老秦是山东人，想趁过年多挣几天钱，把家人接来武汉玩，没想到被困在城中。两个孩子在视频通话里给老秦拜年。陈琦见老秦眼睛红了，跟他开玩笑：“等5月份天气热了，病毒没有了，到时候你就回家吧。”

疫情严重后，外卖平台调整了配送策略。在封闭的武汉城里，外卖平台的众多骑手都被动员起来。为了打赢这场持久战，公司为他们做好了后备支撑，关闭离汉通道之前，武汉地区已将口罩、消毒液、体温计等物品配备完毕。大年初一，城市经理带着应急小组又从仙桃市调度了大批口罩，尽量充实物资储备。

和老秦一样，36岁的江涛今年也独自留在了武汉。往年大年初一，是江涛一家人走街串巷拜年的日子。今年这天早上8点多，江涛就接了一单跑腿代购，订单详情上列了连花清瘟胶囊等四种药品。

江涛负责的区域离协和医院、同济医院不远。随着储备的快速消耗，居民区对菜品、药物的需求量变大，但是很多人不敢出门采购，只好求助于外卖和代购。有一次，他帮客户去超市抢购，40斤大米、一壶油、肉和蔬菜，加起来先垫付了1 065元。

蔬菜和特殊药品越来越不好买，附近的药店大都关了门，但他还是决定试一试。从解放大道找到万松园小区，再到西北湖，药店要么没营业，要么没货。眼看已经快10点了，他主动向客户提出：“我这儿离协和近，要不我去医院给您看看？”

客户很意外，给他强调：“那你一定要做好防护，口罩多戴几个。”

10分钟后，江涛来到了协和医院发热门诊前。不时有救护车的声音响起，穿防护服的医生穿梭在人堆里，马不停蹄地接诊病人。江涛顾不上害怕，挂了号，按护士提示找医生开药，简短几句交流，他才知道单子上是“防疫情”的药。付费取完药，已经过了11点。

到了客户家门口，江涛不敢离太近，伸手把药递进去。这家女主人倒是不介意地敞开了门，一边给江涛转账，一边问：“你吃饭没有？”“我都十几天没见过米饭咯。”想到自己囤的方便面也快见底了，江涛有些不好意思。

“我估计你也吃不上饭，外面哪还有吃饭的地方，你等等，我刚好留了一点饭菜。”女客户从餐桌上拿来装好的盒饭，“我在网上看着你的车，一下子去这个地方，一下子去那个地方，折腾一上午，真是辛苦了。”

中午回到宿舍，江涛吃上了新年第一顿饭。他给妻子发去消息，分享了这份感动：“世界上还是有好人啊，你为人家付出了，人家也能体谅你。”

力量　1月28日—29日

1月29日，湖北省确诊病例达3 554例，对外界而言，武汉疫情危急。而提供服务的餐饮从业者们最明白，灾难总会过去，温暖和力量正一点点在这座城市重新生长出来。

被疫情打懵的武汉居民们，开始用自己的方式表达对一线工作人员的关心。关闭离汉通道后的前七天中，外卖单上备注“武汉加油”等字样的订单有5 504条，备注“注意疫情”的有4 563条。一名骑手经过武汉爱家国际华城，夜幕沉沉，他点燃一根烟，坐在路边休息。突然身后的楼房传来断断续续的喊声：“武汉加油！”他低头擦了擦眼：“烟熏了眼睛。”

陈琦也在送外卖时，收到了这样的暖意。29日，他接到了万科小区的订单，留言上写着：“送到后，挂在门口就好，家里有发热的人，不方便开

餐馆为外卖骑手提供餐食（受访者供图）

门。”到了客户家门口，看见了客户特意为他准备的两只口罩。

陈琦留意到，好几位宅在家里自我隔离的居民，会特意备注上新年祝福。数据显示，截至大年初四，武汉有1 289个外卖订单出现了“过年好/新年好”的字样。原来，消失的年味用另一种形式保留了下来。家人不在身边，还有许多人在一起度过这个特殊的年。

有些用户重复在还在营业的店里点餐。有次送餐，身穿黑色羽绒服的医护人员认出了配送员：“中午那顿是我两天来吃过最好的饭。吃那个鱼，我都要哭了。”女配送员一时不知如何回答，只能拍着护士的手，反复安慰她。

得益于平台方的政策，许多餐饮服务企业逐渐复苏。

前天，陈琦在超市门口等着派单，一位60多岁的大爷招呼他过去帮忙。大爷一个人出门买菜，结完账拎不动。陈琦正好不忙，于是替大爷把菜送到了一公里外的小区，搬上了五楼。

“感谢你啊，年轻人真好。”大爷坚持要给打赏，陈琦谢绝了。大爷从兜里掏出一个红包，说一定要收下，是新年祝福。陈琦猜想，这应该是给还没团聚的孙子准备的吧。他收下了红包，认认真真地给老人拜了一个年。

中国新闻周刊　成　琨　陈晓妍

我的武汉生病了，而我能做的真的太少

2020年1月23日上午10点，离汉通道正式关闭，至今已过10余日。疫情仍在蔓延，除了医护人员，还有一些聚光灯以外的市民们也站了出来。他们救助留守宠物、接送医护人员、协助市政热线……疫情之中的武汉，这些志愿者们也成了“逆行者”。

“接送的医护人员很多只是‘95后’”

（李维，男，接送医护人员志愿者）

除夕（1月24日）那天，我在武汉站接到了第一名医护人员。那是关闭离汉通道的第二天，所有公共交通都停运了，出租车、网约车也停了。考虑到很多一线医护人员的出行需求，我们自发建立了一个志愿接送群。

刚建完群，我就收到了一名中南医院护士的求助。那天下着雨，外面很冷，她已经等了很久，我戴上口罩立马就出去了。

接到她后，她告诉我，由于疫情暴发，他们医院作为定点医院突然取消放假，要求条件允许的人都回来上岗。她那会儿刚到武汉站，收到消息马上退了回黄石老家过年的票，想赶回一线支援。聊天中我发现，她只是一名“95后”的小姑娘。

我把她送到目的地后，群里另外两个中南医院的护士也在求车。她们也是被召回来的，晚上要去上夜班，上班时间是9时，我和她们约好了8时用车。

志愿者期间工作照（受访者供图）

晚上我早到了，发现她们更早就在楼下等候。上车后，她们送了我一盒牛奶和一个小点心作为感谢。我回送给她们一块白巧克力。在我看来她们都是白衣天使，所以后来我用白巧克力作为见面礼，送给他们每一个用车的医护人员。

从那天开始，我基本上每天花大概10个小时的时间接送医护人员上下班。我的车一周跑了两箱油，行程有上千公里。慢慢地，越来越多人加入我们，比如一些水果店老板主动联系我们，说要捐赠水果、零食给物资缺乏的医院，我也会帮他们运送过去。一些医护人员看我每天在外面奔波，送给我一些酒精、口罩等用品，其实这些对他们来说也是特别紧缺和宝贵的物资。这些都让我很感动。

就像一开始接送的那位护士一样，我接送的医护人员大多数也只是“95后”的年轻人，这段时间看到他们的疲惫和担当，和他们相比，我做的这些都不算什么。疫情还在继续，但我相信只要大家一起扛，我们的武汉会好的。

“动物也想知道，它们的主人何时能回来！”

（一薇，女，喂养留守动物志愿者）

武汉关闭离汉通道后，不仅大家出不去，很多人也回不来。一切来得太突然了。几天后，一位朋友向我倾诉，他的猫还留在武汉家中，现在快断粮了，不知如何是好。

他住得比较远，我一时也帮不上忙。后来我误打误撞找到一个群，原本是一个救助流浪动物的爱心组织，现在专门用来帮助喂养留守宠物。群里不仅有像我朋友一样求助的宠物主人，愿意帮忙的志愿者，还有提供猫粮、狗粮送货上门服务的宠物店老板，甚至还有急开锁的师傅。

出于安全的考虑，大家多采取就近喂养的原则。我现在养着两只猫两只狗，基本都是收养的，所以我很能理解这些主人的心情，如果是我肯定也急疯了。我决定加入成为志愿者。

目前，我在帮两户人家喂养猫咪，一家是一只布偶、一只橘猫，还有一家是一只英短，离我家都是大约 2 公里的距离。

我喂养时主人一般就会告诉我猫粮放在哪、水要用什么盆子加、要不要留灯、要不要开窗通通风等，有时我会主动和猫咪玩一会儿。留守太孤单了，我们都能体会。这些动物真的很可怜，它们不知道自己的主人什么时候能回来。

武汉关闭离汉通道后，我们除了采购必要的物资也日常在家隔离。而这几天晚上出门喂养小动物，我们看到了这座城市的另一面：我是一名土生土长的武汉人，在这座城市生活了三十多年，从来没有看到过这么空、这么安静的武汉城。疫情发生后，病毒让人们变得很远，我们自己也很焦虑，不知道该做什么。

这次我们帮忙喂养小动物时，第一个委托人直接把钥匙寄给了我，第二个则找了上门急开锁的师傅换了把锁，花了 600 元。

我们本来都是素未谋面的陌生人，没想到，现在他们的家门钥匙都保管在我手里。平日里很难建立起的信任，在这样的特殊时期里好像变得容易许多。一开始，我还会和他们视频通话看喂养的过程，后来他们说，没事，不用，拍小视频就好。

我看着这些被留在武汉的小生命，相信它们也将和我们一样，最后都会平安渡过难关。

“高峰时一天有 600 多份订餐”

（敏希，女，协助医护用餐志愿者）

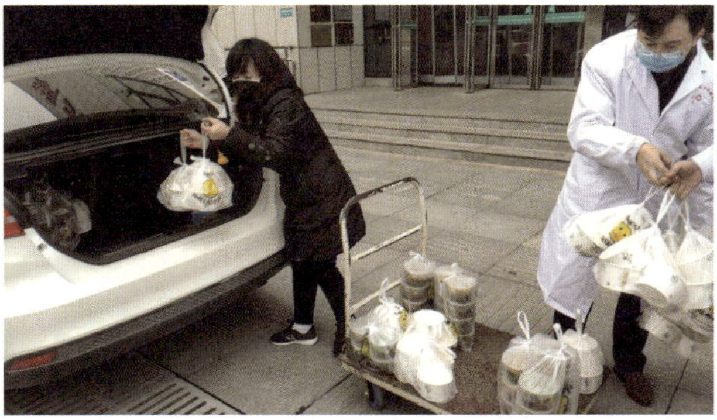

将爱心餐配送到医院（受访者供图）

疫情暴发后，很多社会力量都参与进来为武汉提供支援。我的一个朋友担心医护人员用餐和生活保障问题，志愿组建了医护用餐支援群和车队群。我进了群，承担一些对接联系、统计善款等工作。

关闭离汉通道后，武汉市内很多餐馆都关门了，物资购买也比较困难。我们一开始联系到一家武汉郊外的餐饮店，他们愿意将春节期间储备的食材都捐出来，后期也愿意以成本价供应，支援医护人员用餐。

其实他们不是专门做团餐的店，这次的供应量对他们来说任务挺重的。我们对接的医院覆盖六七二医院、武汉市第五医院、协和医院，一天需要送好几百份餐食，高峰时达到 600 多份。

为了准时给医护人员送上餐，老板带着员工们加班加点，每天只睡三四个小时。为了加快送餐效率，让餐送到医护人员手里还是热的，爱心车主也每次提前去帮忙打包。有时候，车主怕医护人员不够吃的，还特意跑到便利店去买。后来，又有一家专门做团餐的店主动联系我们，说愿意不计成本地为医护人员提供餐饮。大家一路互帮互助。

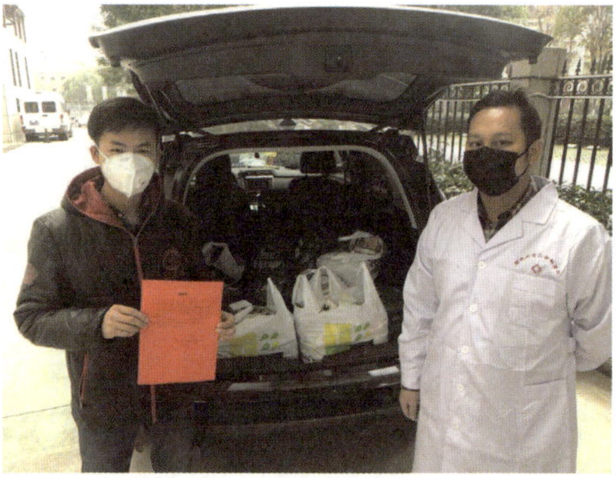

医院赠送的感谢信（受访者供图）

不过，考虑车队人员没有防护服等安全隐患，现在我们的送餐服务已经暂时停掉了。但我们的群还保留着，大家仍在想能为武汉做些什么。

1 月 29 日时，我们想好了一个名字，叫“楚啦 A 梦志愿者队”。这个大团队里有律师、媒体人、注册会计师、银行工作人员、通信专业技术人员等，还有很多我们都不知道身份的人，但大家齐心协力。我们感觉这次做起事来，好像机器猫一样啥都有，啥都能行。志愿送餐期间，医院给我们写了一封感谢信，里面有一句话是“风雨之后见彩虹”。我相信一定会的。

“我的武汉生病了，我能做的太少”

（胖叔叔，男，协助市长热线志愿者）

1 月 27 日，我正式成为武汉市市长热线的志愿者之一。我的工作是负责接送接听市长热线的话务员。

第一天出发前，我特意多带了 10 个口罩，想着如果路上有人没戴口罩，我可以从窗户送几个出去。结果发现大家都戴着。关闭离汉通道后车辆限行，路上大多是三三两两步行的人。

这条我每天上下班必经的路，白沙洲大道高架桥到武昌火车站这一段，平时被堵得水泄不通。20多公里的路，我得提前2个小时出门，现在半个小时就到了。

疫情期间，尤其关闭离汉通道初期，大家对日常生活保障有许多疑问。所有话务员都要返岗上班，听他们说，工作量比平时多了20多倍。坐上车的接线员明显都很疲惫。聊起今天的工作内容，他们大多告诉我都是和这次的疫情相关，然后就沉默了，我也不再多说什么。

回来路上偶遇一个好像很无助的老太太，她在红绿灯路口一直看着我。我摇下车窗想问她是否需要帮助，但无奈她只会说方言，我们没办法交流。

说来惭愧，其实我刚上岗时特有干劲，想着也能为武汉做点什么。没想到，第一天回来就绷不住哭了。我的武汉生病了，而我能做的真的太少。

家人告诉我："你不是超人，做力所能及的事就好了。"他们都很支持我做志愿者的工作，包括每次回来后配合我给车消毒，当然还有给我消毒。他们一直告诉我，我在做一件有意义的事情。

坚持接送了好几天，帮助别人的同时，自己也被人帮助和感动着。做起志愿者后，我开始分享了每天的日记，很多朋友看到后都发来慰问，问我缺什么，还有人自发要送口罩、蔬菜、水果、消毒用品等。小区的邻居也是互帮互助，居然还有楼上邻居说家里有吃的，他可以在老家远程给我开门，让我去拿。

很遗憾的是，我现在已经停止接送工作了。因为得知接触的一群人中有疑似感染的人，我也开始每天严格自我隔离。市里后来安排了接送的专车，我们的志愿者接送工作也停止了。不过，我建议大家，把工作群保留下来，这是我们一起守护武汉的回忆。

那天立春（2月4日），很多人给我发消息说，待到春暖花开时再相聚。我想过，疫情结束后，最想做的事是好好抱一下我的家里人，就这么简单。

中新经纬　付玉梅

救护车、雷神山建设车、警用车、送餐车……

——武汉修车志愿者

谢红亮的修车店成立时间并不长，2019 年 10 月才开业。但是因为开店的时间点正赶上第七届世界军人运动会，经营状况很不错。按照原计划，春节过后，店铺就将陆续回本，日子也能渐渐好起来。但是没想到，2020 年 1 月 22 日疫情突然变得严重起来，本来准备“春节不打烊”的，但是临时决定都先关店了。腊月二十九（1 月 23 日），武汉关闭离汉通道，紧接着，武汉市公交停运，机动车禁行。

大年初三开始，修车店陆续接到车友的求助电话，说车辆抛锚了，问能不能救援。那时他的想法很简单：虽然还没开工，但自己是个修车人，每个角色有每个角色的任务和价值，更何况在今天这样的特殊时期，更没有理由退缩。当时家里人都在居家隔离，听说他要出去救援，妻子不是很愿意：“能不能不要出去了，家里还有孩子啊。”谢红亮理解妻子的想法，但是能做点事情的时候却躲在家里，他干不出来这种事。经历了一轮“家庭会议”后，初步达成共

谢红亮正在救援一辆救护车

识：义务救援可以去，但是要搬到外面住，不能给家里，尤其是孩子带来那么大的风险。就这样，他终于又“开工”了。

谢红亮打电话给兄弟店的技师李永雷，问他愿不愿意一起去救援，李永雷也很积极。李永雷是河南信阳人，武汉关闭离汉通道后就没回去了。当时武汉基本上没有什么汽修店在营业了，所以他们跑的范围比原来大很多。得知救援任务繁重，另一家兄弟门店临江大道店的老板也前来支援。第一天，他们就接到了一通特殊的救援电话，求救的是大名鼎鼎的雷神山医院的建设者。那是中建三局的建设车组，主要负责武汉雷神山医院的建设指挥工作。对方说接驳工地的指挥车辆，突然出现挂不上挡的故障。当时雷神山医院刚刚开工三天，他们的店在东湖风景区，故障车的位置在江夏区强军路，相距超过 20 公里。非常时期，距离不是考虑的主要因素。谢红亮接到消息后，立刻赶去现场做了临时处理。雷神山医院、火神山医院是全国人民关注的焦点，大家不知道的是，这两个地方也是他们救援的重点，后来的几天，他们救援队员来过这里很多次。

新闻报道说，2月8日雷神山医院正式投入使用后，到现在已经有不少治愈患者顺利出院了。看到新闻，谢红亮心里特别有成就感。随着疫情发展，原本他们自发进行的救援，越来越力不从心。1月底，了解到“抗疫前线”对汽车救援需求很大，汽修人必须尽快出动的情况，公司开始紧急介入。2月1日，公司宣布紧急救援服务队正式成立，24小时免费救援，所有的费用公司承担，这下他们找到“靠山”了。救援群很快建好了，当时群里人员一共有76人，包括客服、运营、修车师傅等，还开通了救援专线电话。客服在接到求助后，确认是否为医护人员、志愿者和保障人员，然后根据距离远近，统一分配到临近区域的救援队员手上。后来的日子里，他们又救援了警察公务车、志愿者送餐车、医护人员接驳车、电视台直播车等。按照要求，他们需要24小时待命，所以哪怕凌晨一两点出动去救援，也不是什么稀罕事。很多人对他们说“你们辛苦了”，其实接触了那么多行走在防治疫情路上的人，谢红亮觉得医务人员才真是最辛苦的。在志愿者们救援的车辆里，医护人员的车是占比最大的。而且他们大多有一个共同点：看上去特别疲累，十个有九个都是黑眼圈；如果车坏了有故障，只能在下夜班或轮休日来修。最让谢红亮心疼的是两口子都在前线的，孩子只能送到亲戚家暂时照看，这样的医生有很多。每每去医院紧急救援医生车辆的时候，看到他们排成一排席地而睡，谢红亮

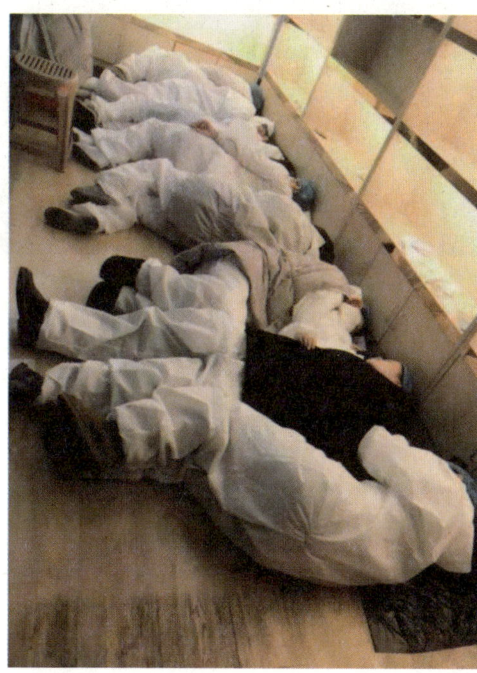

武汉医院工作人员拍摄的医生席地而睡的场景（医护人员供图）

谢红亮正在检查轮胎

心里都特别难受。

平常每天他们接到的救援有三四十单，武汉大降温，下雨下雪的那几天，天气恶劣让救援量也大大增加，2月16号，他们单日救援次数更是超过了100次。2月18日，有一名车主求助，车子打不着火了。到地方之后，才发现车主的身份有些特殊——中科院武汉病毒研究所的研究员。因为工作需要，他经常往返武汉市金银潭医院。任务紧急，检查了车辆之后谢红亮发现，需要更换电瓶。他快速返回公司仓库，找到了一个电瓶，帮车主免费换了，型号虽然不一样，但在保证安全的情况下，解了他的燃眉之急。

最让谢红亮难忘的是下雪的那次救援，让他心里很温暖。那天下着雨夹雪，气温降到 -2℃。中南医院的医生一早打电话求助，说他的车子两个轮胎都没气了，找了一圈都没有修车店开门。他一听是医护人员的车，赶紧拿了根气泵，很快就过去了。去的路上，又接到这位医生的电话："天气那么冷，要不你们别来了，我很过意不去。"本身都在危险的一线没日没夜地战斗，他还在担心救援人员辛苦，让谢红亮感动不已。他说没问题，安心等着他来就行。到地方后发现需要补胎，他和李永雷给两个车胎充了气，支撑着把车开到了店里进行补胎。这位医生一再对他们表示感谢。

救援服务队队员在工作中

谢红亮只是途虎养车紧急救援服务队中的一员，与他并肩作战的还有从海南连夜开车返回武汉的修车师傅李昌，“95后”的年轻师傅卢顺以及奋斗在孝感、郑州、西安的其他三支好几十个人组成的大队伍。谢红亮们觉得，这点辛苦不算什么，他们最难过的是很多时候因为供应商停工停产，汽车零部件紧缺，让他们想修都修不好，耽误了事。到目前为止，他已经记不清出了多少次救援任务了，所有一线防疫人员都是在跟病毒赛跑，救援队员们觉得更不能拖延一秒钟。

2月20日晚上9点，谢红亮坐在宿舍的高低床上，看着一张张救援的照片，回想往年春节的时候，武汉市区都是最热闹的，街头随处可见的早点摊，挤公交的上班族，堵在路上的车流……满满的都是烟火气。而今天，在武汉街头，突然间变了景象，荒凉刺骨而来，静下心数，每隔一会儿就有一辆鸣笛的救护车开过。最近几天，雨雪过后武汉放晴了，他和许多武汉人一样，等待着这座城市好起来。

新民周刊　吴　雪

感染的志愿者

——一对互相隐瞒病情的母女

同志愿者小熊通话时，她的母亲走到电话旁，催她吃饭。于是我们三个人聊了起来，关于过去10天，母女俩说出了两个不同的故事。

新冠肺炎的患者多是中老年人，但网络用户以年轻人为主，记者们常常听到的是他们的儿女讲述患病、治病的过程，很少听到老年人自己描述内心的恐惧与坚强。

目前，小熊和母亲的核酸检测已经转阴。

一

抽出CT片子，就像赌局中摸一张关键的牌，一点一点往外抽，边看边猜。

“右下肺异常密度，考虑感染性病变，病毒性肺炎可能性高”，片子上这样写。这张牌太差，小熊的心僵住了。

她已经连续三天反复发烧，身体一会儿冰凉，一会儿烫得头晕。失去了嗅觉和味觉的那天，心中警报作响，她立即预约了核酸检测，五天后被确诊为新型冠状病毒感染的肺炎。

“我怕别人传染给我，没想到我才是病源。”小熊说，她得盘算下到底是缘何感染。

她家挨着中南医院。2020年1月23日，中南医院医疗防护物资告急，向社会发出募集帖。她发了一个朋友圈，问谁知道哪里卖口罩请电话联系她，她想捐给医院。从那天开始，她每天电话接到手软，大拇指按屏幕按到肿，新加了两千多个微信好友。

先是平均一分钟接两个电话，都是陌生人来电说，我给你钱，你帮我买点物资一起送到医院行不行。她便拉了一个五百人的微信群，组织志愿者对接物资和医院。接着群里出现一位中南医院医生，说医生下班没有车，问能不能谁给送一下。小熊马上开车出门，又顺手发了一个朋友圈：武昌这边有打不到车的医护人员可以联系我。电话又被打爆，附近其他医院的医生也向她求助。她忙不过来，便在微信上召集了私家车车主，组织了“善缘车队”，每天接送医护人员上下班。

车队里挺多二十多岁的年轻人，瞒着家里人出来当志愿者。可做了志愿者，就不敢再回家，害怕传染了家人。有的人睡在车子里，有的人相约找个空房子住下——他们不敢住酒店。这帮年轻的志愿者互相打气说：不怕，我们底子好，百毒不侵。

他们的防护服和口罩，多半是运送物资到医院后，医生心疼他们，分送给他们的。

车队运转了三天，武汉市政府宣布机动车限行。小熊只得解散了车队，但转念一想，年轻的车主们有时不注意消毒，或许会造成交叉感染，还是不要把好事做成了坏事。于是她留下了大车车主，比如SUV或者后备箱大一些的，重建了运输物资的群，专门向医院运送捐赠来的医疗物资和生活用品，还去帮红十字会清点物资。大概还是在车内感染的吧？小熊这样想。可她已经很小心了，她给车子里外消毒，戴四层口罩，还穿着防护服。但接送医护人员的第二天，她便开始发烧。之后便自觉隔离，自个儿在家调度车队工作，并提醒和她接触过的朋友自行隔离。

会不会是被妈妈传染的？妈妈已经感冒了好些天了，小熊突然这么想。但这个念头一冒出，便被她坚决否认了。妈妈已经去拍了片子、验了血，医院说就是个支气管炎。

自从去过医院，妈妈便一直躲在房间里不出来，24 小时都戴着口罩。母女共处一屋，她却连妈妈的面都见不到，谈何感染？于是小熊瞒着家人去做了核酸检测。

二

李桂桦是小熊的母亲，56 岁，爱美，冬天穿得薄，可这次她开始畏寒，恶心想吐。她去社区医院，拍了片子验了血，医生说是流感带来的支气管炎，给她开了消炎药。她戴了 12 天口罩，连睡觉都戴着。她看上去食欲不错，每天都能吃下牛肉或者鱼肉。

小熊以为妈妈不知道新冠肺炎，大概是烧太过了，都不和自己说话。有时候和妈妈相熟的阿姨发来微信，她才知道妈妈和别人说自己好难受，好痛苦。流感很快会好，小熊安慰自己。

李桂桦在床上躺了 4 天，头晕无力。她一直减肥没有效果，现在却突然瘦得前胸贴后背。“难受得要命，又不晓得它是个什么鬼病。”她睡不着的时候刷手机，看到有人说武汉出来了新型冠状病毒，和 SARS 很像。

她从来不是个好运气的女人，这回，她心想自己大概是“中奖”了。“我晓得这病不是一般的感冒，我都晓得。”她后来说。

她把自己关在屋里，背着女儿，偷偷给 120 打了 4 天电话，每天打很多次。得到的回应大同小异：要预约，要等着，前面还有 100 多人等着送医。“我说我人都不行了，还要预约。”

没办法。据《南风窗》对一位 120 急救司机的采访，目前武汉 120 的出车量已是平日的 2 倍，每辆车平均每天都要出车十五六趟，司机们每天连续工作 10 多个小时，甚至 19 个小时。

去哪里做核酸检测啊？李桂桦问自己的朋友。朋友说，没有试剂盒，去医院也轮不到你。她并不知道试剂盒已经增产，确诊环节正在逐步打通，每家定点医院所拥有的检测名额正在增加。

李桂桦看到朋友的妹夫发高烧一周多，天天在医院隔离，却住不进医院。随后家人也感染了。

“我早就有预感。我从来没有这样无助，这一次我真的是害怕。”

她又去了一次社区医院。社区医院说，你现在去定点医院，也不一定看得上医生。“他们说现在治疗这个病还没有特效药物，只能靠你自己的免疫力，你能吃最好就吃最好。”

李桂桦好些天都没了味觉，水也喝不进，可她得吃，拼命吃。“我要活着，就要拼命地吃，只有吃饱了才能跟它（病毒）打仗。”李桂桦说。

睡不着也要躺着睡，她关了手机，强迫自己不去想那些坏消息。她想起小熊，又想起母亲，还有好多亲人。“我母亲中风了八九年了，我女儿还没结婚，我要为了我的亲人活下来，我要看到我们国家能够把这个病搞下来。”

她说人心里必须要有一个支撑点，要有一个希望，如果你把这个都丢掉，真的会被病魔打败。

李桂桦的房间挨着小熊，她每天都听着女儿在外头电话接不停。她想，也许我就是听着女儿在说话，也许就这样就走了。

三

2月1日晚上，小熊特别想吃烧烤。她打开外卖软件，起送都得三百五十块。“三百五十块能买多少肉和蔬菜啊。”她悻悻作罢。

家里囤了些年货，每天按煮火锅的方式煮一些。她这天吃得格外多，是个不错的信号。妈妈烧退了些，偶尔也能从床上爬起来。核酸检测也排到了，小熊决定第二天带父母去医院看病。

小熊打听过了，离家一站路的第七医院，就诊速度挺快，一个诊室有四五个医生轮流看诊，也能排得上核酸检测。“最起码当天去，当天能看上”，小熊说。

家里有车，但没有消毒液了。开车出门意味着又要消耗消毒液，小熊父母决定走着去第七医院，一站路走了一个小时。父母早上七八点到，前面有一百号人在排队，小熊中午到，前面有两百号人，他们晚上 9 点离开医院，“后面还有百来号人”，小熊说。

有的人拿了号先回家，过会儿再来。小熊一家走不动路，就在医院一直坐着，坐得屁股疼。10 点半到家的时候，小熊才想起来，父母一天都没吃东西了。

小熊的朋友圈照片

那天父母拿到了咽拭子，还拍了 CT。李桂桦藏着 CT 不让小熊看。CT 显示，李桂桦的两个肺已经多重性病变，再往下一步就是纤维化，变成大白肺。小熊偷着看到了 CT，李桂桦就安慰她：“没事的没事的，我现在好得很，你们放心。”

武汉定点医院已经超负荷运转，没有一张空床，没有一个闲人，发热门诊 24 小时开启。两位身处疫情一线的医生都对《南方人物周刊》说，他们已经做了一个医护人员能做的一切，不吃不喝甚至不上厕所在看诊或是照顾病患。

在等待核酸检测结果的 3 天里，他们都认为大概率将确诊。

小熊的警惕性随着志愿者的工作而提高。车队开始接送医生的时候，也有许多患者给他们打电话，求送医院，恳求能不能联系医院给找床位。她偶尔悄悄跟医生聊几句，听说几天接诊一两百个疑似的。她知道疫情严重，只是没想到，武汉 1 000 万人，概率真的会落到自己头上。

确诊之后不仅是身体的痛苦，还有精神的恐惧。李桂桦心慌慌，她觉得自己正在接受一场漫长的折磨，时间越长越可能判死刑。小熊问过那些因为志愿者工作联系上的医生，知晓目前武汉的医院床位已满。

好在一切正在好转，小熊或许不用等那么久。日前火神山专科医院已经投入使用，开始接收患者。同时，武汉已经改建三座方舱医院，设立 1 800 张床位，能够专门收治新冠肺炎的轻症患者。另有雷神山专科医院也即将竣工，可提供 1 600 张床位。更多的方舱医院仍在紧张建设之中。

四

小熊的 2020 年春节原本是这样安排的：和男友旅行，去迪士尼，去泡温泉，然后举行订婚仪式。现在，他们已经吵了十几天架。

“怪我呗。要是我不组建车队，两天两夜都没睡觉，可能抵抗力不会下降，就不至于一接触就感染。”小熊说。她经常要凌晨才能回复男友早上的微信，男友怪她关心那些素不相识的人也不关心自己，怪她把自己置身险境。

“他觉得我做这个事情太微不足道了，跟武汉现在的感染人数比起来，跟这么严重的疫情比起来，我累得半死，做的事情也就是一滴水，还不如不做。”小熊说。

“那你觉得呢？”我问小熊。

“我肯定不认同他，每滴水都有用。唉，我为了做志愿者，都差点跟他分手了，两个人天天吵架，每天吵架。”小熊说。

李桂桦是在房间里听见小熊那些接不完的电话，才知道女儿做起了志愿者。她只凶过小熊一次："自己饭都不吃，还去管别人。自己家里人都生病了，你都不管，去管那些不认识的人。"然后就赶紧躲回了自己房间。

但她躺在房间里又想：女儿现在还在做善事，还在为别人着想，我一个做妈的，最起码的支持就是我一定要活着，不能影响她。

"其实我们做父母真的是心里好痛好痛，真的很担心她。"李桂桦说，"我真的一点都没影响她。"

小熊曾经每天组织 5 到 10 个志愿者去红十字会做接线员，甚至通宵都在接电话。她组织的"善缘车队"成员也曾前往红十字会的仓库做义工，帮助清点物资，再装车运往各个医院。每个人都腰酸背痛，最多的一个车主一天开了两百多公里。前几日武汉医院捐赠物资滞后，令她们伤心。这几乎是他们做志愿者以来唯一一个伤心又生气的时刻。有时候记者要采访志愿者，他们都害怕被问到，"都没脸说"。

"好人会有好报吧？"小熊突然问我。

"有的！"

"我想着我帮了这么多人，做了这么多事……"小熊的声音小了。

好消息是，昨日小熊和母亲核酸检测转阴，父亲已在昨夜被接去方舱医院，等待治疗。

南方人物周刊记者　杨　楠　实习记者　何沛芸

编辑　蒯乐昊　周建平

“蓝天战士”：以血肉之躯扛住黑暗的闸门

蓝天救援队武汉应急仓库江苏地区领队蔡超（中间）（受访者供图）

2020年2月21日凌晨4点30分，蔡超永远不会忘记这一刻。那天，天还没亮，也没有月亮，雨水噼里啪啦地打在车子的挡风玻璃上，他装卸完一批物资，到武汉仓库外的铁皮房中短暂休息。这个仓库接受全球物资的捐赠，由蓝天救援队和中华慈善总会负责，他的身份正是蓝天救援队武汉应急仓库江苏地区领队。半梦半醒中，他突然接到了队友倪荣凯的电话，电话那头传来一阵歇斯底里的哭声：“快救人，快救人，大本快不行了……”他一听，头脑瞬间就蒙了。从倪荣凯的抽泣声中，蔡超听出“大本”，也就是蓝天救援队机动队队长许鹏，在山东运送医疗物资时，出车祸了。

武汉寂静的夜晚，电话那头的哭泣声极其刺耳。慌乱中，蔡超稳住神，一边让倪荣凯赶紧打120救人，一边让他报告出事的地点。整个过程，他明显感

许鹏搬运物资（受访者供图）

觉到自己的嘴唇在颤抖。放下电话，他胡乱套了几件衣服，拿起外套冲出铁皮房，一路小跑到仓库领导小憩的车子上，到那里时，他喘了几大口气。许鹏和蔡超是老相识，2016 年阜宁风灾时，他们第一次见面，当时许鹏正在埋头搬运物资、分发物资，几个小时没停过。看着酷酷的硬汉形象，扎了一头的小脏辫，骨子里却寡言少语，为人特别低调。4 年来，他们分别在老挝、缅甸、玉树雪灾等不同“救援战场”上碰过面，2 月 7 日，许鹏主动开车支援武汉，在应急仓库为各大医院分发物资，两人更结下了深厚的“革命友谊”。

蔡超是第一个接到出事电话的人，许鹏生死未卜，说什么也不能丢下他不管。蔡超的心里太乱了，做了一个非常不冷静的决定：“出城，去山东。”出事那天是武汉关闭离汉通道的第 16 天，想出城谈何容易。他们的车子有转运物资的特别通行证，可以上高速，但如果不报备下高速肯定违法，蔡超顾不上那么多，理性失控了。清晨 5 点半，他和一名队友跳上驾驶室，发动了车子，导航调到了出事地点山东省梁山县。一路上，他脑海中过电影一样闪回了许多之前和大本一起救援的画面，在高速公路疾驰中，他不敢接电话，怕听到坏消息。蔡超边开边哭，200 公里的路开了 2 个小时，却像一个世纪那样漫长。车子越开越快，但他的头脑开始逐渐恢复理智，他问自己：如果下了高速，必须隔离 14 天，不仅帮不到任何忙，还添乱，意义又何在？他决定立马调头回武汉。

蔡超开始联系山东济宁的领队邱队长请求他的帮助，邱队长已经心照不宣地到达了出事地点。5 点 20 分，邱队长带着大本上了救护车一起到达了医院，医院说不惜一切代价救人……但最害怕的事情还是来了，许鹏 39 岁的年轻生命

事发前几天，许鹏在武汉天河机场调配物资（受访者供图）

永远定格在了 2020 年春天的这个雨夜。蔡超心底撑着的那股劲也一下子崩了。从一同运送物资的队友倪荣凯的描述中，他得知了许鹏出事的全过程。许鹏参加救援活动有五六年经验，对长途开车早已习以为常，他平时身体素质非常好，知道当天晚上 12 点有运送 100 台消杀机的紧急任务，特意在下午睡了 3 个多小时。21 日凌晨 4 点 30 分许，许鹏一行驱车行驶至山东省济宁市梁山服务区一公里处，路中央突然出现了一辆停着的卡车，这辆卡车司机认为堵车的道路一时半会儿不会通畅，就把车灯关掉睡着了。

没想到前面的卡车开走了，只有那辆卡车停在行车道上，而且没有开车灯提示。救援队一共三辆车，第一辆是小货车，一个急转弯幸运躲了过去。第二辆车是许鹏驾驶的皮卡，还没来得及转动方向盘，就瞬间失控，直接钻到卡车肚子里去了。 队友倪荣凯开的是第三辆车，那天雨一直下个不停，出事前 10 秒钟，他刚刚用对讲机提示了前面两位队友：“前面有堵车，大家小心一点。”

许鹏在吃泡面（受访者供图）

话音刚落，车就撞上了。停下车后，倪荣凯飞奔过去抢救，随后119救援人员、120救护车赶来救援。许鹏是救援队机动队队长，是机动队里的“定海神针”，但救援中，大家从来不过问对方身份以及对方家里的事情。许鹏殉职后，队员们花了很大功夫，才找到他盐城老家的亲人，许鹏的老婆、10岁的儿子和年迈的老母亲，当天下午5点陆续赶到。第二天凌晨，许鹏的遗体运回江苏苏州举行追悼会，然后返回盐城老家安葬。

一路上，途经之处的高速口、服务区，几百名队友、交警，素不相识的群众，自发地一字排开，面向灵车庄重敬礼、送别……而这样自发送别的场景，从山东寿光到江苏盐城的350公里的路途中，反复出现了十几次。那天，蔡超和他的队友，在武汉应急仓库，看着手机上报道的视频，哭了。他心里特别难过，难过的是只能隔着屏幕向许鹏永远地道别。虽然许鹏比蔡超小2岁，但他更像一个大哥哥，干活踏实，吃得下苦，对家人报喜不报忧。这些天里，即便再紧张的救援，蔡超脑子里仍不断闪现以前和许鹏一起救援的场景。2019元宵节，玉树雪灾，他俩前往救援，一下待了20多天，当时玉树条件很艰苦，他们所在的村庄海拔 5 400 多米，大家背着睡袋风餐露宿，昼夜奋战数天下来，精力几乎耗尽。

许鹏多才多艺，吉他、唱歌、作曲作词，都玩得很好。在西藏时便和藏族同胞沟通，默默写了一首原创歌曲，唱给大家听；还有一次救援队车子陷入了河道，高原体力活非常费劲，打铆钉、拎大锤的活儿都是许鹏第一个冲在前面。许鹏走了，但新冠肺炎病毒并非如人类一样是感情动物，它没有留出多余的时间让我们悲伤，只有将力量放在救援上。目前，蓝天救援队的几十名队员，轮流接下了许鹏未完成的工作。

蓝天救援队在全国有 170 多名队友，他们和许鹏一样，每天都有工作，一直没停下过脚步。很多忙碌的救援现场，根本来不及收发微信，断水断电也是常有的事。记者采访的那天晚上，蔡超 11 点半到达铁皮房，接电话时已经累得不想说话，只想倒头睡觉，所以采访推到了第二天，而在 1 个小时的采访里，他的对讲机也响了五六次。

蔡超说："如果你问我，在武汉救援这段时间，哪些日期，做了什么。更多时候，我根本没有多余的脑力、精力去想。我们的救援队员睡车上、吃泡面、连夜搬货，条件艰苦，但这些与医护人员比起来，根本算不上什么。"一次，武汉一家医院的对接人来仓库提货，央求他们说："能不能多给一些 N95 口罩，我们医院很缺。"因为物资捐赠都是定向捐赠给指定医院，当时蔡超真想给他们，但作为执行人他无权随意分配。

说着说着，这个对接人突然哭了起来，她说医院确实需要 N95 口罩，一次性口罩对于一线医护风险太大了。蔡超很难受，内心五味杂陈，他向医院承诺，一定帮他们想办法协调一批 N95 口罩，如果协调不到，就向上级请示把队员们自己的 N95 口罩分给他们。而像这样的无奈，在武汉也许每天都有发生，疫情面前，大家都太难了，但大家都屏住那一股劲儿。

许鹏（左一）与蔡超（右一）在青海玉树救援

许鹏为灾民们搬运物资（受访者供图）

许鹏殉职第五天了，每天晚上睡不着的时候，蔡超都会一屏屏翻看他和许鹏的聊天记录。2 月 10 日许鹏的最后一条朋友圈写道："孩子要乖，爸爸去武汉打怪兽！"他用一个美丽的谎言，向 10 岁的儿子解释自己为何不在家。蔡超说："许多人把许鹏比作英雄，其实，从来就没有超级英雄，都是千万个普通人挺身而出，用自己的血肉之躯扛住黑暗的闸门，放我们到光明里去。"

新民周刊　吴　雪

如果我多付出一点，武汉是否会好得更快？

——“90 后”武汉伢为 3 000 位独居老人送菜

2020 年大年三十，没有过年的氛围，更没有团圆饭，一大早，罗皓发动了车子，奔驰在从湖南回武汉的高速路上，他紧握着方向盘，心里有股暖流在涌动。出发前，他早已知道武汉关闭离汉通道，朋友还专门打来电话嘱咐：“皓子啊，现在武汉只能出不能进，你就别回来了。”他说：“不行，我必须回，你就别管了。”

罗皓是个“90 后”，在新疆乌鲁木齐做市场工作，上班没几年，全国到处跑。年前，回老家武汉开拓市场，接着又到了荆门、湖南。回武汉这个决定，他没有丝毫纠结、犹豫。罗皓本可以躲在湖南宾馆里隔离休息，也本可以不用冒这么大的风险当志愿者，但他觉得一个热血男儿，那样子就真的“太怂了”。回到家后，父母见到他心里有了底，他们二老只有一个孩子，他不在外

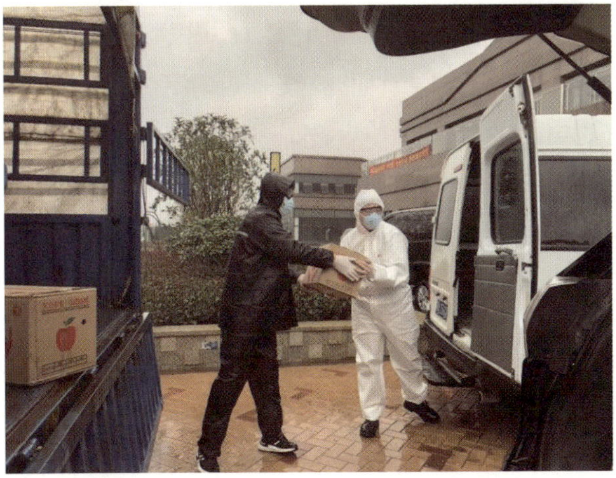

罗皓和志愿者正在搬运物资

医护人员送给罗皓的口罩和酸奶

漂泊而是居家隔离，他们会安心。但罗皓的想法与他们不同，既然回来了，不能帮助医护人员救人，就想做点力所能及的事。初一晚上，他在朋友圈里刷到一个微信群二维码，进群后他接到了医护接送任务。

罗皓的父母心地善良，担心之余，更多的是给予支持。很快他便联系上了对方，成功办理通行证后，便正式成为了湖北抗疫公益志愿者。医护人员压力大，出行没有接驳，防护服和口罩都十分短缺。1月27日，罗皓接到一位医护人员上班通勤的求助，早上6点半立即赶往住处去接她，下车后，她一个劲儿地说谢谢，还塞给罗皓一个N95的口罩和一瓶酸奶。

那天，罗皓运送防护服、护目镜，接送医护人员，搬货卸货，从早上6点半干到晚上10点，回家的路上经过一个小区，他听到楼上居民此起彼伏的声音，细细听来大家都在喊四个字：武汉加油。他握着方向盘的手有点抖，一瞬间，眼泪扑簌簌地下来了。心里也在跟着说着：“武汉，加油啊。”

志愿者的队伍越来越壮大，许多爱心企业也纷纷驰援武汉。2月1日，在滨湖社区，罗皓把自己的小轿车当货车用，拖了一包又一包的白菜萝卜等蔬菜，那天他一个人搬了17件货，汗如雨下；2月6日，他送一批防护服到协和医院，正准备帮他们搬进去，医生见到他赶紧打了手势制止：“离发热门诊远一点，不要进来。”那天，罗皓心里五味杂陈。

在一线奋战了40多天，从早忙到晚，最晚的时候忙到凌晨三四点，可能几天都没办法和父母打个照面。吃饭也很随意，大多看情况解决，一些爱心人士会送些自热饭，爱心企业也会提供盒饭。许多个夜晚，志愿者们就靠着车子，三五成群地扒拉几口；忙碌的时候，吃点面包、饼干垫一垫，也是常事。

2月20日，罗皓的车子加了第11箱汽油，行驶公里数7 000公里，医院的求助需求逐渐缓解，他便开始帮忙调配物资，分发物资，特别是一些捐赠有余的蔬菜、水果，开始分发到各个社区去。2月24日，他突然接到了一位沙女士的电话，她说，70多岁的独居妈妈住在一个老旧小区，一天只吃一顿煮面条，家里什么菜也没有了，妈妈又不会像年轻人一样团购买菜，行动不便也找不到买菜的位置，问罗皓能不能帮忙买点菜送过去。罗皓当时就答应了，找到捐赠方，协调了一些剩下的包菜、竹笋送了过去。老人拿到菜的时候，感激得都哭了。这是一件很小很小的事，当天他发布了朋友圈，谁知道后面又有人发来相同的求助信息，他才发现，空巢老人的生活困难，是大范围存在的。

一次偶然的机会，在与一直做后勤保障服务的“代表月亮消灭病毒”志愿者联盟的冯丹丹联系时，得知她一个“90后”的女孩子，自筹资金买米买菜，用一辆手推车送给铁机路保利城小区近50户空巢孤寡老人，罗皓坐不住了。他们两个人一拍即合，盘算着一定要为这些老人做些什么。他们正式成立了一支武汉空巢老人服务小分队。这个小分队有10多位核心成员和200多位爱心人士。他们的组织架构非常清晰，远在苏州的志愿者陶子一直为他们想方设法拉到赞助去帮扶那些困难群众，“代表月亮消灭病毒”的发起人——“90后”女孩子月亮为志愿者提供全方

罗皓和志愿者靠着车子在街边填饱肚子

位的后勤以及车队调动服务。还有志愿者主要负责协助社区摸排老人情况和需求，分发完成之后有志愿者负责回访，核实物资是否发放到位。所有受捐赠的物资也有专人统计做账，定期公示。罗皓所带领的团队则是主要负责联系社会力量，进行物资的运输分发工作。这些需求都是一点点串联起来的，比如，开始服务的常青花园一社区，有130多户空巢老人，而这些老人还可以带动一些街坊邻居加入进来，每个社区会分派三到四个志愿者，分发的途径分为两种，一种是通过小区志愿者提供给老人，另一种是按照社区网格员统计的名单发放。所有的物资每隔10天，都会有一个明细公示在群里，社区领多少，分发给了多少老人，一目了然。他们还做了海报，一方面号召社会捐赠，另一方面搜集老人信息。现在15天左右，他们共搜集了3 000多户空巢老人的信息。

3月3日，嘉鱼朴实的农家人冒雨采摘，运送了一卡车的蔬菜给他们，当送到一户84岁的老人家里时，老人家双手合十，鞠躬道谢，事后又发来微信："因为有您，疫情不再可怕，世界变得温暖。"有时，只是给他们一袋米、一些菜、一盒鸡蛋，他们都能开心得像个孩子。罗皓想，自己又是何德何能，让人家如此言谢。

还有一些特殊需求，罗皓也尽量照顾到，比如婴幼儿、聋哑人等群体，他给婴儿送过棉布睡衣，为武汉滞留者送过煤气罐，大家也通过登记、文字、手语等方式为残疾人送过菜。罗皓内心里是不愿意接受采访的，他想把更多时间放在为武汉做更多事情上。这是出于一个武汉人的本能，大家都希望武汉尽快好起来。

罗皓还记得1月30日，他在朋友圈曾写下这段话："曾经拥挤的街头，只剩下救护者疾驰而过，一方有难，八方支援，'武汉加油'遍布街头！热心的武汉伢争着给医院给社区义务送物资！这或许就是所谓的英雄城市——我不认识你，但我谢谢你！"

因为疫情的关系，公司还未复工。而罗皓却从未想过停止志愿服务，他和很多志愿者有一样的想法，疫情不退我们不退，我们要陪着武汉一起康复。他的朋友圈标语一直是《论语·雍也》中的一句话：己欲立而立人，己欲达而达人。

多少个夜晚，空无一人的街道，罗皓在开车回家的路上，都在想：如果自己多付出一些，武汉会好得更快一些吗？还好，这一天，就快要来了。

新民周刊　吴　雪

武汉方舱里的“带头大哥”

28 岁的杨信是武汉市东西湖方舱医院的病人。 在方舱，杨信已经住了 14 天，算是“老住户”了，他还有个特殊的身份：方舱医院里的志愿者。

2 月 14 日，他自发组织起东西湖方舱医院第一批志愿团队，目前有十多人。他们帮助医护人员发放盒饭、水果，在隔离区、医药处、送饭间，到处都是他们忙碌的身影。同时，他还主动承担起了卫生健康宣传工作。 几天下来，他成了负责这个区域的护士、福建护理专科医疗队队员心中贴心的“带头大哥”。

杨信说，2018 年 10 月 13 日在武汉客厅，他和老婆一起听了人生第一场演唱会。2020 年 2 月 11 日，他以“特殊身份”再次来到这里，偌大的体育馆，少了荧光棒，却有这么一批人散发着光芒，其中也包括他自己。

杨信和记者聊起了他的方舱经历。

20℃的室温，他们的护目镜上都是雾

我是 11 号中午从隔离的酒店到方舱的。我住在 A 舱 B 区，这个区域有 100 多人，主要是福建医疗队负责治疗和生活起居。这里碰到的每个护士都特别好。每个都特别好，真的不是筛选 100 遍后送过来支援的?

每天睡醒睁开眼，床头柜都放着新的食物。后来才知道，其中一些，是福建医疗队的护士、莆田小哥许俊鹏买给病人的，还有些是他们福建队收到的捐

赠物资。不得不说，福建队的护士们真的很可爱，病人过生日他们也知道，还带了蛋糕，像一个个小妈妈小爸爸。

医护们真是辛苦，特别是护士，除了给我们量体温、记录病程、发药等，还要负责物资的发放。这几天升温了，舱内温度有 20℃，我穿着最薄的内衣都捂得一身汗，但护士们还穿着厚厚的防护服。我看有的护士闷得难受，汗都捂得沁出来了，挂在护目镜上。有时看他们捂得难受，扶着墙。

我常跟他们开玩笑说，估计我的血氧状态比你们的还要好。但他们尽量不表现出来，照常工作。

但一下班，他们就一个个生龙活虎的，哼着歌一蹦一跳地换衣服去了。这个时候才会感觉他们一个个是活泼乖巧的孩子。他们有的比我还小呢。

白纸上写“愿意跟我一起发牛奶吗？”

得知我确诊后，公司工会给了我 1 万块钱，让我安心休养。我想了想，虽然方舱里的人来自五湖四海，但现在都是邻居，就为邻居们做点事吧，也为医护们减轻负担。于是，买了 178 箱泡面，还有一些零食放在方舱里，让大家自取。

再后来，我开始“抢”护士的活，给 B 区的病人发饭。100 人，第一次我用了 20 分钟。后来，我开始物色人跟我一起干。48 岁的体育老师大兵哥和高中男生阳阳是我最初的队友。再后来，我们几个人想把整个舱的物资发放任务都承包下来，于是找来一张白纸，写下：“愿意跟我一起发牛奶吗？”放在推车上。

于是队伍扩大到十几个人，发饭的时候，我们把护士都“赶走”了，A 舱 600 人的饭都归我们这支志愿者队伍发。有的大妈很热心，也想参与进来，就是帮忙发筷子，我们也很欢迎。很多护士很感谢我们，其实，这些都是我们应该做的。来之前有各种想象，来之后才感觉这里的温暖，没了来之前的恐慌。我们不能总等着别人来拯救我们，现在全国都向我们湖北伸出援手，我们自己互相间不搭把手，像话吗？

护士小姐姐向我求助

我想在这帮助他们，一直到闭馆。有一天，凌晨1点，我还没睡，照顾我们的护士，建瓯市立医院的张成琳护士长小声地向我求助：隔壁床有个小弟弟，情绪有点不对，想法比较极端，让我开导一下。

这几天，他是这群护士们的重点关注对象，天天都有护士找他聊天。之前，他“消失”了1小时，福州市第七医院的苏秀云护士很着急，叫上几个志愿者一起分头找他，结果在洗手间找到他。我跟孩子聊了40分钟，感觉他有些开心了。第二天，主动提出跟我一起发物资。前几天，他已经出院了。

这几天，我们方舱里出院的人越来越多了，已经是“床等人”了。我们家其他被隔离的4个人也都从酒店回家了。大兵哥和阳阳出院了。越来越多的志愿者离开了。在方舱，我上次的核酸检测结果是阴性，昨天上午做了第二次。如果没问题，那我也可以出院了。我就担心：我走了，我的工作谁来接手？福建队的护士小姐姐一直想让我出院，我也理解。我想，早点出院，也能早点捐献血浆。如果可以，我想申请回来当志愿者，跟着他们一起工作，直到这里休舱。

湖南小伙郑能量武汉“逆行记”

晚上11点多，武汉浸没于寂静的黑夜。来自湖南的“90后”志愿者郑能量停好“湘A”牌照的白色小汽车，回到住处，赶紧扒上几口晚饭。他笑称自己过的是“西半球时间”。

这样的工作状态，他已经持续20天了。郑能量，人如其名，打过交道的人都说“他浑身满满的正能量”。2020年1月25日大年初一，郑能量从长沙宁乡驱车300多公里，只身来到陌生的武汉，开始了这次“逆行记”。

郑能量，是湖南建工集团华东工程局的一名员工，春节前放假回到宁乡老家。大年初一早上，手机里关于武汉关闭离汉通道、疫情进展的消息不停“弹窗”。郑能量的父亲郑建华说，儿子在院子里站了蛮久，好像在考虑什么，然后抱了他一下就出门了。

此时，郑能量做出了有些“疯狂”的决定：北上武汉。在朋友圈里，他决绝地立下誓言：“我郑能量志愿进入疫区做志愿者，志愿接受最脏最累的一切任务，这都是我的选择，也都是自己的社会责任……我不怕死，只怕今生有憾。”

在女友高秋兰看来，郑能量的决定又是意料之中。郑能量原名叫“郑郑”，以前家里条件比较困难，大学期间得到政府和社区的各种关怀，以及学校助学金的资助。大三那年，他毅然把名字改为“郑能量”，正是取“正能量”之意，希望帮助更多的人。

大年初一，经过4个多小时的冒雨行车，郑能量终于抵达武汉。没有落脚点，车是他的“住所”，也是他的“助手”。在武汉城内，他开车穿梭，义务帮助有需要的市民出行、接送医护人员上下班、运送医疗物资，甚至协助运送患者。

面对形势严峻的疫情，郑能量的每一次点火、踩油门，都可以说是一次“逆行”。手机 24 小时开机，一接到求助电话就出发。饿了吃碗泡面，困了在车上打个盹。深更半夜把车开到桥洞下，裹一条毯子倒头便睡。

他不是一个人在战斗。武汉本地的热心人士听说郑能量的事情后，主动为他提供住宿，支援能量补给和防护装备。市民们组织起一支支救援车队，郑能量和他的“湘 A”汽车也加入其中。郑能量所在的“007 救援车队”，从最初的两个人，发展到了 80 多名司机、30 多名后勤人员。

救援车队的主要任务是，后勤人员收集接送医护人员、运送急救物资等需求，并在司机群里发布，附近的司机志愿者负责接单。郑能量刚“入群”时，基本上从上午忙碌到第二天凌晨，车队组织者要他“强制休息”。

每天来往于医院等地，面临很大的感染风险。别人问会不会害怕，郑能量回答说，看到很多医护工作者冲在前线，来自全世界各地的物资涌向武汉，他感到的不是害怕，而是团结、温暖，还有一种力量，“相信我们一定行”。

如今，郑能量和其他志愿者，仍然不舍昼夜地在抗疫一线“逆行”。正如车队的一名同伴所说，郑能量很平凡，但他就像是黑夜里的一道光。

新华社　白田田　廖　君　刘良恒　史卫燕

抗疫英雄谱

生产建设者和物资保障者

战“疫”后方的军需官

疫情防控是一场总体战，在抓好患者救治和传染源防控之外，搞好复工复产，抓好生产建设，特别是为战“疫”前线及时提供充足的救援物资、医疗器械、药品等，搞好“武器弹药”的生产保障至关重要，这是打好疫情防控战的物质基础。因此，在疫情暴发之后，国家抓紧抢建新的定点救治医院，包括火神山医院、雷神山医院，在亿万网友的云监工下，这两座北京小汤山式的战地医院在短短10天左右即告竣工，这中间凝聚了成千上万建设者的汗水与心血。在改造定点医院、抢建方舱医院的过程中，医务人员和建设者们夜以继日，不辞辛劳，也付出了大量的心血，从而使得武汉这个主战场的患者救治能力大幅提升，从根本上解决了“应收尽收、应治尽治”的需求与病床位不足的现实的突出矛盾，解决了医护资源紧张、医疗系统濒临崩溃的重大难题。

在疫情早期，医疗物资、医用设备等供应非常紧张。为了抓生产增供应，湖北、武汉，包括全国各地的医用物资生产厂商迅速发动，甚至不惜用高薪在春节期间聘请工人返工返岗，开足马力进行生产。有些原本并不生产医用物资的企业，也及时转产扩产，从而使我国的医用物资特别是防护物资的生产能力在很短的时间内就得到了数十倍、上百倍的提升，有力地保障了战“疫”前线的物资供应。

而在交通物流方面，各地更是全力以赴，积极创造条件，提供便利。包括武汉在内的各大城市，除了运送医用物资的车辆可以畅行无阻之外，也对运送生活物资，运送粮油、蔬菜、肉蛋禽奶等生活必需品的车辆开通绿色通道。为了打好主战场武汉保卫战、湖北保卫战，全国各地纷纷掀起了捐赠活动，各种物资源源不断地从祖国的四面八方纷纷向武汉、向湖北汇聚，与时间赛跑，与死神赛跑，与病魔较量，从而有力地保障了战斗的顺利进行和战局的稳定与扭转。

可以这么说，数以亿计的生产建设者，数以千万计的交通运输物流等各方面的人士，他们是这场疫情防控战的基础性、保障性力量。正是由于有了强大而牢靠的后方，有了强大的后援与后勤保障，中国的新冠肺炎疫情防控总体战才能有如今持续向好的局面。

每个人都是英雄，每个人都是战士，每个人都可以选择挺身而出，自觉担当。每一个在战“疫”过程中自觉担负自己的责任，积极践行自己的使命的人都是英雄，都是战士，都值得历史铭记，值得我们赞美和讴歌，倡导与表彰。这是一种伟大的民族精神的力量，这是一个国家、一个时代富有朝气、充满活力的重要象征。

人民有信仰，民族有希望，国家有力量。国家的力量来自于人民，来自于千千万万的劳动者、建设者、奋斗者和追梦人。

10 天鏖战火神山！

“镇山之王”张思兵

火神山交付解放军，全国人民有了底气！

与时间赛跑 10 天后，武汉火神山医院拔地而起，与疫情正式“开战”。

2020 年 2 月 3 日，电、网、医疗设施全部配齐，第一批新型冠状病毒感染患者入住火神山医院。

这个建筑面积相当于半个水立方、可容纳 1 000 余张床位的“战地医院”一经投用，让身陷疫情重灾区的武汉人看到了新的曙光。

从除夕夜设计方案定稿，到大年初一破土动工，由来自全国各地的基层建设者组成的“基建狂魔 ”队伍，在 8 000 万网友的“云监工”下，日夜不休地赶工。

10 天内即建成如此规模的医院，这样的“中国速度”可谓刷新了世界的认知！

当“镇山之王”张思兵大校亮相，担起火神山医院院长之职，率领1 400名部队医护人员进驻医院时，网友表示：火神山交付解放军，全国人民有了底气!

张思兵大校此次到达武汉掌管火神山医院，既是临危受命，又是蓄势而发。

资料显示，52岁的张思兵毕业于原第四军医大学口腔系，历任原309医院口腔科医师、解放军总医院医疗处处长、解放军总医院海南分院医务部主任、解放军总医院卫勤部部长等职。

张思兵获选任的最大优势，可能在于他曾参加过2003年抗击SARS、援建小汤山医院等重大任务。

张思兵不仅实战经验充沛，理论基础也足够扎实。

据媒体报道，2003年9月起，张思兵曾发表过多篇关于SARS防治的论文，包括《医院感染管理在防治SARS中的作用》《SARS诊断、出院标准和医院收治策略研究》《严重急性呼吸综合征的医学防护》等，其中多次对科学防护以降低SARS对医务人员的感染方面进行了深入研究。

2015年，为了将医务人员的研究成果更好地进行实践转化，张思兵主导成立“转化医学专业委员会”，并担任首任主任委员。当时接受采访时，他表达了“鼓励医生申报专利，获得我们自己的知识产权和技术”的意愿。

养兵千日，张思兵等来用兵一时的机会。

此次，由张思兵领队的医疗队伍由1 400名医护人员组成，来自全军不同的医疗单位。

其中，联勤保障部队所属医院抽组950人率先抵达，此后由陆军军医大学、海军军医大学、空军军医大学借调450人纳入统一编组，直奔前线。此外，来自解放军疾病预防控制中心、军事科学院军事医学研究院的15名专家组成联合专家组，现场指导医院疫情防控工作。

据了解，医护人员中有不少人曾参加过小汤山医院抗击SARS任务，以及援助塞拉利昂、利比里亚抗击埃博拉疫情等任务，具有丰富的传染病救治经验。

坚甲利兵，箭在弦上。

在《新闻联播》中，首次亮相的张思兵院长信心十足，立下“军令状”：

“我们的主要任务就是收治确诊的患者，全体医务人员已做好收治病人前所有的准备工作，我们有信心、有决心打赢这场防疫的阻击战！”

一个不可能的任务

其实，一开始接到建立火神山医院的任务指令时，几乎所有人的第一反应都是：“这怎么可能完成？”

当然，并不是技术问题，而是时间太紧了，留给医院设计者和施工者的时间只有 10 天。

1 月 23 日，武汉市政府决定参照北京小汤山的模式，在蔡甸知音湖畔建立一座可容纳 1 000 张病床的专门医院，命名为“火神山医院”，并且要求在 2 月 3 日前建成并投入使用。

从事土木建筑行业多年的中建三局三公司项目经理方翔说：“按照常规流程，3 万多平方米建筑量的项目，至少要两年。紧急状态搭建临时性建筑都需要 1 个月，更何况是新建一座传染病医院！”

这几乎是一个不可能完成的任务。

可疫情不等人，抢救病人迫在眉睫。

截至 1 月 23 日 24 时，全国的确诊病例已高达 830 例。疫情蔓延的速度令人心惊。

此时，火神山医院成了对抗疫情的一把“利剑”。“第一，可以缓解当前病人多，现有医院过载，收不进院的问题。第二，可以使这些患者得到规范化的治疗。第三，集中收治减少了传染病、传染地的扩散。第四，能给老百姓树立信心。”

这番话是原北京小汤山医院院长张雁灵说的。2003 年，小汤山医院曾创造过人类医学史上的奇迹——两个月收治了全国七分之一的 SARS 病人，其间无一名医护人员被感染。

而同样是 1 000 张病床，当年建小汤山医院仅仅用了 7 天。有人会疑惑：现在的工程能力更强了，10 天建一座火神山医院，很难吗？

答案当然是肯定的。

尽管数千万名网友在屏幕前当起了“监工”，但很少有人知道的是——

施工场地东西的高度落差达近 10 米，工人们要想办法在施工前平整好；

现场不仅有建筑物需要拆除，还有大量清淤工作和鱼塘回填任务；

整个项目临水而建，周边只有一条主干道路通往工地，物资交通进出压力巨大，燃气、高压迁改协调量较大；

更关键的是，武汉抗疫斗争高峰是在春节前夕，许多农民工都已返乡过年，短时间内如何召集这么多工人？

还有原材料采购、物流运输、工地上的后勤保障……一系列难题摆在面前，但最终，一群善良勇敢的人再一次创造了奇迹。

10 天鏖战，与死神竞速

过去的 10 个昼夜，几千名工人在相当于 7 个足球场大小的工地上不断赶工。

他们之中，有开挖掘机的，有打混凝土的，有做机电管线的，也有做集装箱板房的；而在接到通知当天，有人中午才为妻子戴上婚戒，有人刚开始陪伴许久未见的女儿，也有人刚刚回到几百公里外的家乡。

他们义无反顾奔赴工地，只为展开一场与死神竞速的战斗。

最高峰时，工地上有 7 000 多名工人，800 多台挖掘机、推土机等设备同时作业。所有人的施工时间精确到以小时计。上一个单位刚完成场地铺沙，下一个单位马上进场铺防渗膜，后面铺设活动板房基脚的单位还在催促。

于是，我们才能看到这样的画面：

24 日，除夕，施工第 1 天，上百台挖掘机抵达现场，开始平整土地。

施工第 2 天，火神山医院正式开工。

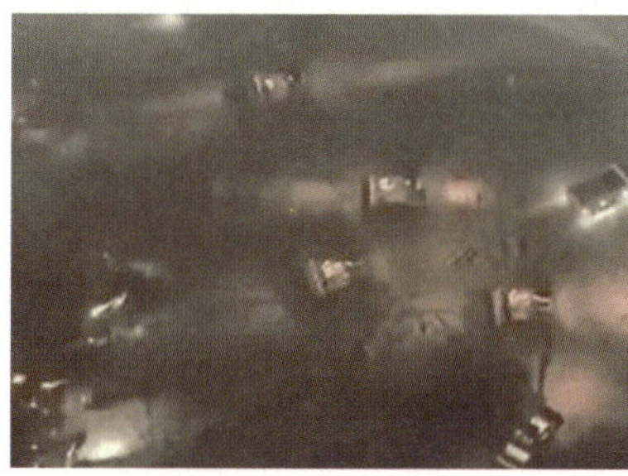

施工第 3 天，第一间样板房建成。

施工第 4 天，场地整平、碎石黄沙回填全部完成，首批箱式集装箱板房吊装搭建。

施工第 5 天，双层病房区钢结构初具规模。

施工第 6 天，300 多个箱式板房骨架安装完成，机电管线作业同步展开。

施工第 7 天，HDPE 膜铺设全面完成，污水处理间设备吊装同步展开。

施工第 8 天，九成集装箱的拼装均已完成，活动板房骨架安装 3 000 平方米。

施工第 9 天，全面展开医疗配套设备安装。

2月2日，施工第10天，交付完工！

短短10天内抢建出来的火神山医院，内部却毫不含糊——

每个病房里有两张专用病床，空调、通风设施、消毒设备全部安装到位，还配备了一个独立卫生间，内置马桶、洗脸池、热水器、淋浴间等设施。

种种细节能看出来，火神山医院的设计者们是花了心思的：

为了确保不会污染周边环境和周围的湖泊，5万平方米的建设用地全部铺设了高性能防渗膜，让污水和废弃物无法渗透下去。医院的管网实施全封闭运行，搭设雨水、污水处理系统，经过两次氯气消毒处理，达标后才可排入市政管网。

为了给医护工作者提供安全可靠的工作环境，医院还设置了多重保护。

一方面，采用严格的“三区两通道”设计，医护人员按“清洁区—半污染区—污染区”的工作流程布置工作区域。每进入一级区域，医护通道与病患通道完全分离。

另一方面，在隔离病区病房内设有一个由两层玻璃和紫外线系统构成的传递舱，病人的餐食和药品都会从这个传递舱传递进来，通过传递舱内的紫外线系统消毒，避免感染。

2月3日下午3时左右，在火神山医院住院楼旁，多位医护人员正在与10余位武汉市120急救中心的工作人员对接接收病人的相关流程。

按照初步计划，首批接收病人的车辆将由10辆救护车组成，每辆救护车运载有病人及两位医生：120急救的医生和随车医生。而病人来自三家医院：汉口医院、武昌医院、武汉市中心医院。

一切都在紧张而有序地进行着。

世界卫生组织总干事谭德塞 1 月 31 日在日内瓦举行的发布会上说："我一生中从未见过这种动员。也许你正在关注的是中国将在 10 天之内建成的一家大医院，但这不是他们正在采取的措施的唯一目标，我相信这些措施将扭转（疫情）趋势。"

环球人物　ID：globalpeople 2006　作者　阿　晔　咖　喱　编审　苏　睿

雷神山不眠夜

——施工现场的“绝命后卫班”

2020 年 2 月 14 日，王英杰在雷神山施工现场经历了一个特殊的情人节。他是雷神山医院四区弱电安装团队安防协会三组和精一联匠组的组长，正带着 40 多名工人奋战在雷神山的最后一个交付工程。

投入使用已过 8 日，雷神山施工现场仍不眠。14 日不只是情人节，对王英杰来说是另一个重要的日子：雷神山医院内部弱电安装交付验收的时间。凌晨 1 点，中新经纬记者与收工后的王英杰通上电话。早上 7 点半，他就又在工地上开班前会，部署一天的工作。“我们是雷神山的工人，不拼不行！”他说。

“施工班组陆续离开，我们还在不断进人”

“新闻说（雷神山）入住了 88 人，其他施工班组也陆续离开，我们还在不断进人，算是‘绝命后卫班’了吧！”11 日，王英杰在朋友圈写下这样一句话。

彼时距雷神山医院交付使用已过了 5 天，而弱电系统是全面交付的最后也是最关键环节。发完朋友圈后，王英杰又马上投入了施工现场，那晚几乎又是一个不眠夜。

王英杰本是武汉当地一家建筑弱电智能化公司的老总，作为党员，响应中建三局和湖北省安防协会的号召报名来到雷神山工程队。本身是负责管理而非技术的他，被安排为工程组长。

事实上，雷神山投入使用后，王英杰所负责的弱电安防工作的技术工程才真正开始。弱电工程，简而言之，就是要为整个医院安防系统、呼叫系统、网络无线等进行安装调试，确保上述系统的正常运行。“如果建筑有生命，弱电就像它的神经系统一样。”王英杰形象地描述。而只有在基建做好后，弱电工程组才能进入建筑内部一一作业。

王英杰忘不了 9 日那一天。他收到中建三局的指令，雷神山医院 ICU 病房需要在 24 小时内完成交付。任务艰巨，人手却不足。他在朋友圈发起了“急需支援”的求助。没想到，不到 30 分钟，5 个班次，21 名工人全部征集到位。

施工现场（受访者供图）

“不止 21 个人报名。那条朋友圈发完后，那天下午我收到了差不多 100 个电话，大家都很有激情。虽然我已写明是要武汉及周边地区的工人，但全国各地也有不少工友来联系我，想为雷神山的建设出一份力。”王英杰回忆。

这种“一呼百应、八方来援”的速度，王英杰说，已经是雷神山的“日常”。第二天，他携新组建的弱电施工团队，只用了半天就完成了 ICU 病房的交付。

与时间赛跑，起初每天睡不到 3 小时

10 天建成、占地面积约 328 亩、建筑面积 7.97 万平方米、32 个病区、1 500 张床位、可容纳 2 000 余名医务人员工作……这些雷神山的数据背后，是数千个如王英杰一样的工人夜以继日的奋斗。

王英杰 1 日才正式进入雷神山施工队伍中。他说，那时现场得有上万名工人，现在只剩 2 000～3 000 人。像他所带的两个班组，高峰时期得有 70～100 人。

王英杰在施工现场休息，被工友拍了下来（受访者供图）

一开始，王英杰感到压力很大。作为工程组长，他的主要任务是协调各个岗位之间的职责，进行工作对接、分配、验收等。而他所带领的团队只是临时拼凑起来的。他们来自不同的公司，不同的城市，却要短时间内协力完成艰巨的任务。该如何有效管理呢？

不过，他很快发现他的担心是多余的。“几乎每一个来到这个施工现场的人，都是带着同一个目标来的，就是想让雷神山医院早一点交付，让病人早一点入住，所以大家干起活来都很拼，施工现场也很有序。”

在雷神山施工现场的背景板上，写着这样一句话：“疫情就是命令，时

雷神山的夜晚（受访者供图）

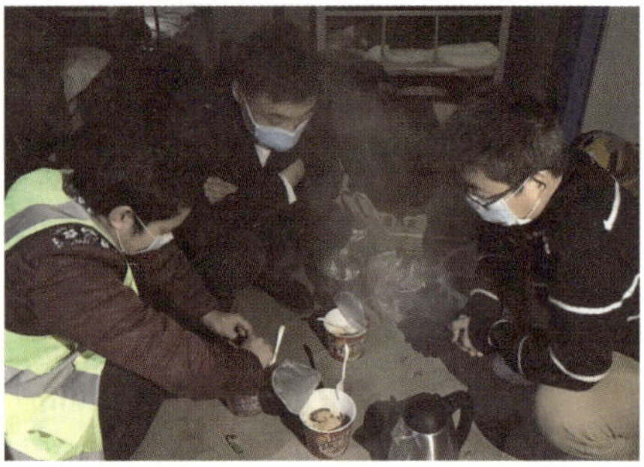
收工后的“泡面局”已成日常（受访者供图）

间就是生命。”在那里，王英杰见过不少灯火通明的夜晚。尤其是刚到的那两天，为了迅速适应现场施工环境，他是连轴转着上班。早上六七点收工，睡不到3个小时就醒来，再回到一线。

施工现场的居住条件是常见的工地大通铺，王英杰所在的房间是十来个人一起住，而最多时30多个人挤一个房间。人太多，要洗澡得排很长的队，他们收工后都常累到倒头就睡。

虽然有食堂，但时常没时间去吃饭，他们就将饭菜打包过来，吃上时也早就凉了。泡面也成了他们的“工地伴侣”。有一天凌晨收工，几位工友饿到蹲在地上就准备吃起泡面，王英杰拍下这张照片，起名叫“雷神山工人之夜”。

共患难的兄弟情

13日，王英杰收到一个工友要离开的微信消息。内容是，与他同一公司的工友已经连续工作了24个小时，由于多日疲劳，眼睛出现红肿。公司出于安全考虑，让他填了退场表。而由于公司要求施工工人要一起来，一起走，他也只能一起离开。“我们非常想留下来，和你继续奋斗！”那名工友告诉王英杰。

“眼睛都不行了，还是不舍离开。”王英杰感动不已。与五湖四海的工友同吃、同住的这段时间，他们建立起了家人一般的情感。“我们在雷神山共同见证了一个历史时刻，这些日子所有人都是互帮互助走过来的。”

“很像回到大学时期”，王英杰这么形容。他说他对技术不精通，而组里多的是技艺娴熟的工人。而擅长技术的工人，又对管理和人际方面稍弱势，他们时常沟通、切磋，互相积累了不少经验。

“没想到，我这次来雷神山，还给自己的公司招了不少员工！这是意料之外的惊喜。”王英杰说。他的公司2019年刚创立，正是急需人才的时候。而这次合作过后，工程组里不少人都认可他的能力和为人，愿意加入他的团队中。“我也和他们说，这次任务结束后，大家有活儿还是可以一起干。一起做过雷神山建设的人，都信得过、靠得住。”

“苦中作乐”也是他们的常态。有一晚，凌晨4点，一名工人在剪网线时因为太累忍不住打起了盹，但手里的工具还一直在动。“虽然累到不行，但潜意识还是要继续干活，把我们都逗乐了。你说我应不应该扣他工资？”

说完，王英杰语气又低沉了许多。“其实我看到这一幕的时候也会想，有谁会记得他们呢？”他说。谈起雷神山建设期间的全民“云监工”，他认为，隔着屏幕远观，其实很难了解工人真正的生活。

“虽然做的都是微不足道的事情，但大家也为抗疫贡献了一份力量。希望每一个工人都能得到真正的尊重和善待，他们真的很辛苦。”王英杰说。

等到14日雷神山医院内部基本交付后，他们还要继续留下来，下一步工作是进行外围监控，仍需要3～5天的时间。随后，还要留下一个维保的团队，在现场随时支援配合。

王英杰想着，14日结束后给工友们安排一个落脚的酒店，让他们到好一点的环境休息一下，也方便隔离观察。

不过，聊起自己真正的家人，王英杰却觉得愧疚。他说，他们都很担心他，因为他在离病毒最近的地方。“他们每天提醒我戴口罩，让我报备情况，不过我经常忙到忘记。这次任务他们很支持我，疫情结束后我一定好好陪陪他们。”

通话最后，中新经纬记者和他聊到，14 日除了是交付日，还是情人节。他恍然大悟：“先不说了，我得赶紧和我媳妇说声‘情人节快乐’去！”

中新经纬　付玉梅

2 000 公里外的物资救援

2020 年 2 月 16 号，张春田将一批负压救护车运抵武汉。此前，受疫情影响，高速公路服务区暂停餐饮服务，他和司机兄弟们只能靠泡面、干粮果腹。

“我肯定得去，你们谁也拦不住我。”成为美的运输车队志愿者之前，家人对他前往疫区强烈反对。但张春田知道，这批负压救护车是救命的东西。

区别于普通救护车，负压救护车最大的特点就是能使车内环境免受污染，最大限度减少车内医护人员以及车外人员的交叉感染风险，主要用于危重传染病员的安全隔离与转运。

1 月 24 日，湖北关闭 13 市离境通道，但全省医疗物资面临巨大缺口。在疫情处于爬坡的关键阶段，整个社会的应急储备迎来大考。一群“逆行者”正在通过自身力量，努力钻木生火，用温暖的光照亮那片土地。

15 天加速生产，2 000 公里爱心接力

1 月 26 日，美的集团抗“疫”物资采购组接到一份特殊的任务——采购 140 辆负压救护车捐献给湖北疫区。

这对于并非经营汽车的美的而言，难度不言而喻。就在当天，一个包含美的集团高层、财务、法务、税务等在内的“战疫突击队”迅速组建。

36 个小时内打了上百通电话，最终在 1 月 28 日早上锁定 12 家车企。但由于负压救护车需要定制化生产，车企普遍交付时间都在 3 月份。

抢装负压救护车

“早一分钟到达，就能早一分钟救人”，美的团队展开与车企锲而不舍的沟通，最终在工信部等政府部门的大力支持下，将首批交付时间敲定在2月10日。

1月29日晚，第一批订单签妥。虽然正值春节假期，但从1月28日洽谈需求再到向车企火速付款、确认订单，仅用了24小时。

订单确认，但新一轮的阻碍似乎刚刚开始。疫情期间，工厂面临负压设备等核心部件紧缺和缺少工人两大难题。面对“近乎不可能的任务”，一场通力协作的接力赛随之打响。

美的随即请求工信部支持，指定供应商提供组装负压救护车所需底盘等配件，并调配负压隔离系统、负压隔离舱等设备，联动各方帮助车企同步解决，压缩生产时间。

在华晨雷诺位于沈阳的工厂内，自发放弃休假的工人们冒着零下15摄氏度的严寒，在户外停车场调车、运车，以尽快把车辆运送到车间内进行改造。在各方努力下，最终将30天的改造工期压缩到15天以内。

经过努力，在沈阳生产的第5批40辆负压救护车赶制完成，但要穿越2 000公里抵达湖北，无疑给按期交付带来巨大挑战。辽宁长久运输接过了这支接力棒，而负责这批车辆运输的13名司机，全部由志愿者组成，张春田就是其中的一员。

“路很滑，货车不能随便变道，交警就在前面疏通其他车辆。”张春田回忆。

运输队途经天津时，一场大范围风雪侵袭我国南北方，大雪致使高速封闭，寸步难行。美的立即联系工信部和包括湖北交通厅在内的各地交通厅寻求支援。1小时后，天津高速公路交警大队赶到，将车队护送至河北。

随后，河北、河南、湖北交警继续接力，直至车队安全抵达武汉。天津、河南的交警还为司机们准备了热腾腾的饭菜，这让在途中不得不用泡面充饥的张春田感动。

面对交警的致敬，张春田有些不好意思。“因为咱们是司机，往这边送些物资和正常工作是一样的，只是去的地方不同了。听他说完，感觉像是做了好人好事似的。”

目前，最后一批从无锡出发的18台负压救护车，已于2月20日凌晨4时许到达武汉大花岭火车站。至此，美的采购捐赠的140辆负压救护车已全部到位，投入战“疫”一线。

而在湖北省内，另一场接力赛仍在上演。

挨过寒冷冬夜，一脚油门继续向前

“我不累，他们才是最危险、最累的人啊，战胜疫情还得靠他们，我只是做一点力所能及的事情。”桑师傅看着坐在医院走廊里打盹的医生和护士，很是心疼。此时，他刚刚把一批物资送到雷神山医院。

1月26日晚，在距离武汉400公里的湖北随州，桑师傅接到一个电话，问他是否愿意参与武汉救援物资的配送，他毫不犹豫地答应了。

彼时，是武汉关闭离汉通道的第三天，在武汉有完备仓储物流系统的美的集团，捐赠大批物资到火神山、雷神山及湖北各县市医院。而承担救援物资点对点派送任务的是美的旗下安得智联物流公司，桑师傅是其中的一位司机。

1月27日，从随州赶到武汉的桑师傅准时出现在了公司仓库门口，此时的他没有想到，平时再熟悉不过的工作，正面临重重挑战。

早上7点，桑师傅开工，将一批物资送到雷神山医院。但连续阴雨天气，让前往鄂州的路变得十分泥泞，货车时刻面临陷入泥淖的风险。一旦陷入，就需要调配工地上的挖掘机帮忙推车，桑师傅也总是弄得手脚都是泥。

每天送完最后一单，通常都是深夜。考虑到自己经常进出医院，桑师傅不敢回家，担心给身边的人造成交叉感染的他，就在车里准备一条棉被，每晚就在车里休息，一睁眼，便继续投入工作。

挨过每个寒冷冬夜的桑师傅，也会时常想念为他日夜担忧的家人，但他选择在关闭离汉通道后的武汉开车前行，是因为有更多想保护的人。

在安得智联像桑师傅这样的司机师傅还有很多，他们将跑完湖北70多家定点医院，将救援物资亲手派送到医生手中。

“逆行者”一路同行

疫情当前，无人能置身事外。驰援武汉，驰援湖北，在唤起了中国企业的社会责任感的同时，也让企业集体面临一次责任大考。

有人说，这是自2008年汶川地震后的第二次大考。不一样的是，12年后，中国企业履责已经提升到了新的阶段，全社会对公益的评价也更为理性。人们意识到，捐款数额并不是唯一重要的事情，而企业如何基于疫区需求发挥自己优势资源和专业能力，实现救援效果最大化，才被定义为最好的援助。

值得一提的是，此次疫情处于春节特殊节点，加上关闭离汉通道、居家隔离等举措，给企业增加了援助难度，但拥有强大调配资源的企业便有了快速行动的能力。一直以来，全球化被定义为美的链接未来的主航道，现如今，美的集团43%的经营收入来自于海外市场，这些经年累积的海外资源，为此次前线物资的“拾遗补阙”提供了有力的基础。

面对湖北前线物资缺口，美的在第一时间利用全球产品、渠道、资源、团队优势，用“美的速度”为前线及时送上最有用的帮助：1月24日开始，向武汉火神山医院、雷神山医院捐赠所需家电产品；26日，首批产品运抵火神山医院建设现场，并向湖北疫区捐赠1亿元人民币，用于抗“疫”物资全球采购；一周内全球“海淘”到300万只医用口罩、近4万双一次性医用手套，首批52.5万只韩国医用口罩于1月31日抵达武汉……

于任何企业而言，社会责任路线都会随着企业自身定位和外界对其角色的认知变化而不断调整。对于营收在 2 600 亿元以上的美的而言，持续调整和创新产品与业务，是企业发展的一种常态，这种思路亦被融于公益之中。就像美的用捐赠负压救护车这么“一件不擅长的事”证明，他们在履行社会责任的过程中是专业的，高效的，创新的。

美的深知，面对疫情，一个人的力量或许有限，但一群人的力量，却足以越过寒冬。在救援中，美的联动政府、相关车企、物流系统等多方，争分夺秒保证每个环节不掉链子，不仅体现了中国民营企业的责任担当，也充分展现了发展壮大起来的中国民企的行动力和号召力。

不断变化的外部环境，给所有企业带来如何打破自我习惯的压力。50 余年来，领导力、应变力、快速行动力成了美的不断寻求变革的关键。在这次战“疫”中，美的秉持这种理念，作为“逆行者”中的一员冲在最前方。

这一路上，也因为有了更多同行者，让我们离那个心之向往的目标更进一步。

中国新闻周刊 作者 白 西

开往疫区的货车

李星

新年钟声敲响时，李星正在高速公路上，驾驶卡车赶往湖北省孝感市。一路上难见车影，偶尔遇见的，是和他一样的大货车。

车窗外一路漆黑，只有路过一些村庄、市镇时才有些许光亮。往年此时绚烂的烟花，在这个寒冷的冬夜里，只是零星地绽放，让独行在公路上的李星，终于感受到一点过年的气氛。

收音机里播着春节联欢晚会。让李星听不出所以然，开始听抖音里的小视频：一些人欢歌笑语，与家人共度除夕；一些人痛哭失声，为家人的病痛而悲伤。

他点开家人发来的微信语音，妻子和孩子们祝福他：“新年快乐，一路平安，注意保护自己。”

李星是一名货车司机，原本打算与家人一起过年，2020 年大年初三初四重新上路，继续自己的公路生涯。突然严重的疫情，改变了他与亲人共度除夕的计划。

在这个春节期间，被疫情改变假期计划的货车司机还有不少。

突如其来的疫情

2020 年 1 月 21 日，李星运送最后一车货前往山东临沂，车上坐着他的儿子。孩子平时很难见到他，放假后吵着要跟父亲出车。

这趟货卸完，他可以在家待上足足一周，好好与妻子、孩子一块过年。他家在临沂市临沭县石门镇大官庄村。过去很多年里，他都与家人聚少离多，有时除夕也在外面。

李星在家里待了两天，村子里越来越热闹，红纸、灯笼、烟花、喧闹声、鞭炮声……装点着这座北方村庄。到了 1 月 24 日大年三十，这份热闹却像突然染了病，渐渐变得有气无力。

1 月 23 日晚，李星的手机里突然充斥着关于武汉的新闻。微信、抖音、今日头条……几乎所有的网络平台上，人们都在谈论武汉疫情。

23 日凌晨 2 点，武汉市新型冠状病毒感染的肺炎疫情防控指挥部宣布：今日 10 时起，武汉公交、地铁、轮渡、长途客运暂停运营；机场、火车站离汉通道暂时关闭。

武汉交通管制，李星才察觉到湖北疫情很严重。他从手机里得知湖北急缺医疗物资，有些担忧，坐不住。次日大年三十早晨起床，他一直在货运平台运满满上刷订单，看有没有从临沂市周边运往湖北的货。到了中午，他看到一条订单，需要运一批医疗物资前往湖北孝感市，立即接了单。

他告诉妻子，自己不在家过除夕了，要运货去湖北疫区。妻子不同意，希望他能够在家好好过年，哪都不要去，更不要说前往疫区，怕他感染病毒。

李星坚持要走。“疫情那么严重，你说咱没有钱，可以在精神上支援，出一份自己的力。到那边要是被传染上，就做特别隔离，一切后果我也考虑过，我自愿。”

他硬着头皮，和一名同村好友开车离开了村子，心里有一些歉疚：“也挺难受的，没陪陪家里人，在家里过个年。”

这一天，在路上的还有货车司机曹师傅。已经年过五十的曹师傅，正拉着一车医疗物资，从温州前往武汉。往年这个时候，他也常常在外跑车。儿女都不在家，老家的房子早卖掉了，对他来说，在家和在路上，没有区别。

他的儿子是军人，正在武汉，劝他不要前往疫区。但他坚决要去。“最难的时候，政府给了我们帮助，给钱治病，资助孩子上学。1991 年，淮南闹洪水，灾后当地政府帮助重建了房子。现在国家有难，我们也要回报。”

他从 1 月 22 日便开始往武汉跑，当天，他运送一批医疗设备到了武汉。随后几天，他一直往返于湖北与江浙地区之间，运送医疗物资到武汉，连续 6 趟，不曾停歇。

几天以后，安徽铜陵司机王辉也出发了。1 月 27 日，他在家里过年，接到公司的电话，说有一批物资需要从安徽滁州运往武汉，愿意去的话，公司给予一定的奖励或者补贴。

“现在气氛比较紧张。我老家这边，亲朋好友也都不互相串门拜年。但我觉得我应该去武汉，并不是冲着奖励，钱没有安全重要。”王辉在 27 日连夜开车去了滁州。

开往疫区的货车

大年三十午后，李星吃过饭，辞别家人，驾车前往临沂的发货地点。要运送的是一批防护面罩、防护靴和口罩，由一家公司捐赠，接受单位分别是北京和湖北孝感的医院。

李星戴着口罩，用酒精给自己的货车消毒，然后才让捐赠公司装货。装完已是下午 5 点。捐赠方提醒他，这批物资特别紧急，必须在当天夜里送达。李星吃过快餐，登上驾驶室，发车，开往疫区。

几个小时后，他在郑州下了高速，找到在路口等他的一辆货车。这是北京接收方派来的车，把李星运来的防护面罩和防护靴送往北京。李星转交完货物之后，继续上路，载着口罩前往湖北孝感。

高速公路上空荡荡的，偶尔有灯光闪过，也都是对向车道北上的汽车。他一路畅通，高速行驶，不用担心如往日那般车道拥堵。

晚上 8 点过后，收音机开始播放春节联欢晚会，终于有点过年的感觉。他听了一段时间，开始听同村好友播放的视频。这些视频大多是武汉网友上传的，他越听，情绪越激动。网络世界里的武汉，像是处在另外一个世界，令他不忍卒听。

同伴陪他聊了一会儿天，渐渐睡着了。路上一片寂静，除了货车的轰鸣声。公路两侧的反光告示牌在夜色中无声地掠过。

“路上看不到车，没有参照、刺激，很容易放松警惕，等你发现前面有辆车，刹车都可能来不及。”李星一路没有休息，在连续开了 9 个多小时、穿越 820 多公里后，于1月 25 日大年初一凌晨 2 点 20 分，从孝感杨店镇下高速。

从收费站出来，便有交警和医务人员过来，给他测量体温，一切正常。前方的道路已设置关卡，不能再往前走了。

五分钟后，接收医院派来的义工赶到。“我戴着口罩在车里，除了签字、打开车厢门给他们卸货，没怎么跟他们近距离接触。”李星说自己一直很小心。

王辉比李星晚出发几天。1月 28 日，在滁州金禾实业公司装上消毒液，他便开车前往武汉。凌晨过后，一片片雪花开始扑到挡风玻璃上，视线越来越差，天也越来越冷。他不得不放慢了速度。静穆的山间，只有他的车在动。

在风雪中行驶了数百公里后，29日凌晨5点多，他到了武汉新洲区。刚到收费站，便被交警拦住，查验体温和证件。之后，守候在收费站附近的物资接收方开始过来跟他交接货物。

和其他司机一样，交接完支援物资后，王辉在收费站掉头，空车开往南京，准备运送下一批去往武汉的物资。在路上，他接到老家一位公务人员打来的电话。“他自称是铜陵市的一个什么书记，已经了解到我去了武汉，问我去干吗，身体情况怎么样。”

在路上

1月25日早晨8点，卸完货之后，李星在孝感收费站直接掉头，开回了临沭老家。他想带点货回去，赚点路费贴补一下，但下不了高速，进不了城，有货单也没法接，何况几乎找不到从疫区发出的订单，只能开空车回去。

往年的春节前后，他常常也会在路上。因为很多司机回家过年，运货的人少了，运费会比平时高一些。“年底一公里可以涨到两块六左右，到了春节期间，能涨到三四块，这样我就可以赚一些。”李星介绍，到了夏天，运费就特别低，平均每公里只有两元左右。“一公里烧油要一块钱，再加上过路费，几乎没有什么赚头。如果是再小一点的货车，那就是白忙活了。”

34岁的李星已经在路上开了10年货车，如今已经是三个孩子的父亲，父母也年过花甲，整个家庭都靠他开车维持。他从学校出来便进了工厂打工，但收入微薄，后来又去海南修了两年码头，几乎都是“月光”。他觉得没出路，回老家考了驾照，开始帮别人开货车。

2019年春节刚过，他贷款买了一辆二手货车，自己成了车主。他没钱，从银行贷了两笔钱，总共11万元。“一笔每个月还2 000多，另一笔先还利息，每个月500多。”李星称自己每天要挣四五百元，才能偿还贷款，养活家人。

对李星来说，春节前后是他一年中最赚钱的时候。但是今年春节，他没法赚钱了。尽管运送医疗物资前往疫区，高速公路通行免费，但是回程没有货运，他能赚的不多。

不过，在疫情暴发的这个特殊时期，李星愿意接受这样的状况。“我空车开回来，来回差不多 2 000 公里，加上过路费和油费，没怎么赚钱，就当是尽一份力了。”

李星空车回去，收费站也没给他免过路费，回到临沭家里，已经是晚上。他在家休息了一天。1 月 26 日下午，他又接了一趟运送消毒液至孝感的活儿，匆匆开到江苏省阜宁县上货，之后连夜赶往湖北。

李星在风雪中开了 9 个小时，直到 1 月 27 日凌晨 2 点半，在孝感杨店镇高速公路收费站，把消毒液交给前来提货的接收方，之后又一次空车掉头开往老家临沭。

前往疫区时，他连夜冒雪开车，一路没有停歇，回程时已疲惫不堪，扛不住了，在信阳高速服务区停车，饱饱睡了一顿，才再次往老家开去。

1 月 28 日傍晚，他沿着京沪高速行驶到临沂地界，准备在郯城红花埠收费站下高速，但这座收费站已经站满了交警和医务人员。工作人员给他测了体温，登记了他的证件和出车信息，知道他从湖北过来，让他掉头。

“我体温 36℃多，但郯城交警不让我下，我只能重新上高速，到了下一个收费站，交警又不让我下，最后我到了临沂的罗庄收费站，才下了高速。”李星介绍。他没想到仅仅离开家不到两天，形势又发生了变化。

从武汉空车开往南京的时候，王辉也被交警拦住了。第一次是从安徽进入江苏境内时，交警让他配合医务人员测量体温。第二次是在南京下高速公路，他被拦下测体温，登记信息。

“我体温 36.5℃，但是只要是从武汉过来的，他们就不让下高速，不管体温是否正常。我就跟他们说，我不是从武汉来的。虽然是我做了好事，但不能留名。”王辉介绍他的经历。

从南京下了高速之后，他在分公司稍作休整，当天便开车前往浙江，装载一批支援火神山医院的桌椅。装货的时候，有装货工想到他的驾驶室拍段小视频，发在抖音上。一些人便过来阻止，不让装货工靠近驾驶室，说这辆车是从武汉过来的。王辉看到这些，“心里有点微妙的感觉，但没有说啥”。

自疫情暴发，曹师傅一直在武汉与各地之间奔波。送完货后，晚上想去宾馆睡觉，但都被拒绝，只能回到车上睡。有时候，下车问人要一壶热水泡面，也会被拒绝，他觉得不是滋味。

不过，也会遇到热心的人。前些天，曹师傅在浙江的一家修理铺补胎，老板得知他运货去武汉，请他在家里吃饭。“过年期间，我一直在路上，每天睡车上，吃泡面。”曹师傅十来天第一次吃上热乎正经的饭菜。

隔离 14 天

1 月 28 日晚上 8 点，天已经黑，李星下了高速，沿着沂河路往老家曹庄镇开去时，村长打来电话说，已经知道他去过湖北、刚下高速，让他不要回村里。

他听到电话，有点蒙。“我什么事都没有，只是去湖北运货，都没有下高速，怎么就回不了家。”他有些难以接受，但村长跟他说，这是政策，去过疫区，回来要自我隔离 14 天，或者待在家里，全家人一起隔离，或者去村里临时设置的隔离点。

“如果真感染了，在家隔离那不是害了家里人？”他选择去了村里的临时隔离点。晚上 9 点多，他到达位于沭河边的隔离点，这里离他的村庄四五里地。他眼前只有一间活动板房，搭建在河边上。房子里有一张床和桌子，妻子已经提前给他准备好被褥。

李星也担忧自己未来两周都要窝在这个小屋里，干不了活。“我要养三个孩子，还要还车贷，每天开支至少 300 块，到 5 月份的时候还要还五万的贷款本金。”他着急、忧虑，给运满满工作人员发了数条信息。当晚，运满满答应，隔离期间每天给他补贴200元。

在同一天晚上，顾耀东遭遇了与李星类似的境况。1月28日下午，顾耀东和妻子唐紫月送完消毒液，从武汉返回，准备在常州下高速。他们家位于无锡西部，离常州高速出口较近。一天前，顾耀东看了网上关于武汉的视频，要去送货。唐紫月担心，要和他一起承担风险。

顾耀东夫妻进入常州邹区收费站，被交警要求下车测量体温，登记信息。二人体温正常，也没有症状。登记完之后，交警得知他们是从武汉过来的，便要求他们前往当地政府指定的隔离点，或者回到高速公路，前往下一个收费站。

“交警说，我们的信息已经上传，走到哪儿都会被追踪。”顾耀东希望去无锡试试，调转车头，重新上了高速。到了无锡收费站，下高速的车已经排成了长龙，交警和医务人员在收费关卡给排队者登记信息、测体温。

顾耀东有点担心回不了家，把车停在长龙里，排着队。工作人员给他发送了一份《疫情防控告知书》，由无锡疫情防控应急指挥部下达，上面写道：

“从1月26日起，凡来锡人员在两周内有湖北地区旅行史……必须主动报告现场查验人员，服从配合现场查验人员进行体温检测。未发热的，一律由现场工作组统一安置到集中医学观察所或居住地进行14天医学观察；发热的，一律由120专车转送至指定医疗机构发热门诊留验筛查。”

快一个小时过去，轮到顾耀东夫妇，登记完信息，体温正常，交警让他们去观察所隔离14天。顾耀东解释：“我们是运送医疗物资去武汉的司机，就在高速路口卸货，没进城，回来还要去支援疫区。”他希望交警让他继续运货，希望自己不要被隔离。

在他前面，已有几名去过武汉的货车司机被隔离了。十几分钟后，一名交警过来问他，能否回老家去。“老家我回不去啊，村里都封村了。”顾耀东解释，自己住在无锡。交警说，会继续反映他的问题。

顾耀东给父亲打电话，让他帮忙照顾家里1岁的女儿。夫妻二人在车上睡了一夜。在过去很多个夜晚，无数条路边，顾耀东都是这样睡在自己的车里。第二天早晨，交警过来告诉他，进无锡，必须要隔离。随后，交警把二人带到他们家附近的一家酒店隔离观察。这里有热水、空调供应，餐点到了，会有人送来饭菜。“我问过饭钱的事，政府说先吃着，不用担心。”他向《南方人物周刊》介绍。

运货平台让顾耀东不要担忧，每天会给他200元补贴。他慢慢接受了如今的状态。每天上午和下午，医务人员都会来给他俩测体温，但他们哪儿都不能去，只能在酒店里玩玩手机、看看短视频、跟孩子视频聊天，打发时间。

1月31日，货车司机刘成成也被隔离观察了。不过，与李星和顾耀东不同，他在自己家里。在此前一天，他和同事李杰从江苏金湖送了一车消毒液前往武汉。把李杰送回安徽老家后，他一个人开车回家。他是淮安市淮阴区古寨村人，“90后”，开货车已有两年。

他在淮安东高速公路收费站测了体温，登记了行车信息，回到家后，村干部和警察、医生就出现了，带他去镇卫生院拍CT、血检。结果显示一切正常。

回家后，医生背着消毒液喷洒器，把他家里的每个角落都喷了一遍。警察给他拍了照片，让他不要出门，在家隔离观察14天。与他一起隔离的，包括家里的所有人。

每天上午和下午，警察和医生都会过来一次，给他和家人测体温，有时候还带一些生活必需品、食物。刘成成每天戴着口罩，窝在床上翻手机，到了饭点，母亲会把饭菜端进来，除了上卫生间，从不出屋门。

这样的状态，他并不排斥，“本身国家也有规定待在家里”。唯一让他有点难受的是，屋子里到处是刺鼻的消毒液气味。

继续上路

2月11日，王辉又开车去了安徽芜湖装载一批家电，他需要在第二天早晨到达武汉。自从1月27日离开家以后，他已经在路上跑了半个月，运了五批物资前往武汉。但2月3日左右开始，他运送货物越来越难了。

随着疫情的发展，江苏、浙江等地已经开始限制去过武汉的货车下高速公路。“现在很多地方要求有当地的户口或者房产证才让下高速，我是安徽的车，只能在安徽下。”王辉称，他和公司的几名司机，像是在打游击。这次从武汉回来之后，进入安徽境内，他在老家铜陵附近下了高速，换国道开往芜湖装货。

在目前的形势下，像王辉、李星等人这样，自愿前往湖北等疫区的货车司机，并不是多数。“很多人会有顾虑，也能理解，毕竟去湖北，有被感染的风险。”王辉称。

李杰和刘成成的货车在武汉泾河收费站交接货物

尽管运输日益困难，王辉的老板管江南还是鼓励部下尽量往武汉运物资。“我们出了一套激励方案，这段时间去疫区的司机，500 公里以内，一趟补贴 5 000 元，超过 500 公里的，每公里补 10 元，还有表彰信。”

管江南是安徽华燕物流有限公司的负责人。他介绍，当前疫区缺医疗物资，也缺蔬菜、粮油等生活物资，除了湖北，温州等地也遇到了类似的困境。“愿意去的司机也不多。有的司机愿意去，但在农村老家出不来。”

受到隔离观察的影响，以及一些地方对外地车的限制，管江南感觉货车司机越来越不够用。他的公司平时合作的货车有 600 多辆，春节期间，他们统计，只有 80 多辆车出门，愿意去武汉的，则是 15 辆。管江南认为目前物流环境困难，需要一段时间的缓冲期。

2 月 11 日晚，王辉在芜湖装完货后，驾驶他的货车，重新踏上了前往武汉的路程。他说，不知道还可以运多少回，只要还能运，他都会在路上。

南方人物周刊　文　黄　剑　编辑　周建平

一个武汉人和他们扛起的亿元物资

2020 年 1 月 30 日，余凯到天河机场接收运抵的援助物资。

好像只有身处疫区，才突然发现忙碌的、行动的和被需要的价值。很多人连面都没见过，却因为共同的目标，被吸附到这块吸铁石周围。

如今城市正在逐步恢复。回顾一个武汉人 60 余天的故事，以及一群人全情投入的努力，也许只是抗疫历程里一朵微小的浪花，但往往这些细微的地方，正是我们的历史让人动容之处。

余凯是在离汉通道关闭的第二天想回武汉的。不久前他们一家人来到西安，准备前往乌兹别克斯坦度假。但一夜之间事态升级了。余凯坐在酒店的沙发上，不断接到从武汉打来的电话，大多是寻找帮助。还有更多电话来自西安本地的不同部门，都在问同一个问题：你们是从哪里来的？终于在又一次接到询问电话时，他的妻子忍不住哭了起来。

于是余凯退掉了飞往国外的机票，决定返回武汉。

这个决定让他卷入了一场史无前例的援助活动，他始料未及。

大年初一中午，总部同事来了电话，说公司已经捐赠 3 亿元。

余凯突然发现自己成了公司 6 万员工和 3 亿元物资的湖北总对接人。所有物资都要通过公司在武汉的唯一渠道发放到湖北各地医院。但作为负责人，他甚至不在武汉。

他先是想坐高铁到长沙，然后找朋友借车开回武汉，但入鄂通道已全部封闭，又听说每天有几趟高铁在武汉经停，就紧急找公司总部开了介绍信，上车后列车长也找到他："我知道你在帮忙捐赠物资，会协助你在武汉下车。"

武汉的高铁站从来没有这么空荡过。他想起10年前，一个刚来武汉的同事感叹："到现在我才知道武汉是由三个城市组成，一条汉江，一条长江，把这里分成了三个城市。"一直到回家的路上他也有种说不清的感觉："熟悉的城市里如此空荡，有种穿越的感觉，你又不是出来晃，你知道你是有任务的。"只有亲眼看到，才有了实感，才能明白他认识的武汉人所说的关于这个城市的话，都是真的。

挫　败

余凯始终记得微信上永无止境的红点。公司里各个事业群都动员起来了，每条医疗物资线索建一个群，群越建越多，一共置顶了 100 多个。半小时不看就会显示三个红点的省略号，意味着未读消息超过 999 条。

当时有一条线索说找到了 120 万件防护服，需要几千万买下来。"大家都很兴奋，从晚上工作到凌晨"，但最后发现这批防护服不仅没有头套，还在仓库里放了10年。

既要担心买不到，又要提防假货，这是一种矛盾的心态。被骗的后果不仅限于财务损失，“如果医护人员用了有缺陷的物资感染了怎么办？”麻烦的是，口罩和防护服有各种各样的型号，鉴定是否符合进“红区”的标准，必须有专业人员的协助。

余凯紧急在群里求助：谁可以帮忙做物资的鉴定？幸运的是，前卫生部长陈竺的弟子叶柏新教授看到了，他还找来职业医师王海燕，让余凯他们一有线索，就拍照发在鉴定群里。

同时，有投资并购工作经验，承担采买物资任务的同事湛炜标和身在日本负责打通财务后端、判断交易安全的周昭钦也加入了进来。

即便如此，判断物资真实性仍需大费周章。虽然投资人平日里是“擅长鉴别谎言的专家”，但湛炜标仍然为此大伤脑筋。有一条2 500万个口罩的消息，总裁刘炽平尤其兴奋，夜里12点还在催问进度。但湛炜标在有了前两单跳票的经验后有些谨慎，他发现这是一家新注册的公司，一直聊到半夜12点半，他提议：要不要见面谈一下？

这时对方说话开始躲闪，回复要再去确认。他已经有了判断，这件事大概率不靠谱。但让这个老道的投资人难受的是，即便知道大概率不是，也要投入精力跟进。“一方面不能被别人骗，买错东西怎么办？我们已经简化了很多财务要求，没按照采购流程来。”他说，“另外一方面，又不能错过机会，武汉那么紧张。”

某种程度上，他们对时间的使用已经到了分分计较的地步。一条线索的中断意味着时间上的浪费，也是肉眼可见的武汉一线医护人员的风险增加。湛炜标说：“当时我痛恨发国难财的人，尤其痛恨他们用虚假的信息耗费时间。”

就这样到了初三，他们差点终止了采购。当天有消息说物资紧缺已经缓解，他被告知直接捐钱就好了。捐钱确实是风险最低的，既没有采买和分发的压力，也避免可能的麻烦。

所有人都很失望。如果买了，不被需要，再买就没有意义了。买了不发也会被很多人质疑，是不是干脆就只捐钱，这件事就不干了？

“物资匮乏”

初三下午，微信群里安静了一会儿，采买行动也停止了几个小时。湛炜标则和老板汇报：“我们是不是坚持一下，不行的话自用都可以。”

做鉴定的叶教授发现鉴定的线索越来越少。“他质问我们是不是变慢了，”湛炜标说，“我也很坦白跟他说了情况。”叶教授听了以后很生气。

余凯让大楚同事选了湖北36家医院逐一打电话，有人哭着说一定要买到口罩。

“我们继续”，他在群里说。后来他有些自豪。

1月30日第一批援助物资运抵武汉天河机场

他定下规矩：不放过一个线索。即使这个线索可能是假的，也要跟进证明这是假的。“我看着一起工作的凯子（余凯）。如果身边人都这样，我也没什么好讲的。被骗了又怎么样？我们还是应该做正确的事。”

虽然困在家中，但余凯的同事加入了很多医生、志愿者所在的群，不断将一线的需求反馈回来。

余凯有些懊悔，之前接触过 30 万个普通外科口罩，最终没有要。“当时觉得必须买能进红区的 N95，不然觉得帮不上忙。”余凯一直觉得可惜，“我们的标准太高了，现在武汉那种口罩都没有了。”

前　线

一个很难被忽略的事实是，这些人必须反复处理环境带给他们的失败与失落感。这种远超平时经历的失望太多，以至于他们不约而同地采取了相同的处理方式：不说自己的事。

湛炜标没有告诉余凯，自己因为发烧去了两次医院，怀疑自己是否感染。余凯也没说，患糖尿病的同事爷爷去世了。

但所有人都记得只有一次，晚上 11 点多，余凯突然在群里说，实在受不了了，他要早一点睡。没有人多问，但都萌生出不好的联想，直到第二天早上余凯又开始回消息才松了一口气，就像没发生一样过去了。“那天我以为自己感染了，”余凯说，“好在第二天起来蛮好，也许身体处在一个临界点。”

包括他在内的很多武汉人都无法清晰地描绘那种感受，那是一种无形的压力。余凯从未有过这么漫长的封闭生活，起床不梳头不洗脸也不刮胡子，一直忙到晚上。时间过得飞快，“快到你都没时间去感受”。

只有在偶然的、最细小的日常里，人才会稍稍失控。但留给这样的时间是短暂的，他每天都在搜寻物资线索、甄别和做决策。他很快发现采购的周期太长了，又给 36 家医院打电话，询问什么物资是缺乏的，又可以 24 小时之内

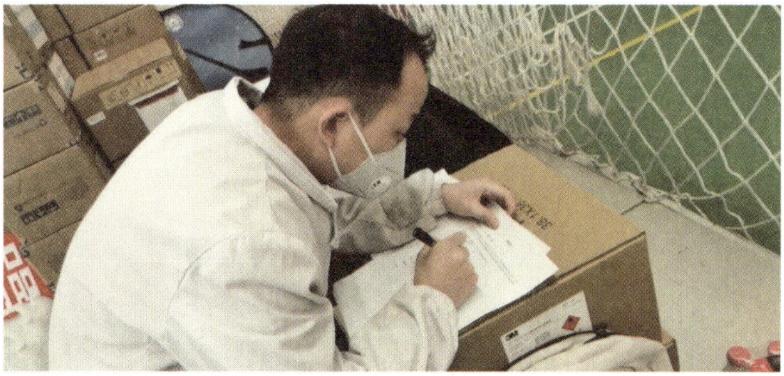

听到有酒精送到，医生们迫不及待地来领取

抵达一线，在12个小时之内可以分发，分完后又马上就可以用的，答案是成人尿不湿。他赶紧联系了公司广告部，找到了一家快消品客户，他们马上表示愿意联合捐赠，并临时协调了员工，分别从孝感和上海总部发了4.5万片纸尿裤。

快速分发成为下一个问题。车辆要想在武汉上街，必须有通行证，而通行证又不容易拿到。他们便联系同济医院的朋友，辗转将纸尿裤发到了一线。

另一个群里传来酒精告急的消息，有位在法院工作的志愿者——陈宁（化名）多方联系后提供了线索，成都一家公司有大量分装好的酒精。听到消息余凯很兴奋，他和每家医院确认了需求，医生们听到有酒精，“恨不得自己拿桶来装”。

因为酒精属于危险品，陈宁又找了武汉市交通局，去找有资质的公司对接运送。又找应急局开通行证，好不容易在成都找来愿意负责的司机（来武汉送一次货就要被隔离14天），成都女司机不眠不休地开车将酒精送到武汉。准备好的陈宁找来20多个人装卸酒精，他们提前做好了路线功课，分6条线路运送，最迟晚上10点多就把酒精全部送到了各个医院。

余凯觉得，在社会秩序正常的时候，每个人都有身份，有标签，都戴着面具交流。但在特殊阶段，“每个人既是助人者，也是需要帮助的人，都有战胜疫情的共同目标，每个人都是平凡且平等的”。

一束光

1月30日下午，余凯去接收第一批物资。晚上8点飞机落地，看到45 000套防护服从货机里徐徐推出，余凯很激动。他现场录了一段视频，发到了公司大群里，群里面立刻就沸腾了。还有部门负责人把视频反复看了好几遍。

当晚工作到凌晨3点多，他发了条朋友圈，写道：没有车辆的机场高速，报备、登记，过公安检查。153个停机位空空荡荡，从上海飞来，运载救命医用防护服的邮政货机缓缓停靠。没有行色匆匆的旅人，亦无寒湿的寄宿病毒。拉开N95口罩，深吸一口郊区的寒冽空气，喉头一甜。“这一刻就像黑暗里突然投了一束光，让所有人都感觉自己和公司的努力落地了。”

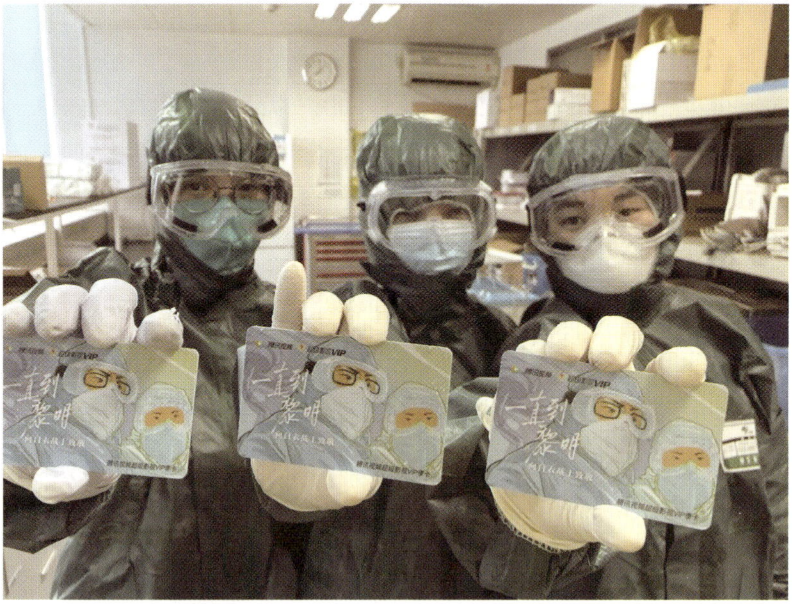

余凯将腾讯视频VIP卡和移动CT机送到医院

湛炜标当时也很激动，但说起来又特别冷静："的确一张鲜活的照片和一个视频会让人更有感触，确实挺鼓舞大家，虽然遇到了一些"坑"，但我们最终一单都没被骗，一分钱都没打水漂。"

大年初七又传来好消息，30 500 套防护服已经落定。这批防护服送到了汉阳第五医院，医生们激动坏了，在防护服后面写上了"武汉加油"。帮忙鉴定物资的王海燕也通过汉阳第五医院的同学看到了，同学们告诉她："这是质量特别好的一批。"

3 月 1 号，余凯仍在朋友圈里记录着

平行世界

2 月 5 号，公司采购部的人接棒，余凯、湛炜标和周昭钦走向后端。那天余凯去给一位病重的书画家送艾条，街头一片空荡，手机里热闹依常。两位同事跟新来的人说："我们第一阶段的工作开始转接了。"他心里面觉得一场仗打完了。

可是武汉还没有康复，书画家发烧，无法进食，也出不了门，他的女儿下楼把 15 根艾条拿在手上，分别时问道："现在医院还能找到床位吗？"

这之后余凯经常出门，有时候是去接收公司捐赠的移动 CT 机，有时候是送视频 VIP 卡。每天出门，先把衣服全部脱掉，套上长袖外套外裤，戴上口罩。回来的时候，楼下有几棵桂花树，他就捡一小根树枝戳楼门按钮，滴滴滴，最后"滴！"确认呼叫。

他还看到北京现在已经开始堵车了，但武汉所有门店仍然关着，私家车还都不允许上路，人还在社区里面。"看起来，完全就像是两个平行的世界。"

好消息也传来了。那位供应商的员工给他打电话："我已经好啦"，他的父母痊愈，舅舅还在雷神山，但不发烧了。2 月 26 号后武汉的物资相对充足，他去方舱医院送移动 CT 机的时候，"人们的语言表达比以前轻松多了"。去中南医院的时候发现门诊大厅被改造成仓库，里面堆满像山一样的物资，有医用物资，也有牛肉面。这时候余凯觉得，态势是不是已经相对平缓了。

生活重新找回了它的节奏。出不了门，余凯每天就在家里和孩子吹气球、打气球。外面下着小雨，小区居民也在排队领免费菜，一个人可以领 5 个土豆或 2 个包菜。"那里面也有人帮忙代领，其实每个人都在实现自己的价值。"

那天他去武汉人民医院，天很冷，朱院长拽着他，在寒风里不停地讲了半个小时似乎并不紧急的事："捐的移动 CT 机应该是放在方舱还是放在常规医院？现在医护人员到底该不该买保险？公司基金会给感染医护人员的慰问金，如何确认……"余凯插不上话，静静地听他一个人说。

余凯开车出去，正好有个卖青菜的小摊，他刚拿了两根莴苣，"她就开始不停地讲这个莴苣怎么买的，现在又不让进菜了，我没有说话，她就一个人在不停地讲"。

"我们武汉人经历了委屈、悲伤，也有让人感激、充满希望的事情，每天各种情绪交织到一起。"余凯说，"这里没有一个人是旁观者，每一个人都是参与者。"这种情绪是复杂的，这里的每个人都将重新看待自己的生活。

三联生活周刊　作者　陈　乐　图片　陈　宁　谭　文　杨　番

微信编辑 / 设计排版　王昊天

雷神山不知道这些名字

2 月 18 日，武汉市雷神山医院，去吃午饭的建筑工人。据了解，雷神山医院建设项目的工人中许多都来自不同地区的农村（中青报·中青网记者　赵迪　摄）

雷神山的工地上是没有姓名的，通行的称呼是某某“师傅”。细心的工人会在黄色安全帽的一侧写上姓氏，后脑勺位置写上“武汉加油”。

2020 年 1 月底至 2 月初，武汉为应对疫情而建的板房医院——火神山和雷神山医院开始施工，2.5 万名建设者昼夜劳作。新冠病毒感染人数急剧上升时，雷神山医院的规划总面积 6 天增加了 3 次，从 3 万平方米增加到 7.99 万平方米，床位从 1 300 张变为 1 600 张。

紧急赶来将这张图纸落到现实的人群里，有人带着工具连夜开车，也有人骑了 2 小时自行车。谈起那段生活，一位工人说，自己累得“站着都能睡着”。另一位则说，像这样“带有光环”参与援建工程还是人生首次。

“这是我有史以来打的工资最高的工。”开着面包车赶到武汉的周萍说。

2月18日，武汉市雷神山医院，一名准备去吃午饭的建筑工人（中青报·中青网记者　赵迪　摄）

出发前，50岁的周萍对老婆说，好像几十年没做过一次让自己觉得蛮光荣的事情，他希望能抓住这次机会。年轻时他有个军人梦，但体检没有通过。这次他觉得像去战场打敌人，是一件可以对后辈说起来很自豪的事，“到时候对自己小孩子说，爸爸在非常关键时候也去支援了一下”。

1

工人和建筑材料，都是分批次到达雷神山医院。建设分几十道工序，29岁的师贞勇属于安装组最早到达的一批，他是一名领班，前后带了80名工人。

师贞勇是湖北十堰人。2019年6月，他和朋友在武汉开了一家钢结构公司，在网上卖推拉雨棚。他当过兵，建设雷神山医院的消息传开后，战友们调侃他有事就跑，他听着心里不爽，“脑袋一热”就跑来了。

施工中的雷神山没有黑夜。2020年1月26日晚，师贞勇赶到雷神山时，一股浓烈的消毒水味扑鼻而来。这里被灯光笼罩，空地上几百台机械设备忙碌地挥舞着“长臂”，发出轰隆隆的声音。

熊小华是湖北天门人。2月6日那天，他瞒着家人，和同一个镇的周萍开着一辆面包车上了高速公路。同时出发的还有身在荆州的易涛。三人相熟多年，在武汉一起从事水电安装工作，离汉通道关闭的前一天，各自回到老家过年。

疫情之中，易涛觉得在家待着“有点废了”，去雷神山还能有钱挣。听说工资 1 200 元一天，他有些不敢相信。熊小华和周萍给身边的几十个朋友打了一圈电话，“有的说年还没过完，有的直接说怕死”。当天出发时，本来有 9 个人，临走前 5 个人又变卦了。

熊小华很理解，“不是每一个人都愿意把脑袋挂在裤腰带上往前冲”。他本人没想过有什么后果，将其归结为冲动，“冲动后面是一些什么东西，现在也说不出来”。

除了高额的回报、未知的风险，还夹杂着某种“意义”。熊小华不知道怎么描述这种意义，“现在是和平年代，也没有什么值得说的，只是一方有难八方支援这个思想吧”。

他们到达武汉时，天上下着小雨，宽敞的大道上车辆稀少，静得可怕，这是他们没有见过的武汉。高速路上的工作人员很热情，倒热水、发方便面，有的还向他们致敬。

雷神山路两边停了几百辆私家车，像超大型停车场。从车牌判断，人们多来自武汉及周边地区。有工友在私家车上拉着红色横幅，上书“某某施工队”，或“某氏家族支持雷神山建设”。

周萍与熊小华在工地（受访者供图）

看到工地上密密麻麻的黄帽子，他们的紧张感消除了大半。工地到了。

施工远比想象中紧张，师贞勇是夜里 12 点到雷神山的，还没来得及休息，就被叫到工地上干了一整夜。他们要先跟在挖掘机后面工作——挖土后，安装排水管。

在这座板房医院，他们感觉到了施工的复杂。必须快速完成样板间的制作，图纸只提供了大概的方案，只能凭

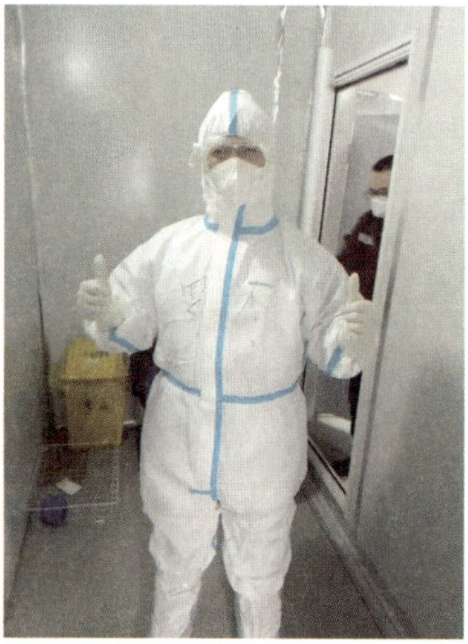

罗杰在雷神山（受访者供图）

经验“边施工边拍板边调整”。物资从不同公司临时征调来，不同型号和标准在使用时增加了麻烦。医疗设备的尺寸也要实时和医生沟通。

为了避免交叉感染，雷神山设计的是负压病房，设置新风系统和排风系统，室外新风经高温杀菌处理后送入医护走道和病房，病房内的空气经两级过滤器吸附处理后排出室外。12 米长的管道吊到屋顶上，管子粗到可容成人进入，工人们需要七八个人合力，才能将其架到铁架子上，再与每个房间的细管道相连。

2 月 1 日，查汉军刚到雷神山，就投入到这项工作中。置身其中，他感觉现场就像 20 世纪五六十年代的人修水库，“热火朝天的，到处都是人”。

2

工作越来越忙，几乎每天都有新人进来。31 岁的工人罗杰回忆，从 2 月 1 日起，工地进入全面施工，“越来越需要人”。他所在的班组人数在 2 月初达到峰值。他的弟弟罗冲，刚在武汉新洲区农村老家举办了婚礼，也喊了 5 名亲戚朋友赶来支援。

为了赶工期，工人们连轴转。安装两天水电后，查汉军开始加晚班，每天干一夜，再等白班师傅接班。几百斤重的管道压得人腰酸背痛，夜里屋顶到处结霜，人总是摔跟头。赶上下雨，衣服里面全是水汽，贴在身上难受。为了不让自己睡着，查汉军不停活动，“哪个位置一坐，你都恨不得不想动了，那个脚都不像是自己的”。

“时间太急了。”罗杰负责协调一个几十人的班组，一天要带两个手机充电宝，面孔多不好记，忙乱的时候前脚交代的事，他扭头会再讲一遍。

晚上下班都是10点之后。罗杰没空看关于疫情进展的新闻，回到宿舍几乎倒头就睡。打回家的电话也屈指可数，他担心吵醒6个月大的女儿。

作为领班，师贞勇要负责工人住宿信息统计，为工人发放工资、口罩和水。网民们在屏幕前通过直播欣赏医院的崛起时，他每日想的都是如何才能完成施工任务。

那几天武汉常常下雨，师贞勇天天穿着雨鞋在泥地上跑来跑去，脚被磨破了皮。由于任务繁重，他的班组里有人离开，有人嫌累，有人怕死，觉得“拿命换钱划不来”。

2月6日晚，熊小华、周萍和易涛到来时正赶上建设高峰期，逾万人、近1 500台机械设备投入施工。

站在屋顶望去，整个工地都是密密麻麻的黄色安全帽。人与人的距离只有几十厘米甚至为0。听到有年纪大的工人咳嗽几声，查汉军会格外敏感，尽量离他们远一点走。一旦听到有人因为体温过高被隔离，熊小华的心也提到了嗓子眼。

喜欢抽烟的人，只能忍着。实在忍不住了，就去空旷地方抽上两支，抽完赶紧干活。几个人同住一间宿舍，易涛格外注重防护，一旦有人抽烟，他会立刻提醒：“又不想回去了？又要祸害大家了？”

只有吃饭时才能将口罩摘下来。2019年武汉那场世界军运会的运动员餐厅，成为雷神山医院后勤保障楼，工人们每天在这里吃饭，餐厅里撤去了桌椅，他们就餐时或蹲或席地而坐。用餐高峰时，要排半小时到1小时的队。

早餐多是面条，中午可以领到三菜一饭，每天能吃到肉。每隔几天会发一袋熬好的中药，帮他们增强抵抗力。午餐后，罗冲和工友们能领到一个口罩。

去雷神山前，周萍准备了生活用品，但到那里发现用不着，宿舍里的雨靴、雨衣、棉被、牙刷、牙膏、沐浴露一应俱全。每晚10点，加班工人还可以去领饮料、牛奶和面包，以补充体力。矿泉水供应未中断过，看到有的工人不喝完就丢掉，周萍觉得心疼。

工人们都不回去午休，困了就在工地上躺着睡一会儿。几乎每天都有新人到来，宿舍也在不断调整。

病房排水管道位于地板下，工人们需要爬到里面施工，由于施工夹层只有40厘米到60厘米的空隙，需要屈膝作业，周萍的个子太高无法进入，就在外面递工具。

雷神山医院“边建设、边验收、边培训、边收治”，有时候急着赶工，赶上雨天，工人连雨衣也来不及穿。熊小华说，大家心里很着急，总希望快点做。谁不想加班时，领班们会鼓励坚持一下，再坚持一下，“快一个小时就能多救治一位患者”。

3

罗杰回忆，2月8日那天，他们负责的24间病房验收完毕，下午做完卫生，护送病人的救护车晚上就到了。

除了救护车，工地上还常见爱心企业捐赠物资的车辆。有的拉着管材、空调，有的满载给工友们的牛奶、泡面和能量饮料。

2月14日，雷神山医院内部基本交付使用，大批工人开始撤离。有工人向师贞勇提出隔离要求，他去反映，但由于没有空置的隔离病房，工人们被要求回家隔离，隔离期间可获得补助。

师贞勇的几十名工人走了大半。他本计划回十堰老家，但当地村干部不希望他回去。后来，县公安局工作人员又打电话安抚他说：“你是我们这里的人，回来也是我们的英雄，怎么可能把你关起来？”但也希望他继续留在武汉。

县里又给他家送去了酒精和口罩，并给他的父亲开了特别通行证，让老人可以去另一个村子里看孙子。师贞勇心软了，决定留在武汉负责一些收尾工作。

他的队伍里，有 8 名水电工最后留下，用将近 10 天时间，对几十间病房进行收尾检查，确保病房里的灯、插座、空调、电视能通电，更重要的是保证房间里的每一个阀门不渗水。

除此之外，工人们还要对负压病房进行调试，把可能会漏气的位置，用锡纸胶布全部密封——将一根棍子绑上一小条一小条的纸巾，放在缝隙位置，纸巾动则代表漏风。工人们就这样一点点调试，直到整个房子密不透风，像气球一样严实。

就在即将收尾时，医生验收病房发现了新的问题：进气管道装在病床床头，排气管道在床尾，风从床头吹进来时，将加大空气流动，进而增加医护人员感染的风险。

医生建议，将进出气管道对换位置。8 位师傅迅速商讨施工方案，临时做出了一个样板间，由医生验收后再对剩余房间进行调整。为了保证尽快完工，6 名工人从其他区域被紧急调到这里，14 名工人连夜加班。

2 月 24 日前后，几十间病房迎来了入住者。周萍觉得，这是一种对工作成果实实在在的回馈，“你会想到，那个房间的灯是我安装的，那个房间里的冲水阀门就是我装的，就有这样一种感觉”。

4

收尾检查期间，师贞勇几次萌生了回家的念头。熊小华的老婆给镇政府打电话，想让丈夫回家，但镇里说最好别回，回来后要在外面隔离，所有费用自理。

几位师傅觉得，不如安心做完事再返乡。他们相互鼓励要坚持。

新任务很快来了——进入医院内部维修烟感器。由于工人前期在屋顶施工，一些线路磨损，导致一部分烟感器无法正常运行。

当时，病人已经入住。走廊分为医护人员走动区和病人走动区。听说要进医院，师傅们觉得害怕，在门口迟迟不敢进去。项目经理不断安抚，大家仍不敢迈步子。

师贞勇只好打头阵。他说，自己性格一直胆小，心里也害怕，但既然是领班的，就该往前冲。易涛陪他进入走廊后才发现担心多余——走廊里除了穿着绿色工作服走动的医护人员，还有其他工人在施工。

走廊的烟感器修复完后，还要去病房里安装烟感器。这又是一场心理考验——进病房避免不了会和病人接触，带来感染风险。

防护服穿到身上，紧张感才慢慢消除。两层防护服像巨大的塑料袋套到身上，整个人热得汗流浃背。护士们培训他们如何穿防护服、戴护目镜，并帮他们捏紧两层口罩的鼻梁夹。

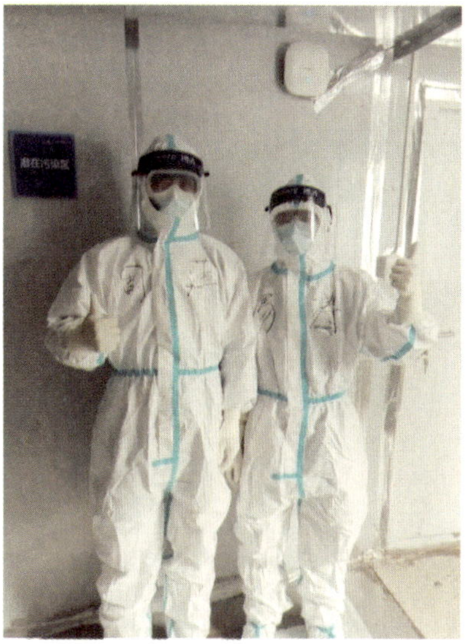

周萍与易涛（受访者供图）

工人们第一次体会到医护人员的不易。他们每天要进出 3 次病房，每次换防护服要花费 20 分钟。因为衣服很薄，怕划破，他们不敢乱动，操作幅度不敢太大，一旦流汗，护目镜上有了雾，就只能先暂停，找个地方坐会儿，平静下来再继续施工。

来雷神山前，几位工人都以为七八天就能完工回家，没想到回家的日子一拖再拖。为了不让家里担心，他们每天跟家里报平安。如果要加班，熊小华会提前告知家人，以免他们担心。

师贞勇的家人每天都在催着他回家，有一天晚上，他手机没电了，重新开机后接到十几个来电，家人纷纷问他是不是出了什么事，非要跟他视频聊天才放心。

3 月 5 日，工作终于结束。几个人都没敢将进过病房的事告诉家里。直到做过核酸检测，周萍才敢跟家人讲这件事，他把写有自己名字的防护服照片发给老婆，说自己做的事非常有意义，平安无事，让她放心。易涛一直没跟家里提过，他打算回家再说。

等待检测结果的那个夜晚“相当漫长”。熊小华翻来覆去无法入眠，不停抽烟。这一晚，宿舍的灯亮了一夜，但房间里静悄悄的，没人说话。看到新闻里说很多人属于“无症状感染”者，他总对自己的身体保持怀疑态度。“我们好多人都因为熬夜有点轻微咳嗽，大家都怀疑自身可能有点什么问题。”到武汉后，他们处处小心，连睡觉时也不敢摘口罩，师贞勇的耳朵都被勒脱了皮。

第二天，所有人的检测结果显示为阴性。几个人在附近超市买了一箱啤酒和几瓶白酒，一起庆祝“重生”。

终于松弛了下来。周萍掩不住喜悦：“就觉得哎呦，这一仗打下来，自己还没受伤，该赚的钱也赚了，该做的事也做了，也可以回去向老婆交差了，心里能不高兴？”

5

后期，工人离开雷神山后，会被安排去酒店隔离。师贞勇他们都去了酒店，滞留在武汉，等待城市解封。

3 月 20 日，针对火神山和雷神山医院滞汉参建工人陆续返岗问题，武汉城乡建设局发布通告称，对外地人员，将陆续安排返乡，对有意愿继续留汉务工的，将结合复工复产安排上岗。

随后，不断有湖北省内工人返乡。

看到医护人员纷纷返程，工人们也希望尽快解除隔离。

熊小华觉得隔离时间有些长："其实我不要隔离（补助）费都可以，我一天（出去干活）的话弄个1 000多块钱也都可以呀。"隔离期间，他们只能在酒店待着，实在无聊，就在房间里走走，看看电视。

一天，去国外援建方舱医院的消息突然在群里传播，招工者声称，日薪1 000多美元，长期不出酒店大门的工人纷纷心动，报了身份证、电话、银行卡信息。事后发现是个谣言，连信息里的字也是错的——"方舱"两字写成了"方航"。

熊小华说，手艺人靠市场吃饭，没事做就没钱，"所以总是想破头想找好机会，想挣更多的钱"。工人们平时干惯了活，只想尽快回归。

滞留后，熊小华错过了家里的春耕。他家里有6亩地，以往每年到春耕时，他都会请十几天假回家播种。今年，只好请乡亲帮忙耕种。

师贞勇的钢结构公司直到现在还未完全复工，但网上不断有人下订单，定购推拉雨棚。因为隔离期还未到，对于急着要货的客户，他只能放弃，看着单子飞走。

湖北省疫情防控指挥部发布通告称，4月8日武汉将解除离汉通道监控。易涛打算解封后立刻回家，往常在武汉做工，他常常半个月回一次家。8岁的儿子不喜欢表达，视频聊天时只是冲他笑笑。将近两个月未归，他知道儿子想念爸爸。

查汉军则计划等到全国大解封再回家，他听说有工人回乡后，村子里的人都很紧张，觉得难受。田魁就是其中一个。3月3日，他开始在指定的隔离点进行医学隔离观察。3月21日，拿着医院开的证明和绿色"健康码"，他回到了老家襄阳。

令他没想到的是，在他回家前，村干部几乎挨家挨户通知人们都要远离他家。"农村就这样，不知道怎么和大家说明白。"田魁有些懊恼，各级政府都放行了，村里人却依然对他警惕万分。

他想等着武汉解封后，再回到这座熟悉的城市，忙完年前没弄完的工程。原本，离汉通道关闭前，他和父亲从武汉驾车回到襄阳，居家隔离了14天。隔离期满后父子俩又踏上了回武汉的路，这一次是去帮助武汉。

“当时想着，疫情闹得可能今年的行情不太好，能多挣钱就挣一点。另一方面，我在武汉差不多前后待了20年，不管怎么说多少有感情。”田魁说，“武汉要是垮了，我们这些长期在武汉生根落脚的，以后生活就更麻烦了。”

6

这些天来，工人们看着这个城市陷入低谷，又亲手帮助它走出至暗时刻。隔离酒店外的高架桥上开始车来车往，对面办公楼以前灯是关着的，如今一间间方格正逐个点亮。

熊小华、周萍、易涛是一家新能源汽车公司的合同工，为人们在各个地下车库安装充电桩。做水电工流动性强，一旦没活儿就意味着没钱赚。

2020年，3人本就谋划着开个早餐店。在雷神山，他们就开心地讨论过这个话题，想着卖什么食物，去哪里租房，3人如何分工。但等到武汉解封之后，他们首先要做的是继续“钻”入地下，跟充电桩打交道。

熊小华将医护人员比作鲜花，将工人比作土壤，“鲜花的后面也是土壤在烘托呀，我们，土呀”。

在周萍看来，此次援建的回报远远大于付出，日工资是日常的4～6倍。另一方面，他觉得，人生已过半，这是一次值得纪念的行程：“像我们这种年纪的，就觉得在这个社会上，如果能够尽自己的一份力，得到别人的认可是非常有成就感的。”

有一天，火神山一个工友告诉师贞勇，在这干活很危险，让他赶快走。他说自己一直胆小，“那一天是最害怕的，我今年才 29 岁，（感染了）一辈子就完了”。但要走的话始终说不出口。看别人想走，他还会鼓励几句。

师贞勇说，自己是不会拒绝的人，选择留下就像选择来到时一样，带有冲动性和一种说不清的使命感。以前当兵时，抗洪、抗旱、修堤坝，这次，他本能地觉得自己得来。

在查汉军看来，这次经历既不值得炫耀，也不意味着自己“作风有多高尚”。他只知道，国家付给自己这么高的工资，就应该对得起这份工资，对得起自己的良心，“肯定不要去做一些偷奸耍滑的事情，干活的时候就好好干，我觉得自己问心无愧”。

罗杰想到的是“子贡赎人”的故事。古代，鲁国有一道法律：如果鲁国人看到本国人在他国成为奴隶，只要把他赎回，国库就会报销这个人的赎金。子贡赎回一个鲁国人之后，却拒绝让国家报销赎金，认为自己的行为更像是对国家的天然义务。孔子批评子贡“取其金则无损于行，不取其金则不复赎人矣”，大意是说，如果你不要这个钱，虽然你自己在道德上获得了一种满足感，但是其他人的积极性却降低了。

“我就感觉这个故事很贴切这个事情，我们拿到了比往常高的工资，但不是什么英雄。”罗杰说。

他见证这座城市成长，看着汉阳从落后发展到现在。他能扳着手指数出自己参建过的大项目——武汉园博园、汉阳国际博览中心……他也经常跑出武汉去讨生活——参建兰州、重庆、南宁、锦州、绍兴等地的国际影城和景区。大部分时候他做水电工程，后勤、仓库管理、司机，他也做过。年前，他在美国驻武汉领事馆做工程，疫情发生后，复工一直没有消息。他没学过英语，依靠翻译软件与工作中认识的外国朋友保持联系。

一位工人自豪地向记者介绍，自己参与过武汉绿地中心的建设，这座原设计高度 636 米的大楼建成后将是一处地标。

尽管不确定出处是哪里，他们见过一些“纪念牌”，有的写着“2020 武汉抗击新冠病毒志愿者行动抗疫先锋”，落款是“雷神山突击队赠”。有的装在红色盒子里，印着“抗疫战士留念”。罗杰和工友见过不同版本，他们猜测可能是有人自己制作的，留个纪念。师贞勇很想拥有这样一块纪念牌。百无聊赖等待解封的日子，很多工人都“盗”过这样的图，在微信朋友圈里给自己留一个“纪念牌”。

中国青年报·中青网　记者　尹海月　马宇平

编辑　张国

微信编辑　陈轶男

武昌车站保障防疫物资运输纪实

说星星很亮，是因为你没见过病房里护士的眼睛；说泰山很重，是因为你没感受到“铁路蓝”肩膀的力量。

截至 2020 年 3 月 8 日，武昌车站有这样一组震撼的数据：

完成 5 441 批次防疫物资的装卸任务，在武汉中心火车站位居前列；

转运 236 805 件（箱）医疗设备物资，成为武汉铁路行包运输枢纽；

卸装 3 282.7 吨重点任务物资，他们用肩膀硬是“凿出”了一条生命通道；

组织救援物资 208 951 件（箱），重达 3 076.9 吨，他们把脚力用在防疫物资的抢装快卸上；

……

武汉，牵动着全国的心。驰援武汉，铁路义不容辞；快装快卸，武昌车站敢于担当。在这场没有硝烟的战役中，武昌站人争分夺秒火速组织卸车、转运，为疫情防控阻击战抢速度、争时间。在这里，交付就是硬道理！

他们是如何提升到敢与“高铁”媲美的“装卸”速度，让我们进入这个“蓝色”的群体，探寻这条支援抗疫一线防疫物资的“绿色通道”。

一个山头一个山头地攻　一场战役接着一场战役地打

1 月 25 日 21 点 22 分，由南昌开往北京方向的 T146 次列车停靠武昌站 1 站台，行李车上装有 23.5 吨援汉蔬菜物资；

2 月 4 日 8 点 5 分，由上海南开往成都方向的 K354 次列车停靠武昌站 1 站台，行李车上装有 15.2 吨消毒液、抗生素等援汉防疫物资；

2 月 21 日 7 时 25 分，由北京西开往南宁方向的 Z285 次列车停靠武昌站 1 站台，行李车上满载工信部调拨的 19 000 套防护服驰援武汉；

2 月 23 日 20 时 48 分，由包头开往广州方向的 K599 次列车停靠武昌站 1 站台，卸下了从呼和浩特东站发往“逆行”湖北的内蒙古支援湖北医疗队的 666 件爱心“行李箱”；

2 月 24 日晚 23 时 25 分，由北京西开往昆明方向的 Z161 次列车停靠武昌站 1 站台，卸下了 497 箱、近 8 吨用于满足武汉火神山医院、雷神山医院、中国人民解放军中部战区总医院和湖北省妇幼保健院（光谷院区）、武汉市泰康同济医院需要的防控物资……

一定要让“人等货、卸等车”。面对战“疫”和行包装卸转运组织两大考题，车站为防疫物资装卸定制“四优先”专属运输方案，即优先办理、优先装车、优先转运、优先交付，提前了解防疫途中运输情况及到站情况。按照“保重点”的原则，提高装卸车速度，确保行李空车优先用于接卸重点物资。另外运用“互联网 +”操作模式，借助微信、电话等形式加强与发货方的联系对接，积极帮助解决实际问题。

3 月 1 日凌晨 1 时，河北省第七批援鄂医疗队所乘坐的 402 路公交车按时抵达。他们在等一批从 Z89 次列车上卸下的 1 吨防疫物资。“真快！车站不仅给我们预留了一条绿色通道，还安排工作人员清点、转运物资。真是解决了我们的后顾之忧。在我们眼里这就是一条抢救生命的高速路。”专职司机马春林说。

凌晨 2 时 15 分，马春林清点完物资，驾车驶入武汉的夜幕之中。

“渴的时候含一口水再吐掉” 把抢运防疫物资提到“高铁速度”

“备用口罩拿了没有？”

“护目镜、手套全部戴齐全了！”

“工作服拉链拉到头，裤腿扎好！”……

“为了行包工作人员安全，每一个准备细节出勤前都反复强调。”武昌车站行包车间主任冯庆庆说。

“1！ 2！ 3！”装卸工的号子声，在深夜空旷的站台上回响。

4 个货栏有序码满，驾驶员蔡师傅立即启动行包车，将货物运往 100 多米外的中转仓库。一车运到，卸下货栏，他再次前来，一趟接一趟转运。

据武昌车站行李员邹云介绍，疫情发生以来，行包车间平均每天要装卸转运 7 000 余件防疫物资，运送物资的“带货”列车，大多是凌晨抵达。一个通宵班里，装卸工人平均要搬运 400 件货物，驾驶员人均往返转运 50 多趟。

“就是要快！要确保抗疫物资尽快转运进仓库。”装卸工们一边说，一边擦着汗水。

2 月 2 日凌晨 4 时 35 分，停靠在站台旁的，是一列从上海南开往重庆北的 Z256 次列车，车上下来的是由李兰娟院士带领的 10 人左右医疗团队，随车的还有一批日用品、食品以及医用外科口罩、护目镜、防护服等防护用品。为了保障李兰娟院士团队便捷顺利出站，5 名行包装卸工和客运人员早早守在站台上，不到 10 分钟，就将这批重点物资卸下转运到接送团队的大巴车上。

登车前，在武昌站 1 站台，还留下了李兰娟院士团队和武汉地区医疗部门人员的合影。

因为是体力劳作，行包装卸工有个习惯，在行包运输的高峰期，渴了就把水含在嘴里后吐掉或者小小地抿一口，为的就是减少上厕所的频率。“虽然要抢时间，但我们在保证快装快卸的基础上还要做到严格执行作业流程。这都是重要的物资，我们要确保完好。”行包装卸工杨兰说。23 时 25 分，5 辆装满物资的货车驶离武昌站，奔向武汉火神山医院、雷神山医院。看着远去的车队，行包装卸工们的内心无比激动。

不获全胜不收兵　决胜之地行包力量助战“疫”

不获全胜决不轻言成功。

在车站安全生产指挥中心，车站调度员寇冠甲正在认真收发调度命令；

在车站行包计划室，计划员陈洁正在抄录涉及当日行包重点物资的任务计划；

在武昌站 1 站台，党团员突击队和行包装卸工正在转运 646 件、6.9 吨防疫物资，此批防疫物资中涵盖有成件新冠病毒试剂盒。“每当看到装卸物资中含有运往火神山医院、雷神山医院等医疗单位防疫物资的时候，我们都备受鼓舞，身上有着使不完的劲。”装卸工们憨笑着说。

在疫情防控物资运输的重要时刻，武昌车站行包车间集聚战“疫”中的“星星之火”，以“上下一心、其利断金”的干劲、冲劲、韧劲、耐劲，确保了抵达武昌站防控物资转运不断档。面对劳力不足、防控物资装卸量剧增和重点列车股道进路调整等带来的工作挑战，行包车间合理安排班次、科学安排上岗、提高装卸效率，把抢装快卸防疫物资作为重中之重，开启全天候“速递”模式、开通全方位快运“绿色通道”。同时在完成防疫物资装卸任务的基础上，还积极参与到开行至京广南线各中间站和沿线铁路部门的“支前列车”装卸工作。

京、津、沪、渝、辽、赣、桂……源源不断的防疫物资从全国各地支援武汉！

这是一场惊心动魄的"抢运"战，严阵以待，使命必达！

在行包房大厅的展板上印刻着这样一句话：快装快卸，及时交付，为武汉战疫献一份力！

2月18日上午9时，行包车间收到来自上海复旦大学附属中山医院援鄂医疗队的一面锦旗。"我代表复旦大学附属中山医院136人援助武汉医疗队队员向车站组织转运医疗防疫物资卸装及时、交付迅速、服务周到表示感谢，这已经是武昌车站第6次为我们提供铁路运输相关保障服务了。"该院援鄂医疗队成员薛渊同志对武昌车站行包车间及车站工作人员说道。

"逆行"在抗"疫"中的最美"夫妻档"

平日里，他们平凡如你我，一个医疗护理、一个行车指挥，都是普普通通的一线工作者；生活里，他们柴米油盐茶，是同在一个屋檐下的恩爱夫妻；疫情来临，在没有硝烟的战场上，他们在不同的战场上诠释着"别样的爱情"。

"开放信号，执行。"在武昌车站乌龙泉站，一头干练短发的刘永辉正有条不紊地向关联各方下达联控命令。作为一位车站值班员，他的工作是根据列车运行图、施工计划，跟列车调度员、信号员、司机等进行联控，确保列车运行有序。

"有的同事因为交通原因无法来值班，又要保证铁路运输安全，我必须上！"

刘永辉说。他所在的乌龙泉站是京广线上的一个中间站，连日来车站途经客货列车就达到280余趟。由于交通管制等原因，部分职工无法值班，这也成了车站面临的严峻考验。刘永辉得知这一情况后，主动向车站党支部书记报名，要求到车站值守。疫情发生以来他一直坚守在车站。

刘永辉深深牵挂着妻子。他的妻子郭丽是武汉市江夏区第一人民医院的护士，该院也是武汉市发热门诊医疗机构和定点救治医疗机构之一。自疫情发生以来，郭丽从其他科室火速调派至该院的住院部，防护服、面屏、口罩……在经过严格防护隔离操作后，才能进入隔离病房投入到医护重点病人的战“疫”前线。

“我们在跟疫情赛跑。”郭丽介绍，为了减少出入病房次数，大家都是尽量少喝水，而且穿上尿不湿，初期的筹备阶段就像一场攻坚战，家人都非常理解和支持，现在慢慢适应了这种“战役”的节奏。当刘永辉隔着手机视屏担心地问及辛不辛苦时，郭丽含着眼泪笑了：“咱们这份使命很光荣，我觉得自己的职业很有价值。”

“你们安心工作，我和你妈在家没事儿，不用惦记，我们等你们安全归来。”听到岳父母的话，刘永辉终于放下心来。他每天都给自己的母亲和岳父母打电话，问一下身体情况、家里缺不缺什么，每次他们都说挺好，什么都不缺，会把仅有12岁的女儿照顾好，让他们安心工作。

“有她在，我心安，我们没有什么感人事迹，就是踏实做好本职工作，齐心上阵和疫情战斗到底。”刘永辉说。在这些特殊的日子里，他们隔空喊话，通过手机互相叮嘱，互相鼓励。这样“两点一线”的战“疫”已是常态。这是一种浪漫，是战“疫”路上的相互陪伴；这也是一种牵挂，是工作之余互道的一声平安。

疫情就是命令，防控就是责任。当前，举国上下响起打赢疫情防控阻击战的冲锋号角，武昌车站干部职工勠力同心、众志成城，用手搬肩扛、坚守岗位，为抗击疫情筑牢运输线，为广大人民筑牢生命线。

战“疫”中的“蓝色微光”在武昌站的夜幕中熠熠生辉。

武昌车站　陈　俊